LA PROMESSA

LA PROMESSA

HIGHLANDS: OLTRE IL VELO DEL TEMPO
LIBRO QUATTRO

KIM SAKWA

Traduzione di
ELISA BRUNO, LITERARY QUEENS

Taggart
Press

LA PROMESSA

PROLOGO

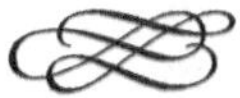

La piccola Brianna O'Roarke, di otto anni, si svegliò di soprassalto. Anche se il calore del sole aveva iniziato a scaldarle il viso, era ancora così infreddolita che le facevano male persino le ossa. Gemette e cercò di aprire gli occhi, ma le bruciavano talmente tanto che ci rinunciò subito. Ancora leggermente confusa, a un tratto ricordò: la barca di papà. Era successo qualcosa di brutto.

Lentamente, i ricordi iniziarono a riaffiorare, come lampi spaventosi che la fecero sussultare quando comprese perché era bagnata fradicia. Si era dovuta aggrappare allo scafo della barca di papà, il pezzo più grande rimasto. A quella realizzazione, Brianna contorse la bocca e deglutì a fatica, poi trasalì per la sensazione di bruciore.

«Mamma? Papà?» chiamò con voce roca. La gola era così secca e irritata che quasi non ne riconobbe il suono. Tastò intorno a sé alla cieca, trovando solo il freddo metallo dello scafo, e iniziò a farsi prendere dal panico. Si concentrò per aprire gli occhi, gonfi a causa degli spruzzi d'acqua salata e del sole. Poi sentì:

«Siamo qui, Breea».

«Non ti lasceremo, tesoro».

Al tono rassicurante della voce dei genitori e alla conferma che erano ancora con lei, Brianna finalmente si calmò, lasciando cadere le palpebre.

Cercando di escludere il rumore delle onde e di ignorare la sensazione sgradevole dei vestiti bagnati che le si appiccicavano addosso, Brianna si immaginò di essere di nuovo a casa e che la mamma l'avesse appena avvolta nella sua vestaglia rosa preferita dopo un bel bagno caldo. Sospirò, immaginando il corridoio familiare da percorrere saltellando verso la sua camera da letto e il morbido tappeto soffice che le solleticava i piedi mentre saliva sul letto.

Con la stessa rapidità con cui l'aveva evocata, l'immagine della camera da letto svanì quando la piccola cercò nuovamente di mettere insieme i pezzi di quello che era successo sulla barca e di come era arrivata al punto in cui si trovava ora. Non riusciva a ricordare esattamente cosa stessero celebrando, solo che erano partiti con la nuova barca di papà per una gita. C'era sempre qualcosa da festeggiare; i suoi genitori sapevano rendere speciale anche il più piccolo evento, dicendo che tutto era possibile grazie a un "pizzico di magia". Brianna non aveva mai chiesto cosa intendessero con quelle parole, ma era vero che la sua vita le sembrava speciale: se fosse a causa degli sforzi dei suoi genitori o per la polvere di fata, a Brianna non importava molto. Era così e basta. Ma tutto questo era prima dell'ultimo viaggio che avevano affrontato. Ora, cercando di ignorare la sensazione di gelo nelle ossa, non era più così sicura di credere nella magia. Nemmeno un po'.

Di solito, Brianna amava le gite in barca con la famiglia e qualsiasi viaggio decidessero di affrontare, ma quella volta, qualcosa era andato terribilmente storto. Si era appena sistemata nel suo letto, un piccolo angolino accogliente, con soffici cuscini e alcuni dei suoi peluche preferiti, quando la mamma aveva lanciato un urlo acuto. Prima che Brianna potesse capire cosa stava succedendo, aveva sentito suo padre alla radio, con la sua voce severa, che ripeteva «Mayday. Mayday. Mayday. Qui Excalibur...» Anche se era solo una bambina, sapeva bene che "mayday" significava "aiuto". Era anche rimasta colpita dal tono di voce del padre e si era girata di scatto per guardarlo in faccia. Lui aveva incrociato il suo sguardo e lei ricordava come i suoi occhi si fossero addolciti restando fissi nei suoi mentre continuava a parlare alla radio, ripetendo una serie di numeri. Si ricordava inoltre di quanto la stringeva a sé e di come controllava gli agganci del suo giubbotto di salvataggio.

Sua madre era apparsa proprio dietro di lei, mormorando: «Ci penso io» e porgendo a papà qualcosa che sembrava una torcia. Il papà l'aveva fissata al gancio del giubbotto di Brianna, girandola fino a farla brillare. Brianna ricordava che era così luminosa da costringerla a chiudere gli occhi. Poi, proprio sopra di loro, era scoppiato un fulmine, seguito dal tuono più forte che avesse mai sentito.

«Arthur!» aveva urlato la mamma, e subito dopo Brianna si era accorta che il papà la stava spingendo verso la madre, gridando: «Tirala fuori, Mere! La zattera di salvataggio! *Vai, vai, vai!*»

La mamma aveva preso in braccio Brianna e aveva iniziato a correre, ma dopo solo pochi passi un'onda enorme aveva colpito la barca facendole cadere entrambe in mare. Brianna ricordava di aver sentito un'improvvisa esplosione di calore e acqua gelida allo stesso tempo, le braccia e le gambe aggrovigliate mentre veniva sbattuta più e più volte tra le onde, fino a non sapere più quale fosse la direzione giusta. Proprio quando le sembrava che i polmoni stessero per scoppiare, aveva sentito le braccia forti del papà che la tiravano su, la sua voce gentile che le ricordava che poteva galleggiare sulla schiena. A un certo punto, lui e la mamma avevano trovato un pezzo di scafo e l'avevano aiutata a salirci sopra.

Era successo un giorno e una notte fa, forse di più. Brianna non sapeva esattamente da quanto tempo fossero in acqua, ma la notte precedente, prima di addormentarsi, le era sembrato di sentire i genitori bisbigliare.

«Devono essere vicini» aveva detto la mamma.

Papà era d'accordo. «Sono sicuro che sia così, ma non la troveranno stanotte» aveva sussurrato.

Brianna avrebbe voluto sapere di chi stessero parlando, ma era troppo assonnata per chiedere qualcosa. «Sta imbarcando acqua di nuovo» aveva aggiunto la mamma, proprio quando la bambina aveva notato che l'acqua si stava accumulando sotto di lei sullo scafo.

«Lo so, amore».

Brianna si rendeva conto che qualcosa non andava, che non avrebbero dovuto essere ancora in acqua, ma sapeva anche che i suoi genitori l'avrebbero tenuta al sicuro. L'avevano sempre fatto, a qualunque costo. L'ultima cosa che ricordava, quando si era addormentata la sera prima, era il suono delle loro voci che le cantavano una ninna nanna.

E ora era mattina. Mamma e papà stavano di nuovo parlando tranquillamente tra loro e Brianna si lasciò rasserenare dalle loro voci tornando a immaginare la sua routine notturna a casa. Dopo essere salita sul letto, metteva in fila i libri che voleva che i genitori le leggessero. Ne aveva appena scelto uno con la sua immaginazione, quando aveva sentito un rumore, un ronzio, un ruggito che diventava sempre più forte. Poi aveva sentito la voce della mamma: «L'hanno trovata, Arthur. L'hanno trovata!»

«Breea, agita le braccia in aria, piccola». Era papà. Desiderosa di compiacerlo, Brianna agitò le braccia, sorridendo quando sentì la sua voce dire: «Brava bambina».

Mamma e papà continuavano a incoraggiarla, con voci forti e chiare anche attraverso il rumore dell'elicottero che ora si librava proprio sopra di loro. Brianna aprì gli occhi quel tanto che bastava per vederlo, ma dovette subito stringerli contro il vento che le scompigliava i capelli e l'acqua che le spruzzava il viso. Sentì un'altra voce che la chiamava per nome, un uomo, ma non papà. «Brianna. Brianna O'Roarke». Poi, all'improvviso, si ritrovò avvolta in una coperta. Era così bello essere di nuovo al caldo che emise un mugolio.

«Ti ho presa» disse lo stesso uomo a voce alta sopra il rumore.

«Ti fa male da qualche parte?» Le sue mani erano delicate ma ferme mentre le controllava la testa e poi il corpo. «Andrà tutto bene. Ora sei al sicuro» disse, fissandola alla sua attrezzatura con grossi ganci e moschettoni e tenendola stretta. Prima che Brianna riuscisse a rendersi conto di ciò che stava accadendo, lui la stava già sollevando dal piccolo pezzo di scafo, parlandole per tutto il tempo. «Andrà tutto bene» le diceva. «Ce l'hai fatta. Sei molto coraggiosa. Tuo nonno ti sta aspettando. Andiamo a casa».

CAPITOLO 1

Ai giorni nostri

Da sempre emblema di calma e compostezza, la tranquillità e riservatezza di Brianna O'Roarke non erano certo insolite. Chiunque le fosse passato accanto mentre osservava la grande sala della dimora ancestrale della sua famiglia, Dunhill Manor, non avrebbe mai sospettato che stesse provando emozioni diverse da un lieve interesse per l'ambiente circostante. Aveva perfezionato quell'atteggiamento fin dalle elementari, e negli anni successivi le era tornato molto utile, con grande disappunto del nonno.

Responsabile e preoccupato per il suo benessere, il nonno si era impegnato a fondo per garantire l'equilibrio emotivo di Brianna. Nel corso degli anni, questo aveva incluso l'accompagnarla in vari centri di consulenza per l'elaborazione del lutto. Alcuni dei professionisti definivano la sua padronanza del controllo un prodotto del condizionamento, altri la consideravano una conquista. Non importava da quale parte si schierassero, se negativa o positiva, considerandola un peso o una risorsa, il risultato era sempre lo stesso: il trauma vissuto da

Brianna da bambina l'aveva resa estremamente prudente. Nei due anni trascorsi dalla morte del nonno, per Brianna nemmeno l'approccio "fidarsi ma prima verificare" era più un'opzione. Controllava sempre, prima di tutto, e solo pochissime persone rientravano nella cerchia di chi godeva della sua piena fiducia.

Quel giorno, tuttavia, il comportamento di Brianna non era una maschera usata con cura per valutare le circostanze in cui si trovava mentre considerava le sue opzioni. No, era diverso. Era semplicemente sbalordita al punto di non trovare parole.

Era appena tornata a Dunhill sperando di scovare qualche documento conservato dal nonno negli archivi di famiglia. Una perizia o una polizza assicurativa, forse persino un'annotazione trascurata in una delle bibbie di famiglia degli O'Roarke, *qualsiasi* documento a quel punto sarebbe andato bene. Le serviva qualcosa che dimostrasse la proprietà della spada della sua famiglia per poter affrontare un certo signor MacTavish con un minimo di sicurezza. Quel viaggio all'estero era l'ultima risorsa. Non pianificato, ma necessario. Ovviamente necessario, altrimenti non sarebbe mai salita a bordo dell'aereo. Brianna viaggiava raramente, soprattutto via mare, se poteva evitarlo.

Eppure eccola lì: pochi secondi dopo aver varcato la soglia della dimora ancestrale della sua famiglia in Scozia, Brianna si sentì finalmente rilassata come non le accadeva da anni. Il senso di familiarità e di sentirsi a casa la colpirono profondamente. Anche se non aveva mai *vissuto* a Dunhill, ogni visita nel corso della sua vita le era sembrata calda e accogliente come se fosse casa sua. Ogni tensione residua la abbandonò quando abbracciò gli zii, salutandoli, e crollando letteralmente contro di loro. Aveva dimenticato cosa si provava a essere abbracciati dalla famiglia, da persone che ti vogliono davvero bene. La perdita del nonno, avvenuta poco più di due anni prima, l'aveva colpita così duramente che, dopo il funerale, si era buttata sul lavoro e si era isolata dalla famiglia e dagli amici. Ora temeva che restare lontana fosse stato un errore. Amava la sua vita negli Stati Uniti, ma quella sensazione rincuorante e accogliente nel *tornare a casa* la scuoteva nel profondo.

Stava per ammettere di aver sbagliato e riconoscere che forse *aveva bisogno* della famiglia rimasta, quando il suo sguardo si posò sul caminetto nell'atrio. Alla vista della mensola vuota che lo sovrastava, un nuovo tipo di shock la investì. All'improvviso, tutto il calore e il conforto lasciarono spazio a una freddezza glaciale.

«Che fine hanno fatto le cassette delle lettere?» chiese, con lo sguardo duro che passava dalla mensola del caminetto ormai spoglia, agli zii.

Li osservò mentre si scambiavano un'occhiata sconfortata, poi lo zio scrollò le spalle, sfoggiando un sorrisetto infantile. Brianna non sapeva cosa ci fosse di così divertente nella perdita dell'ultimo e più prezioso cimelio della loro famiglia.

«Abbiamo ricevuto una visita, Brianna. Poco dopo la morte di tuo nonno. Tu eri già tornata negli Stati Uniti. La storia della nostra famiglia ci si è dipanata davanti agli occhi» spiegò lo zio Christopher con entusiasmo, gli occhi lucidi e scintillanti e le dita che si toccavano ritmicamente per l'euforia. «Perché non lasci che te la raccontiamo a cena, più tardi?»

Interpretando erroneamente il silenzio attonito di Brianna come stanchezza, zio Christopher e zia Michelle si congedarono; lo zio prese la sua valigia mentre la zia chiacchierava animatamente sulla sua stanza e sul fatto che fosse già pronta per lei.

Sentendosi intorpidita, Brianna entrò nella sala grande, dove incombeva la parete vuota che un tempo ospitava la preziosa spada Wolf della sua famiglia. Un oggetto prezioso risalente all'inizio del quindicesimo secolo. Un cimelio inestimabile che suo nonno aveva venduto per pochi spiccioli senza dire nulla a *lei*, la *vera* storica e catalogatrice di antichità della famiglia. E lui lo sapeva benissimo, visto che gli era stato accanto fin da quando era piccola! Quando riportò lo sguardo sulla mensola del camino, si sentì inorridita per la tremenda sensazione di vederla priva delle due cassette delle lettere che avevano miracolosamente abbellito quello spazio per secoli. Secoli!

E ora non c'erano più. L'ultimo tesoro di famiglia era stato incautamente gettato via.

Grata di poter trascorrere un po' di tempo da sola per elaborare quella pessima notizia, Brianna si diresse verso la sua stanza, una bellissima suite originariamente occupata da Cateline De la Cour nel quindicesimo secolo, sorella e compagna di tutta la vita di Isabeau O'Roarke, la prima signora di Dunhill. Secondo la storia della famiglia, Dunhill era stato costruito da Fergus O'Roarke, un castello su una collina adatto a una regina. La sua regina. Era un regalo per la sua sposa, la luce della sua vita. Il loro matrimonio era stato un incontro d'amore. Tutti i matrimoni degli O'Roarke lo erano, nonostante non fosse necessariamente la norma nei secoli passati. Il destino forse non aveva benedetto tutti i membri della loro stirpe con la longevità, come nel caso dei suoi genitori, ma quando un O'Roarke si sposava, che durasse anni o solo mesi, era un amore vero e duraturo.

Dopo la perdita dei genitori, la fede di Brianna, se si poteva ancora chiamarla così, era cambiata. Gli oggetti, le uniche cose che durano davvero *e* su cui poteva fare affidamento, erano diventati il suo obiettivo principale. Contare sulle persone per rimanere al proprio fianco, indipendentemente da quanto ti amassero, era inutile. Così, si era circondata di manufatti e reperti, e più antichi erano, meglio era. Erano affidabili, li ritrovava sempre nello stesso posto in cui li aveva lasciati e nello stesso identico stato. Le persone, invece, non tanto, e nel suo lavoro evitarle e isolarsi era facile.

L'unica consolazione che Brianna si concedeva (ipotetica e davvero modesta) era che, se *mai* avesse trovato qualcuno di cui si fosse fidata completamente, sapeva che avrebbe seguito la tradizione. Avrebbe conosciuto un amore vero e duraturo. L'unica domanda era: per quanto tempo sarebbe durato? Rendendosi conto di quanto fosse esausta dopo il lungo volo, mise da parte i pensieri sull'amore, sulla fiducia e sulla storia e si dedicò alle cose da fare.

Dopo aver disfatto le valigie, si fece un bagno, desiderosa di rilassarsi nella vasca dai piedi d'argilla che qualche altro O'Roarke aveva installato nel secolo scorso. Dopo essersi raccolta i capelli con un fermaglio, prese uno degli asciugamani di spugna con monogramma dal mobiletto e lo appoggiò sul bordo della vasca. Affondò nell'acqua calda, appoggiando il collo sull'asciugamano e canticchiando per liberare la mente.

Non le capitava spesso di trovarsi a Dunhill, ma ogni volta che succedeva, qualcosa nell'energia che si respirava tra le sue mura, e soprattutto in quella suite, in qualche modo la risollevava. Era inspiegabile, ma non per questo meno vero. Persino lo shock per la scomparsa delle cassette delle lettere aveva cominciato a scemare.

Una volta terminato il bagno, Brianna si avvolse in un morbido accappatoio e tornò in camera da letto, dove trovò un vassoio con degli spuntini sul tavolo vicino alla finestra. Per quanto fosse arrabbiata con gli zii, non poté fare a meno di sorridere. Le avevano fatto avere una selezione dei suoi formaggi preferiti e di crudité, insieme a un bricco di tè al limone. Christopher e Michelle cenavano tardi, quindi era già sera inoltrata quando la chiamarono per la cena. Mentre scendeva al piano di sotto, i suoi occhi assorbivano ogni dettaglio della tenuta ricca di storia. Le sue dita percorsero il muro di pietra del corridoio: toccarlo la faceva sentire ancor più legata a quel posto. Per quanto le facesse male essere lì senza i suoi genitori o il nonno, quella era la sua dimora ancestrale e le mura le davano conforto.

Entrando nella piccola sala da pranzo informale (utilizzata per la prima volta dall'unico figlio di Fergus e Isabeau, Callum, secondo le leggende di famiglia), Brianna si sentì molto più tranquilla, quasi radicata. Amava gli zii, e quando si unì al loro tavolo, i sorrisi calorosi e accoglienti che le riservarono la fecero sentire un po' in colpa per il suo sfogo. Avevano sempre avuto buone intenzioni. Mentre la cena veniva servita, cercò di spiegare come si sentiva e perché.

«Brianna, lascia che ti spieghiamo» disse lo zio, interrompendola dolcemente. «Non abbiamo tradito la nostra eredità familiare. In effetti, è stato esattamente il contrario. Era la tradizione di famiglia che prendeva vita. *La* tradizione». Scambiò un sorriso eccitato con Michelle e Brianna trattenne un sospiro.

Giusto. La storia tramandata per generazioni riguardava la ragazza che sarebbe venuta a reclamare le storiche cassette delle lettere. La leggenda narrava che non solo avrebbe avuto la chiave per aprirle, ma che le sue iniziali sarebbero state le stesse incise sulle cassette. Chissà quante persone avevano sentito e ripetuto qualche versione di quella storia? Nel corso degli anni, gli O'Roarke avevano ospitato alcuni truffatori che sostenevano di essere "gli eletti", certi che le cassette fossero piene di un qualche tesoro o di un manufatto inestimabile, ma nessuno di loro era riuscito a produrre una chiave funzionante. Eppure, la zia e lo zio erano facili prede, pronti a essere ingannati. E ogni volta ci erano cascati.

«So cosa stai pensando» disse zia Michelle, «ma in questo caso non è andata come con gli altri. Questa donna era *autentica*. Le iniziali e tutto il resto. Un vero e proprio pizzico di magia, proprio davanti ai nostri occhi».

«Un pizzico di magia» sospirò Brianna, incerta su come si sentiva dopo aver ascoltato i dettagli della loro storia sulla donna con le iniziali e la chiave uguali, colei che aveva trovato le lettere e sembrava essere rimasta colpita dal contenuto. Era difficile arrabbiarsi con gli zii quando evidentemente pensavano di portare avanti l'eredità della loro famiglia. Forse Brianna si *stava* aggrappando troppo al passato. Tuttavia, un'ondata di tristezza la colpì per la perdita. Come quella donna avesse trovato la chiave era un mistero, ma a prescindere, il risultato era lo stesso: le cassette erano sparite. Mentre fissava il piatto di porcellana bianca davanti a sé e ammirava lo spruzzo di piccole rose rosa che ne punteggiavano il bordo, Brianna si chiese come avessero fatto tutti a credere che sarebbe davvero arrivato qualcuno, che la leggenda potesse essere vera. Ma ci avevano creduto. Ognuno di loro.

Ogni membro della famiglia O'Roarke, nel corso della storia, aveva creduto almeno una volta in quel "pizzico di magia". Lei stessa, in passato, ci aveva creduto: come non avrebbe potuto? La sua infanzia era stata davvero idilliaca. Ma ogni convinzione che aveva avuto nella magia era tragicamente morta anni prima, con i suoi genitori. «Dopo tutto questo, ancora non ci credi?» disse lo zio.

Brianna fece una pausa, scegliendo con cura le parole. «Capisco che qualcuno che corrispondeva a tutte le descrizioni del vecchio racconto sia venuto qui, e posso capire quanto siate felici di essere stati voi a vedere la leggenda realizzata» disse lentamente. «E vi credo, la sua chiave si adattava alla serratura». *O, quantomeno, le cassette si erano aperte.* Non diede voce al sospetto nascente che le serrature potessero essere così vecchie da cedere alla chiave successiva, qualunque essa fosse. «Ma la magia? Com'è possibile?»

Brianna non aveva mai spiegato apertamente per quale motivo fosse irremovibilmente scettica nei confronti della magia, anche se aveva sempre la sua teoria sulla punta della lingua. Era sempre stato così per lei. Un giorno avrebbe voluto urlare a squarciagola: «Non è reale! La *magia* non è reale! Mostratemi dov'era quando sono morti i miei genitori!»

«Breea» cominciò lo zio.

«Zio Christopher, per favore, per qualche motivo, *un pizzico di magia* ha chiaramente saltato la mia parte della famiglia» disse lei.

«Oh, ma no!» sussultò lui. «Semmai, Breea, è ancora *più forte* nella tua parte della famiglia».

Brianna emise una risata aspra. «Davvero? Quindi una tempesta è apparsa dal *nulla* e ha distrutto la nostra barca. Ho controllato più volte i bollettini meteorologici di quel giorno, ma niente. Siamo rimasti bloccati in mare aperto per *giorni*, e i miei genitori, che mi hanno tenuto il morale alto e non hanno mai perso la speranza *per tutto il tempo*, sono annegati prima di poter essere salvati. Non è stato un momento molto magico, ve lo assicuro».

«Oh, Breea». Gli zii le strinsero la mano più vicina a sé.

«Non riesco ancora a immaginare cosa devi aver passato. Eri appena una bambina. È un miracolo che tu sia sopravvissuta».

«Così dicono tutti» replicò Brianna, più a sé stessa che a loro, ma comunque Christopher e Michelle trasalirono. Poteva capire perché, erano sempre stati una famiglia molto unita, nonostante un oceano di distanza. La morte dei suoi genitori era stata una perdita enorme anche per loro. «Mi dispiace» aggiunse rapidamente. «Vorrei solo che fossero sopravvissuti più a lungo, *quello* sarebbe stato il vero miracolo».

Brianna alzò lo sguardo verso gli zii che si stavano scambiando un'occhiata strana.

«Cosa? Cosa c'è?» chiese.

«Oh, Breea» disse la zia, stringendole la mano prima di lanciare un altro sguardo allo zio dall'altra parte del tavolo.

Zio Christopher scosse la testa. «Non farlo, Michelle».

«Christopher, è già fin troppo tardi. Deve sapere la verità. Se non gliela dici tu, lo farò io».

Il cuore di Brianna cominciò a batterle forte nel petto. «Ti prego, qualunque cosa sia, dimmela».

Passò un lungo momento prima che lo zio annuisse e staccasse gli occhi da quelli di Michelle, rivolgendosi a lei. «Breea... il tuo...» soffocò le parole, gli occhi gli lacrimavano, poi deglutì a fatica e si schiarì la gola. «Breea... Non c'è stata nessuna tempesta, amore. Il cielo è stato sereno per tutta la settimana, proprio come aveva previsto il bollettino meteo».

Brianna si sentì come se fosse stata schiaffeggiata. «Di che cosa stai parlando?» chiese, senza capire una parola di quello che aveva detto. Era come se improvvisamente stesse parlando un'altra lingua. «Ero lì quando papà ha chiesto aiuto. Eravamo davvero in pericolo». Erano anni che non riviveva volutamente quel giorno nella sua memoria, ma ripensandoci ora, le tornò in mente, chiaro come il sole. Un brivido le corse lungo la schiena, ricordando il tono duro di suo padre e lo sguardo frenetico di sua madre. «Ho visto i lampi, ho sentito i tuoni. Era una tempesta, zio

Christopher». Ci avrebbe scommesso ogni manufatto della sua collezione.

«No» disse Christopher a bassa voce. «È stato un incendio, Breea. Un terribile incendio per cause elettriche, seguito da un'esplosione».

Lo zio le prese le mani e si avvicinò. La disperazione nei suoi occhi quasi la spaventò.

«Cosa? Mio Dio, *cosa*? C'è dell'altro?»

«Sei stata l'unica a uscire viva dalla barca. Solo tu, Breea».

«*No*». Brianna scosse la testa, il volto raccolto in uno sguardo determinato. «No, no, loro erano con me. Mi hanno tenuta al sicuro fino all'arrivo dei soccorsi».

«Non ho alcun dubbio che l'abbiano fatto, tesoro. Ma giuro su tutto ciò che è sacro e con ogni briciola di integrità degli O'Roarke tramandata di generazione in generazione, che il mio caro fratello Arthur e la sua adorabile moglie Meredith sono rimasti uccisi nell'esplosione che ti ha scaraventata fuori dalla nave».

CAPITOLO 2

Scozia, 1433

Judith Fitzgerald sarebbe stata un'ottima sposa, di questo Aidan Sinclair ne era sicuro. La domanda che continuava a porsi, però, era se sarebbe stata una buona sposa per *lui*. I fratelli di Judith lo avevano avvicinato con questa prospettiva al suo ultimo ritorno da Abersoch e lui, pur non essendo del tutto in disaccordo con la proposta che gli avevano fatto, aveva detto loro che l'avrebbe presa in considerazione. Ma erano passati mesi, e ora stavano diventando impazienti di ricevere una risposta.

Fino a poco tempo prima, Aidan aveva interagito poco con i fratelli Fitzgerald, anche se aveva mantenuto un rapporto amichevole con il loro padre, Robert, quando era in vita. Aidan e l'anziano Fitzgerald avevano nutrito un rispetto reciproco nato dalle circostanze, quando lui e i suoi confratelli, Gavin, Lachlan e Dar, avevano iniziato a consolidare i possedimenti dei Montgomery. Scoprendo che i loro spostamenti sarebbero stati più rapidi con l'uso delle terre dei Fitzgerald, Lachlan e Robert Fitzgerald avevano raggiunto un accordo. Purtroppo Robert era morto l'inverno precedente e, a un soffio dalla sua sepoltura, i suoi due figli avevano cercato un nuovo accordo.

La motivazione era ovvia. I fratelli Fitzgerald speravano di sfruttare la nuova influenza e il potere che Aidan esercitava dopo aver preso il posto di Lachlan. Per non parlare di quello che aveva guadagnato, in onore e denaro, occupandosi delle questioni di Abersoch. La sua stimata reputazione era un vantaggio sia tra la gente del posto, sia tra quella lungo il confine spesso teatro di varie scaramucce. Anche se i loro spostamenti avvenivano per lo più via terra, a volte Aidan e i suoi confratelli si servivano di una delle navi di Greylen, nonostante le complicazioni di un viaggio via mare. Ora i suoi sforzi erano concentrati sul completamento della fortezza dei Montgomery, con largo anticipo rispetto al previsto e Aidan non voleva mettere ancora di più a repentaglio quella che ormai sembrava un'alleanza precaria con la coppia di zelanti fratelli. Né gli piaceva l'idea di creare ulteriori e gravi problemi con gli uomini sbandati che si erano schierati con loro. Era questo l'unico motivo per cui non aveva rifiutato categoricamente.

Rilesse l'ultima corrispondenza dei fratelli, una ramanzina lunga e del tutto inutile piena di presunzione e censure. Concluse che una lezione di autocontrollo sarebbe servita a entrambi, e poi gettò via la lettera con un grugnito.

«Signore».

Aidan scrutò l'anticamera che era diventata una sorta di studio per lui, dove Henry stava di guardia all'ingresso.

«Va bene, Henry» disse, e questi, uno dei tre uomini diventati la sua ombra dopo la partenza di Lachlan verso il futuro, annuì e attese ulteriori istruzioni.

C'era ancora molto da fare, incluso un altro viaggio verso Abersoch, quindi l'idea di prendere in considerazione un matrimonio per placare i fratelli Fitzgerald avrebbe dovuto aspettare. Aidan diede una pacca sulla spalla del suo uomo mentre passava, sapendo che Henry l'avrebbe seguito esattamente a due passi di distanza.

Mentre attraversava il grande salone, Aidan non poté fare a

meno di notare quanto fosse tranquillo per essere il primo pomeriggio. Pembrooke non brulicava mai di abitanti, almeno non tanto quanto Seagrave o Dunhill, ma l'*assoluta* mancanza di persone che camminavano lungo i corridoi ora si faceva notare. Pur essendo di dimensioni modeste, la tenuta era ben arredata e ben curata. Di conseguenza, per la fortezza si aggiravano sempre almeno una manciata di persone capaci, pronte a sorridere e a chiacchierare amorevolmente, come la cuoca e una cameriera che avevano già lavorato per Lachlan e il suo assistente, solo per citarne alcune. Quando si era trovato al castello con Lachlan, nel corso degli anni, Aidan aveva sempre apprezzato la calma, la tranquillità e il calore che si respiravano tra quelle mura. A dirla tutta, si era anche trovato spesso a meravigliarsi di quanto quelle mura gli si addicessero, ancor prima che gli venissero lasciate in eredità. Non solo il maniero in sé, ma anche il terreno su cui poggiava e il lago che ne circondava gran parte. Oggi, tuttavia, quella quiete era una distrazione. E anche l'attenzione aggiuntiva che sicuramente Henry gli stava riservando mentre continuavano ad attraversare il salone.

«Henry?»

«Sì» rispose lui, sereno come sempre.

«Cosa mi stai nascondendo? Mi rendo conto che sono spesso assente, ma anche uno stupido si accorgerebbe che c'è qualcosa di strano nei corridoi».

Henry fece una pausa, il che di per sé era insolito. Non era mai stato un tipo lento e prolisso. «Sono preoccupati» disse, poi fece un'altra pausa, mettendo Aidan in allarme. «In effetti, Judith Fitzgerald potrebbe essere un'ottima futura padrona di Pembrooke, ma i suoi fratelli...» Henry si fermò di nuovo, poi emise un piccolo grugnito prima di continuare. «I fratelli Fitzgerald si sono recentemente guadagnati una reputazione discutibile».

Prima di ricevere la lettera dei Fitzgerald, Aidan non era a conoscenza della reputazione dei fratelli, buona o cattiva che fosse, ma il loro tono nell'ultima corrispondenza gli aveva fatto capire che erano molto desiderosi di sfruttare quel nuovo assaggio di potere ottenuto con la morte del padre.

Aidan si voltò per guardare il suo uomo negli occhi. «Non ero *personalmente* a conoscenza dei loro veri caratteri fino ad ora, quindi da dove viene questa preoccupazione?»

«La missiva che hai riletto solo pochi istanti fa è stata vista da tutti».

«Ah».

La recente ascesa dei Fitzgerald come uomini d'influenza, sebbene ancora inesperti, non era un segreto: forse non era ancora di dominio pubblico, ma era comunque nota. E ora Aidan ricordava chiaramente di aver lasciato la loro lettera proprio sulla sua scrivania, ovviamente in bella vista. Memore del contenuto, si diresse verso la cucina dove trovò il suo personale con le teste chine a chiacchierare nervosamente vicino alle porte esterne. Aidan, abile nel muoversi in silenzio e sempre con precisione, dovette schiarirsi la gola per far notare la sua presenza. Il personale si girò all'unisono e, vedendo le loro espressioni agitate, Aidan fece del suo meglio per rassicurarli.

«Pembrooke è un luogo sacro per me» disse, alzando la mano per allontanare ogni preoccupazione. «E quando mi riferisco a Pembrooke, intendo tutto ciò che comprende, incluso ognuno di voi. Per questo motivo, state certi che la vostra futura padrona, *chiunque* essa sia, sarà una degna aggiunta».

Guardò i presenti con attenzione, sottolineando il "chiunque" per rendere meglio l'idea. I loro occhi si illuminarono e comparvero subito anche i sorrisi, quindi Aidan, soddisfatto, si diresse finalmente verso il cortile.

Ciò che aveva detto al personale era la verità. Aidan aveva *sempre* considerato Pembrooke come un luogo sacro. In gran parte questo aveva a che fare con Lachlan, che stimava moltissimo. Erano passati due anni dall'ultima volta che lo aveva incontrato, ma ricordava ancora il momento in cui si era reso conto che non stava semplicemente perdendo Dar, uno dei suoi amici più cari, ma anche il suo mentore di sempre.

Il piano di Dar era sempre stato quello di tornare nel futuro con Celeste, e Aidan non era mai stato così sciocco da pensare il contrario. Ma la partenza inaspettata di Celeste, che aveva portato con sé la spada ritenuta allora l'unica chiave tra i loro secoli, era stata difficile da sopportare. Solo più tardi, quando la lucidità era tornata, si erano resi conto che c'era ancora un modo affinché Dar potesse raggiungere sua moglie, ma nessuno dei due portali della proprietà di Abersoch sembrava essere molto attraente. Uno richiedeva un salto dall'alto della parete rocciosa e l'altro si trovava da qualche parte nelle anguste gallerie, la cui posizione precisa era ancora sconosciuta. Sorprendentemente, era stata Gwen, la moglie di Greylen, a informarli dell'esistenza di un ulteriore portale, molto meno pericoloso; non prevedeva un vero e proprio salto nel vuoto letterale al quale temeva che Lachlan non sarebbe sopravvissuto, ma bensì si trattava di un tuffo nelle pozze di marea.

Alla luce di quelle nuove e gradite informazioni, avevano elaborato nuovi piani, così in fretta che Aidan non aveva avuto il tempo di capire appieno cosa significasse il loro successo. Nel breve tempo che avevano trascorso insieme, Lachlan lo aveva implorato di fare di Pembrooke la sua dimora, non solo per prendersi cura e proteggere coloro che erano sotto la sua responsabilità, ma anche per salvaguardare il portale ed evitare che qualcuno lo trovasse per sbaglio o, peggio, lo distruggesse. Era un onore che Aidan non avevo preso alla leggera. Solo in quell'ultimo giorno, però, dopo che Dar e Lachlan erano scomparsi davanti ai suoi occhi, era stato pervaso da un senso di irrevocabilità. Quando Aidan si era unito per la prima volta agli uomini per mettere in sicurezza la proprietà di Abersoch, aveva partecipato con entusiasmo e dedizione, senza mai immaginare che alla fine ne avrebbe assunto il controllo.

Aveva impiegato il resto dell'estate per comprendere appieno il significato di quel trasferimento di potere ed era tornato a casa per parlare con suo fratello maggiore, Rhys, e informarlo dei suoi piani. Sebbene Rhys non fosse stato entusiasta della decisione di

Aidan di abdicare completamente ai suoi doveri familiari, aveva compreso la gravità della sua nuova posizione e l'autorità che aveva assunto. Rhys provava un immenso rispetto per il fratello minore, e accettava che *quello* fosse il suo destino. «Il mantello ti si addice» aveva dichiarato afferrando la spalla di Aidan. Con quella benedizione, aveva sentito un grande peso sollevarsi. Erano passati quasi due anni da allora e, con la struttura centrale del castello finalmente completata, Gavin e Isabelle avrebbero presto potuto fare di Abersoch la loro casa, assicurando così il futuro dei propri discendenti.

Mentre Aidan varcava la porta d'ingresso, la sua mano sfiorò il nodo celtico che uno degli uomini di Lachlan aveva inciso profondamente nella pietra anni prima, designando Lachlan come custode e protettore, e Pembrooke come santuario sotto la sua protezione. Da allora vi era stato aggiunto un nodo circolare intorno, come gesto simbolico per segnare che il titolo formale era stato trasferito ad Aidan due estati prima, quando Dar e Lachlan... se ne erano andati.

Aidan si fermò in cima ai gradini, affiancato dagli altri due uomini di Lachlan, Alan e Richard, quando vide un cavaliere con i colori dei Montgomery avvicinarsi. Dopo che Henry ebbe recuperato la missiva dal corriere, Aidan ruppe il sigillo e lesse il messaggio di Gavin. «I nostri piani sono cambiati» disse, fissando l'orizzonte. «Ci dirigiamo a ovest, verso Seagrave».

CAPITOLO 3

Ai giorni nostri

Quando Brianna aveva calcolato il percorso da Dunhill ad Abersoch, la tenuta gallese dove Darach MacTavish aveva accennato di soggiornare, aveva fatto in modo di includere una sosta in un delizioso bed and breakfast lungo la strada. Un ritiro in solitaria tanto necessario quanto *indispensabile*, dopo la rivelazione degli zii a tavola. Nell'apprendere la verità sulla morte dei suoi genitori, la notizia delle cassette delle lettere scomparse e persino la perdita della spada erano passate in secondo piano. Come avrebbe potuto essere diversamente, quando la storia che si era raccontata per quasi tutta la vita, la premessa su cui aveva costruito il suo intero sistema di valori emotivi, si era irrimediabilmente incrinata? E sebbene non se ne fosse resa conto durante la cena, più tardi, sola nella sua stanza, le era diventato chiaro che tutto ciò in cui aveva creduto un tempo era improvvisamente cambiato.

Con la mente in subbuglio mentre Christopher le raccontava ciò che aveva appreso sull'esplosione, frutto dei rapporti della guardia costiera, era rimasta seduta in silenzio a fissare le applique sulla parete dietro la sua testa. Al termine del racconto, gli zii la guardavano commossi e con occhi pieni di pietà, ma Brianna aveva già deciso il suo prossimo passo. Il solito. Fuggire.

Non era una reazione particolarmente matura, ma in quel momento era tutto ciò che le veniva in mente. Il pensiero di scavare negli archivi di famiglia aveva perso il suo fascino. E purtroppo l'abbraccio accogliente e caloroso che aveva sentito al suo arrivo, sia da parte dei parenti sia da parte della stessa Dunhill, le sembrava improvvisamente contaminato. Optando per una scappatoia, annunciò bruscamente che aveva un incontro con Darach MacTavish in Galles. In realtà, Brianna non aveva *davvero* organizzato un appuntamento con il signor MacTavish, ma a quel punto cosa importava? Lei era nel Regno Unito e anche lui. Si aspettava qualche reazione, che Christopher e Michelle la pregassero di restare, ma al solo nominare MacTavish, i due si erano scambiati un rapido sguardo e poi si erano voltati verso di lei con un sorriso. Stranamente, la zia e lo zio sembravano quasi contenti della prospettiva della sua partenza, ma con tanti pensieri contrastanti che le turbinavano nella testa, non le era venuto in mente di chiederne il motivo.

In realtà, fino a quel momento, non aveva nemmeno preso in considerazione l'idea di intralciare le vacanze del signor MacTavish, o il suo viaggio di lavoro, o qualsiasi cosa stesse facendo. Si era accontentata dal fatto che lui avesse risposto alla sua chiamata con un invito a incontrarsi al suo ritorno negli Stati Uniti. Era stata proprio la sua risposta a motivarla a ricominciare la ricerca tra i documenti del nonno.

Quando si era trovata di nuovo a mani vuote dopo aver saccheggiato con cura tutta la loro casa negli Stati Uniti, aveva deciso di prenotare il viaggio in Scozia. Le dispiaceva lasciare Dunhill dopo solo due notti, ma la tenuta non sarebbe andata da nessuna parte. Si disse che un giorno l'avrebbe visitata di nuovo, con l'esplicito scopo di esplorarne a fondo le profondità nascoste. Per il momento, però, aveva bisogno di un obiettivo, di una sorta di missione, per così dire, quindi aveva cercato su Google il percorso migliore per raggiungere la tenuta dei Montgomery (che includesse anche una sosta in una graziosa cittadina lungo la strada), poi aveva preparato le valigie, sentendosi già un po' più lucida alla prospettiva di un nuovo progetto da affrontare.

Quando si era congedata, quella mattina, era ancora un po' provata, ma anche ottimista. Il viaggio le avrebbe fatto bene, era il nuovo inizio di cui aveva disperatamente bisogno. Gli zii l'avevano seguita fino alla macchina, poi avevano aspettato mentre lei sincronizzava il telefono con il display dell'auto, mostrando il percorso per raggiungere il bed and breakfast che aveva scelto. Erano poco più di sei ore di viaggio e Brianna non vedeva l'ora di esplorare un po' i dintorni prima della cena prenotata.

Mentre guidava, la sua mente si riempì di immagini di quegli anni idilliaci della sua vita, la Camelot della sua esistenza. Ora si chiedeva se avesse abbellito o inventato alcuni di quei ricordi. Fu solo un breve pensiero: sapeva di non averlo fatto, naturalmente. La prima parte dell'infanzia con i suoi genitori era stata davvero perfetta. Ciò che la metteva in difficoltà era riportare alla luce l'antica credenza familiare in quel pizzico di magia. Aveva chiuso la porta in faccia a quel genere di argomenti oramai da tempo, ma lo zio le aveva suggerito che il ricordo dei suoi genitori sopravvissuti a quei pochi giorni in mare con lei non era una reazione al trauma, ma una *prova* della magia. La prova che i suoi genitori, pur essendo morti, erano riusciti in qualche modo a rimanere con lei fino all'arrivo dei soccorsi. Lasciare che fossero i suoi genitori a impersonificare la prova della magia era quasi troppo perfetto, e Brianna dovette sorridere. Non che avesse deciso di accettare quell'ipotesi come vera, ma era bello pensare che il pizzico di magia ignorato fin da quel giorno si fosse verificato proprio sotto i suoi occhi.

Assorta nei suoi pensieri, il tempo passò in fretta e, prima di rendersene conto, Brianna stava entrando nel parcheggio dell'alloggio che aveva prenotato. Mancavano ancora un paio d'ore al check-in, così lasciò le valigie alla reception e si incamminò per la breve strada che portava in paese. La città era molto graziosa e Brianna si aggirò tra i negozi, percependo finalmente un po' di calma dopo la cena della sera prima. Sulla via del ritorno, si imbatté in una fiera di arti e mestieri, il suo genere preferito da esplorare. Entusiasta, la nuova Brianna, quella che avrebbe dovuto iniziare a credere in un pizzico di magia, pensò che forse era destino.

Persa in una moltitudine di tesori locali, si fece strada su e giù per le file delle varie bancarelle, fermandosi quando notò una splendida, anzi, *stupefacente* replica di un abito veneziano del quindicesimo secolo in esposizione. L'abito era stato sapientemente abbinato a una grande borsa di pelle, portata a tracolla. Il nobile stile medievale non era mai stato così bello. Immediatamente attratta dall'insieme, Brianna entrò nell'area dello stand per osservarlo meglio, ma per poco non inciampò sui suoi passi quando vide la donna che vi stava in piedi accanto. Se Brianna avesse mai avuto una visione della quintessenza di una regina delle fate, sarebbe stata quella donna. Eterea, con capelli lunghi e lineamenti perfetti, indossava uno splendido abito artigianale che sembrava fluttuare intorno al suo corpo.

La donna sorrise calorosamente, ma qualcosa nello scintillio dei suoi occhi catturò l'attenzione di Brianna, che mormorò un saluto e tornò a osservare l'esposizione. Ancora un po' agitata e imbarazzata, si prese tutto il tempo necessario per ammirare il pezzo prima di passare al tavolo accanto, dove erano esposti vari abiti storici, formali e tipicamente medievali, e anche sottovesti da donna.

«Sono bellissimi» sussurrò Brianna a sé stessa sfiorando con la mano le pile di morbido lino, lana e seta. Esaminando i tagli e i colori, si rese conto che i capi riproducevano tutti gli stili indossati in Europa durante il Tardo Medioevo. I tessuti, però, denotavano tutti una certa ricchezza.

La donna che gestiva il banco le si avvicinò e iniziò a rovistare tra i mucchi apparentemente disordinati. «Questi» disse parlando degli abiti che aveva messo insieme, dalla biancheria intima all'abito vero e proprio. Brianna guardò la donna, incuriosita: i capi che aveva scelto le stavano benissimo. O almeno lo sarebbero stati bene, se fosse stata una nobildonna della metà del quindicesimo secolo in Inghilterra. «E questi» ripeté la donna, gettando in cima alla pila delle calze e un paio di stivaletti foderati di pelliccia.

Era davvero una bella scelta, quasi indistinguibile dai modelli antichi in cui si era imbattuta nella sua carriera. «Sono repliche incredibili» mormorò Brianna.

La donna sorrise e, senza interrompere il contatto visivo, prese altri oggetti dalla fine del tavolo. «Vorrai anche questi».

Brianna abbassò lo sguardo e sorrise, prendendo le borse che la donna aveva aggiunto. Non essendo mai stata in grado di resistere a una bella borsa, non poté fare a meno di essere colpita. Le scelte della donna continuavano a essere azzeccate. Mentre esaminava le borse di seta e di pelle, Brianna sussultò quando trovò uno specchietto compatto in un astuccio coordinato. Anche se non erano copie autentiche, ne fu subito innamorata.

«Affare fatto» dichiarò sorridendo. «Li prendo».

«Certo che li prenderai» rispose la donna, decisamente strana ma intrigante; prese la carta di credito di Brianna e la utilizzò. Stampò la ricevuta, ma prima di consegnargliela, la donna fece un piccolo sorriso, quasi rivolto a sé stessa, poi si diresse verso l'ingresso della cabina, dove iniziò a spogliare il manichino dell'abito da esposizione che aveva attirato Brianna, tenendo con delicatezza sia il vestito che la borsa di pelle che vi erano appesi.

«Oh» disse Brianna, alzando una mano per fermarla. «Non sono sicura che rientrino nel mio budget».

«No, probabilmente non è così» disse la donna. «Ma sono perfetti per te. Quindi, è un regalo».

«Oh, no» obiettò Brianna, agitando la mano con decisione. «Non posso accettare».

«Certo che puoi» insistette la donna.

Era un regalo davvero generoso, per di più da parte di una vera e propria sconosciuta, e Brianna, che non amava sentirsi in debito con qualcuno, decise di lasciare un po' di denaro sul tavolo prima di andarsene. Non sarebbe stato sufficiente a pagare il prezzo del vestito, ma almeno era già qualcosa. Guardò ammutolita mentre la donna infilava tutto nella borsa di pelle e, quando ricevette la borsa, la strinse tra le braccia, sentendosi combattuta. Non era sicura se doveva restituirla, dopotutto era un pezzo molto costoso. Il design era semplice, ma la pelle era morbida e consumata, senza sembrare usata. Non sapendo cosa le fosse preso, ma percependo delle sensazioni positive provenire dalla borsa, decise subito che l'avrebbe tenuta. Infilò la tracolla sopra la testa e la regolò come se quello fosse il suo posto. Quando cercò di nuovo il portafoglio, la donna le bloccò la mano.

«È un regalo, Brianna» annunciò la donna e per un attimo Brianna si paralizzò. Come faceva a sapere il suo nome? Abbassò lo sguardo sul portafoglio e le sue spalle si rilassarono leggermente. Naturalmente, sulla sua carta di credito, che la donna aveva appena utilizzato, c'era scritto "Brianna O'Roarke".

«Ne farai buon uso e questo è un pagamento sufficiente» disse la donna.

Brianna sostenne il suo sguardo per un lungo momento. La sincerità della sua voce era inequivocabile, e qualsiasi malizia Brianna avesse provato in precedenza era ormai scomparsa. Era un dono, e lei decise di accettarlo come un buon auspicio. Dopo un attimo, annuì e ringraziò la donna, prima di fluttuare lungo la strada, osservando i suoi nuovi possedimenti e la strana ed eterea creatura che glieli aveva donati.

Quando tornò al bed and breakfast, la sua stanza era pronta e le valigie erano state sistemate all'interno. Dato che si sarebbe fermata solo per la notte, non c'era molto da disfare oltre al pigiama e a un cambio di vestiti per la mattina seguente. Mentre stendeva un asciugamano sul bancone di marmo per sistemare gli articoli da toeletta, si rese conto che la tensione che aveva provato per la visita a Dunhill era ormai lontana. Apprezzando la sua piccola escursione inaspettata, si rinfrescò con calma prima della cena, un pasto delizioso servito al tavolo con la vista di uno splendido tramonto attraverso le finestre panoramiche. Completò la serata con una doccia calda e, quando si infilò nel letto, sospirò felice, sprofondando in un letto di piume e lenzuola pregiate.

Quando si svegliò la mattina dopo, Brianna si sentì sorprendentemente riposata. Di solito si girava e rigirava nel letto, soprattutto quando era lontana da casa. Pensò perfino di informarsi sulla biancheria da letto prima di partire. Anche se rifare le valigie era un po' più impegnativo, considerati i suoi nuovi acquisti e i regali ricevuti il giorno prima, non rimpiangeva nulla, nemmeno lo strano incontro. Dopo una deliziosa colazione con uova alla Benedict servite con la salsa olandese più buona che avesse mai assaggiato, Brianna decise di ordinare un pranzo al sacco da portare con sé. Una cosa in meno di cui preoccuparsi e, visto quello che aveva assaggiato fino a quel momento, sicuramente un'altra ottima scelta.

Rifornitasi di carburante per l'auto, Brianna si rimise in viaggio, con l'intenzione di raggiungere i cancelli della proprietà Montgomery entro la metà del pomeriggio. Prestando molta attenzione all'ambiente poco familiare che la circondava, mentre svoltava lungo la strada che portava alla tenuta, Brianna ripassò le parole che aveva intenzione di dire al signor MacTavish. Sempre che quell'uomo la facesse entrare. Il suo iniziale senso di calma cominciò a cedere il passo al nervosismo.

All'improvviso si sentì in apprensione, preoccupata di non riuscire a recuperare il cimelio di famiglia. Erano quasi due anni che seguiva la spada e finalmente aveva l'opportunità di negoziare la sua restituzione alla famiglia O'Roarke. Non sapeva nemmeno che suo nonno l'avesse venduta fino a quando non era morto e Brianna si era assunta il compito di rovistare tra le sue carte e le varie collezioni. Era ancora sconvolta dalla visione della custodia della spada vuota, ma ora era qui, incerta se sarebbe stata in grado di riaverla. Perdere la spada in sé era stato traumatico, ma sapere che i MacTavish sostenevano di essere *i legittimi proprietari* non le andava proprio giù.

Brianna ripensò a tutto questo mentre parcheggiava l'auto e si dirigeva verso la porta d'ingresso. Non era un'impresa facile, visto che le foto che aveva trovato online della tenuta *non* le rendevano giustizia. Aveva fatto un po' di ricerche sulla proprietà, il che rientrava nelle sue competenze di storica e collezionista d'arte, scavando in tutto quello che era riuscita a trovare. E incredibilmente (anzi no, non era poi così strano), grazie all'ennesima strana piega degli eventi, aveva scoperto che i proprietari della tenuta, la nota famiglia Montgomery, avevano una loro storia misteriosa, una serie di questioni in sospeso che, da quello che Brianna immaginava, non erano mai state risolte del tutto.

Giunta fino ai gradini d'ingresso, si fermò davanti alle porte, un magnifico insieme di mogano impreziosito da vetri sfaccettati, e inspirò profondamente. *Puoi farcela, Brianna. È ora di riconquistare la storia della tua famiglia.* Prima di correre il rischio di cambiare idea, suonò il campanello, poi fece un passo indietro, con le mani giunte davanti a sé. La porta si aprì un attimo dopo e, con sua grande sorpresa, fu Darach MacTavish in persona ad aprire. Naturalmente lo aveva cercato su Google, curiosa di conoscere lui, sua moglie e il loro legame con la famiglia Montgomery. Tuttavia, vederlo di persona, un omone dai capelli scuri e dallo sguardo terribilmente serio, a neanche un metro di distanza, la intimorì, a dir poco.

«Signor MacTavish» disse, detestando il tono remissivo della sua voce. Era lì per reclamare ciò che era suo di diritto, per carità! Datti una calmata, Bree!

«Signorina O'Roarke» rispose lui, e per un attimo Brianna trasalì. Come poteva conoscerla? Ovviamente quell'uomo doveva aver fatto le sue ricerche. Questa consapevolezza la fece rilassare leggermente quando il signor MacTavish parlò di nuovo. «Non la aspettavo».

Non era un vero e proprio rimprovero, ma Brianna, sperando che lui la facesse entrare, arrossì lo stesso. Dopo il lungo viaggio, l'uso della toilette si era reso necessario.

«Mi dispiace di intromettermi» spiegò, ora con un po' di

forza nella voce. «So che l'ultima volta che ci siamo sentiti ha detto che sarebbe stato in Galles, nella tenuta dei Montgomery, per un certo periodo».

«E mi ha seguito?»

Lei scosse la testa. «No, no, no» disse, agitando la mano. «Mi sono ritrovata a Dunhill solo due sere fa. Non era previsto».

«Dar?» Una morbida voce femminile lo chiamò. Fu inaspettato per Brianna; non aveva capito che si trattava di un viaggio di famiglia.

MacTavish fece un passo indietro e le fece cenno di entrare, rivolgendo la sua attenzione alla donna decisamente incinta che lo aveva chiamato per nome. Brianna la riconobbe come sua moglie, Celeste, e vide come i suoi occhi si addolcivano; l'intera espressione e il linguaggio del suo corpo erano l'incarnazione del vero amore. Senza dire una parola, la tirò vicino a sé, poi si chinò e le sussurrò qualcosa. L'orecchio di Brianna ci mise un attimo ad abituarsi quando capì che stava parlando in francese. «Sono Brianna O'Roarke. La nipote di Christopher e Michelle».

Celeste lanciò un'occhiata a Brianna, così breve che quasi le sfuggì. «Come...» Celeste rispose sottovoce, anche lei in francese.

Improvvisamente ancora più a disagio all'idea che persino Celeste sapesse chi fosse, Brianna distolse lo sguardo proprio mentre sorprendeva Dar che annuiva.

«Perché se ne sta in piedi sulla porta? Non l'hai invitata a entrare?»

Dar lanciò un'occhiata a Brianna e stava per rispondere, quando Celeste sospirò. «Intendo dire... *proprio dentro*!» esclamò.

«Ha delle domande da farci sulla spada» le spiegò Dar. «Dovevamo incontrarci alla fine del mese».

A quel punto Brianna tornò a guardare la coppia e, nel farlo, incrociò lo sguardo di Celeste per un attimo. L'altra donna ora la guardava in modo diverso, con un po' più di diffidenza.

«Allora perché è *qui*?» chiese Celeste al marito. «In Galles?»

Brianna li sentiva perfettamente, ma fece del suo meglio per rimanere in disparte e fingere di non capire. Tanto valeva cercare di carpire più informazioni possibili, visto che a quanto pareva i MacTavish *cercavano* di mantenere uno stretto riserbo. Darach doveva aver intuito che lei era tutt'orecchi, perché le lanciò un'occhiata e ricominciò a parlare in un'altra lingua. Gaelico scozzese. Lei conosceva anche quella, ma si fermò prima di alzare gli occhi al cielo. Dovevano fare di meglio se volevano tenerla all'oscuro di tutta la questione. Tutti gli O'Roarke parlavano inglese, francese e gaelico a sufficienza per cavarsela, e alcuni ne anche di più. Secondo tutti i documenti, Cateline aveva insegnato la lingua alla seconda moglie di suo nipote, Margaret, già nel Medioevo, e poi Margaret l'aveva trasmessa ai suoi figli, e i figli ai loro figli, e così via. Ecco com'era iniziata la tradizione di famiglia, che da allora si era tramandata di generazione in generazione. Margaret era responsabile anche di un'altra tradizione. Secondo alcune lettere in cui Brianna si era imbattuta, era stata Margaret a fare in modo che tutte le donne O'Roarke fossero esperte in qualche tipo di arma, usata principalmente per l'autodifesa, anche se all'inizio la motivazione era stata la protezione del marito Callum.

Brianna attese pazientemente, ammirando la scalinata alla sua destra e un'enorme sala da ballo che si affacciava sul parco. Mentre i MacTavish discutevano i pro e i contro di invitarla a restare, da un'altra parte della casa apparve un uomo che, dall'aspetto, doveva essere il padre di Darach. Le sorrise calorosamente, prima di interrompere la coppia, ancora intenta a discutere. Quando parlò, lo fece con fermezza, in modo deciso *e* in inglese, ovviamente a beneficio di lei.

«È una O'Roarke. Lei rimane».

CAPITOLO 4

Scozia, 1433

Aidan e i suoi uomini, attraversando la terra dei MacGreggor, raggiunsero i cancelli esterni del castello di Seagrave solo a notte inoltrata. Un'atmosfera di festa permeava l'aria notturna alla loro entrata nel cortile, dove grandi falò illuminavano lo spazio circostante crepitando e sibilando, mentre le scintille delle braci danzavano nell'aria prima di svanire nel nulla. Non era uno spettacolo del tutto insolito, dato che Grey e Gwen accendevano i bracieri ogni volta che ricevevano ospiti. Con l'aumentare del loro numero nel corso degli anni, i suoi fratelli e coloro che appartenevano alle cerchie più strette e dei figli nati dai matrimoni, cresceva anche il loro entusiasmo per festeggiamenti e baldorie. Stava rapidamente diventando uno spettacolo familiare che spesso portava Aidan a riflettere sul suo futuro, sul suo destino e sulla successiva linea di discendenza.

Riluttante a interrompere i bambini, che nonostante l'ora tarda erano impegnati in un gioco e correvano avanti e indietro, Aidan rimase a cavallo, accontentandosi di osservare da lontano.

Inspirò il piacevole profumo della legna da ardere, prendendo nota dei cambiamenti avvenuti dalla sua ultima visita. Fece un cenno del capo a Grey sui gradini del mastio, che ricambiò il gesto con la moglie Gwen protettivamente stretta davanti a sé. Dopo la perdita di un bambino nato senza vita e il difficile anno successivo, era rincuorante vedere Gwen di nuovo in attesa. Gavin, il miglior amico di Grey ed ex primo comandante, e sua moglie Isabelle, sorella di Grey, erano tornati a Seagrave mesi prima. Dapprima per offrire il loro sostegno a Gwen e Grey e poi, con l'imminente trasferimento ad Abersoch, non troppo lontano, avevano deciso di restare. Aidan sapeva che Lady Madelyn, la madre di Grey e Isabelle, era grata di averli tutti di nuovo sotto lo stesso tetto e, sebbene fosse ancora in ottima salute, Aidan sapeva per esperienza che viaggiare avanti e indietro non era esattamente ciò che avrebbe definito facile per il fisico.

Riportando la sua attenzione sui più giovani che stavano facendo un altro giro da un capo all'altro del cortile, Aidan sorrise quando Tristan, il figlio maggiore di Gwen e Grey, ebbe un sussulto e si fermò di botto appena lo vide in cima al suo destriero. Aidan aveva un debole per quel ragazzo che spesso cercava il suo favore e lo seguiva per il castello. Così, quando Tristan saltò in cima a un masso e lo fulminò con lo sguardo, Aidan capì cosa stava per succedere. Il ragazzo sollevò il cappuccio del mantello, nascondendo il suo volto nell'ombra in un'imitazione davvero notevole, e spalancò le braccia in modo drammatico, dichiarando: «Custode del regno, il potente orso è arrivato». Aidan ridacchiò, così come gli altri adulti. Mentre i bambini tornavano ai loro giochi, lui e i suoi uomini si occuparono dei loro cavalli, lasciandoli poi nelle mani esperte di James, lo stalliere di Seagrave.

Quando Aidan riuscì finalmente ad attraversare il cortile verso il mastio, i bambini erano già andati a letto. All'interno, vide Grey che saliva al piano superiore e Gwen che scendeva.

«Parliamo domattina?» chiese Grey voltandosi con un bambino in braccio.

«Sì» annuì Aidan. Non c'era nulla di così urgente da non poter aspettare l'indomani.

«Sei nella stanza di Callum» disse Gwen. «Ma prima vai in cucina, la cuoca sapeva del tuo arrivo e ti ha preparato la cena. Nel frattempo chiederò ad Anna di prepararti un bagno caldo».

Lui la fermò mentre stava per passare e la fissò con uno sguardo preoccupato. «Stai bene?» le chiese.

Lei annuì, un sorriso sghembo che le sfiorava le labbra mentre gli occhi le si riempivano improvvisamente di lacrime.

Il suo cuore si spezzò. «Oh, Gwen» fu tutto ciò che riuscì a dire.

«Non farmi piangere» replicò lei dandogli un buffetto sul petto, prima di salutarlo. «Vai a mangiare. Devo trovare Anna». Fece una pausa dopo qualche passo lungo il corridoio: «E dillo ai tuoi uomini» oramai senza più traccia di lacrime, indicando Alan, Henry e Richard, come sempre vicini a lui: «Ho vinto».

Lui sorrise alla sua recita del credo dei MacGreggor. «Come sempre, mia signora» ammise, con un cenno del capo.

Gwen sorrise, soddisfatta, e proseguì lungo il corridoio. Guardandola andare via, Aidan incrociò lo sguardo di Grey, che osservava dal pianerottolo in cima alle scale e sorrideva anche lui alla risposta della moglie. Sebbene il castello ora fosse tranquillo, era risaputo che Gwendolyn MacGreggor era attentamente sorvegliata. E anche se gli uomini di Grey non le stavano più dietro come una volta, aveva sempre gli occhi puntati addosso.

Salutando Grey, Aidan e i suoi uomini si diressero verso le cucine, nel grande angolo dove spesso consumavano i pasti informali. La cuoca era raggiante quando li vide: aveva un debole per tutti loro, ma con Dar che se n'era andato e Callum che prosperava di nuovo a Dunhill, sapeva che apprezzava ancora di più le loro visite. Non perse tempo per raggiungerla, tirando fuori il sacchetto che aveva portato pieno di erbe raccolte con cura nei piccoli ma ricchi giardini di Pembrooke. Lei guardò il contenuto con piacere e poi lo mandò al tavolo. Non aveva bisogno di farselo dire due volte.

Raggiunse i suoi uomini e non fu sorpreso di trovare uno dei suoi piatti preferiti in attesa sotto i vassoi coperti, un piatto che Gwen aveva ribattezzato *brasato* cucinato con verdure e servito con pane ancora caldo. Un pasto davvero divino. Ringraziò la cuoca e si mise a tavola. Quando finirono, sparecchiarono tra i brontolii bonari della servitù ancora impegnata nella preparazione dei pasti che sarebbero stati serviti l'indomani. Poi Aidan lasciò i suoi uomini vicino alle porte e si voltò per salire al piano superiore.

La sua stanza, un tempo occupata da Callum dopo la morte della prima moglie Fiona, era poi diventata di Aidan. Ripensò alle varie fasi che lui e i suoi confratelli avevano attraversato nel corso degli anni; sembravano tutte, in un momento o nell'altro, chiudere il cerchio. Essendo stati allevati insieme da piccoli, lui, Greylen, Callum, Darach e Ronan, il loro legame era indissolubile ora come allora.

Non importava se si vedevano solo una volta all'anno, come accadeva da quasi un decennio. Era un rito solenne che li riuniva ogni anno, una commemorazione di Allister e Fergus, i padri di Grey e Callum, che erano stati determinanti per la loro crescita. Sebbene Lachlan avesse svolto un ruolo essenziale nel loro addestramento e in tutte le loro vite, solo più tardi avevano appreso che era lui la vera forza della loro fratellanza. Non c'era da stupirsi se tutti loro lo veneravano.

Scrollandosi di dosso la fitta di malinconia che a volte provava pensando a Lachlan e Dar, Aidan disfece la sua borsa, impaziente di fare un bagno caldo. Dalla grande vasca che era stata sistemata davanti al fuoco si levava ancora del vapore, segno che Anna l'aveva appena riempita. Pensò ancora una volta a quanto fosse bello essere di nuovo a Seagrave, un castello pieno di vita, amore e gioia, ma anche di dolore, che aveva comunque la sua bellezza. Di quanti avvenimenti erano state testimoni queste mura nel corso degli anni. Dopo il bagno, i ricordi del passato lo accompagnarono mentre sprofondava sotto le lenzuola e chiudeva gli occhi.

Aidan dormì profondamente, sempre una benedizione

quando si trovava a Seagrave; quel posto offriva non solo comodità, ma anche un autentico senso di casa. Aveva appena finito di farsi la barba e si stava passando il dorso della mano sulla mascella quando udì un lieve colpo alla porta.

«Avanti» dichiarò con un sorriso, sapendo che si trattava di Tristan.

Un attimo dopo, il ragazzo si avvicinò, con gli occhi che brillavano e la mano tesa. «Posso tenere il tuo medaglione?» chiese.

Aidan sorrise e scosse la testa. «Se solo l'avessi».

Gli occhi di Tristan si spalancarono. «Che fine ha fatto? L'hai dimenticato? L'hai perso? Qualcuno... l'ha *rubato*?»

Il ragazzo era così espressivo che Aidan ridacchiò. «Niente di così malvagio» gli assicurò, «se non un colpo al mio orgoglio».

«No!» sussultò il ragazzo.

Aidan gli arruffò i capelli. «Sì, capita ai migliori di noi».

Tristan sembrò scettico, il che non era affatto sorprendente considerando i suoi genitori.

«A dire il vero» aggiunse Aidan, «sono stato abbattuto da un gattino».

«Non è vero!»

«Vedo che hai ereditato la grinta di tua madre, insieme al suo gergo!» esclamò Aidan con una risata.

«Non ricordarmelo» disse Grey entrando, la sua spavalderia smentita letteralmente da *tutto* ciò che riguardava la moglie. «Colazione?» chiese tendendo la mano a Tristan.

«Papà, Aidan ha perso il suo medaglione».

Grey non rispose nulla al ragazzo, ma sollevò un sopracciglio incuriosito in direzione di Aidan tenendo aperta la porta.

Aidan fece spallucce, prese il mantello e lo seguì. In netto, ma piacevole contrasto con la calma di Pembrooke, il corridoio era quasi al collasso, pieno di grida e chiacchiere mentre tutti si dirigevano al piano di sotto verso la sala grande. Dopo un giro di "gioco delle sedie", per lo più richiesto da un bambino dal viso angelico ma con grande determinazione, il cibo venne posato sul tavolo e si scatenò un altro momento di caos mentre venivano riempiti piatti e ciotole. Aidan si godette il trambusto, aiutando quando poteva ad afferrare un piatto che passava velocemente, mentre piccole braccia si protendevano invano.

Pochi istanti dopo, i bambini si sistemarono finalmente a tavola e regnò un po' di calma, finché Tristan non fece l'ennesimo annuncio, relativo al medaglione di Aidan e alla sua mancanza. Sperando che la menzione passasse senza clamore in mezzo alla tavola affollata, Aidan bevve un gran sorso dell'infuso mattutino della cuoca, assaporandone il gusto piacevolmente forte e assumendo una deliberata aria noncurante. Era intenzionato a rimanere in silenzio sulla questione ed era *quasi* sicuro di essere passato inosservato, finché una testa non scattò nella sua direzione e un paio di occhi si fissarono nei suoi.

«Aspetta» disse il colpevole. Si trattava di Gwen, ovviamente, che tra tutti i presenti poteva essere l'unica a chiedere spiegazioni. Aidan le lanciò un'occhiata dall'altra parte del tavolo che la fece scoppiare in una risata. «Dovrai fare di meglio, sono sposata con *lui*» dichiarò con un movimento della testa alla sua destra, dove sedeva Grey. «L'hai davvero perso?» chiese.

Aidan scosse la testa. «No. So esattamente dove si trova».

«Oh. Ho pensato che forse...»

«Forse, cosa?» chiese mentre Gwen si allontanava. Non aveva dato peso all'incidente, almeno fino a quel momento.

«Beh» cominciò Gwen, e Aidan si tenne pronto, sapendo improvvisamente fin troppo bene dove stava andando a parare. «Non è un segreto che i vostri medaglioni abbiano un certo significato. Ad esempio...»

«Non in questo caso» disse Aidan rapidamente, sperando di interrompere qualsiasi assurdità lei avesse potuto tessere. Anche se Margaret aveva indossato il medaglione perduto di Callum e Gwen aveva trovato conforto in quello di Grey prima di sposarsi, non c'era alcun significato nel caso di Dar e Celeste. Per stroncare ulteriormente qualsiasi argomentazione futura, aggiunse:

«Passiamo da questa questione a qualcosa di concreto. Mi è stato chiesto di sposare Judith Fitzgerald».

A quel punto, Grey e Gavin lo guardarono con la massima serietà, mentre le donne sussultarono, con aria inorridita.

Aidan scrollò le spalle, ostentando indifferenza, ma all'improvviso provò tutt'altro. «Non ho ancora accettato» aggiunse, odiando l'incertezza che si insinuava nella sua voce. «Anche se, qualora rifiutassi, i suoi fratelli non lascerebbero certo correre».

«Se non fosse per i suoi fratelli e per gli uomini che sono, Judith Fitzgerald non sarebbe una scelta così male» dichiarò Grey lentamente. La reputazione di Nigel e Gil Fitzgerald come bruti e prepotenti, come minimo, era nota a tutti; anche alle donne che annuirono alla dichiarazione di Grey. «Tuttavia» continuò Grey, «per dirla senza mezzi termini, Judith è completamente del nostro tempo, non è vero?» Era una domanda molto importante, tutto sommato. «Dalla nostra esperienza condivisa, possiamo dedurre che è probabile che la persona giusta per te sia una ragazza proveniente da un secolo futuro».

Gwen annuì lentamente. «Sapete, di solito non mi trovo facilmente d'accordo con mio marito, ma in questo caso credo che abbia ragione».

«Dire che ho ragione sarebbe stato sufficiente» suggerì Grey con un grugnito.

Mentre i due bisticciavano sulla scelta delle parole di Gwen, Aidan riordinò in silenzio gli eventi che avevano portato alla perdita del suo medaglione. Era successo mesi prima, in un giorno di festa per ricordare che la costruzione della tenuta di Abersoch era stata in gran parte completata. Colpito da un po' di malinconia nel rendersi conto che quella data segnava anche quasi due anni dalla partenza del suo amico e mentore, Aidan aveva cercato un po' di solitudine e si era diretto verso la spiaggia nelle prime ore della sera.

Ricordava distintamente il momento in cui aveva quasi schiacciato il gattino che gli era sfrecciato davanti; in effetti non ne aveva mai visto uno in giro per la proprietà. Alla sua vista, era inciampato e, mentre si raddrizzava da una caduta quasi imbarazzante, un lampo di metallo aveva catturato la sua attenzione, qualcosa che vorticava nell'aria e rimbalzava a terra con un rumore aspro e un atterraggio appena fuori dalla vista. In quel momento aveva ridacchiato per il buffo spettacolo, abbassando lo sguardo per rendersi conto che era il suo medaglione a essere volato in aria.

I medaglioni che indossavano lui e i suoi confratelli, scolpiti per loro quando erano ancora ragazzi, non avevano mai avuto un significato così importante per Aidan: era la presenza reale dei suoi confratelli che gli stava a cuore. Ma *quel* medaglione aveva un grande significato. L'aveva forgiato lo stesso Lachlan, incidendovi il simbolo che era unico solo per lui, lo stesso simbolo che ora era inciso all'ingresso di Pembrooke, su un lato, e un orso sull'altro, pochi giorni prima di partire.

Con gli occhi aperti nel caso in cui ci fosse un altro gattino della stessa cucciolata in giro, Aidan era andato a recuperarlo, sentendosi un po' emozionato nel ricordare il momento in cui Lachlan gli aveva dato il medaglione. Quando finalmente era riuscito a individuare il *punto* in cui era caduto, non aveva potuto fare a meno di ridacchiare di nuovo, questa volta per l'ironia della situazione. Stava per andare a prenderlo quando Duncan, che aveva bisogno di una mano, aveva scelto proprio quel momento per chiamarlo. Sebbene avesse programmato di tornare più tardi quella sera, Aidan non aveva ancora avuto il tempo di andare a riprenderlo. Vedendo le facce sconvolte intorno al tavolo ora, si chiese se avesse commesso un errore. Il medaglione era davvero più importante di quanto avesse pensato?

Alla domanda di Grey su Judith, dovette ammettere che anche lui aveva pensato la stessa cosa quando era stato contattato per la prima volta. Dopotutto, Maggie era stata all'abbazia per ben più di un anno prima di incontrare Callum. Tuttavia, era stato un pensiero fugace, come qualsiasi pensiero riguardo a una futura sposa in quel momento. La notizia che Judith fosse una

Fitzgerald, una Fitzgerald del quindicesimo secolo, come i suoi fratelli (anche se, supponeva Aidan, non *proprio* come i suoi fratelli, in quanto si trattava di una razza eccezionale), scatenò un'altra serie di domande e cautela, non solo da parte di Grey e Gwen, ma anche di Gavin, Isabelle e Lady Madelyn. Persino Anna gli lanciò un'occhiata preoccupata mentre si avvicinava a un bambino che aveva già bisogno di un pisolino mattutino.

Quando fu chiaro che Aidan non aveva più nulla da dire sull'argomento, le chiacchiere si fecero più intense e fu grato quando Henry interruppe il pasto, riferendogli, con una mano sulla spalla, di un problema con l'inventario della nave. Con un breve saluto e un cenno di ringraziamento alla cuoca, Aidan lasciò il tavolo, mai così felice di essere affiancato dai suoi uomini. Dalle chiacchiere animate che si lasciò alle spalle, era evidente che la sua presenza non era affatto necessaria.

Se solo avessero saputo la verità.

Solo quando raggiunsero i gradini che li avrebbero portati fuori dalla sala grande, Gwen lo chiamò dal tavolo. Aidan aveva appena sollevato il cappuccio, con un piede sul pavimento di pietra dell'atrio, a un passo dalla libertà, ma si fermò al suono del suo nome.

«Aidan» chiamò Gwen una seconda volta. «Dov'è il tuo medaglione? Non me l'hai più detto».

Un sorriso gli sfiorò le labbra, per l'ironia della situazione. Per ora, era pienamente consapevole delle implicazioni di quel giorno. Si voltò, dando la notizia con l'aria di mistero che meritava. «Si trova ad Abersoch, Gwendolyn. Sul fondo di una pozza di marea, per essere precisi».

CAPITOLO 5

Ai giorni nostri

Dopo la dichiarazione di Lachlan sull'appartenenza di Brianna agli O'Roarke, sembrò che tutto fosse sistemato. Come se Brianna fosse stata accettata come una di famiglia o quasi. Qualunque cosa significasse, l'effetto fu immediato. La tensione, persino la preoccupazione, manifestate da Dar e Celeste svanirono in un batter d'occhio.

In un turbinio di scuse, calorose accoglienze e presentazioni formali, le valigie di Brianna furono scaricate dall'auto e lei fu accompagnata al piano di sopra. Accadde tutto in fretta e, sebbene lei avesse insistito (più di una volta) sul fatto che le sarebbe andata bene la stanza che aveva prenotato al bed and breakfast, a una trentina di minuti dalla tenuta, quell'accoglienza non sarebbe *mai e poi mai* stata paragonabile alle sensazioni provate sotto le cure di quella famiglia. Mentre Brianna li seguiva lungo il corridoio dietro a Dar, rallentò quando sentì una voce sommessa ma eccitata chiamare: «Papà».

Facendo una rapida deviazione verso l'interno, si fermarono

per coccolare l'adorabile bambino (che Brianna apprese chiamarsi Griffin) che saltellava in punta di piedi, con le braccia tese, desideroso di essere preso in braccio dalla sua culla. Dopo un rapido cambio di pannolino, ancora un po' assonnato e giustamente intimidito nel vedere un'estranea, il bambino si aggrappò a Dar, fissando Brianna sopra la spalla del padre, mentre proseguivano verso la serie di porte successive che si aprivano in una graziosa suite. Immediatamente attratta dalla spettacolare vista sull'oceano, Brianna si diresse verso le grandi finestre, incorniciate da tende di splendidi tessuti neutri. Si voltò verso i suoi ospiti per scusarsi e poter disfare le valigie, e tutti iniziarono a parlare contemporaneamente. Dar e suo padre spiegarono che avevano degli affari da sbrigare, probabilmente qualsiasi cosa li avesse portati alla tenuta, e Celeste doveva preparare uno spuntino a Griffin.

Brianna li salutò con un sorriso, poi si voltò a cercare la sua trousse da bagno. La valigia era già stata sistemata su un portabagagli, fra un armadio aperto e la porta di un ripostiglio, quindi pensò che uno degli uomini doveva aver sistemato la borsa più piccola all'interno dello splendido bagno che aveva intravisto attraverso le portefinestre dall'altra parte di un'accogliente zona salotto.

Con calma, si rinfrescò, compiacendosi di come la giornata avesse preso una piega che non si sarebbe mai aspettata. All'inizio prese fuori solo qualche oggetto necessario da lasciare accanto al lavandino, ma poi, presa da un impulso, svuotò l'intera borsa. Fece lo stesso con la valigia. Non che ci fosse poi così tanto da tirare fuori, ma stranamente si sentiva a casa lì come a Dunhill. Le sembrava giusto sistemarsi con calma. Accatastò alcuni oggetti sugli scaffali e nei cassetti dell'armadio, poi iniziò ad appendere alcune camicette e dei cardigan. Quando le sue mani sfiorarono la borsa di pelle morbida sul fondo della valigia, Brianna decise di svuotare anche quella: non aveva senso che gli abiti si stropicciassero, e in più non vedeva l'ora di ammirarli di nuovo. Aveva appena finito di arrotolare l'ultimo paio di calze e stava cercando di decidere se appoggiare la borsa di pelle sul ripiano o se appenderla a un gancio, quando fu interrotta da un colpo alla porta. Incuriosita, gettò la borsa nella valigia vuota e si affrettò ad aprire.

Aprendo la porta, Brianna fu accolta da Celeste, con Griffin in braccio.

«È incredibile come tu riesca a tenere in braccio un bambino pur essendo così incinta» disse a Celeste con una risata sommessa, salutando il bambino in qualche modo incollato al suo fianco e facendole cenno di entrare con un sorriso.

Anche Celeste rise e fece spallucce. «Ho pensato che potevi avere fame, quindi sono in arrivo degli stuzzichini. È facile esagerare, vedrai, lo chef è fantastico».

Celeste continuò a spiegare che prepararsi per la cena, a quel punto della gravidanza e con un bambino al seguito, non era più facile o veloce come un tempo. Essendo figlia unica, Brianna non aveva molta esperienza con i bambini, ma non esitò a offrirsi di badare a Griffin.

Celeste sorrise e le fece un cenno con la mano. «È molto gentile da parte tua, ma stavo giusto andando a consegnarlo a Dar. Hai bisogno di qualcos'altro?»

«Sto bene così. Davvero». Brianna ricambiò il sorriso di Celeste, percependo la sua sincerità. E poiché erano passate ore da quando aveva mangiato l'ultimo pasto alla locanda, non vedeva l'ora di assaggiare qualsiasi cosa stesse per arrivare nella sua stanza.

«Va bene, allora, la cena è alle sette. Sarà un pasto informale» aggiunse Celeste voltandosi per andarsene. Brianna stava per chiudersi la porta alle spalle, quando Celeste si fermò di fronte a qualcosa che attirò la sua attenzione. «Posso?» chiese indicando l'armadio.

Chiedendosi da cosa fosse incuriosita, Brianna annuì e fu sorpresa quando la donna si fermò davanti al portabagagli.

«Non vedevo una borsa come questa da...» Le sue parole si interruppero quando la sua mano toccò la pelle.

«Da?» chiese Brianna incuriosita, quando Celeste non finì la frase.

Celeste si voltò verso di lei, con un'espressione malinconica. «Da molto tempo. Sei fortunata ad avere dei tesori di famiglia così meravigliosi. È fantastico... un miracolo, in realtà, che abbiano resistito alla prova del tempo».

A quel punto, Brianna provò una momentanea fitta di rabbia. Prima di tutto per aver ricordato che la famiglia di Celeste era in possesso del suo vero cimelio di famiglia, e poi perché questo le fece pensare agli altri che erano andati perduti, le cassette delle lettere più di recente.

«Oh! Oh no, Brianna» disse Celeste scuotendo la testa, leggendo il suo sguardo. «Mi dispiace tanto, devo essere sembrata così insensibile». All'improvviso sembrò essere in imbarazzo. «Prima Dar mi ha detto che sei qui per la spada. Sinceramente non sapevo che la stessi cercando. Che *qualcuno* la stesse cercando».

Brianna sentì le spalle rilassarsi: Celeste era sincera con lei, non faceva finta che Brianna non avesse diritto alla spada.

«Posso?» chiese ancora Celeste, facendo cenno alla borsa.

Brianna annuì e le porse la borsa. Celeste l'aprì e la fissò a lungo, scrutandone l'interno e ispezionandone la fodera. Quando tornò a guardare Brianna, sembrò quasi commossa. A Brianna sembrò un po' strano, ma d'altronde anche lei era rimasta quasi senza parole durante il suo scambio con la donna della bancarella di abbigliamento femminile, quindi chi era lei per giudicare?

Con un sorriso un po' incerto, Celeste si avvicinò a Brianna e le strinse affettuosamente la mano. «Siamo una famiglia, Brianna» disse. «Forse non abbiamo una parentela diretta, ma il legame tra la tua famiglia e la mia è più profondo di quanto tu possa immaginare».

Qualcosa nel modo in cui lo disse, lo sguardo nei suoi occhi, il calore della sua stretta, colpì Brianna come poche volte le era successo nella sua vita. Sembrava sciocco anche a lei, ma percepiva lei stessa il legame che c'era tra loro, anche prima che Celeste la abbracciasse con Griffin ancora avvinghiato al suo fianco. L'aveva sentito anche quando Lachlan aveva parlato poco prima, ma in quel momento Brianna comprese davvero che per quella famiglia (i MacTavish) essere una O'Roarke aveva un peso.

Proprio mentre Brianna stava per staccarsi dall'abbraccio, sentì Celeste tendersi e sussurrare: «Oh mio Dio». Brianna dava le spalle all'armadio e quindi non era sicura di cosa avesse provocato quella reazione, ma l'abbraccio improvvisato finì e vide che Celeste sembrava stranamente spaventata. Con lo sguardo fisso sulla spalla di Brianna, Celeste le passò Griffin così velocemente che nessuna delle due ebbe il tempo di reagire. Brianna rimase a cullare il bambino fra le braccia mentre entrambe guardavano la madre che esaminava freneticamente i vestiti che erano appena stati appesi.

«Dove li hai presi?» chiese Celeste stringendo la stoffa dell'abito che Brianna aveva ricevuto in dono dopo quasi un minuto intero.

Non sapendo cosa le fosse preso, Brianna coprì le mani di Celeste, facendo del suo meglio per allontanarle delicatamente prima che Celeste danneggiasse il costoso capo. Era un po' infastidita dalla reazione della donna: il vestito meritava una certa cura e lei si sentiva improvvisamente molto possessiva nei suoi confronti. «Li ho trovati ieri a una fiera d'arte locale, mentre venivo qui» spiegò, rilassandosi quando Celeste lasciò cadere le mani lungo i fianchi.

Celeste fissò i due indumenti per un lungo momento, poi individuò gli stivaletti al di sotto e tornò ad avere gli occhi lucidi. «Hai trovato anche questi?» chiese, afferrandoli e tenendoli in mano.

Cercando di evitare che Celeste mettesse a soqquadro l'intero armadio, Brianna sistemò Griffin sul pavimento e gli diede un po' della carta velina in cui erano stati avvolti i vestiti per giocare. Il bambino iniziò subito a schiacciare e stropicciare felicemente la carta e Brianna si voltò verso Celeste, che ora stava guardando dentro ognuno dei due stivali, scrutandone ogni centimetro.

«Beh, tecnicamente non li ho trovati» disse Brianna, prendendo le scarpe. «Li ha scelti la donna che gestiva la bancarella».

Celeste si fece di nuovo molto silenziosa e poi disse: «Ah. Cos'altro ha scelto questa donna?»

«Stai bene?» chiese Brianna, cominciando a chiedersi se dovesse preoccuparsi, se Celeste stesse avendo una specie di crollo indotto dagli ormoni della gravidanza, ammesso che fosse possibile.

Celeste la guardò con uno sguardo lucido che diceva a chiare lettere "non sono pazza". «Assecondami, per favore».

Brianna capì l'antifona e scrollò le spalle. «Tutto, credo» ammise, raccogliendo gli oggetti e mettendoli sullo scaffale. Prese anche la borsa dalla valigia. «Allora, questi e...» allungò la mano, toccando le grucce che contenevano le altre sottovesti e gli abiti che aveva acquistato.

Celeste rimase in silenzio mentre assorbiva le sue parole, poi la sua bocca si spalancò quando tornò a guardare lo scaffale. «Aspetta, anche la borsa? Non era tua fin dall'inizio?»

Sentendosi sempre più a disagio, Brianna annuì. «No, l'ha usata per impacchettare tutto».

Uno sguardo attraversò il volto di Celeste, uno sguardo che Brianna conosceva fin troppo bene e che la fece sentire in colpa per aver messo in dubbio la sanità mentale di Celeste poco prima. Stava chiaramente elaborando le parole di Brianna, e così le lasciò lo spazio per farlo, aspettando pazientemente, e sperando di riuscire a capirci qualcosa. Quando sembrò che avesse preso una decisione, Celeste prese la borsa dallo scaffale e la aprì, facendo cenno a Brianna di avvicinarsi.

«Guarda» disse, indicando le piccole lettere impresse nella pelle sotto il disegno celtico, la maggior parte del quale era nascosto sotto le dita di Celeste. Ma non importava, perché alla vista del monogramma il cuore di Brianna ebbe un sussulto. Lo riconobbe all'istante. Era il marchio presente in ogni borsa degli O'Roarke. Nel bagaglio a mano, nella borsa dei cosmetici, in quella che usava per il lavoro, nel portafoglio di suo nonno, ancora nel vassoio sopra la scrivania dove l'aveva riposto poco dopo la sua morte, e sul portamonete che aveva ereditato da sua madre e che portava sempre con sé.

«Non capisco» sussurrò Brianna. Aveva pensato che la borsa fosse semplicemente una creazione di design interessante, bella ma pur sempre una replica. Ora, invece, sembrava che non solo fosse d'epoca, ma anche che fosse anche appartenuta a qualche O'Roarke del passato. Prendendola dalle mani di Celeste, Brianna la osservò in modo diverso, con tutta la riverenza di un tesoro di famiglia, quale sembrava essere e come Celeste aveva dichiarato solo pochi istanti prima. Passando le dita sul marchio, i suoi occhi si posarono sul nodo celtico inciso sopra, e trasalì, avvicinando la borsa.

«Hai visto?» Brianna non riusciva a credere ai suoi occhi. Prima non vi aveva fatto caso, ma ora era l'unica cosa su cui riusciva a concentrarsi.

Celeste sbirciò all'interno e scrollò le spalle. «È il marchio presente su tutte le borse, vero?»

«Non proprio così». Questo era quello che aveva sempre considerato *suo*, il nodo celtico composto da sei fili intrecciati che le aveva rapito il cuore quando l'aveva visto per la prima e unica volta da bambina. Aveva avuto un tale impatto su di lei che lo aveva disegnato e scarabocchiato quasi distrattamente per anni. E le era rimasto così impresso che il giorno del suo diciottesimo compleanno se l'era fatto tatuare dietro l'orecchio esattamente come lo ricordava: un nodo celtico formato da quelle sei linee intricate intrecciate, contornate da un nodo circolare. Non era stata un'impresa facile, su un tatuaggio così piccolo.

Non sapendo cosa significasse rivedere quel marchio singolare dopo tanti anni, Brianna tenne per sé i dettagli mentre Celeste dava un'occhiata più da vicino.

«Oh, hai ragione, Brianna» disse, anche se la sua voce aveva uno strano tono. «È diverso».

Celeste lanciò a Brianna uno sguardo strano, che la rese

improvvisamente scettica: sapeva qualcosa che non voleva condividere con *lei*? Non che potesse chiederglielo apertamente, suppose. Lo scetticismo fu superato da un altro pensiero e i suoi occhi si posarono sugli abiti. Toccò di nuovo la stoffa e vide anche questi sotto una luce completamente nuova. Si voltò verso Celeste, che la stava osservando con attenzione. «Sai... le ho detto, a quella donna, che erano repliche incredibili, e non riuscivo a credere che non fossero vere: il materiale, la fattura...» mormorò Brianna, ricordando ora così chiaramente lo scambio avuto con la donna. «E lei ha sorriso».

«Okay» disse Celeste, fissando Brianna con uno sguardo molto intenso. «Questa donna. Che aspetto aveva?»

Brianna le raccontò di quella donna, di come sembrasse quasi eterea, una sosia della sua fata madrina.

Celeste appoggiò la testa tra le mani. «Oh, Brianna, non va bene».

«Perché? Cosa vuoi dire?» Il battito cardiaco di Brianna, già accelerato, cominciò a correre.

«Devo andare a chiamare Dar e Lachlan» annunciò Celeste, prendendo in braccio Griffin e sfrecciando nel corridoio. Prima che Brianna avesse il tempo di metabolizzare quello che era appena successo, erano tutti e tre nel suo armadio, a guardare tra i capi e a prestare particolare attenzione alla borsa e al marchio che conteneva. Brianna capì subito che aveva un significato speciale anche per loro. Qualunque cosa fosse, ne erano turbati.

Dopo alcuni minuti in cui rimasero a bocca aperta e si guardarono intorno, Brianna stava per rompere il silenzio e chiedere *cosa* stesse succedendo, quando Dar parlò.

«Non possiamo essere sicuri che sia stata Esmeralda» disse, guardando Celeste e Lachlan, che non sembravano d'accordo.

«Chi?» chiese Brianna, quasi stufa dell'intera faccenda. «Cosa sta succedendo?»

Dar, che aveva in mano la borsa ed esaminava i segni al suo interno, si voltò verso Brianna. «La donna che crediamo possa averti dato queste cose».

Questo non le chiarì nulla. «La conoscete?» chiese Brianna. Tutti annuirono, ma vista l'energia che si respirava nella stanza non era sicura che fosse una buona cosa. «Allora questo significa qualcosa...?» Ovviamente sì, ma per tirarlo fuori dai MacTavish ci voleva una vita.

Celeste annuì. «Sì, significa qualcosa. Probabilmente che farai un viaggio».

Avrebbero mai potuto essere più criptici? *Pronto?!* Cosa c'entrava? «Nonostante quello che potrebbe sembrare, non sono una viaggiatrice abituale» disse Brianna, sperando che a quel punto seguissero ulteriori spiegazioni da parte di Celeste, o di Dar, o di Lachlan, nel caso. Ma il suo commento fu accolto solo da grugniti non impegnativi, a parte Griffin che lo trovò divertente.

La risata di Griffin sembrò essere la distrazione di cui tutti avevano bisogno, perché i padroni di casa cambiarono immediatamente marcia, esprimendo un leggero disappunto sull'ora, e la lasciarono a prepararsi per la cena.

Brianna decise di mettere da parte la stranezza dell'intera faccenda per il momento e di parlarne di nuovo a cena. Ovviamente c'era dell'altro nella storia, in questa Esmeralda e nel fatto che la replica della borsa (o almeno così pensava) che le aveva regalato portava il marchio degli O'Roarke e il singolare nodo celtico impresso all'interno, ma ci sarebbe stato tempo per fare domande più tardi, dopo che i MacTavish si fossero ripresi dallo shock iniziale.

Dopo aver fatto la doccia, Brianna prese un panino dal vassoio che Celeste le aveva mandato, sgranocchiando un delizioso triangolo ripieno di cetriolo e aneto mentre rovistava nell'armadio, alla ricerca di qualcosa da indossare e rimuginando su tutto quello che era appena successo. Sfiorò con le dita gli abiti che avevano suscitato tanto clamore, chiedendosi per la milionesima volta cosa stesse succedendo. Alla fine optò per dei pantaloni e una camicetta di seta e si diresse al piano di sotto, dove trovò Celeste, Dar e Lachlan, seduti nel salotto formale, con un'aria serena e per nulla tesa, come se non avessero mai avuto una crisi di panico collettiva meno di un'ora prima. Osservandoli mentre parlavano tra loro, era evidente che erano molto uniti e amavano stare insieme. Lachlan la vide per primo e la chiamò.

«Ah, Breagha» disse, e Brianna trasalì: non si era resa conto di quanto le mancasse sentir pronunciare il suo nome in quel modo, con quella cadenza, da quando suo nonno era morto. «Vieni».

Lachlan le fece cenno di andare avanti mentre lui e Dar si alzavano per salutarla. Erano tutti sorridenti, evidentemente decisi a dimenticare lo strano momento di poco prima. Scambiarono alcuni convenevoli mentre Dar le versava da bere e poi si recarono insieme al tavolo da pranzo e si accomodarono per quello che Lachlan spiegò essere uno dei pasti preferiti di suo figlio.

Brianna era così affascinata da quell'uomo, e anche da Dar e Celeste, che non riusciva a smettere di sorridere da un orecchio all'altro. Non avevano ancora parlato della spada, non proprio, ma si rese conto che non riusciva a trovare un motivo per preoccuparsi, almeno per il momento.

Quando Lachlan le chiese dei suoi genitori, Brianna si lanciò in una storia che non aveva mai raccontato ad alta voce. Solo quando Lachlan si avvicinò e le strinse la mano dicendole: «Breagha, racconta con il *cuore*, ragazza» si rese conto di aver raccontato la storia dei suoi genitori, della sua vita, come se stesse lavorando a un elenco dettagliato, snocciolando particolari di genealogia e geografia. Per niente pronta alle lacrime, Brianna provò una scarica di emozioni quando Lachlan la guardò profondamente negli occhi. «Sì, da lì» disse dolcemente.

L'effetto fu sorprendente. In tutta la sua vita, almeno dalla morte dei genitori, non si era mai sentita così libera in compagnia di... qualcuno. Anche con la sua famiglia, suo nonno e i suoi zii, era diverso; loro soffrivano per la stessa perdita che aveva subito lei. Certo, con loro si sentiva al sicuro e a suo agio, ma tutto era pervaso dalla sottile piaga del dolore. Lì, invece, con i MacTavish, Brianna sentiva che qualcosa stava cambiando. Era nell'aria, tutto intorno a loro, e a stento riusciva a credere alle parole che le venivano in mente e poiché stava voltando pagina, doveva ammetterlo, sembrava tutto un po' magico. Non poteva negare quella sensazione a lungo dimenticata e, quando Lachlan le strinse di nuovo la mano, sorrise, facendo cadere una o due lacrime, senza curarsene. Anzi, sorrise per un attimo per la libertà che improvvisamente iniziava a percepire.

«Ho dei ricordi incredibili dei miei genitori» disse, e la cosa finì lì. Come un'onda, l'impeto che provava la portò a raccontare diverse storie: della sua vita con i genitori, di ciò che sapeva della loro infanzia, di come si erano conosciuti e corteggiati, di tutto ciò che le veniva in mente. E a differenza dell'ascolto educato che Lachlan, Dar e Celeste avevano mostrato prima, ora tutti si chinavano, pendendo dalle sue labbra.

Brianna parlò per tutta la prima portata, un assortimento fresco di aragosta, tonno e ostriche, ciascuno servito con una generosa quantità di salsa di accompagnamento. Quando i piatti vennero portati via, Brianna prese un bel respiro e fu grata di vedere che il secondo piatto era *tutt'altro* che una semplice insalata di verdure miste condite con una vinaigrette, poi rise dolcemente quando una selezione di panini caldi e burro montato arrivò sul tavolo. «C'è un programma di allenamento affisso da qualche parte, vero?»

«Sicuramente» disse Celeste, poi iniziò a raccontarle di una sua amica, Gwen, che non solo insisteva su una routine d'allenamento quotidiana, ma la considerava un impegno solenne e irrinunciabile. Anche Lachlan e Dar si intromisero, e prima che Brianna se ne rendesse conto, fu coinvolta in una vivace serie di storie sui loro amici e familiari più cari. Sentì parlare dei MacGreggor, Greylen e Gwen (la già citata regina dell'allenamento) e dei Montgomery, non Alex o Amanda, ma i loro parenti, per quanto Dar fu un po' vago sull'effettiva parentela, Gavin e Isabelle. Poi si parlò del loro caro amico, Aidan Sinclair, che a quanto pareva aveva lavorato con loro al castello. Brianna stava per chiedere quale fosse l'ultima parte che avevano ristrutturato, quando Dar si intromise con una storia su un altro dei suoi amici d'infanzia, Ronan. La sua domanda fu dimenticata quando Lachlan iniziò a parlare degli O'Roarke che conosceva. Brianna era sicura di non aver mai incontrato o sentito parlare di quella parte della famiglia, se ne *sarebbe* ricordata visto che condividevano i nomi dei suoi antenati preferiti, Callum e Margaret. Fu una splendida immersione nella vita privata dei MacTavish che fecero ridendo, versando qualche lacrima e brindando ai ricordi più cari.

Percependo il calore intorno al tavolo, Brianna invidiò il legame che quella famiglia aveva chiaramente con i propri parenti. Era chiaro quanto quelle persone significassero per loro: anche se gli amici e gli altri familiari non erano presenti fisicamente, il loro amore e il loro affetto riempivano la stanza. Era una sensazione che per Brianna era rimasta sopita per anni, e sentire quel bagliore magico riemergere fu un po' travolgente.

Ci fu una piacevole pausa quando Dar si alzò per prendere una nuova bottiglia di vino in cucina. Al suo ritorno, mentre riempiva i bicchieri, Brianna fece un respiro profondo: era finalmente il momento giusto per parlare della spada, il vero motivo della sua presenza.

«Non so bene come affrontare l'argomento» iniziò, sentendo le guance scaldarsi. «Ma possiamo parlare della spada?» Improvvisamente sopraffatta dall'emozione, sentì gli occhi gonfiarsi e alcune lacrime sgorgare. «Mi dispiace» sussurrò, mentre si asciugava il viso, imbarazzata. Lachlan e Celeste, seduti vicini a lei, si avvicinarono per offrirle un po' di conforto. «È solo che tutto ciò che ho sempre avuto di più caro, tutte le mie preziose eredità di famiglia... tutto continua a scomparire. E la spada... quella spada, significa tutto per me. È il pezzo più antico della nostra storia. Ditemi cosa volete in cambio. Potete avere i vestiti e anche la borsa, se volete! Sono pronta a pagare qualsiasi prezzo...»

Brianna si fermò per un attimo di fronte ai sussulti, agli occhi spalancati e alle mani frenetiche che la interrompevano intorno al tavolo. Doveva comunque dire la sua: aveva provato quel discorso così tante volte durante il viaggio che le parole a lungo preparate le erano comunque uscite dalle labbra. «Sono pronta a pagare qualsiasi prezzo desideriate per vederla restituita alla nostra famiglia».

Alzò lo sguardo e si trovò di fronte tre facce sbalordite, con la bocca aperta, tutti pronti a venire inghiottiti dal pavimento. Nel silenzio, il personale ricomparve con la cena e la stanza rimase stranamente silenziosa, a parte i mormorii di ringraziamento mentre venivano serviti gli antipasti: bistecca di manzo con patatine, sostituite da una varietà di ortaggi al posto di quelle tradizionali. Nel frattempo, Brianna cercava di trovare il coraggio di chiedere cosa non andasse.

«Scusa, Brianna» disse Celeste per prima, dopo aver scambiato un altro sguardo con gli uomini. «Per un momento, credo che fossimo tutti preoccupati che... beh, pensavamo...» Le parole le vennero improvvisamente a mancare.

«Quello che mia moglie sta cercando di dire è...» intervenne Dar sembrando altrettanto confuso. «Beh, vedi, tutti noi siamo stati in qualche modo... ci siamo imbattuti in qualche...»

«Oh, tutti e due» esclamò Lachlan. «Se c'è qualcosa che possiamo trarre dalla nostra esperienza e da ciò che sappiamo, è questo, Breagha: quella spada non è la tua eredità, ragazza. No, lasciami finire» dichiarò Lachlan, senza dubbio reagendo alla confusione e all'offesa che sicuramente erano comparse sul volto di Brianna a quelle parole. «La spada *in sé* non è la tua eredità, anche se ne fa parte. La *magia* è la tua eredità, Breagha, mia cara».

«Padre!» gridarono Celeste e Dar in contemporanea.

«*Cosa?* È una O'Roarke, ed è la più vicina all'albero genealogico che ci sia. La magia *deve* scorrere nel suo cuore. Sarebbe impensabile che non ne conoscesse nemmeno un po'».

Si voltarono tutti a guardarla con aspettativa, e, nonostante fosse sincera, dopo anni passati a respingere perfino l'*idea* della magia di famiglia, il suo dubbio doveva essere evidente.

«*Breagha! Ragazza!*» esclamò Lachlan dopo aver visto il dubbio sul suo volto. «TUTTI gli O'Roarke ci credono!»

Brianna scrollò le spalle, desiderando di potersi convincere.

Dar e Celeste dissero a Lachlan di calmarsi un po', chiaramente preoccupati che il suo tono potesse averla offesa. Erano davvero gentili, ma onestamente Brianna lesse le parole di Lachlan come piene di affetto. Era chiaro che l'argomento lo appassionava.

«Non c'è problema» disse lei, «È solo che... beh, dopo la morte dei miei genitori, ogni piccolo accenno di magia sembrava essersene andato via con loro».

Lachlan annuì, poi chiuse gli occhi per un attimo. Quando li riaprì, la stava guardando con attenzione. «Conosci la storia della spada della tua famiglia?» le chiese.

Brianna scosse lentamente la testa. «Al di là di quello che sappiamo dalla datazione al carbonio, è l'unico pezzo che è avvolto nel mistero». Rincuorata dal bagliore degli occhi di Lachlan e dal sorriso che si diffondeva lentamente sul suo volto, il battito cardiaco di Brianna aumentò leggermente, mentre si chinava in avanti e allungava la mano verso la sua. «Tu lo sai, vero?» chiese, con le lacrime che improvvisamente le pungevano gli occhi e una sensazione di speranza si apriva di nuovo dentro di lei.

«Oh sì, ragazza. C'è una buona ragione per cui è avvolta nel mistero».

L'aria quasi crepitò nella stanza alla sua affermazione, e quando fece una pausa, drammatica o meno, Brianna gli fu grata, perché all'improvviso il suo cervello stava quasi scoppiando per tutte quelle nuove informazioni che le rimbombavano in testa. Mentre cercava di assimilare ciò che Lachlan stava insinuando, Dar e Celeste facevano del loro meglio per metterlo in guardia dal pronunciare ulteriori parole, il che, ovviamente, non faceva che aumentare la voglia di Brianna di saperne ancora di più. Per fortuna, Lachlan non si lasciò dissuadere.

«Ha tutto il diritto di saperlo, soprattutto se è *stata* Esmeralda a farle quei doni dopo aver visitato Abersoch!» La sua mano colpì il tavolo. «Ed è nostro dovere dirglielo». Fissò il figlio e la nuora con uno sguardo così intenso che Brianna cominciò quasi a dubitare di *voler* sapere. Ma quell'esitazione durò solo un millisecondo, perché aveva pronunciato di nuovo quel nome,

Esmeralda, e in qualche modo aveva capito che la donna era collegata alla spada e agli O'Roarke. Era tutto troppo perfetto per essere una coincidenza e, in base allo sguardo che Dar e sua moglie si stavano scambiando, Brianna comprese che la posta in gioco era alta.

«Siamo d'accordo, quindi?» chiese Lachlan quando né Dar né Celeste dissero nulla. I due si soffermarono ancora un attimo a pensare, poi sembrarono giungere a un tacito consenso. Con un'altra occhiata a Brianna, si voltarono verso Lachlan e annuirono, poi Lachlan si rivolse a lei e le accarezzò la mano. «Siediti, tesoro. Ci aspetta una lunga notte».

Brianna accettò il bicchiere di vino fresco che Dar le porgeva e, che Dio l'aiutasse, rimase seduta per ore, assaporando ogni singola parola.

Mentre Lachlan le raccontava degli O'Roarke dei secoli precedenti, di Fergus e Isabeau, di Callum e Margaret, lei ascoltava rapita. Dopo un po', divenne sempre più difficile ignorare che Lachlan non stava parlando di queste persone come personaggi storici, ma come contemporanei, e quando Celeste intervenne per spiegare come la spada fosse entrata in loro possesso, come sua cognata, una donna di nome Maggie, l'avesse trovata dopo la morte di *suo* fratello Derek, che l'aveva avuta dal nonno di Brianna, beh, Brianna ebbe bisogno di rabboccare il suo bicchiere di vino per assimilare tutto. Se quello che dicevano quelle persone era vero, c'era più di un pizzico di magia nel prezioso manufatto della sua famiglia; *anzi*, l'intera loro storia, a quanto pareva, era tutta magia.

Così come la terra del castello di Abersoch su cui ora si trovavano.

CAPITOLO 6

Scozia, 1433

«Tornerò tra un mese» disse Aidan a Tristan mentre il ragazzo lo aiutava a raccogliere i suoi effetti personali e a metterli sul letto per impacchettarli.

Dopo tre giorni a Seagrave, erano quasi pronti a salpare. Quando Aidan aprì la sua borsa, Tristan andò all'armadio, trascinando un po' i piedi per raccogliere i pochi oggetti che Aidan aveva disimballato, oltre a quelli che aveva indossato durante il viaggio a Seagrave, appena lavati. Di solito il ragazzo faceva scivolare le mani sullo scaffale, tornando felicemente con un carico eccessivo di oggetti, ma quel giorno stava indugiando e il suo umore era completamente diverso.

«Dovrei venire con te» disse Tristan, porgendo ad Aidan una singola camicia. «Papà dice che imparare a navigare sulle nostre navi è fondamentale».

Aidan fece una risatina, poi si fece serio notando quanto Tristan fosse abbattuto, e spostò lo sguardo sul pavimento. Posò una mano sulla testa del ragazzo, inclinandola delicatamente all'indietro per poterlo guardare negli occhi.

«Stavo ridendo di tuo padre, non di te» disse. «E hai ragione da vendere. Imparare a comandare le navi dei MacGreggor è un dovere, ma, e questo è un ma molto importante, credo che in questo momento la tua mamma abbia bisogno di te qui, soprattutto con la partenza di tua zia, di tuo zio e dei tuoi cugini». Aidan sapeva che quest'ultima era la causa della malinconia di Tristan. «Garantire la sicurezza della propria famiglia è della massima importanza» spiegò, rivolgendo a Tristan uno sguardo serio.

A quel punto, il ragazzo si drizzò in piedi, come era solito fare chi aveva una causa nobile da perseguire. «Hai ragione. Il mio dovere è qui».

«Sì, per ora».

«Pensi che impareranno prima di me?»

Ah, ecco svelata un'altra preoccupazione: che i suoi cugini più giovani potessero superarlo. Aidan si guardò bene dal ridere di nuovo. «Non credo che in questo viaggio i tuoi zii insegneranno ai tuoi cugini le arti nautiche».

Il ragazzo non sembrava così sicuro e, francamente, nemmeno Aidan lo era. La navigazione a vela scorreva nel sangue dei MacGreggor e dei Montgomery. Solo il tempo avrebbe potuto dirlo.

«Spade o frecce?» chiese Aidan, pensando di distrarre il ragazzo visto che avevano ancora un po' di tempo.

«Entrambe» rispose il piccolo mercenario, e questa volta Aidan ridacchiò.

Dopo circa un'ora nel cortile con Tristan, Aidan tornò all'interno della fortezza. Appena mise piede sul pavimento di pietra fu assediato. Prima da Anna, che chiedeva informazioni sugli articoli per la casa presenti nel catalogo dell'inventario. Poi da Lady Madelyn, che lo implorava di salvaguardare un baule accuratamente imballato, appena rifornito di pozioni e intrugli simili. E, dopo la partenza di quest'ultima, arrivò Isabelle, con una raffica di domande (a cui il marito avrebbe potuto rispondere per lei) riguardanti i loro alloggi sulla nave, seguite dalla richiesta di fermarsi ad Ayr, condizioni climatiche permettendo, e con la richiesta di esaminare la rotta proposta per il viaggio. Aidan rimase paziente di fronte a tutte le domande, la maggior parte delle quali erano già state affrontate in precedenza. Capì che, sebbene quel trasferimento fosse in verità un'occasione felice, alla fine la famiglia si stava separando.

Grato per la tregua che si era creata dopo l'uscita di Isabelle, Aidan sollevò il cappuccio. Sentì Gwen ridacchiare: «Questo aiuta» e la vide osservare l'intera scena, con Greylen al suo fianco. Aidan le rivolse un sorriso di sufficienza e spinse indietro il cappuccio. Gwen rise di nuovo in risposta e uscì mentre Greylen faceva cenno ad Aidan di dirigersi verso il suo studio. Certo che Grey fosse stato sottoposto alla sua stessa forma di assedio, Aidan lo seguì volentieri lungo il corridoio, sperando in un momento di quiete.

Quando entrarono nello studio di Grey, Gavin, che lo attendeva all'interno seduto alla scrivania, si alzò, cedendogli la sedia. Vecchie abitudini che ricordavano il periodo in cui Gavin era il primo in comando di Greylen. Aidan si sedette su una delle due sedie di fronte alla scrivania, mentre Gavin si dirigeva verso l'altra. Aidan prese da lui una pila di documenti, una serie di registri di navigazione, dettagli sull'equipaggio e sulla rotta e i risultati dell'ultima ispezione.

Due navi erano pronte a salpare per Abersoch, una destinata ai rifornimenti e agli ultimi lussi che Isabelle e Gavin avevano scelto di portare con sé; l'altra avrebbe trasportato il carico più prezioso, i loro quattro figli. L'autorità locale di ciascun porto aveva ricevuto un lauto compenso e il piano era oramai stabilito: la nave che trasportava Isabelle e i bambini avrebbe gettato l'ancora nell'insenatura di Abersoch, e quella da carico avrebbe attraccato in un porto vicino. Mentre si avvicinavano alle loro destinazioni, fu deciso che Gavin si sarebbe trasferito sulla nave da carico per rendere nota la sua presenza permanente al molo pubblico. Da lì, avrebbe supervisionato il trasferimento delle merci via terra, una modalità molto più comoda rispetto a quella via mare. Tutto nei registri sembrava in ordine, finché Aidan non raggiunse la pagina che mostrava l'assegnazione di Gavin alla nave da carico.

«No». Aidan scosse la testa e prese una penna d'oca dalla scrivania di Grey per effettuare la modifica. Finora i loro viaggi per mare avevano richiesto l'uso di una sola nave. «Abbiamo due navi. Isabelle e i vostri figli. Io navigo con voi. Alan e Richard possono navigare sull'altra nave».

Tecnicamente Aidan non stava facendo valere i suoi gradi, anche se avrebbe potuto, visto che era stato incaricato di insediare i Montgomery nella loro nuova dimora. Tuttavia, dato che l'incarico era stato affidato a Gavin, la situazione era un po' confusa. La sua decisione, comunque, venne accolta con un cenno di assenso sia da Gavin che da Grey.

Sistemati gli ultimi piani, Aidan lanciò la lista dei passeggeri riveduta sulla scrivania di Grey e si sedette, a occhi chiusi, per godersi quel momento di tranquillità. Al rumore distinto di passi pesanti e decisi che si dirigevano verso di loro aprì un occhio e scambiò uno sguardo complice con Grey e Gavin. Tutti quanti pronunciarono il nome di Alex nello stesso momento. Con una presenza imponente che solo Grey era in grado di eguagliare, Alex si era rapidamente fatto strada tra i ranghi, guadagnandosi un posto ambito nella loro cerchia ristretta già da qualche anno. Alex proveniva dai MacPherson a sud, lontani parenti della madre di Dar, Ella. Desideroso di servire, aveva presto dimostrato il suo valore: era a dir poco un abile spadaccino. Sebbene un tempo fosse stato un uomo dal sorriso pronto e dall'arguzia ben calibrata, dopo il rapimento di Gwen ogni traccia di spensieratezza in lui era svanita, e il suo unico obiettivo era la protezione di Seagrave, dei MacGreggor e, soprattutto, di Gwen.

Aidan si rese conto di non aver visto Alex quella mattina e, osservando il suo aspetto mentre attraversava lo studio, capì che era stato di pattuglia.

«I Fitzgerald hanno attraversato la terra dei MacGreggor all'alba» disse al posto del saluto. «Saranno in cima alla collina a momenti».

Aidan scosse la testa quando Grey gli lanciò un'occhiata. «Non sono qui su mio invito» replicò. Aidan aveva avuto tutte le intenzioni di parlare con i fratelli mentre si recava ad Abersoch, ma questo prima che Gavin avesse comunicato a Pembrooke il loro cambiamento di programma e prima della conversazione avvenuta a colazione due giorni prima. Con un sospiro, si alzò per affrontare il loro arrivo inaspettato. Gli altri uomini li seguirono e, dopo soltanto un paio di passi lungo il corridoio, Gwen e Isabelle si precipitarono verso di loro.

«Che succede?» chiese Isabelle, con il fiatone. «I tuoi uomini hanno appena raggiunto Kevin e Ian sulle scale e non si stanno certo scambiando dei convenevoli. Sono in modalità guerra».

Aidan non ne fu sorpreso. Se Henry, Alan e Richard si tenevano pronti alla battaglia, nonostante fosse del tutto inutile, gli uomini di Grey si sarebbero adeguati, con o senza motivo. «Sembra che i fratelli Fitzgerald siano giunti per ottenere una mia risposta» spiegò Aidan alle donne, e venne accolto senza sorpresa da espressioni allarmate.

«Non è che stai ancora pensando a Judith, vero?» chiese Gwen.

Aidan le lanciò il suo sguardo migliore, che lei interpretò nel modo corretto, ricomponendosi immediatamente e sorridendo con vivacità, mentre Alex guardava rapidamente verso di lui, apparentemente in attesa di essere informato. Sorprendentemente, la questione non era ancora di dominio pubblico. Mentre si dirigevano fuori, unendosi a metà degli abitanti di Seagrave, raccontò ad Alex le ultime condizioni imposte dai Fitzgerald all'accordo di Aidan con il padre e tutta la spiacevole storia. A quanto pareva, era arrivata una *qualche* notizia ed erano impazienti di divertirsi un po'.

Aidan prese posto in cima ai gradini, affiancato da Grey e Gavin, i cui uomini costituivano un muro impenetrabile dietro di loro. Ritenendo evidentemente di dover avere una visuale privilegiata dell'azione, Gwen e Isabelle si strinsero accanto ai loro mariti. Gwen cercò di posizionarsi nel modo migliore per stare comoda con la pancia arrotondata e tutto il resto, e qualche parolaccia le sfuggì dalle labbra mentre si impegnava a sistemarsi. Aidan non era l'unico che cercava di mantenere la calma, sapendo che anche una sola risatina affettuosa avrebbe attirato le sue ire. Fortunatamente per loro, il gruppo di cavalieri venne scortato nel cortile proprio in quel momento e gli uomini spinsero gentilmente le donne dietro di loro.

Immobile come la pietra, Aidan attese, chiedendosi cosa ci fosse dietro l'ennesima mossa mal concepita dei fratelli Fitzgerald. Soffrivano chiaramente di una mancanza di disciplina e di guida dopo la perdita di Robert, e forse non l'avevano mai avuta. Perché tanta urgenza nel volere una risposta?

I fratelli smontarono da cavallo, avanzando con una spavalderia esagerata e chiaramente senza rendersi conto delle loro precarie condizioni. Se non l'avesse visto con i suoi occhi, Aidan non avrebbe mai creduto a tanta sfacciataggine e a quella palese mancanza di rispetto. Provò un momento di pena per Judith, che almeno era del tutto diversa dai suoi fratelli. Quel momento di tristezza lo fece riflettere perché, insieme, giunse anche la considerazione che lui *aveva* sia il potere sia l'opportunità di portarla via da loro. Strano, ma era la prima volta che provava qualcosa riguardo al loro legame, per quanto temporaneo.

Gil, il fratello minore dei Fitzgerald, parlò per primo. «Siamo venuti per avere una risposta».

Ovviamente. Aidan aveva pensato di rifiutare la proposta, eppure, all'improvviso, tutto ciò a cui riusciva a pensare era alla loro sorella e al male che avrebbe potuto subire a causa del suo rifiuto. L'avrebbero sicuramente preso come un insulto e Aidan aveva la sensazione che avrebbero dato la colpa a Judith. Non stava improvvisamente prendendo in considerazione l'idea di sposarla, ma non voleva nemmeno che le accadesse qualcosa di male. Tuttavia, trovandosi ora di fronte ai fratelli in modo così evidente,

Aidan si *rese conto* che per mesi era stato del tutto indifferente alla proposta. Avrebbe dovuto capirlo prima, perché già di per sé era un fatto significativo.

«Ritiratevi, finché siete in grado» dichiarò. «Aggiungerò "rispettosamente", in onore a vostra sorella». Con le navi da far salpare, una famiglia da insediare nella nuova dimora e innumerevoli dettagli da gestire per far funzionare tutto, Aidan non aveva tempo anche per quello.

Gil guardò verso Nigel, più anziano di lui di soli due anni. Questi lo osservò torvo, ma annuì lentamente.

«Sì. Andremo. È chiaro che sei troppo... preoccupato per accorgerti del tuo errore di giudizio» disse Gil. «Ma torneremo. Sei in debito con noi, Sinclair».

Aidan mantenne un'espressione stoica, ma dentro di sé si meravigliava della loro impudenza. Quei ragazzi sarebbero stati la loro stessa rovina. «Non sono in debito con nessuno» dichiarò. «E sia chiaro, conoscevo vostro padre abbastanza bene da sapere che *questo*» aggiunse Aidan, facendo un movimento con il mento verso i fratelli, «disonora la sua memoria». Quest'ultimo era un insulto, e loro lo sapevano.

Fecero un passo avanti come per sfidarlo, dimostrando un ulteriore livello di stupidità. Fortunatamente per loro, gli uomini con cui viaggiavano li trattennero.

Tuttavia, Gil annunciò: «Finché non avremo la vostra risposta, resterete fuori dalla nostra terra. Il nostro accordo è terminato».

Dalla fila di soldati dietro di loro si levò un grido militare. Aidan rispose, visto che la provocazione era diretta a lui.

«Non uccideteli» disse, e con questo, liquidò completamente i Fitzgerald.

CAPITOLO 7

Ai giorni nostri

La testa di Brianna continuava a girare, molto tempo dopo la cena. Non riusciva a smettere di pensare alle ultime parole di Lachlan, le più difficili da accettare dopo una serie di rivelazioni già incredibili. «Il destino ti porterà dove sei destinata ad andare, Breagha, ne sono certo, che tu sia pronta o meno». E l'aveva detto così seriamente. Lei aveva cercato uno scintillio nei suoi occhi, un sorriso all'angolo della sua bocca che indicasse un tono scherzoso, ma non aveva trovato nulla. Quindi, o lui era pazzo, insieme a Dar e Celeste, il che francamente era difficile da credere, oppure i viaggi nel tempo erano reali, sapevano come funzionavano ed erano convinti che lei fosse la prossima candidata.

Si rigirò su sé stessa per quasi tutta la notte, tenuta sveglia dalle varie possibilità e da tutti quei "se". In particolar modo, e *se* avessero avuto ragione? Questo avrebbe certamente spiegato come fosse possibile vedere Lachlan, Dar e Celeste seduti a quel tavolo a raccontare storie chiare e inattaccabili che sembravano davvero naturali, non imparate a memoria o inventate, e per le quali era praticamente impossibile negare la credibilità, *o* almeno la buona fede di *chi* le aveva narrate. A meno che non fossero tutti e tre affetti dalla stessa improbabile illusione, l'avevano quasi convinta. E *se* avessero avuto ragione? Eppure, ogni volta che Brianna tentava di credergli, la sua parte più sensata, quella di storica accreditata che si occupa di fatti, diceva che era impossibile. Ma, e *se,* invece?

Se ogni scelta che aveva fatto nella sua vita l'avesse condotta *lì,* in quello stesso luogo, per accogliere il suo destino, che secondo i MacTavish si trovava centinaia di anni nel passato, un passato *gloriosamente magico* (parole loro) della sua stessa famiglia? Non c'era da stupirsi che gli zii fossero stati fin troppo felici di lasciarla andare a far visita ai MacTavish. Celeste le aveva spiegato che era *lei* la legittima proprietaria delle cassette delle lettere, e che le lettere all'interno erano state scritte a lei stessa da Dar secoli prima. Forse, dopotutto, zio Christopher e zia Michelle non erano stati ingannati.

La nuova Brianna, aperta e speranzosa, si consentì di provare a immaginare. Avrebbe potuto visitare la sua famiglia e vedere le cassette delle lettere *e* Dunhill Manor in tutta la sua gloria, splendida e originale. Santo cielo, avrebbe potuto incontrare Cateline De la Cour in persona, la sua antenata preferita e una vera e propria influencer della sua epoca! Per un momento, Brianna si lasciò entusiasmare dalla possibilità di esplorare nella vita reale ciò che aveva passato più di dieci anni a scoprire nelle vecchie sezioni più polverose delle biblioteche. Forse *faceva parte* del suo percorso, del viaggio della sua anima. Forse quella parte di lei, quella terribilmente ferita che aveva rinchiuso, avrebbe finalmente avuto la possibilità di guarire. In base a ciò che Lachlan, Dar e Celeste avevano condiviso con lei, se questo *era* il suo destino, come lo era stato per loro e per molti dei loro amici, allora non c'era nulla che potesse fermarlo. Non riuscendo a capacitarsi delle implicazioni che ciò avrebbe comportato per la sua percezione della realtà, Brianna prese una decisione: avrebbe parlato con i suoi ospiti alla luce del giorno e, per quella notte, avrebbe cercato di dormire un po'.

Quando finalmente gettò da parte le coperte la mattina dopo, non era sicura di cosa aspettarsi. Avrebbe trovato i padroni di casa seduti intorno al tavolo a ridere, pronti a spiegare che si era trattato di uno scherzo ben congegnato? Oppure avrebbero fatto il bis, continuando a insistere che era tutto vero? Stranamente, a Brianna cominciava a sembrare più probabile che la storia del viaggio nel tempo fosse autentica.

Quando entrò in cucina, dove i MacTavish stavano preparando la colazione, Brianna notò che c'era qualcosa di diverso. Un'urgenza, qualcosa di particolare nell'aria.

«Cosa c'è?» chiese, sentendosi improvvisamente in apprensione.

Dar lanciò un'occhiata a Celeste prima di prendere una busta che Brianna non aveva notato, appoggiata a una fruttiera. «Quando sei arrivata ieri, ho mandato un corriere a recuperare questa».

Brianna prese la busta e sussultò quando i suoi occhi colsero la scrittura familiare ed elegante sul fronte. «Non capisco» sussurrò, mentre le dita sfioravano le lettere del suo nome. «Questa è da parte di mio nonno. Ma... come fai ad averla?»

«Credo sia stata consegnata a Derek insieme alla spada». Dar guardò Celeste, che ora lo stava fissando, sconfortata.

«Non me l'hai mai detto» ammise Celeste.

«Volevo farlo. Mi dispiace, amore. Era nascosta nella nostra cassaforte. Forse non l'avrei mai trovata o non avrei mai pensato di guardare meglio se non avessimo venduto la casa. Volevo solo essere sicuro che non fosse rimasto nulla».

«Aspetta». Brianna scosse la testa. «Ce l'hai... da quanto tempo?»

«Non molto. Ma siccome c'era scritto solo "Brianna", senza cognome, ho capito a chi apparteneva solo dopo la tua telefonata».

Brianna aspettò che lui finisse di parlare, poi aprì la busta e dispiegò l'unico foglio che l'attendeva all'interno. Cominciò a leggere:

Mia carissima Brianna,

se stai leggendo questa lettera, suppongo di aver lasciato questo mondo terreno e che tu abbia scoperto che la spada è sparita. È fondamentale che tu sappia che ero sano di mente quando l'ho venduta al Signor Lowell e, anche se forse riderai dell'aspetto economico della cosa, spero che tu possa avere abbastanza fiducia nel mio giudizio da sapere che è stata la decisione giusta. Stai tranquilla, credo che questa transazione sia stata non solo necessaria, ma anche indispensabile per garantire la nostra eredità e un risultato che nemmeno io (che ci credo pienamente) avrei mai immaginato. Questo è tutto ciò che posso dire per ora, ma un giorno saprai perché l'ho fatto. Penso che scoprirai che una parte di te lo sapeva fin dall'inizio.

Con tutto il mio amore eterno,
Dougal O'Roarke

Per quanto vaghe, le parole criptiche del nonno davano credito a quelle di Lachlan. In qualche modo, Brianna condivideva con quel gruppo di persone qualcosa di più profondo dei legami familiari. Era molto da assimilare. Tutto quanto. Sovraccarica e sopraffatta, la nuova Brianna, capace di agire senza pensare troppo, tornò a nascondersi. Una necessità, per elaborare quel turbine di informazioni. Come minimo, si sarebbe presa una pausa, rifugiandosi nell'abituale "nel dubbio, non fare nulla".

Fortunatamente, quando si giustificò con un borbottio del tipo "ho bisogno di tempo per pensare", fu accolta con comprensione e calore.

Lachlan le rivolse un sorriso paterno. «Prenditi tutto il tempo che ti serve, ragazza».

Riconoscente, Brianna infilò la busta in tasca e tornò al piano di sopra, con in mano la tazza di caffè che Dar aveva insistito che portasse con sé. Arrivata in camera, fece quello che le riusciva meglio e che le aveva permesso di eccellere nel suo particolare settore di lavoro. Concentrò la sua attenzione, lasciando da parte le storie, i collegamenti, le coincidenze e tutti gli strani avvenimenti, e si immerse nell'ambiente circostante, prestando particolare attenzione alle *cose* che la circondavano. Il suo luogo sicuro. Dopo una lunga doccia, vestita con un paio di pantaloni di lino e un semplice top, cercò le scarpe da passeggio, ma si fermò quando vide gli stivaletti della fiera. Li provò e si stupì che fossero così comodi: non solo le calzavano benissimo, ma la sostenevano alla perfezione. Si soffermò un attimo ad ammirare l'abbinamento con il suo abbigliamento, prese una giacca leggera e scese al piano di sotto. Mentre si dirigeva verso il giardino, passò per la cucina e si fermò di colpo quando vide Celeste e Dar che si godevano un po' di tempo da soli senza Griffin.

«Oh no» sussurrò Brianna, poi arrossì e si coprì gli occhi.

Celeste e Dar risero e la salutarono. Quasi uscita dalla porta, Brianna venne raggiunta da Celeste.

«Ehi» disse. «Se intendi esplorare le gallerie, fai attenzione alle scogliere».

«E stai lontana dall'acqua» aggiunse Dar.

Facevano davvero sul serio. Brianna alzò la mano e assicurò che avrebbe evitato l'acqua, che comunque non sarebbe stata un problema. Stranamente, i grandi spazi la spaventavano a morte, ma l'accenno a una caverna buia e claustrofobica la incuriosiva.

Abbandonando il suo piano originario di esplorare i giardini, li attraversò e si diresse invece verso le gallerie sul lato opposto della proprietà. Sebbene l'area fosse dotata di uno spazio grazioso dove sedersi, l'ingresso era nascosto dietro una siepe ben curata. Avrebbe dovuto essere un deterrente, ma Brianna si ricordò che aveva il permesso di accedervi (purché non saltasse) e si infilò nella fitta vegetazione.

Una volta dentro, si tolse la giacca e aspettò che gli occhi si adattassero al buio, desiderando di aver preso una torcia. Un attimo dopo sorrise quando una luce soffusa si accese alla sua sinistra e capì che doveva aver attivato un sensore. Le lanterne illuminarono la galleria davanti a lei come se la chiamassero per nome e lei avanzò, eccitata di vedere cosa avrebbe potuto trovare.

Stranamente, a parte alcuni posti per sedersi annidati nelle occasionali nicchie che incrociava, non trovò molto. Tuttavia, c'era qualcosa di affascinante e invitante in quel posto, un'energia che la spronava ad andare avanti; Brianna perse la cognizione del tempo, facendosi strada attraverso la caverna. Quando sentì il rumore dell'acqua, si sentì confusa e si chiese se in qualche modo fosse scesa fino alla riva. Sembrava impossibile, vista l'altezza a cui si trovava all'inizio, ma mentre seguiva quel rumore, una luce intensa si riversò nel passaggio davanti a lei e, quando si voltò, dovette ripararsi gli occhi dal bagliore mentre entrava nell'ampia apertura.

Quando gli occhi si adattarono, Brianna fu assolutamente *sbalordita* dall'ambiente più bello, pittoresco e, *sì*, santo cielo, anche magico che avesse mai visto in vita sua. Si trattava di una grotta nascosta, senza eguali, con pozze di marea gorgoglianti raccolte sotto un soffitto di roccia naturale. Degna di qualsiasi corte mitologica, era sufficientemente lontana dalla riva e dal mare aperto per farla sentire comunque al sicuro. Brianna era entusiasta della sua scoperta. Non era un'esperta di geologia, ma aveva un debole per le pietre più belle e, in una zona ricca di minerali come quella, si chiese se avrebbe avuto la fortuna di trovare persino un cristallo.

Eccitata dalla prospettiva, percorse il ripiano roccioso tra la spiaggia di ghiaia e l'insenatura nascosta, accovacciandosi di tanto in tanto alla ricerca di un tesoro e facendo sempre attenzione a dove metteva i piedi. Dopo aver aggirato le pozze ancora piene, senza scorgere nulla di interessante, tornò verso la parete rocciosa, dove le pozze erano per lo più vuote a causa della marea che si stava ritirando.

Un po' delusa di non aver trovato nulla, nemmeno una pietra levigata, Brianna scrutò la zona un'ultima volta. Il suo sguardo si posò su un gruppo di rocce piatte illuminate dal sole. *Perfetto*, pensò. Forse non sarebbe tornata con le tasche piene di pietre graziose, ma almeno avrebbe potuto riposare un po' e godersi quello splendido scenario. Si avvicinò alle rocce, si sedette delicatamente apprezzandone il calore, e sollevò il viso verso il sole. Dopo il turbinio degli ultimi giorni, era piacevole fare un respiro profondo e purificante e rilassarsi sul serio. Stava trascorrendo un momento meraviglioso, tutte le sue domande e le sue incertezze temporaneamente dimenticate, quando un grido in lontananza non le fece quasi venire un infarto.

Brianna alzò lo sguardo e vide che il grido proveniva da Dar, che si stava dirigendo verso di lei con Celeste e Lachlan al seguito. Non sapendo perché fossero così allarmati, fece loro un cenno per fargli sapere che li aveva sentiti, poi si alzò per raggiungerli. Quando risollevò lo sguardo, li vide tutti correre verso di lei e si accorse che Celeste portava una grossa borsa... una borsa che, anche da quella distanza, avrebbe giurato essere la sua. In effetti... era proprio la *sua* borsa? Stavano gridando qualcosa, ma il vento si era alzato abbastanza da impedire a Brianna di capire cosa stessero dicendo. Man mano che si avvicinavano, le raffiche si intensificarono, riecheggiando così forte che dovette coprirsi le orecchie. Percependo la loro urgenza, Brianna cominciò ad affrettarsi, avanzando con passo deciso e cercando di *non* immaginare che tipo di cattive notizie stessero correndo a consegnarle.

Riducendo la distanza tra sé e gli altri, Brianna superò un'altra pozza di marea quando un bagliore luminoso attirò la sua attenzione. Non aveva intenzione di fermarsi, ma la collezionista che era in lei ebbe la meglio, così come il fatto che era quasi certa di aver già ispezionato a fondo quella pozza. Ignorando i richiami dei MacTavish, a malapena udibili sopra il rumore del vento che ormai ululava, Brianna guardò verso il punto in cui aveva visto il luccichio. Le si mozzò il fiato quando la vide: una grossa moneta d'oro di qualche tipo, incastrata tra le rocce. Come una falena attratta dalla fiamma, ne fu irresistibilmente attratta e invertì la rotta, dirigendosi verso un pendio poco profondo che aveva notato dall'altra parte.

Oramai entrata in modalità "lavoro", Brianna si concentrò, ignorando tutti gli altri suoni e sensazioni. Non fu una delle sue mosse migliori, purtroppo. Quasi arrivata, scivolò su una pietra muschiosa e gridò mentre inciampava. Agitò le braccia, facendo del suo meglio per evitare una caduta disordinata, ma la gravità aveva già preso il sopravvento. Sfruttando il suo slancio in avanti, si spinse in piedi all'ultimo secondo e, senza pensare, saltò direttamente verso il centro della pozza. Nei pochi secondi tra la scivolata e l'atterraggio, tutto divenne stranamente silenzioso e un lampo di quella che poteva solo descrivere come *energia* la avvolse: accadde così velocemente che non ebbe nemmeno il tempo di spaventarsi. Preparandosi all'impatto, atterrò duramente sulle ginocchia, con le mani che raschiavano il sedimento granuloso sul fondo della pozza di marea. Stordita, con il cuore che batteva all'impazzata per l'adrenalina, Brianna fissò la conca rocciosa, sbattendo lentamente le palpebre finché non mise tutto a fuoco. Si controllò le mani riprendendo fiato e rimosse alcuni sassolini incastrati nel palmo, poi, una volta accertato di non aver subito un vero e proprio danno, tornò a concentrarsi sul recupero del suo tesoro. Per fortuna, era atterrata a pochi centimetri dalla moneta e riuscì facilmente a liberarla dal suo giaciglio. Tenendola con entrambe le mani, sorrise felice: era un premio più che degno dopo la sua caduta imbarazzante. Quella che all'inizio aveva scambiato per una piccola moneta era in realtà un grande medaglione forgiato a mano. Sebbene non fosse in grado di stabilire con esattezza il materiale, era in condizioni talmente buone da sembrare quasi nuovo. Brianna lo sollevò per catturarne la luce, ammirando il bellissimo nodo circolare dell'infinito inciso lungo il bordo, stupita di aver trovato un manufatto così splendido. Quando rivolse l'attenzione al disegno sul fronte, le si mozzò il fiato davanti all'immagine di un orso bellissimo e possente in rilievo. Gli orsi erano sempre stati un presagio di buona fortuna per Brianna: il nome di suo padre, Arthur, derivava dalla parola celtica orso. Sorrise, sfiorando con le dita il contorno in rilievo, prima di girarlo per guardare il retro. Quando vide l'incisione che riportava, quasi lo lasciò cadere. Era lo stesso nodo, *quel* nodo, il simbolo circolare che fino al giorno prima le era sfuggito per la maggior parte della sua vita. Con un orso su un lato e quel disegno celtico sull'altro, era certa che il medaglione avesse un significato speciale. Non poteva essere una coincidenza.

Entusiasta di mostrare ai MacTavish ciò che aveva trovato e sperando di ottenere qualche risposta, Brianna si alzò in piedi, sventolandolo in aria e sorridendo come un'idiota. Ma quando guardò verso la spiaggia, non solo il sentiero su cui si trovavano era vuoto, ma anche il resto del paesaggio era completamente diverso. L'ampia distesa di ghiaia tra la parete rocciosa e il mare aperto era scomparsa, e la parete stessa, dalle scogliere e dalla grotta dove era emersa per la prima volta dalle gallerie fino alla riva lungo il confine della proprietà, era rigogliosa di vegetazione che, ne era certa, prima non c'era.

Mentre cercava di capire cosa fosse successo, sentì di nuovo quella strana sensazione di energia. Come un ronzio nell'aria intorno a lei. Quando la sua borsa apparve accanto a lei, con un *plop*, Brianna si immobilizzò e una sensazione inquietante la avvolse, come se, in qualche modo, avesse fatto esattamente ciò che non avrebbe dovuto fare. Sperando di sbagliarsi e facendo del suo meglio per non farsi prendere dal panico, mise il medaglione in tasca, poi si chinò per raccogliere la sua borsa. Ma mentre vi frugava dentro, vide che Celeste aveva messo tutto ciò che Esmeralda aveva scelto per lei, e il suo battito cardiaco ricominciò ad accelerare in modo esponenziale. Cercando di controllare i suoi respiri affannosi e di evitare un vero e proprio attacco di panico, Brianna guardò di nuovo lungo il sentiero vuoto, sperando disperatamente di vedere Celeste che si dirigeva verso di lei. *Oh no. No, no, no.* Voleva solo prendersi un po' di tempo per esplorare i dintorni e *non* pensare alla straordinaria proposta dei MacTavish e a tutto ciò che ne derivava.

Aveva davvero... *viaggiato nel tempo?*

Fissando l'ampia distesa vuota, Brianna si chiese come avesse fatto a sbagliare. Era certa di aver ascoltato gli avvertimenti di Dar e Celeste. O no? Aveva evitato l'acqua e quanto alle scogliere, beh, non gli si era nemmeno avvicinata, quindi sicuramente non si era buttata. Ma poi il ricordo di come si fosse spinta contro la roccia, in un'azione istintiva, quasi incontrollabile, le balenò nella mente, e ricordò come aveva spiccato il volo prima di atterrare al centro della pozza di marea. Un attimo. *Contava anche quello?* Abbassando lo sguardo sulla borsa, Brianna ebbe la sensazione di sì. Non c'era da stupirsi che stessero correndo verso di lei: loro lo sapevano. Una sensazione strana, ma vagamente familiare, la colse mentre si tirava su e usciva dalla bassa pozza di marea. Paura. Paura, vera e propria paura, e incertezza. Non l'aveva mai provata, non così, da decenni, dalla notte in cui erano morti i suoi genitori.

Tremando e chiedendosi che cosa avrebbe dovuto fare, le orecchie di Brianna si drizzarono al suono di un debole, flebile miagolio. Grata di avere qualcosa, *qualsiasi cosa* su cui concentrarsi, si voltò verso l'origine del suono, dove un piccolo gattino si trovava a pochi passi di distanza.

«*Oh*... ciao, piccolino». Pensando che fosse un posto strano per un gattino che si aggirava nei paraggi, Brianna diede un'occhiata sommaria alla zona, ma non riuscì a vedere tracce della mamma o dei suoi fratelli. «Dov'è la tua mamma? Ti sei perso? O sei caduto?» chiese Brianna, guardando la parete rocciosa scoscesa.

Il gattino si limitò a fissarla, poi emise un altro flebile miagolio. Preoccupata che la piccola creatura potesse scappare se avesse cercato di prenderla, Brianna si prese un momento per spazzolare la sabbia dalle mani e dai pantaloni, sorridendo quando il piccolo iniziò a camminare verso di lei con un'andatura instabile. Mettendo la tracolla della borsa sulla spalla, la sistemò sul fianco, quindi si avvicinò al gattino, ora ai suoi piedi. Il dolce cucciolo cominciò a fare le fusa non appena Brianna lo strinse al petto.

Rimase così per un momento, dando e ricevendo conforto,

finché il rumore distinto dei cavalli in lontananza la mise in allerta. Brianna si voltò e quasi lasciò cadere il gattino quando vide un consistente gruppo di uomini galoppare lungo lo stretto tratto di costa. Procedevano tre a tre, occupando tutta la spiaggia dalla riva alla parete di roccia, uno spettacolo tanto bello nella sua simmetria quanto terrificante per ciò che rappresentava. Brianna sbatté le palpebre, chiedendosi se fosse solo frutto della sua immaginazione (oppure, aveva forse sbattuto la testa dopo essersi sollevata in volo senza accorgersene?) o se fosse un'ulteriore prova che quello che le era stato detto era la verità: viaggiare nel tempo era davvero possibile, e lei l'aveva appena fatto. Dopo qualche secondo, non c'era più nulla da negare: non si trattava certo di un'illusione.

Mentre i cavalieri si avvicinavano, Brianna si rese improvvisamente conto di cosa indossava, in particolar modo dei *pantaloni*. Frugò nella borsa, spostando il gattino su un braccio in modo da poter cercare un vestito. Afferrò quello cremisi e se lo infilò dalla testa, tirando il materiale sopra il suo abbigliamento moderno. Con pochi secondi a disposizione, strinse il gattino e pensò di scappare, ma gli uomini si fermarono a pochi metri da lei. Quando uno di loro smontò da cavallo e cominciò ad avvicinarsi, lei rimase ferma, non avendo altra scelta, e decise di fare del suo meglio.

«Ti sei persa, ragazza?» chiese lui, con il suo gaelico scozzese che dimostrava ancora di più quello che era successo.

A quanto pareva, la cosa migliore che potesse fare Brianna in quel momento, era restare in silenzio. Magari l'uomo avrebbe potuto pensare che stesse tremando per il freddo.

«Sei ferita?» le chiese, sostituendo la curiosità con la preoccupazione. «Puoi dirmi il tuo nome, ragazza?»

Che Dio l'aiutasse, sperava di aver fatto la scelta giusta. «Brianna» rispose. «Brianna O'Roarke».

CAPITOLO 8

Scozia, 1433

Aidan trascorse i primi due giorni del viaggio verso Abersoch proprio come aveva immaginato, lavorando al fianco di Gavin e Isabelle per istruire i gemelli e il loro fratello minore sulla navigazione. Lo considerava un dono e gli ricordava i giorni della sua giovinezza, quando Allister e Fergus avevano fatto lo stesso per lui e i suoi fratelli. Perfino il Capitano John, il comandante più anziano ed esperto dei MacGreggor, raccontò ai ragazzi alcune storie, incluse quelle volte in cui Isabelle si era intrufolata a bordo di nascosto.

Così assorbiti dai loro doveri, il tempo passò in fretta e la terza mattina del loro viaggio arrivarono in porto ad Ayr, l'unica tappa prevista. Era prevista una breve escursione con poche provviste da prendere, ma, arrivando durante la fiera annuale, avevano deciso di restare fino al pomeriggio. Mentre Aidan e Gavin seguivano Isabelle e i bambini, offrendo di tanto in tanto qualche consiglio ai gemelli impegnati a contrattare le merci, Isabelle colse l'occasione per raccogliere ciò che equivaleva a un tesoro di stoffe.

Con le braccia piene di sete e il bambino, si allontanò dalla bancarella in cui era rimasta a lungo.

«Credo di aver terminato le monete» disse, porgendo una pila di tessuti a Gavin.

Aidan ridacchiò, compiaciuto nel vedere il loro evidente amore reciproco. Quando Isabelle si girò verso di lui e gli porse qualcosa, Aidan fu rapido nel ricevere, sorpreso di trovarsi la piccola Emmalyn improvvisamente tra le braccia.

«Ho bisogno di due mani» spiegò Isabelle con un'alzata di spalle e un sorriso, prima di tornare a occuparsi dei suoi acquisti.

Mentre Gavin aiutava i gemelli, Aidan sistemò Emmalyn, la più piccola di quattro figli abituata a essere passata di mano in mano, contro il suo petto e fece cenno a Isabelle di dedicarsi ai suoi acquisti. Guardando tra la folla mentre aspettava, annuì ai suoi uomini, come sempre a pochi passi di distanza, e vide molti dell'equipaggio che si stavano godendo la prolungata sosta a terra. Aidan sorrise quando Emmalyn si accoccolò contro di lui. Le stava accarezzando la schiena quando qualcosa di strano attirò la sua attenzione: poco più avanti, la ressa di visitatori della fiera si separò senza sforzi e apparve una figura familiare, anche se inaspettata. «Esmeralda» sussurrò, come se Emmalyn potesse capire.

Sebbene fosse concentrato sulla misteriosa donna che aveva avuto un ruolo fondamentale nelle loro vite, riuscì comunque ad afferrare Isabelle con la mano libera. Ansimante all'uscita dalla bancarella, Isabelle era inciampata, quasi cadendo alla vista di Esmeralda.

Avvertendo un cambiamento nell'aria, ogni traccia di rilassatezza svanì, e Aidan si raddrizzò. Trasferì la bambina a Isabelle, poi si spostò per mettersi davanti a lei, facendo segno a Gavin, dall'altra parte del sentiero con i ragazzi, di non muoversi. Leggendo il suo comando silenzioso, i loro uomini li circondarono, con grande disappunto di Gavin.

Nonostante il loro atteggiamento sulla difensiva, Esmeralda restò imperturbabile e, senza mostrare alcuna emozione, si avvicinò fermandosi a un soffio da lui. Desideroso di lasciarsi alle spalle qualsiasi cosa stesse per accadere, Aidan attese piuttosto a disagio mentre la testa di lei si inclinava all'indietro e i suoi occhi blu cangianti e vorticosi si fissavano nei suoi. Sicuro di sé in *qualsiasi* occasione richiedesse pragmatismo e prevedibilità, si sentiva invece particolarmente vulnerabile davanti alla *magia* che tendeva a sfuggire al suo controllo. L'unica cosa di cui era sicuro era che il destino e le promesse avevano sempre un prezzo.

Dopo un attimo, Esmeralda parlò. «Hai ottenuto molto e hai dimostrato il tuo valore, Aidan Sinclair, ma il tuo compito non è affatto concluso. Sii prudente, il cammino che ti aspetta non è privo di asperità».

Aidan sapeva bene di non dover fare domande, si limitò a sostenere il suo sguardo e a fare il cenno che sapeva stesse aspettando.

Soddisfatta, Esmeralda si voltò per andarsene e Aidan sentì i suoi muscoli rilassarsi per un attimo, finché Isabelle non riuscì ad aggirarlo e a chiamare la donna che si stava allontanando.

«Aspetta!» esclamò alzando un braccio, mentre con l'altro continuava a tenere in braccio Emmalyn.

Esmeralda si fermò e si voltò. «Isabelle».

Isabelle si bloccò e Aidan le pose una mano protettiva sulla spalla. «Conosci il mio nome?» chiese.

«Certo. Conosco tutti voi, e anche i vostri genitori».

«Perché hai mentito a Maggie e Callum?» chiese Isabelle in fretta, come se sapesse di essere sul punto di perdere il coraggio.

Aidan spinse di nuovo Isabelle dietro di sé, preoccupato che l'incantatrice si potesse offendere, ma Esmeralda si irritò più per il suo gesto che per le parole di Isabelle e non perse tempo a rimproverarlo.

«Non mi sono sentita insultata dalla sua domanda, Aidan Sinclair» disse, avvicinandosi sempre di più a lui. «La tua mancanza di fiducia nei miei confronti, però, mi lascia perplessa. Ora, spostati».

L'ultima cosa che Aidan aveva intenzione di fare era far

arrabbiare Esmeralda, eppure ci era già riuscito. Un risultato deplorevole, probabilmente il primo nella loro cerchia. Guardando Gavin, Aidan attese un suo cenno prima di spostarsi leggermente di lato. Quando Esmeralda si avvicinò, percepì un cambiamento in lei.

«Fiona era incinta di una bambina, ed è morta. Così, ho detto a Callum che avrebbe accolto un maschio per aiutarlo a superare il lutto e a dimenticare Fiona e la bambina che portava in grembo».

Le parole schiette di Esmeralda si discostavano completamente dalle sue solite riflessioni velate. Era evidente che le importava, e molto. Aidan osservò Isabelle abbassare il capo, senza più alcuna traccia di spavalderia.

Un attimo dopo, Esmeralda si rivolse a lui. «Sprechi un bene prezioso, Aidan Sinclair. La ruota del destino è già in moto».

E con ciò si voltò per andarsene.

Aidan la guardò volentieri andare via, pronto a lasciarsi alle spalle l'intero scambio. Sentì vagamente Gavin dargli una forte spinta per raggiungere sua moglie e, per tutta risposta, inciampò di lato, tenendo gli occhi fissi su Esmeralda fino a quando questa non scomparve nella massa dei partecipanti alla fiera.

«Raduna l'equipaggio» disse loro, sapendo senza dubbio che la loro permanenza in quel posto era terminata.

Non menzionò invece l'improvvisa urgenza di ascoltare l'avvertimento della mistica e di mettersi in cammino al più presto.

CAPITOLO 9

Brianna fu scortata via dalla spiaggia a cavallo. Anche se era un'esperta cavallerizza grazie alle lezioni che il nonno l'aveva insistentemente spinta a seguire per anni, stavolta fu grata di doversene stare soltanto seduta con una guardia a condurla al suo fianco. Durante il complicato cammino verso l'altura sovrastante, Brianna si rese conto che, se non fosse stato per la sua esplorazione delle gallerie, non si sarebbe mai trovata vicino alle pozze di marea. Persa nei suoi pensieri, non tanto su *come* fosse arrivata lì, quanto sul *perché* si fosse sentita attratta da quel luogo a ogni passo, apprezzò il silenzio degli uomini mentre percorrevano il ripido sentiero, e anche Kitty, come era stata nominato il gattino, in realtà una micetta, che continuava a fare le fusa.

Quando raggiunsero la terraferma, a Brianna mancò il fiato alla vista del castello. Dunque, questo era Abersoch nella sua forma originale. Come un vero e proprio faro su una collina, il castello sembrava brillare in tutta la sua splendida gloria. Il suo stile le ricordò subito Pembrooke, la tenuta non lontana da Dunhill alla quale si era profondamente affezionata da bambina e dove aveva visto per la prima volta quello specifico nodo che ora sembrava essere ovunque. Si raddrizzò sulla sella, colpita da un'ondata di ricordi, e gli occhi le si riempirono di lacrime.

Brianna ricordava ancora il giorno in cui suo nonno l'aveva portata lì e quanto l'avesse colpita vedere per la prima volta quel disegno, inciso profondamente nella pietra.

Era ancora un po' intontita quando l'aiutarono a scendere dal cavallo, ma si assicurò comunque di accarezzare affettuosamente l'animale prima di salire i gradini che conducevano alle imponenti porte d'ingresso. Improvvisamente, giunta nell'ampio ingresso, tremante e ghiacciata fino alle ossa, Brianna fu affidata alle cure di un uomo che sembrava essere il responsabile. Mentre lui scambiava qualche parola con la guardia che l'aveva accompagnata, osservò l'ambiente circostante, aggrappandosi a Kitty e cercando di simulare un'aria distaccata, pur sperando nel contempo di non essere cacciata via.

«Verrò a vedere come stai domattina, ragazza» disse la guardia e le sue parole, una chiara indicazione che sarebbe stata ancora lì la mattina seguente, la distolsero dal suo torpore.

Brianna non era sicura del motivo per cui l'uomo sembrasse tanto interessato al suo benessere, ma apprezzò il gesto e annuì, mormorando un ringraziamento prima che lui si voltasse per andarsene. I suoi stivali rimbombarono rumorosamente sul pavimento mentre si dirigeva verso la porta, sottolineando con gravità la situazione. Quando si girò, si trovò di fronte all'uomo con cui era stata lasciata, presumibilmente il ciambellano della tenuta. Questi non perse tempo a esercitare la sua autorità e a mostrare il suo disappunto, indicando Kitty e scuotendo la testa con evidente disapprovazione.

«La prego, signore» supplicò Brianna disperata, aggrappandosi a Kitty come a un'ancora di salvezza. «Non ha pulci» spiegò, anche se era un'ipotesi del tutto inverosimile, «non causerà alcun problema».

Per fortuna, la guardia che l'aveva scortata dalla riva era ancora a portata d'orecchio e urlò dall'ingresso: «È una O'Roarke, William».

«Molto bene» disse l'uomo, guardando ancora con

scetticismo la piccola palla di pelo, ma quando incrociò lo sguardo di Brianna, lei notò che la sua espressione si era addolcita.

Ancora una volta, il nome degli O'Roarke aveva dimostrato di avere un significato. Brianna lasciò andare il respiro che aveva trattenuto, grata che i suoi antenati avessero lasciato un'impressione così favorevole.

William salutò la guardia e fece un cenno a una giovane ragazza che Brianna non aveva notato, in piedi vicino alle scale. La ragazza si fece subito avanti e William, rivolgendosi a lei chiamandola Lilly, le ordinò di accompagnare «la signorina O'Roarke nella camera degli ospiti a nord».

Sollevata per essere stata accettata, Brianna seguì la giovane su per le scale, sfiorando con la mano il muro di pietra e ammirandone l'eccellente costruzione. Dopo essere stata condotta nella stessa camera degli ospiti in cui aveva dormito la notte precedente, si fermò appena dentro la porta, prendendo in considerazione l'ambiente. Pur essendo priva di lussi moderni, la stanza trasudava calore e fascino e, notò, era arredata con alcuni pezzi che sembravano in anticipo sui tempi.

Lenzuola color salvia e avorio adornavano un grande letto a baldacchino con nastri di tessuto coordinato arricciati intorno ai montanti. Una toeletta e due armadi fiancheggiavano un grande specchio incorniciato, appoggiato sul pavimento. La parete nord, che si affacciava sul mare, era impreziosita da profonde finestre, tutte con vetro piombato trasparente, un lusso che Brianna sapeva essere riservato alla nobiltà o alla chiesa. Trattenne il respiro quando Lilly liberò una serie di ganci metallici, aprendo la finestra e fissandola così alla parete. L'aria fresca aveva un profumo meraviglioso, ma raffreddò rapidamente l'ambiente facendola rabbrividire mentre stringeva Kitty a sé.

Lilly se ne accorse non appena si voltò, con l'aria dispiaciuta per averle causato disagio. «Solo un attimo» disse per scusarsi, spiegando che, sebbene la camera degli ospiti fosse stata completamente preparata, non si aspettavano che venisse occupata all'arrivo dei Montgomery. «Un po' di aria fresca e poi la chiudo per bene» aggiunse, dirigendosi verso il camino e accendendo la legna, già accatastata in abbondanza.

Mentre Brianna si riscaldava accanto al fuoco, una grande vasca di legno venne spostata da dietro due paraventi e collocata davanti al focolare, seguita da un continuo via vai del personale di servizio, tutti con secchi di acqua fumante. Brianna suppose che i secchi dovessero essere già pronti e in attesa da qualche parte, un dettaglio di cui non ricordava di aver mai letto ma che era grata di aver scoperto, anche se forse era praticato solo in quel luogo. Quando la vasca fu piena, una lunga tavola levigata fu fissata sul bordo e prontamente riempita di articoli da toeletta. Brianna si guardò intorno per cercare un posto adatto e sicuro per Kitty, e notò un'altra pittoresca area di soggiorno con un semplice tavolo e delle sedie. Mentre Lilly si affannava ad accendere le candele poste nelle lanterne disseminate per la stanza, vide lo sguardo di Brianna cadere su una porta nell'angolo e le spiegò che conduceva a una latrina privata.

«Ha bisogno di aiuto per il bagno?» chiese Lilly, e mentre iniziava a disfare la borsa di Brianna, i suoi occhi si spalancarono quando tirò fuori l'abito in stile veneziano. Lo sguardo della ragazza passò rapidamente da Brianna al tessuto, visibilmente stupita.

Brianna lasciò che la ragazza conciliasse il suo aspetto trasandato con gli abiti lussuosi, ma poi si rese improvvisamente conto che, a prescindere dal fatto che fosse appropriato o meno, la permanenza di Lilly nella stanza significava che avrebbe sicuramente notato gli abiti decisamente moderni sotto il vestito. Pensando al modo migliore per evitare di dover dare spiegazioni, Brianna osservò la povera ragazza allarmarsi sempre di più a ogni singolo indumento che estraeva dalla borsa e che, scuotendolo delicatamente, risultava essere, nella migliore delle ipotesi, umido.

«Va tutto bene, Lilly, possiamo stenderli vicino al focolare, sono sicura che si asciugheranno in un attimo».

Dall'espressione del suo viso, però, Lilly *non* sembrava affatto convinta; al contrario, raccolse delicatamente tutti gli effetti personali di Brianna in un unico rapido gesto e uscì in fretta dalla stanza. Pur apprezzando la privacy e decisa a provare la vasca di legno, Brianna si chiese se ci fosse un modo per chiudere a chiave o sbarrare la porta. Tuttavia, in men che non si dica, Lilly fece nuovamente irruzione, i vestiti di Brianna spariti e al loro posto aveva un indumento che somigliava a una specie di vestaglia.

«Ha bisogno di me?» chiese. «Per il bagno?»

Brianna sorrise. «No, me la caverò».

Lilly se ne andò, non prima di aver appoggiato alcuni teli sul bordo della vasca. Brianna chiuse la porta con il chiavistello dietro di sé, poi mise Kitty in una cesta che aveva individuato nella stanza e si spogliò, nascondendo i suoi abiti moderni e il medaglione sul fondo di uno degli armadi. Mentre si immergeva nella grande vasca di legno, con il camino che scoppiettava e riscaldava la stanza, Brianna scoprì di non essere poi così schizzinosa riguardo ai bagni: acqua calda, una spruzzata di olio profumato all'erica e una bella saponetta floreale erano piaceri da apprezzare anche a secoli di distanza.

Dopo aver indossato la vestaglia che le era stata lasciata, Brianna spalancò la porta e si sedette sul focolare per asciugarsi i capelli davanti al fuoco. Aveva appena iniziato a districare le ciocche con le dita quando Lilly tornò, portando un vassoio pieno di nastri e un bel pettine per i capelli, oltre a un cesto di paglia fresca per Kitty. Era evidente che quella giovane ragazza, così silenziosa e attenta, andasse ben oltre il semplice addestramento: si occupava davvero di ogni dettaglio!

Quella sera Lilly fece altri tre viaggi: prima un vassoio per la cena che includeva premurosamente anche qualcosa per Kitty. Alla vista del cibo, Brianna si rese improvvisamente conto che erano passate ore dall'ultima volta che aveva mangiato e si chiese cosa l'avrebbe aspettata. Per fortuna la cuoca si era impegnata a perfezionare alcune ricette in vista dell'arrivo dei Montgomery e il profumo era divino. Dovette ammettere di essere un po' ossessionata anche dal grazioso piatto in cui era servito il cibo. Quando sollevò il coperchio, sorrise alla vista inaspettatamente familiare dello stufato e si mise subito a mangiare, gustando teneri pezzi di carne e ortaggi arrostiti alla perfezione.

Qualche tempo dopo, mentre Brianna fissava il fuoco accarezzando Kitty, Lilly le portò una camicia da notte. Quando se la fece scivolare sopra la testa, la stoffa cadde alla perfezione sul suo corpo e lei si meravigliò ancora una volta di quanto tutto fosse così bello. Era evidente che quel castello aveva una sarta alquanto abile e i tessuti pregiati non mancavano. Dopo che Lilly ebbe sistemato il letto e spento le lanterne nella stanza, uscì in silenzio. Esausta, Brianna sprofondò nel materasso, sorpresa dalla morbidezza, e si addormentò subito.

Brianna trascorse i tre giorni successivi sotto gli occhi vigili del personale di servizio, cordiale ma molto riservato. In bilico tra il panico più assoluto e il totale smarrimento per il fatto di aver *viaggiato nel passato* di centinaia di anni, dovette fare uno sforzo notevole per credere che non sarebbe stata gettata in una prigione (non che ne avesse vista una), o che non avrebbe sentito gridare "tagliamole la testa" (che, se la memoria non la ingannava, era un'usanza di qualche anno prima rispetto a quell'epoca), o che non avrebbe assistito all'innalzamento di una catasta di legna o di una forca da qualche parte nel cortile. Quando si rese conto di non essere davvero in pericolo, di nessun tipo, Brianna sentì le sue difese crollare lentamente, e si ritrovò euforica per l'essere letteralmente stata *catapultata nella storia*.

Tuttavia, continuò a restare in disparte, ben consapevole che la sua apparizione inaspettata non solo aveva creato un certo scompiglio, ma aveva anche aumentato le responsabilità del personale. Brianna aveva saputo, tramite Lilly, che stavano preparando il castello per accogliere Gavin Montgomery, sua moglie Isabelle e i loro quattro figli. La loro eccitazione era evidente e, dopo qualche giorno, Brianna decise che anche lei era entusiasta di conoscerli. Erano le persone di cui i MacTavish avevano parlato con tanto affetto, i loro più cari amici del quindicesimo secolo, gli ascendenti dei famosissimi Montgomery del ventunesimo secolo, Alexander e Amanda. Non si vergognava di ammettere di sentirsi un po' impressionata all'idea di incontrarli.

In base alla sua recente esperienza con i MacTavish, era chiaro che i Montgomery erano gente della stessa pasta. Lo dimostravano i sentimenti del personale e persino delle guardie del castello. La gioia che pervadeva l'ambiente era stata inizialmente inaspettata, addirittura ridondante, visto che *tutto* oramai le sembrava sorprendente.

Aveva appreso che Duncan, l'uomo che l'aveva trovata presso le pozze di marea, fino a poco tempo prima era stato il secondo in comando di Greylen MacGreggor e ora si occupava della sicurezza del castello, una posizione che prendeva con la massima serietà. Duncan la controllava quotidianamente e continuava ad assicurarle che, una volta arrivato il suo comandante, l'avrebbero accompagnata a casa, a Dunhill Proper. Poiché Brianna non aveva mai detto *dove* si trovasse casa sua, neanche una volta, e nemmeno le era stato chiesto espressamente, si limitava ad annuire e a cambiare discorso. Una volta arrivati i Montgomery, avrebbe deciso cosa dire loro, se proprio doveva dirgli qualcosa. Sperava che con il loro aiuto sarebbe riuscita a risolvere il mistero di Pembrooke, del medaglione, del nodo celtico *e* di come fossero tutti collegati. Nonostante tutto ciò, aveva quasi affrontato l'argomento con Duncan diverse volte, soprattutto quando si era resa conto che lui conosceva le persone di cui i MacTavish parlavano, ma ogni volta si bloccava. Inizialmente, aveva attribuito il comportamento onorevole di Duncan, e degli uomini sotto la sua autorità, al suo abbigliamento, che indicava uno status nobile o altolocato. Con il passare dei giorni, tuttavia, Brianna aveva imparato di persona che gli uomini incaricati di proteggere la roccaforte dei Montgomery erano, in una sola parola, cavallereschi.

Il personale interno, che francamente sembrava *tutto* appartenere alla stessa famiglia (da almeno tre generazioni), era gestito da William. Dalle cameriere alle lavandaie, passando per il personale di cucina, il loro buon carattere doveva ovviamente essere ereditario, così come la loro competenza. Osservare la loro routine quotidiana era affascinante, persino eccitante. Brianna assisteva a ciò che aveva imparato nei libri di storia e nei testi accademici e lo vedeva svolgersi in tempo reale, proprio davanti ai suoi occhi.

Con ben poco da fare nei giorni seguenti, se non aspettare il signor Montgomery, che le avrebbe assegnato qualcuno per accompagnarla, se Dio voleva, a Dunhill, Brianna passeggiò per il castello ed esplorò i terreni circostanti. Da quello che era riuscita a capire finora, il castello era completo, almeno per il momento. Non era un cattivo punto di partenza, se lo diceva lei stessa. Brianna aveva già esaminato strutture come quella, ma vedendolo appena costruito, anziché sottoposto a vari gradi di restauro dopo centinaia di anni, poteva apprezzarne la bellezza, sia estetica che strutturale. La entusiasmava la possibilità di conoscere alcuni degli uomini che avevano contribuito alla sua costruzione: Dar e Lachlan sarebbero stati senza dubbio orgogliosi di ciò che la loro visione originale aveva realizzato.

Dalle sue conversazioni con il personale, che di solito si trasformavano in domande a raffica, Brianna scoprì che i Montgomery avevano intenzione di sistemarsi nella loro residenza e poi di occuparsi di eventuali modifiche la primavera successiva. Non riusciva a immaginare cosa, se mai, dovesse essere cambiato. Dar e Lachlan avevano fatto un lavoro straordinario, per non parlare del loro amico, il signor Sinclair, se ricordava bene, che non solo aveva iniziato il progetto con loro, ma lo aveva anche portato avanti quando se ne erano andati. In meno di tre anni era sorta una struttura solida e fortificata, completa di personale fidato e di uomini formidabili installati a guardia della roccaforte dei Montgomery. Brianna supponeva che la loro massiccia fortificazione avesse a che fare anche con la salvaguardia del portale.

La quarta mattina ad Abersoch, Brianna si svegliò da un

sonno incredibilmente profondo. Si stiracchiò soddisfatta, scostò le lenzuola del letto e sorrise quando le sue dita sfiorarono la stoffa. Tutto era molto più sontuoso di quanto si aspettasse, nonostante le sue letture e le sue conoscenze storiche. Non solo le lenzuola erano sorprendentemente morbide, ma anche il materasso e i cuscini lo erano. Si era aspettata tessuti ruvidi, addirittura grossolani quasi dappertutto, ma non era affatto così, almeno nel caso dei Montgomery e del loro rango.

Usando il poggiapiedi imbottito accanto al suo letto, un delizioso artefatto originale del quindicesimo secolo, con tanto di copertina ricamata, Brianna scese dal letto e raggiunse Kitty, che aveva preso a dormire ai suoi piedi. Proprio mentre iniziava a sistemare le coperte, bussarono alla porta.

«Avanti» annunciò Brianna, continuando il suo lavoro con una sola mano e sapendo che si trattava di Lilly, una vista gradita negli ultimi giorni.

«Ah, buongiorno signorina O'Roarke» disse Lilly vivacemente, posando il vassoio e il cestino e correndo dall'altra parte del letto per aiutarla. «Ho portato del cibo fresco per la sua amichetta» disse riferendosi a Kitty, iniziando a sprimacciare il materasso come faceva sempre e spianando ogni ruga dal copriletto.

Mentre Lilly si occupava di pulire e sistemare la sua stanza, non che ne avesse davvero bisogno, Brianna prese la ciotola di cibo di Kitty dal vassoio della colazione e la posò per permetterle di gustarsi il suo pasto mattutino. Grazie al cielo, sapevano come nutrire un gatto domestico: Brianna si era rifiutata all'idea di mandarla in giro a cercarsi il cibo da sola. Il personale di cucina la sorprese anche con una manciata di leccornie che sembravano in anticipo sui tempi, come il tè menta e zenzero che stava sorseggiando. Non si lamentava, ma allo stesso tempo si chiedeva come facesse una tenuta del quindicesimo secolo in Galles a offrire una granola perfettamente croccante o a servire frutta fresca invece della frutta conservata che Brianna sapeva essere l'opzione più usata dell'epoca. Forse c'entrava il fatto che fra quelle mura vivevano altre donne moderne, come avevano detto Dar e Celeste, oppure i suoi libri di storia si erano sbagliati. Forse entrambe le cose. Aveva fatto qualche commento casuale di sfuggita, ma erano tutti passati inosservati, quindi, piuttosto che rischiare di destare sospetti, aveva deciso di lasciar perdere.

Brianna scelse della biancheria pulita e un cambio, poi afferrò Kitty, che si stava aggrovigliando tra i suoi piedi. Nelle ultime mattine si era oramai stabilita una routine e Brianna, in tutta onestà, non poteva dire che le dispiacesse molto. Sembrava che anche Lilly fosse felice, soprattutto di avere un animale domestico in casa. Brianna aveva sospettato fin dall'inizio che l'intero personale di servizio fosse una grande famiglia, e aveva avuto ragione. Era qualcosa di bello da osservare, persino affascinante, soprattutto durante i pasti. Non che le fosse permesso di mangiare con loro (perché sarebbe stato "al di sotto del suo rango" secondo Lilly), ma si rifiutava comunque di lasciare che servissero solo lei all'immenso tavolo nella sala grande: avevano già abbastanza responsabilità senza dover accogliere un ospite "nobile" inaspettato. A volte infrangeva il protocollo, anche più volte al giorno, e riportava da sola il vassoio in cucina, entusiasta di un altro pasto ben riuscito, e poi si soffermava a prendere una tazza di tè e a fare due chiacchiere.

«Che vestito devo indossare oggi, Lilly?» chiese Brianna, sfogliando la sua crescente collezione di abiti, che ora comprendeva i tre di Esmeralda e altri due che erano stati aggiunti al suo guardaroba dal suo arrivo. Lena, zia di Lilly e abile sarta, aveva insistito per crearne di nuovi. All'inizio Brianna si era decisamente opposta, dichiarando che le era stato dato già molto, ma quando Lena le aveva spiegato che a lungo andare sarebbe stato più conveniente, Brianna aveva ceduto. Inoltre, i nuovi abiti erano bellissimi e, considerando che non sapeva ancora quanto tempo sarebbe rimasta lì, beh, qualche vestito in più le avrebbe fatto comodo. Si ritrovò così a seguire una routine confortevole e si sorprese del fatto che le piacesse avere gente intorno. Tenendo in mano l'abito blu scuro con le maniche svasate, Lilly annuì, e l'aiuto a indossarlo.

Brianna aveva appena finito di sistemarsi i capelli quando sentì delle grida di gioia provenire dal terreno sottostante. Incuriosita e cullando Kitty contro il suo petto, attraversò di corsa la stanza fino al davanzale di pietra e rimase a bocca aperta alla vista di una magnifica nave in lontananza.

Quando la nave rallentò e si avvicinò, riuscì a distinguere un uomo in piedi sul ponte, di grande statura, con il volto nascosto da un mantello con cappuccio. Altri due stavano di sentinella dietro di lui, una chiara dimostrazione di forza. Sentì alcune grida indistinguibili provenienti dal ponte e osservò l'equipaggio che si affannava a eseguire gli ordini, avvolgendo le vele rimanenti e gettando la prima ancora e poi un'altra per ormeggiare la nave. Una scialuppa fu calata in acqua e una rete fu fissata allo scafo... In tutto questo, né l'uomo col mantello né le sue guardie si mossero. Solo quando le donne e i bambini furono al sicuro a bordo della barca, sciolsero la loro posizione. Brianna dovette ammettere che era uno spettacolo formidabile, degno del proprietario del castello.

Quando raggiunsero il molo, Brianna si sporse il più possibile senza cadere, osservando affascinata. L'uomo incappucciato, Montgomery, suppose Brianna, si mosse lungo il molo, con gli stivali lucidi. Poi, mentre osservava la costa, la parete rocciosa e il castello stesso, si tolse il cappuccio e Brianna sussultò, facendo un passo indietro. Era sorpresa sia da quanto fosse bello sia dalla sua reazione a quella rivelazione. Capelli castani baciati dal sole, spalle larghe e braccia sinuose, visibili anche da dove si trovava. Scrollandosi di dosso qualsiasi cosa l'avesse colpita, Brianna ricordò a sé stessa che era sposato e che, in effetti, stava aiutando la sua bella moglie e il loro gruppo di bambini a salire sul molo.

Brianna continuò a guardare la sfilata di persone che sbarcavano dalla nave, seguite da bauli e da grandi pacchi, finché i Montgomery non scomparvero dalla vista, per risalire il ripido sentiero. Passò del tempo prima che raggiungessero la cima della scogliera. Poi, a cavallo, raggiunsero il cortile: lui portava un neonato, e altri due bambini più grandi seguivano i soldati. L'intera famiglia fu accolta subito da Duncan. Montgomery scivolò dal suo destriero, la sua grande mano si soffermò a dargli una serie di pacche, prima di trasferire il bambino tra le braccia della moglie.

Poi il suo sguardo si spostò sul castello e sul punto in cui lei si trovava.

CAPITOLO 10

Non era affatto strano che Aidan venisse accolto da Duncan al suo arrivo. Ciò che era insolito, invece, era la notizia che portava con sé: una O'Roarke, presente nella residenza, e in attesa di essere scortata dagli O'Roarke a Dunhill Proper. Aidan cercò di conciliare quelle informazioni, molto lontane da quello che aveva immaginato... Anche se ciò che si aspettava riguardava un portale tra i mondi e gli avvertimenti di una potente incantatrice, anch'essi piuttosto insoliti. I ragazzi, impazienti di vedere la loro nuova casa, gridarono eccitati, correndo per incontrare i loro parenti (consanguinei o meno, secondo Gwen e Maggie erano tutti parenti allo stesso modo), con Isabelle dietro di loro.

Aidan ascoltò Duncan che lo aggiornava sugli uomini che erano stati mandati a prendere Gavin, confermando che erano arrivati al porto in orario e che la loro marcia verso Abersoch era già ben avviata. Gli ci sarebbe voluta ancora circa un'ora di viaggio, forse di più con i passeggeri, anche se la fatica sarebbe stata di gran lunga minore rispetto all'utilizzo del sentiero scosceso.

In piedi nel cortile, osservando l'esterno del castello e gli ultimi dettagli, completati in sua assenza, Aidan fu colpito da un'immensa sensazione di soddisfazione. Era finito e fatto molto bene. Sapeva che anche gli interni sarebbero stati splendenti, e che il personale, benché poco numeroso, era stato assunto per la sua eccellenza, oltre che per la sua discrezione. All'arrivo di Gavin con il resto dei possedimenti della famiglia, la loro missione ad Abersoch sarebbe stata completata e il suo compito in quel posto terminato.

Aidan diede una pacca sulla schiena a Duncan con una certa soddisfazione mentre attraversavano il cortile e salivano le scale. Quando aprì le porte ed entrò, sentì un allegro chiacchiericcio e sorrise osservando la scena. I tre ragazzi si riunirono eccitati intorno a colei che Aidan suppose dovesse essere la loro futura cugina, la misteriosa ospite degli O'Roarke. La prima cosa che notò fu quanto fosse bella, il suo splendido sorriso, gli occhi accoglienti e i capelli lunghi e lisci.

«Una O'Roarke, sei sicuro?» chiese Aidan a Duncan. Tutti gli O'Roarke che conosceva, tranne i pochi acquisiti per matrimonio, avevano capelli ricci, folti e indisciplinati.

La donna in questione, Brianna, si rivolse a Isabelle e fece un inchino come se fosse una regina. Aidan trattenne un sorriso. Sì, proprio una O'Roarke, e senza dubbio parente stretta di Margaret.

Duncan ridacchiò. «Che ne pensi?»

Quando Isabelle si accorse della presenza di Aidan, prese la mano di Brianna e la portò avanti, avendo evidentemente già fatto la sua conoscenza. «Vieni, lascia che ti presenti» disse entusiasta.

Brianna incontrò lo sguardo di Aidan, inclinando la testa all'indietro mentre si avvicinava, con i suoi sorprendenti occhi blu incorniciati da folte ciglia. Aidan dovette ammettere che erano i tipici occhi degli O'Roarke, quasi identici a quelli di Callum, tranne che per la nitidezza dello sguardo. I capelli erano sbagliati, ma i suoi occhi... i suoi occhi erano perfetti.

«Sono lieto di conoscerla, signor Montgomery» disse.

«Oh, oh no, no, no» rise dolcemente Isabelle, «questo non è mio marito, Brianna. Lui è Aidan Sinclair».

All'inizio Brianna sembrò confusa, ma Aidan avrebbe potuto

giurare di aver notato un lampo di riconoscimento nei suoi occhi al momento della menzione del suo nome. Mentre Isabelle spiegava la temporanea assenza di Gavin, Aidan si scervellò per cercare di ricordare una Brianna O'Roarke, ma non gliene venne in mente neanche una. Decise che avrebbe dovuto chiedere a Callum da quale parte della famiglia provenisse.

«Mi perdoni, signor Sinclair» disse Brianna.

«Cosa la porta al castello di Abersoch?» chiese Aidan, desideroso di sentirla parlare di nuovo mentre un altro pensiero gli attraversava la mente. E francamente, se non fosse stato Duncan a informarlo che lei era una O'Roarke fin dall'inizio, sarebbe stato il primo a riconoscerla, soprattutto dopo l'avvertimento di Esmeralda.

Lei lo fissò per un lungo momento, il che significava che era reticente sulla risposta o che stava scegliendo cosa rispondere, confermando esattamente i sospetti di Aidan. In ogni caso, dopo tanti giorni di residenza, ci si sarebbe aspettati una risposta pronta a una domanda così semplice. Alla fine lei disse: «La famiglia».

Perplesso per la sua esitazione e per le possibili motivazioni, Aidan insistette. «La famiglia? Davvero? Non conosco nessun O'Roarke nelle vicinanze. In effetti, sei molto lontana dall'Irlanda, ragazza».

Gli occhi di lei si allargarono momentaneamente, forse sorpresi dal suo sguardo e dal suo tono confidenziale, prima di abbassarsi rapidamente. «In effetti, signore. Ma la mia famiglia si è stabilita nel nord della Scozia qualche anno fa».

Isabelle gli diede una gomitata sul fianco, stampandosi un sorriso un po' esagerato sul volto e invitandolo chiaramente a cambiare tono. Era pur sempre un ospite. Un presunto membro della famiglia. Un parente di sangue, nientemeno. In attesa di poter parlare con Gavin, interrogare Duncan e forse il personale, lasciò perdere.

Mentre i bambini continuavano a correre in cerchio, lo staff del castello raccolse i loro effetti personali e Aidan e gli uomini (Duncan, Henry e Richard) presero il resto e si diressero al piano superiore. I ragazzi, ancora incuriositi dalla nuova ospite, li seguirono, chiacchierando incessantemente fino alle loro stanze, dove persero rapidamente interesse per lei, come sono soliti fare i bambini. Lasciando Isabelle e i ragazzi a sistemarsi, Aidan proseguì lungo il corridoio, camminando dietro Brianna. Lei si voltò dopo pochi passi.

«Mi stai seguendo?»

In effetti, ere quello che stava facendo, ma a lei disse solo: «La mia camera si trova oltre la tua».

Lei annuì e rimase in silenzio lungo il corridoio fino a quando ebbe raggiunto la sua porta, poi si voltò. «Signor Sinclair, desidero solo un passaggio sicuro per Dunhill» spiegò. Lui notò una leggera disperazione nel suo tono, che ancora una volta lo insospettì. «Quando arriverà il signor Montgomery, chiederò una scorta adeguata».

«Certo, signorina O'Roarke» disse lui, inclinando la testa, lasciando intendere che, adatto o meno, al momento era lui il suo accompagnatore.

Aidan non la rivide fino a cena. Eppure, dal momento in cui si erano lasciati fino al momento in cui aveva posato di nuovo gli occhi su di lei, non aveva pensato ad altro. Qualcosa di Brianna O'Roarke continuava a tormentarlo, qualcosa che non quadrava, anche se doveva ancora stabilire esattamente di cosa si trattasse. Aveva chiesto a Duncan del suo arrivo e gli era stato detto che una piccola imbarcazione era stata avvistata vicino alla costa lo stesso giorno del suo arrivo, ma non era certo che la signorina O'Roarke fosse a bordo. Duncan spiegò che era sembrata nervosa e non aveva fornito alcuna indicazione di essere arrivata in barca o con qualsiasi altro mezzo, se era per quello. Questo sollevò più domande che risposte per Aidan. Per prima cosa: perché qualcuno avrebbe voluto spacciarsi per un O'Roarke? A parte l'uso delle pozze di marea, di cui era quasi certo che nessun altro al di fuori della confraternita fosse a conoscenza, che motivo c'era di infiltrarsi ad Abersoch? Pensò momentaneamente ai fratelli Fitzgerald, ma scartò l'idea altrettanto rapidamente: non erano abbastanza intelligenti da escogitare qualcosa del genere. E se la reticenza di Brianna lo aveva giustamente insospettito, era stato il suo arrivo strano e perfettamente tempestivo a impensierirlo davvero.

Pensò anche che potesse venire dal ventunesimo secolo, come Maggie e Gwen. Dopotutto, era stata trovata sulla riva, senza alcun mezzo di trasporto evidente. Ma, di nuovo, scartò l'idea: non solo aveva saputo dal personale che parlava perfettamente il gaelico scozzese, ma la cadenza delle sue parole e il suo accento la collocavano *lì*, in quel tempo e in quel luogo, così come i suoi effetti personali, presi (senza obiezioni, gli era stato detto) e lavati al suo arrivo. La raffinata qualità del tessuto e l'impeccabile cucitura degli indumenti, persino la delicata scritta del suo nome, discretamente ricamata su ogni capo, erano state molto apprezzate. Fu sorpreso dalla sua delusione nel constatare che quella donna non poteva venire dal futuro. A parte i sospetti, era bella e chiaramente dotata di buon senso. In realtà, se era davvero chi diceva di essere, ed era destinata a essere la sua anima gemella, non sarebbe stato un problema. Sembrava decisamente più plausibile di Judith Fitzgerald, alla quale non pensava da giorni.

Aidan ricordò di nuovo gli avvertimenti di Esmeralda e si chiese se forse Brianna fosse solo un altro ostacolo da affrontare, una distrazione necessaria dalle pozze di marea e dalla possibilità di incontrare la donna di cui avrebbe dovuto innamorarsi. Un qualche ostacolo che il destino gli aveva messo tra i piedi. Oppure, pensò ancora una volta, il motivo per cui lei si trovava lì *era* qualcosa di più pericoloso? Sembrava sempre più improbabile che fosse arrivata sotto auspici davvero nefasti, ma, comunque, qualcosa lo turbava.

Quando quella sera Aidan entrò nella sala grande, vide Brianna seduta accanto al camino con Gavin e Isabelle, che parlavano allegramente. Nessuno di loro si era ancora accorto di lui, così colse l'occasione per soffermarsi un attimo sulla soglia e osservarla. Era bella, con capelli del colore del miele e una carnagione chiara, quasi perfetta, a parte una gradevole spruzzata di lentiggini sul ponte del naso. Rideva dolcemente, un suono piacevole e per il momento, decise di mettere da parte i suoi dubbi.

«Ah, eccolo» disse Gavin, scorgendo Aidan e facendogli cenno di entrare, «vieni a fare un meritato brindisi».

Quando Aidan fece un passo avanti, gli venne facile sorridere: Isabelle sembrava così felice. Anche Gavin. Appena si alzarono tutti, non poté fare a meno di notare l'abito della nuova arrivata, un pezzo stupendo che denotava una certa ricchezza. Lo portava bene, persino in modo regale. Sicuramente questo contava qualcosa.

Accettò il drink offerto da Gavin e le lodi sincere che lo accompagnavano. «È stato un onore, amico mio. Niente di meno» dichiarò umile.

Brianna, che si era guardata intorno nella stanza con occhio attento, si rivolse a lui. «Quello che ha realizzato in così poco tempo, signor Sinclair, è davvero notevole» ammise. Il suo elogio sembrava genuino, così come il suo sorriso. «Considero un privilegio averlo esplorato in prima persona, l'attenzione ai dettagli e la qualità del lavoro... è tutto molto al di sopra degli standard».

«Ha familiarità con l'architettura, signorina O'Roarke?» chiese. Un'espressione strana, forse di sorpresa, le sfiorò il volto, anche se era difficile capire perché fosse improvvisamente sorpresa da un argomento che lei stessa aveva introdotto. A meno che, naturalmente, non stesse nascondendo qualcosa... Ancora una volta, Aidan si chiese se il suo aspetto fosse davvero così innocente come sosteneva.

«Ah, beh, sì, io...» Si interruppe, i suoi occhi si spalancarono per un attimo prima di riprendersi. «È solo che crescere con un così grande esempio di ciò che è possibile, forse, me l'ha fatto apprezzare un po' di più».

Non convinto, Aidan sollevò un sopracciglio. Aveva conosciuto molte persone cresciute in grandi tenute, e non sapevano comunque nulla del mestiere.

Brianna doveva aver notato il suo scetticismo, perché parlò di nuovo, questa volta più rapidamente.

«Beh, Fergus, il mio prozio, ha costruito Dunhill Proper, un castello per la sua regina. E devo confessare, signor Sinclair, che quando ho visto Abersoch per la prima volta, mi ha affascinato fin da subito; infatti, mi sono balenate nella mente le parole "faro splendente" alla sola vista» spiegò con fascino, le dita sottili che danzavano nell'aria.

«Oh, cielo» osservò Isabelle. «Davvero un grande elogio».

«È quello che intendevo, davvero» confermò Brianna, alzando il bicchiere.

Aidan si unì agli altri nel saluto, ma comunque qualcosa lo turbava. «Non l'ha mai detto, ma com'è arrivata qui, signorina O'Roarke?» chiese.

La osservò attentamente, mentre roteava il suo brandy per alcuni lunghi secondi prima di alzare lo sguardo. «Ah, beh, io... sono stata trasportata qui» spiegò lei, con un cenno deciso.

Sebbene ciò confermasse quanto gli era stato detto da Duncan, Aidan si stupì della sua esitazione e dello strano modo in cui descriveva il suo viaggio. Mentre si scambiavano uno sguardo diffidente, una risata cristallina di Isabelle attirò la sua attenzione.

«È una storia divertentissima, Aidan». Isabelle rise e prese la mano della signorina O'Roarke. «Quando Brianna ha detto ai bambini di essere stata trasportata qui, loro hanno pensato che si riferisse a una "fata" che l'aveva portata magicamente da noi». Isabelle rise di nuovo. «Avreste dovuto vedere il modo in cui li ha assecondati, facendo le smorfie e raccontando loro la storia di essere alla ricerca di un tesoro di famiglia perduto, per poi supplicarli di mantenere il segreto. Oh, l'hanno *adorata*!»

Quando Aidan si voltò verso di lei, fu colto da una strana sensazione. «Alla ricerca di un tesoro? Trasportata da una "fata", signorina O'Roarke?» chiese, resistendo all'impulso di imitare i suoi gesti.

I caratteristici occhi blu intenso di Brianna fissarono Aidan, e lei alzò le spalle, poi agitò di nuovo le dita, mentre un sorriso e un po' di rossore si diffondevano sul suo volto. Era plausibile.

«È stato gentile da parte tua stare al gioco, Brianna» disse Gavin, iniziando a realizzare qualcosa in modo impercettibile. «Sai quanto possono essere sciocchi i bambini».

Aidan gli lanciò un'occhiata e, quando incontrò gli occhi dell'amico, notò che anche Gavin aveva uno sguardo incuriosito. Rivolgendo la sua attenzione a Isabelle, vide la consapevolezza attraversare anche il suo volto, e fu allora che tutti gli occhi si puntarono sull'ospite. La plausibilissima Brianna O'Roarke, forse giunta fin lì grazie a una "fata" dal futuro.

Davanti a tutti quegli sguardi puntati addosso, Brianna spostò nervosa il suo peso sulla sedia.

«Crede che sia possibile, signorina O'Roarke?» chiese Aidan, con un tono leggero, ma curioso della sua risposta. «Le fate, intendo?»

«Sono arrivata a credere che tutto sia possibile, signor Sinclair. Anche la magia. Di recente mi è stato ricordato, e a ragione, che noi O'Roarke dobbiamo credervi, anche se solo un po'» ribatté. Una risposta vaga e intelligente, arrivata al momento giusto, mentre la cena veniva servita. «Oh, ha un profumo divino!» esclamò, cambiando argomento. «Se non sbaglio, è lo stesso piatto che ho mangiato la prima sera qui».

«È uno dei miei piatti preferiti» disse Aidan, il che era vero. Era curioso di sapere se lei conoscesse l'approccio del ventunesimo secolo a cui Gwen li aveva introdotti. «Conosce il piatto?»

Lei strinse gli occhi per un attimo, così rapidamente che lui avrebbe potuto non accorgersene, poi lo guardò con curiosità. «Carne e verdure? Sì, ho un debole per entrambe».

«*Brasato*» aggiunse Aidan, osservandola attentamente.

Lei sostenne il suo sguardo per un attimo, poi l'abbassò sul piatto. «Che scelta interessante. Anche intelligente». Sorrise, chiaramente divertita, ma poi rivolse rapidamente la sua attenzione a Isabelle, come se l'argomento avesse poco significato per lei.

Stupito, Aidan continuò a osservarla per tutta la cena. Era un mistero, intrigante e affascinante, con la battuta pronta e, sebbene nutrisse ancora dei sospetti, la trovava anche piuttosto eccezionale. Era impeccabilmente ben educata e più esperta di artefatti e oggetti comuni di chiunque altro avesse mai incontrato in vita sua. Si meravigliava di un piatto coperto come se rivaleggiasse con la scoperta del fuoco, poi si compiaceva di un piatto d'argento e tesseva persino le lodi di un quadrato di lino, per il quale francamente non era neanche sicuro esistesse uno scopo, tanto per cominciare. Lo faceva con quasi tutto ciò che aveva a portata di mano e di sguardo. Diventava sempre più animata a ogni dettaglio che indicava, ammirava e descriveva. Individuò persino una collezione di casse di legno, dall'altra parte della stanza, dichiarandole *O'Roarke* e dicendo con entusiasmo a tutti dove si sarebbe dovuto cercare il loro emblema unico. Aveva ragione, naturalmente: Callum aveva fatto quelle cassapanche per Gavin e Isabelle, per festeggiare la loro nuova casa. Quindi, c'era qualcosa di strano in lei, questo era certo, ma sembrava anche così felice di ciò che la circondava che Aidan non riusciva a pensare a lei come a una minaccia o a una persona con intenzioni malvagie.

Quando la tavola fu sparecchiata, decisero di ritirarsi. Dopo una giornata così lunga, per non parlare del viaggio, Isabelle si era quasi addormentata a tavola. «Vieni, Bella. È ora di andare a letto, amore» disse Gavin dolcemente, svegliando delicatamente la moglie per poi aiutarla ad alzarsi.

Aidan rivolse la sua attenzione a Brianna, che osservava Gavin e Isabelle con un'espressione un po' malinconica. Senza pensarci, le rivolse un candido sorriso, che lei ricambiò. Non era ancora del tutto sicuro di cosa fare della loro ospite e, mentre il gruppo si dirigeva al piano superiore in una processione silenziosa, cominciò a riflettere. Si accorse che lei camminava accanto a lui, ma era così assorto nei suoi pensieri che non si era reso conto di essere arrivato alla porta della sua camera, finché lei non si fermò.

«Buonanotte, signor Sinclair» disse.

«Buonanotte, signorina O'Roarke».

CAPITOLO 11

Brianna si alzò e uscì dal letto prima del solito, entusiasta di affrontare la giornata e impaziente di passare più tempo con i Montgomery e Aidan Sinclair. Con Kitty ancora addormentata, si mise la vestaglia e si lavò. Poi si sedette alla toeletta, si raccolse i capelli e li annodò in cima alla testa con un nastro di seta. Mentre fissava il suo riflesso nello specchio, immaginava i suoi capelli allo stato naturale, indisciplinati al massimo, un tratto dominante degli O'Roarke come le avevano sempre detto. Li aveva lisciati per così tanto tempo che aveva quasi dimenticato come gestire i ricci, ma il suo ultimo trattamento alla cheratina sarebbe durato solo poche settimane, un mese al massimo.

Decidendo che avrebbe affrontato la questione a tempo debito, Brianna proseguì con la sua routine mattutina. Si era appena tolta la vestaglia e stava per vestirsi quando sentì bussare alla porta. Pensando che fosse Lilly, arrivata per aiutarla a prepararsi, Brianna aspettò che entrasse come tutte le altre mattine. Quando non entrò, Brianna pensò che avesse le mani occupate e si affrettò a raggiungerla. Aprì la porta e vide Aidan Sinclair in tutta la sua robusta gloria che occupava l'intera soglia. I suoi occhi, quella mattina di una tempestosa tonalità di verde, esaltata dal colore fulvo del mantello con cappuccio, le fecero correre un brivido lungo la schiena sorprendendola. Un brivido che lui doveva aver notato quando spostò lo sguardo dal nodo disordinato dei suoi capelli alla sua espressione. Improvvisamente, Brianna si rese conto di indossare solo la sua camicia da notte, senza nemmeno una vestaglia che la proteggesse dal suo sguardo penetrante. A suo merito, Aidan la guardava con fermezza, senza mai abbassare lo sguardo.

«Signor Sinclair» disse lei, felice che la voce le uscisse ferma. «Posso aiutarla?»

«Ha detto che la famiglia l'ha portata qui ad Abersoch, ma non ha mai dato spiegazioni» articolò lui, scrutando il suo viso con uno sguardo implorante.

Era così schietto nella sua domanda e sembrava così sinceramente curioso della risposta che Brianna fece un passo indietro e gli fece cenno di entrare senza pensarci. Dopo una breve esitazione, lui annuì e compì il *lungo* tragitto che lo portò da appena oltre la soglia fino a poco dentro la stanza. Il suo cordiale riserbo non le sfuggì. Se c'era qualcosa che aveva imparato in quell'ultima settimana, era che di queste persone ci si poteva fidare, e ne aveva dimostrazioni continue. Persino lui, che aveva percepito essere diffidente nei suoi confronti, almeno all'inizio, era lì, a parlarle senza artifici, e ancora una volta si ritrovò ad avvicinarsi il più possibile alla verità senza però affrontarla apertamente. «Sono venuta davvero a recuperare un cimelio di famiglia» disse.

Lui sembrò riflettere a lungo sulle sue parole. «Capisco. L'ha trovato?»

Lei scosse la testa. «Non ancora».

«Vorrebbe un po' d'aiuto nella sua ricerca?»

Le sue parole le richiamarono alla mente cavalieri coraggiosi e belle dame e quando lei sorrise, lo fece anche lui. «Credo che la nostra preziosa spada del Lupo sia ormai fuori portata».

Fu sorpresa dalla facilità con cui quelle parole le uscirono dalla bocca; non che non fosse la verità, lei *era* andata ad Abersoch per recuperare la spada, e ora *era* fuori portata, da centinaia di anni, ma fu il modo in cui lo disse a sorprenderla. Non era mai stata una gran maestra nell'arte del flirtare, anzi, impacciata sarebbe stato un termine più appropriato per lei. Eppure, alle sue orecchie quella frase era suonata un po' civettuola. Non aveva nemmeno intenzione di provarci e si chiese cosa le fosse preso, ma si fermò quando vide qualcosa cambiare nei suoi occhi. Stava ancora sorridendo, ma stava chiaramente calcolando qualcosa. «Mi dispiace per la perdita, allora. È davvero un oggetto prezioso... con o senza la pietra».

A quel punto, Brianna vacillò. Pietra? Quale pietra? Quando aveva parlato della spada, aveva dimenticato che lui ne era a conoscenza. Le ci volle un secondo per capire cosa intendesse e si avvicinò, improvvisamente desiderosa di saperne di più, dimenticando tutta la sua compostezza. Un attimo. L'ha visto? Il gioiello?» sussurrò, trattenendo il respiro. Le sembrava di ricordare che Lachlan o Celeste avessero accennato a un gioiello, forse, ma le avevano dato talmente tante informazioni che non riusciva a ricordare tutti i dettagli. Ma sentirlo parlare della pietra, *la* pietra che si trovava nell'incavo sotto lo stemma di famiglia, era qualcosa su cui si era interrogata per tutta la vita.

Lui annuì. «Sì, una bellezza inestimabile».

«Di che colore è?» chiese lei, incapace di contenere l'eccitazione. «Mio nonno diceva color zaffiro, ma non ne siamo mai stati sicuri». Così presa dal sapere, non si accorse che Aidan la stava studiando con attenzione.

«A dire il vero, direi blu O'Roarke. La stessa tonalità dei suoi occhi».

Anche se non stava facendo altro che rendere omaggio al suo lignaggio definendo i suoi occhi blu, il modo in cui lo disse fece sorridere Brianna come una sciocca. Ma la sua reazione da scolaretta fu passeggera: mentre lo fissava, cominciò a chiedersi se... se lui sapesse di Pembrooke. Se conosceva la spada, se era amico di Callum, visto che Dar, ricordava, le aveva detto che erano confratelli, avrebbe dovuto conoscere la zona intorno a Dunhill. «Conosce Pembrooke, signor Sinclair?» chiese.

«Sì».

Brianna sgranò gli occhi. Per quanto desiderasse riappropriarsi della spada di famiglia, Pembrooke le era sfuggito ancora più a lungo, e trovarsi in compagnia di qualcuno che ne era a conoscenza era a dir poco un miracolo. Si rese subito conto che forse era stata un po' troppo impetuosa e, notando l'espressione curiosa sul volto di Aidan Sinclair, cercò di calmarsi. Il suo cervello però stava elaborando le informazioni a una velocità vertiginosa e le ci volle un momento intero per ricordarsi di respirare e un altro per ritrovare la voce.

«Cre... Crede che io...» balbettò quando finalmente riuscì a parlare, stringendosi le mani in preda al nervosismo «... crede che chi mi accompagnerà a Dunhill potrebbe portarmi a vederlo? Pembrooke, voglio dire?»

Il signor Sinclair annuì. «Senza dubbio».

Brianna provò una scarica di euforia.

«Oh, signor Sinclair, *Aidan*!» Presa dall'eccitazione, gridò e lanciò le mani in aria, ma fortunatamente si fermò prima di iniziare a tamburellare contro il suo petto. Mortificata per il suo passo falso, Brianna fece una smorfia che la mise ancora più in imbarazzo. Cercando di ricomporsi, iniziò a camminare avanti e indietro, rendendosi conto con imbarazzo di come tutta quella scena dovesse apparire. Non riusciva a ricordare l'ultima volta che era stata così sprovveduta di fronte a un'altra persona, per non parlare di uno stoico Laird delle Highlands del quindicesimo secolo. Una volta tranquillizzatasi, si voltò verso di lui, sollevata nel vedere che non sembrava offeso. Aveva un'espressione strana, anche se decisamente più simile a un sorriso che a un cipiglio.

«Le mie scuse, signor Sinclair» disse, mantenendo la voce più calma possibile. «Non ha idea di cosa significhi per me. Questo è davvero uno dei momenti più importanti della mia vita». Brianna rise delle sue stesse parole e si coprì la bocca, ricambiando lo sguardo caloroso di lui. Se solo avesse saputo quanto fosse ridicola quell'affermazione. Certo, era straordinario rivedere finalmente

Pembrooke, ma ultimamente aveva avuto una serie di giornate decisamente straordinarie.

Avendo bisogno di sfogare la sua gioia e, pensando che fosse saggio *non* includere il signor Sinclair, Brianna si voltò verso il letto e raggiunse Kitty, stringendola a sé e facendola oscillare in una piccola danza. «Andiamo a Pembrooke, Kitty» sussurrò all'orecchio della gatta, facendola roteare lentamente e fermandosi quando si rese conto che stava dando spettacolo. Di nuovo.

Per fortuna, quando lanciò un'occhiata verso di lui, il signor Sinclair, *Aidan*, sembrò semplicemente divertito dalla sua reazione. «Sconsigliato» ammonì, scuotendo la testa e guardando con attenzione Kitty.

Brianna non poté fare a meno di alzare gli occhi al cielo. «Non ha pulci» disse, con molta più sicurezza ora di quando aveva detto lo stesso a William il primo giorno ad Abersoch. «E il personale si è già affezionato a lei». Lui non sembrò farsi influenzare ed ebbe un altro pensiero. «Non è superstizioso, vero?» Aveva letto testimonianze storiche contrastanti al riguardo, soprattutto per quanto riguardava i gatti.

«Per niente» rispose lui, anche se lei capì che non si era offeso. Anzi, sembrava piuttosto divertito.

Brianna si rese conto che le piaceva parlare con lui. Non aveva mai avuto l'occasione di farlo prima, almeno non così, non a tu per tu. Dopo la splendida cena della sera prima, quel rapporto caldo e amichevole che sembrava crescere tra loro sembrava naturale, persino senza sforzi. Stava ancora scambiando con lui uno sguardo scherzoso, con una disinvoltura che era già fuori dal suo carattere, quando un sorriso fanciullesco gli attraversò il viso e lei sentì le guance riscaldarsi a quella vista. Santo cielo, quell'uomo era affascinante. Stare con lui era sicuramente meglio delle pile di libri e di manufatti polverosi di cui si circondava di solito... Non aveva mai incontrato nessun altro di cui avrebbe potuto dire lo stesso.

«L'ultima volta che ho visto un gattino, per poco non ci sono scivolato sopra e...» Iniziò la sua risposta in modo scherzoso, ma poi Brianna notò che qualcosa era cambiato e Aidan avanzò verso Kitty, con le sopracciglia aggrottate.

Brianna fece istintivamente un passo indietro e poi un altro, fino a sbattere contro il muro. Non riusciva a immaginare cosa lo spingesse ad avvicinarsi tanto alla gattina, ma ormai era a pochi centimetri di distanza. Brianna allungò una mano, appoggiandola contro il suo petto quando lui la raggiunse.

«Fermo!» gridò, improvvisamente spaventata per Kitty. «Non farle del male, ti prego. Ti prego».

A questo punto, un misto di confusione, costernazione e frustrazione attraversò il volto di Aidan. In un attimo si ammorbidì, evidentemente dispiaciuto per averla spaventata. Fece un piccolo sospiro, poi scosse la testa.

«Non voglio farle del male, ragazza. Lo giuro sulla mia vita. Desidero solo vederla da vicino».

Lei esitò, ancora incerta. Che bisogno aveva di vedere Kitty?

«Te lo giuro, Brianna» disse lui, e qualcosa nel modo supplichevole e confidenziale in cui pronunciò il suo nome ammorbidì qualcosa in lei. «Ti prego, ragazza».

Brianna cedette e tolse la mano che proteggeva Kitty. Nei suoi occhi si accese subito una sorta di riconoscimento.

«Dove hai preso questa gatta?» le chiese.

«L'ho trovata. Vicino alla spiaggia» sussurrò lei, confusa e chiedendosi cosa stesse succedendo.

Lui fissò Kitty ancora un attimo, poi la guardò di nuovo, fece un breve cenno e se ne andò bruscamente.

Mezzo minuto dopo, mentre lei era ancora lì a fissare la porta, lui tornò. Senza bussare, senza alcuna formalità, anzi, avrebbe giurato che qualcosa in lui era cambiato: sembrava del tutto rilassato, quasi disinvolto.

«Partiamo entro un'ora, ragazza» disse, come se i due minuti precedenti non fossero mai accaduti. «Hai bisogno di aiuto per preparare le tue cose?»

Brianna decise di non menzionare nemmeno la faccenda di

Kitty. «Entro un'ora? Così presto?» chiese. Che cosa improvvisa. Strano. «Oggi?»

«Hai motivo di rimanere più a lungo?»

«Beh, no, ma io... non mi ero resa conto...» Si interruppe.

Lui sorrise. «Nemmeno io».

Brianna ignorò la stranezza della sua risposta, ancora confusa per il rapido cambiamento di programma, anche se in realtà non avevano mai discusso della sua partenza. Aveva pensato di discuterne con Gavin quel giorno, ma ora doveva partire subito, e Aidan sembrava destinato ad accompagnarla. «Ho bisogno di qualcosa in particolare per il viaggio?»

«Tutto ciò che è importante per te, salvo il gatto».

Poi se ne andò. Di nuovo.

Non le ci volle molto per fare i bagagli. Iniziò con il medaglione, infilandolo in una tasca che aveva trovato abilmente nascosta nella borsa. Fu sorpresa di quanto rapidamente questa si riempisse: con gli abiti nuovi e i suoi oggetti personali, come i pettini, i nastri e i saponi che Isabelle insisteva perché portasse con sé, avrebbe avuto bisogno di un'altra borsa per contenere tutto. Isabelle le portò una bella borsa di pelle. Era un pezzo pregiato che aveva insistito per darle nonostante le proteste di Brianna.

Per la prima volta, dire addio fu difficile. Aveva appena conosciuto i Montgomery, ma si era sentita così a suo agio con loro e ben accolta, che avrebbe potuto tranquillamente rimanere più a lungo. Le sarebbe mancato persino William, che si era notevolmente riscaldato dopo il suo arrivo, e anche Duncan, che si comportava con lei in modo protettivo. Ma quando si trattò di dire addio a Lilly, fu investita da un'ondata di emozioni che francamente non si aspettava. Non avevano condiviso segreti personali o altro con lei, ma Lilly era la prima persona con cui aveva legato in quel posto, una sorta di compagna, e Brianna le si era affezionata.

«Sei un gioiello, Lilly. Dolce, intelligente e una grande risorsa per questa famiglia e per la tua». Cercò di tenere la voce bassa, ma sapeva che gli altri l'avevano sentita. Mentre aspettavano che si riprendesse, lei si soffermò nell'ingresso, chiedendosi se avrebbe mai rivisto il castello di Abersoch. E se l'avesse rivisto, sarebbe stato in quel secolo o nel suo?

«È ora di andare, ragazza».

Brianna si girò di scatto al suono della voce di Aidan. Aveva preparato tutto per il viaggio e ora sembrava giunto il momento di partire. Brianna diede un'ultima occhiata al castello, cercando di memorizzare tutto ciò che conteneva e l'esperienza vissuta in quel luogo.

«Pronta» disse con un sospiro e malinconica, ma per una volta senza preoccuparsi di nasconderlo. Brianna 2.0 era un po' meno perfezionista e molto più autentica, a quanto pareva. Aidan le rivolse un apprezzatissimo sguardo comprensivo e persino Kitty miagolò, agitandosi contro di lei. Gli occhi di Aidan si posarono sulla gattina accoccolata contro il suo petto.

«Mi hai disobbedito?»

Preparandosi a un confronto, visto che lo aveva volutamente frainteso sul fatto di portare con sé Kitty, e lui se n'era chiaramente accorto, Brianna finse di ignorarlo con un: «Cosa vuoi dire? Ho seguito i tuoi ordini».

Indicò Kitty, che era al sicuro nell'imbragatura che Lena aveva costruito per lei: una specie di marsupio, in modo che fosse comoda e al sicuro mentre Brianna poteva tenere entrambe le mani sulle redini. «Ho detto: "*Salvo* il gatto", Brianna».

Inclinando la testa di lato, lo fissò con uno sguardo vuoto. «E io ho preso ciò che è importante per me, e ho salvato il gatto, che è fondamentale».

Lui emise un sospiro esasperato e, se fosse stata di umore migliore, Brianna avrebbe quasi trovato divertente la reazione di un uomo così altrimenti stoico. «*Salvo* il gatto, Brianna. Ho detto di prendere tutto *tranne* il gatto».

Ovviamente lei sapeva bene cosa intendeva, ma rimase in silenzio. Non avrebbe rinunciato a Kitty, mai.

Aidan la fissò per un lungo momento e a Brianna parve di

vedere un sorriso che si apriva dall'angolo della sua bocca. Tuttavia, si limitò a farle un cenno con la mano e si allontanò.

Sistemata la questione, Brianna spostò i suoi pensieri sul viaggio che l'attendeva. Mentre si dirigeva verso le scuderie, immaginò che sarebbe stato bello cavalcare e vedere la terra circostante, forse *rustica*, ma comunque meravigliosa. Non riusciva a immaginare quanto tempo sarebbe durato l'intero viaggio, ma ricordando che in macchina aveva impiegato più di dieci ore, sapeva che a cavallo sarebbero stati necessari diversi giorni. Incuriosita dal percorso, chiese ad Aidan quali città avrebbero attraversato, ricordando quanto le fosse piaciuta la sosta a Carlisle, appena una settimana prima (secolo più, secolo meno).

«Brianna». Lui pronunciò il suo nome così dolcemente che interruppe a malapena i suoi pensieri.

Lei si voltò, osservando la vista di Aidan in piedi nel cortile, con in mano le redini di due cavalli, e si rese conto che le piaceva il modo in cui pronunciava il suo nome e il suo atteggiamento disinvolto, ma al tempo stesso molto professionale. Le piacque anche l'aspetto di lui alla luce del sole mentre la fissava, con i capelli arruffati dalla brezza e la camicia di lino aperta sul collo. Apprezzava anche i suoi pantaloni ben aderenti e gli stivali di pelle lucida, e il mantello con cappuccio drappeggiato dietro la schiena. Le piaceva e basta, pensò, scrollando le spalle distrattamente mentre rifletteva. Non che le piacesse *davvero*, non le era mai piaciuto nessun uomo tanto da andare oltre il primo appuntamento, ma con Aidan... forse sì. Quel pensiero fu sconvolgente, insieme alla consapevolezza che anche lui la stava osservando, con la testa curiosamente inclinata di lato. Aveva dimenticato quanto fosse trasparente Brianna 2.0, così distolse rapidamente lo sguardo. Quando i suoi occhi si posarono sui cavalli, si rese conto che non c'erano provviste attaccate alle selle. Confusa, vide l'uomo di Aidan, Henry, che aspettava vicino al sentiero che portava alla spiaggia, e si sentì improvvisamente male, mentre ogni traccia dello splendore indotto da Aidan svanì in un istante. Non le era venuto in mente che il viaggio sarebbe stato in nave. Guardò la baia, dove era ancora ormeggiata la nave su cui erano arrivati. Aveva familiarità con quel tipo di nave, dato che ne aveva vista una ricostruita dopo il ritrovamento dei resti al largo della costa orientale. Tuttavia, una cosa era ammirare una grande nave della metà del quindicesimo secolo in esposizione, un'altra era pensare di salirvi a bordo e navigare. Le immagini dell'Excalibur le balenarono nella mente e nelle orecchie sentì suoni che aveva tanto faticato a dimenticare. Non poteva salire su quella nave. Scosse la testa e indietreggiò.

«Non posso» disse, sentendosi intorpidita.

«Non posso cosa?»

«Viaggiare per mare. Imbarcarmi su quella nave».

Aidan la guardò con curiosità. «Ti assicuro che è robusta, con un equipaggio molto capace».

«Non importa quanto sia robusta» disse Brianna, sforzandosi di mantenere la voce ferma «o quanto siano capaci il capitano e l'equipaggio. Il mare non perdona, Aidan. Sono sopravvissuta per raccontare questa storia una volta, e non sono sicura di poterlo fare ancora».

A quel punto, Aidan posò le redini sulla criniera del cavallo e si diresse verso di lei. Quando fu a pochi centimetri di distanza, si fermò e la fissò profondamente negli occhi.

«Brianna. Vuoi dire che hai avuto un incidente in barca?»

Non era sicura che avesse mai battuto le palpebre, tanto era intenso il suo sguardo. Onestamente, visto tutto quello che sapeva sulle usanze e sulla cultura del quindicesimo secolo, era sorpresa che lui cercasse di capire.

«Sì. Da bambina. Da allora non sono più salita su una nave». Si rese conto che questo contraddiceva la sua storia di essere stata "traghettata" ad Abersoch, ma dopo la loro precedente conversazione aveva la sensazione che lui lo sapesse già.

Aidan annuì lentamente, poi si voltò per un attimo prima di parlare. «Per essere chiari, almeno tra noi due, *non* sei arrivata in *traghetto*, quindi?»

Lei scosse la testa. «No».

Di nuovo quello sguardo, che aveva imparato ad associare a lui. Privo di artifici, ma allo stesso tempo sagace e intuitivo. E quello che lei vi leggeva ora non era tanto il sospetto, ovviamente avuto in precedenza, quanto piuttosto la sensazione che lei fosse un puzzle che lui era intenzionato a risolvere (anche se, ovviamente, Brianna stava trattenendo alcuni pezzi chiave mancanti). Quando parlò, tuttavia, non tradì nulla di tutto ciò e il suo tono fu diretto e uniforme. «Abbiamo due possibilità, Brianna. La prima è che tu rimanga qui ad Abersoch mentre io mi occupo di una questione urgente. Tornerò a prenderti entro quindici giorni, forse prima, e ti riporterò a casa via terra».

Mentre faceva i conti nella sua testa, cominciò a chiedersi se avrebbe mai rivisto Dunhill o Pembrooke, o perlomeno Aidan. Chi può dire cosa sarebbe potuto accadere nel frattempo? Era vero, a prescindere dal secolo.

«E la seconda?» chiese, anche se era quasi certa di saperla già.

«Saliamo su quella nave. E tu confiderai nel fatto che ti terrò al sicuro».

Guardò la nave su cui lui le chiedeva di salire e si chiese onestamente se fosse in grado di farlo. Era più grande della barca della sua famiglia, ma non c'erano giubbotti di salvataggio o estintori, né una radio per chiamare aiuto, né un elicottero per salvarli da chissà cosa. Solo il mare aperto, freddo e spietato. Quando lei alzò lo sguardo, lui stava aspettando pazientemente, come se avesse tutto il tempo del mondo. Non le chiese nemmeno di rispondere. Fu sorpresa di scoprire che in realtà era combattuta tra il rimanere a guardarlo andare via o affrontare le sue paure e salire a bordo di una nave per la prima volta dopo oltre vent'anni. Mentre guardava la nave e Aidan, chiedendosi cosa dovesse fare, lui si avvicinò e riempì lo spazio tra loro. Poi le prese le mani e la guardò profondamente negli occhi.

«Tornerò a prenderti, Brianna» le disse, come per risparmiarle la tortura di cercare di decidere. Lei si sentì commossa dalla sua preoccupazione, e si rese conto che era proprio questo il suo modo di comportarsi: a quanto pareva, era stato sempre e soltanto premuroso con tutti quelli che lo circondavano.

Rimase lì a guardarla per un lungo momento e lei poté percepire la sua esitazione nel lasciarla. Le venne in mente, e non per la prima volta, che lei e Aidan potessero condividere un legame. Era una sensazione nuova per lei, che scoprì di gradire. Alla fine sentì che cominciava ad allontanarsi e così gli afferrò le mani.

«Verrò» disse senza pensarci. Lui sembrò così sorpreso (e, francamente, lo era anche lei) che lo ripeté, questa volta con più decisione. «Verrò. Voglio venire con te».

«Ti proteggerò a costo della vita, Brianna. Te lo giuro».

Stranamente, scoprì di credergli, a un vero e proprio sconosciuto che fino a pochi istanti prima aveva semplicemente considerato un uomo d'onore che l'avrebbe gentilmente accompagnata a casa. Un gesto apprezzato, ma niente di più. Ma ora si chiedeva. Che cosa aveva detto Lachlan? *Il destino ti porterà dove sei destinata ad andare.* Era stata così scettica in merito, tipicamente come la Brianna 1.0, che guardava le cose da un punto di vista puramente intellettuale. Ma ora non aveva altra scelta se non quella di abbandonarsi a esso, qualunque fosse. Forse la magia non riguardava soltanto i viaggi nel tempo e nemmeno la possibilità di vivere la storia in prima persona, ma qualcosa di più, che stava appena iniziando a scoprire. Era così persa nei suoi pensieri mentre Aidan la aiutava a salire a cavallo, che non si accorse che lui era montato dietro di lei. Chiuse gli occhi mentre lui prendeva le redini e le sue braccia forti la circondavano, trovando conforto anche nel suono soffuso con cui ordinò al cavallo di avanzare. Non poteva esserne certa, ma le sembrò di sentirlo sussurrare qualcosa che suonava come «Da oggi in poi, Brianna».

CAPITOLO 12

Il vento si era alzato notevolmente quando Aidan aveva fatto salire Brianna sulla piccola barca a remi. Erano seduti uno di fronte all'altra e lo spazio era stretto, così le gambe di lei erano incastrate tra quelle di lui. La tensione per il fatto di trovarsi a bordo di una barca dopo tanto tempo era evidente: quasi si aggrappava a Kitty mentre guardava il mare. Iniziò a tremare e Aidan, senza pensarci, si tolse il mantello e glielo avvolse intorno. Quando sollevò il cappuccio, fu grato di vedere una scintilla di apprezzamento nei suoi occhi, il primo accenno di vita da quando avevano lasciato la scogliera. Prima era spontanea e spensierata, piena di puro piacere per tutto ciò che la circondava, ma da quando avevano lasciato il cortile era diventata muta e inespressiva. Era un cambiamento doloroso e si sorprese di quanto lo colpisse profondamente. Non poteva immaginare cosa stesse provando, ma mentre sosteneva il suo sguardo, sperava che un giorno si sarebbe guadagnato l'onore della sua fiducia.

Era vero, all'inizio era stato diffidente nei confronti di Brianna, ma la situazione era cambiata rapidamente. A ogni interazione che aveva con lei, l'enigma che rappresentava si chiariva un po' di più e, sebbene non avesse ancora ricevuto una confessione vera e propria sulla sua origine, sulla sua *vera* origine, Aidan era assolutamente convinto che Brianna O'Roarke fosse la persona a lui destinata. L'elenco delle sue qualità si allungava rapidamente man mano che imparava a conoscerla, ma c'era qualcosa di più e che andava *oltre* l'ovvia attrattiva fisica e persino l'apprezzamento della sua intelligenza. Non riusciva a capire bene *cosa* fosse, era davvero immateriale e una sensazione del tutto nuova per lui, ma stare insieme a Brianna gli sembrava... giusto. Fino al giorno prima l'aveva considerata semplicemente più plausibile di Judith, ma oggi, plausibile non si avvicinava nemmeno al grado della sua convinzione.

Ora, mentre Aidan la fissava, quel piccolo segno di apprezzamento che lei gli aveva concesso era ormai svanito e la sua postura era divenuta seriosa, i suoi occhi talmente grandi e inquieti che cominciò a mettere in dubbio la scelta di averla portata con sé per mare. Era sul punto di fare cenno agli uomini dell'equipaggio di tornare indietro e di rientrare al molo quando Brianna gli afferrò il braccio. Scosse la testa e lui capì che in qualche modo aveva compreso le sue intenzioni, sorprendendolo ancora una volta. Alcune ciocche di capelli si erano staccate dal mucchio ordinato sopra la testa e lui allungò la mano per rimetterle a posto. Nel momento in cui lo fece, lei sussurrò qualcosa che lui non riuscì a sentire per via del vento. Quando si ritrasse e le chiese di ripetere, lei disse: «Credi nella magia?» Non poteva essere sicuro se stesse riprendendo la loro conversazione della sera prima o meno.

Per avere più tempo per formulare una risposta, le infilò un'ultima ciocca dietro l'orecchio, poi le tirò il cappuccio del mantello sulla testa, in modo da incorniciarle e proteggerle il viso. Quando incontrò il suo sguardo, vi trovò così tanta serietà che rispose in modo gentile.

«Credo che ci siano cose che non capisco e che non posso comprendere o spiegare appieno. Ma ho visto di persona situazioni che sembrano impossibili, eppure sono molto reali ed esistono».

Brianna non batté le palpebre mentre lui parlava, ma scrutò i suoi occhi, aggrappandosi a ogni singola parola. Considerando la gravità della questione, lui comprendeva la sua cautela, sapendo che stava valutando la sua affidabilità e il suo valore. La decisione di fidarsi di lui doveva essere sua e solo sua. Sebbene fosse convinto di aver già guadagnato parte della sua fiducia (motivo per cui si trovavano insieme su una barca), rimase prigioniero del suo sguardo penetrante, evitando di muoversi o anche solo di sbattere le palpebre. Si sentì sollevato nel vedere nuovamente una scintilla di vita nei suoi occhi, ma provò compassione per chiunque fosse sottoposto a un tale esame.

Quando finalmente Brianna si avvicinò, lui la imitò e lei chiese: «Credi nel destino?»

«Più di molti altri» rispose lui senza esitare.

Sembrava che avesse superato qualsiasi prova lei gli avesse sottoposto, perché Aidan poté giurare di aver sentito il suo sollievo quando abbassò le spalle. Brianna gli posò una mano sulla gamba e si avvicinò ancora di più, tanto che lui poté vedere le varie tonalità di blu nei suoi occhi, e quasi si dimenticò di respirare.

«Se ti dicessi una cosa... una cosa che sembra impossibile ma...» Gli occhi di Brianna si spalancarono quando la barca iniziò a oscillare, e Aidan la sostenne mentre lei veniva sbalzata in avanti, e infilò con cura la sua testa sotto il mento. Anche lui rimase sbalordito nel rendersi conto che avevano già raggiunto la nave. Non ricordava di essere mai stato così immerso in qualcosa da dimenticare ciò che lo circondava. Mai. Quando si alzò, la sollevò con sé, con la gattina che faceva le fusa felicemente tra loro. In quel momento fu contento dell'instabilità della piccola barca. L'aiutò a ritrovare l'equilibrio, poi la lasciò delicatamente. In quei brevi momenti in cui l'aveva tenuta vicina, Brianna gli aveva avvolto le braccia intorno alla vita e lo aveva stretto altrettanto saldamente.

Dopo che Henry ebbe raccolto gli effetti personali di Brianna (tutto il resto era già stato portato sulla nave) e si fu diretto a bordo, Aidan l'aiutò a scendere dalla barca. Non c'era più traccia di ciò che era appena accaduto tra loro.

Sebbene lei non lo avesse ancora guardato da quando si era staccata dal loro abbraccio, era chiaro quanto fosse concentrata sul compito davanti a sé e che la realtà del viaggio imminente stesse cominciando a farsi sentire.

Quando Brianna si avvicinò alla scala, lui le coprì le mani che si aggrappavano ai pioli. «Così» spiegò, riposizionandole per ottenere la migliore stabilità. Lei annuì e poi guardò in alto, dove ora la attendeva Henry. «Lo raggiungerai in un attimo. Sarò proprio dietro di te» la rassicurò.

Lei lo guardò, di nuovo così seriamente, che il suo cuore si strinse e lui si chiese se fosse ciò che i suoi fratelli provavano ogni giorno; in tal caso, non era sicuro di quanto avrebbe potuto sopravvivere.

«Brianna?»

«E se il destino mi stesse facendo chiudere il cerchio?»

Aidan scosse la testa. «Se pensassi anche solo per un secondo che salire a bordo di questa nave fosse un rischio per te, non te lo lascerei fare».

Brianna fece un piccolo cenno, poi si concentrò di nuovo sui pioli. Mentre iniziava a salire, sussurrò qualcosa a sé stessa e, anche se non poteva essere sicuro di averla sentita bene, Aidan avrebbe giurato che avesse detto: «Il destino ti porterà dove sei destinata ad andare». La guardò salire, piolo dopo piolo, incapace di credere che si fosse preparata per la salita sussurrando le stesse parole che Lachlan aveva spesso pronunciato a Dar. Dopo essersi scrollato di dosso il torpore, convinto di aver capito male, dovette arrampicarsi sulla scala per raggiungere Brianna, che lo aspettava sul ponte accanto a Henry. Aidan la guardò attentamente mentre aggiustava il marsupio in cui si trovava Kitty e lisciava la stoffa del vestito, ma il suo viso non tradiva nulla delle parole che aveva appena sussurrato.

Dopo averle concesso qualche istante per riprendersi, Aidan le mostrò la nave. Come durante la passeggiata della cena della vigilia, anche in questo caso era ben consapevole della sua presenza accanto a lui, e ancora una volta in modo favorevole. Attese pazientemente ogni volta che lei si fermò a esaminare qualche aspetto della nave, prestando particolare attenzione a tutti gli alberi, ai meccanismi e al resto. L'equipaggio, che gli era familiare, a parte uno degli uomini, annuì gentilmente e si dedicò ai propri compiti.

«Ah, vedo che abbiamo un altro marinaio a bordo» disse il capitano, ridacchiando mentre si avvicinava, senza dubbio avendo notato l'attenzione di Brianna per la nave. «Una marina-*ressa*, cioè».

Brianna sorrise al capitano John, considerato da Aidan un tipo amichevole anche se un po' sfacciato, ma rispose un po' nervosamente alle sue parole. «Oh, no, signore, sono solo interessata alla nave. Non contate su di me per navigare!»

Mentre Aidan faceva le presentazioni formali, spiegò a Brianna che il capitano John era stato determinante nell'insegnare a tutti loro a navigare quando erano giovani, ragazze comprese.

Questo le strappò un sorriso sincero e disse: «Anche mio padre mi ha insegnato. Mi hanno detto che era una tradizione degli O'Roarke iniziata da Fergus in persona».

Il capitano John guardava Brianna con curiosità e si grattava il mento. «Una O'Roarke, hai detto?» chiese scuotendo la testa. «Devo ancora incontrarne uno che non abbia una criniera selvaggia di capelli.

«A meno che non sia da parte di sua madre, suppongo, ma anche in questo caso, ogni figlio degli O'Roarke che ho conosciuto ha ereditato i loro capelli». L'uomo, che conosceva la famiglia e i vari rami meglio di Aidan, continuò a guardare Brianna, visibilmente arrossita e intenta a passarsi distrattamente le dita tra i capelli.

Giusto. «C'è sempre una prima volta, capitano» sbottò Aidan, irritandosi per l'impudenza del capitano.

Quindi afferrò la mano di Brianna e la condusse via mentre il capitano John gridava: «Non era un insulto, solo un'osservazione, Sinclair!» alle loro spalle. «Benvenuta, a bordo, ragazza!»

Ad Aidan non importava di aver avuto lo stesso pensiero sui capelli *molto* poco in stile O'Roarke di Brianna; l'importante era che non glielo avesse detto, per non ferire i suoi sentimenti delicati. Brontolando tra sé e sé mentre attraversavano il ponte, Aidan si fermò solo quando Brianna gli diede un colpo sul braccio. Voltandosi, si chiese cosa mai le fosse preso, e vide che anche Henry lo guardava in modo strano. Si trattenne dall'impazienza alla vista di Brianna che cercava di riprendere fiato.

«Scusa» disse lei scrollando le spalle, con un piccolo sorriso che le spuntava sul viso. «Ho *cercato* di attirare la tua attenzione. È stato difficile tenere il tuo passo, mi stavi praticamente trascinando sul ponte».

Giusto. Alla faccia della lucidità. Lui grugnì qualcosa che sperava potesse passare per delle scuse e stava per ripartire quando lei gli mise una mano sul braccio.

«Quello che ha detto è vero. Avere riccioli selvaggi *è* una caratteristica degli O'Roarke, e credo che a volte mi dispiaccia un po' che i miei capelli non rappresentino appieno l'orgoglioso segno della nostra eredità».

Aidan non sapeva bene cosa pensare, se non che lei stava cercando di farlo sentire meglio.

«Vuoi vedere i tuoi alloggi?» chiese, scegliendo di cambiare completamente argomento.

«Non vorrei fare nulla a bordo di questa nave, ma visto che siamo qui, sistemarsi sarebbe fantastico».

Mentre la conduceva sottocoperta verso la cabina ben arredata che le era stata riservata, si premurò di indicarle i punti di riferimento lungo il percorso, in modo che potesse trovare facilmente la strada nel caso in cui né lui né Henry fossero stati con lei. All'interno della stanza, sul letto erano state stese lenzuola pulite e Aidan fu lieto di vedere un mazzo di fiori su un tavolo. Il personale di Abersoch si era premurato di dirgli che tutti avevano gradito avere Brianna come prima ospite ufficiale, e si vedeva. Quando iniziò a illustrare le caratteristiche della cabina, lei lo fulminò con uno sguardo. Giusto. Si stava comportando come un idiota.

«Ah beh, sì» disse lui, riprendendosi. «Il mio alloggio è appena dopo il tuo, se avrai bisogno di me. Ti ricordi come siamo arrivati fin qui?» Brianna annuì mentre posava Kitty sul letto, accanto alle sue valigie, che Henry aveva portato in cabina. «Se non ti vedo sul ponte quando saremo in navigazione, verrò a vedere come stai. Henry o io saremo sempre a portata di mano».

Una volta assicuratosi che Brianna stesse bene, Aidan si diresse al piano superiore per parlare di nuovo con il capitano John, visto che la loro prima conversazione era terminata bruscamente. L'uomo rise quando lo vide, poi alzò la mano mentre finiva di dare ordini al suo equipaggio. Una volta lasciata la baia, gli si rivolse dicendo: «È adatta, Sinclair».

Ovviamente. Aidan sapeva che John non si aspettava una risposta, ma si limitava ad assaporare il fatto che lui avesse perso la testa. Un'afflizione nuova per lui. Quindi, oltre a lanciargli un'occhiata, decise di ignorare le sue parole e chiese invece informazioni sulle provviste. Anche se Aidan non aveva programmato una lunga permanenza ad Abersoch, ora che stavano per partire con un giorno o due di anticipo, si chiedeva cosa ci fosse ancora da fare.

«È tutto pronto, a parte qualche uomo che è sceso dopo aver bevuto della birra contaminata» spiegò il capitano John, poi aggiunse che avevano fatto alcune sostituzioni; ecco spiegato il volto sconosciuto che Aidan aveva visto al momento dell'imbarco. Il capitano gli assicurò che i marinai erano qualificati, ma che, trattandosi di veri e propri sconosciuti, erano ovviamente tenuti sotto stretto controllo. L'altra nave, ora vuota di provviste, sarebbe rimasta indietro di un giorno e il piano attuale prevedeva di fare nuovamente scalo ad Ayr e fermarsi per la notte. Pur non essendo il massimo, date le circostanze, era un piano valido.

Aidan era ansioso di porre formalmente fine a qualsiasi

speranza di alleanza che i Fitzgerald pensavano ancora di poter stringere riguardo alla loro terra, nonché al loro progetto mal concepito di fargli sposare Judith. Anche se finora era riuscito a respingerli con una certa facilità, si era reso conto che era stato un errore accettare la loro proposta e non tagliare i ponti con Seagrave quando ne aveva avuto la possibilità. Ora, Aidan sperava che il fatto di parlare direttamente con loro dimostrandogli quindi rispetto (non che lo meritassero), avrebbe potuto garantire che Judith non venisse messa in una luce sfavorevole, né ai futuri pretendenti né ai suoi fratelli.

Aidan non aveva ancora informato Greylen e Callum del suo progetto di incontrare i Fitzgerald. Aveva programmato di farlo di persona, ma ora, con questo giorno in più, c'era la possibilità concreta che la notizia arrivasse prima a loro. Passò davanti a Henry, che sorvegliava la porta di Brianna, mentre si dirigeva verso il suo alloggio per scrivere le missive ai suoi confratelli. Anche se restò vago nei dettagli, nell'eventualità che le lettere cadessero nelle mani sbagliate, il compito richiese comunque un po' di tempo e, quando ebbe finito, Aidan era ansioso di controllare Brianna e vedere come stava. Sperava che un po' d'aria fresca e magari un po' di ristoro le avrebbero fatto bene.

Uscendo dalla cabina, fu sorpreso di trovare il corridoio vuoto. Se Henry se n'era andato, significava sicuramente che anche Brianna era uscita, ma comunque bussò per sicurezza, sorridendo fra sé e sé. Ora si sentiva un po' più leggero, con la mente più chiara, e non vedeva l'ora di parlarle, sperando che fosse aperta a qualche domanda ben indirizzata.

Appena i suoi stivali toccarono il ponte, sentì un trambusto al di là della passerella. Prima che potesse fare un'ipotesi su cosa potesse causare tanto scompiglio, uno dei membri dell'equipaggio, un uomo che conosceva bene da anni, si mise a correre verso di lui. Vedendo l'urgenza nei suoi occhi, Aidan provò un forte senso di timore. Tutto ciò a cui riusciva a pensare era come Brianna temesse di essere destinata ad affondare con la nave, così si mise a correre nella stessa direzione. Si fece strada tra la folla, preparandosi a ciò che avrebbe potuto trovare, del tutto impreparato a ciò che vide quando riuscì ad aprirsi un varco. Un altro uomo dell'equipaggio, uno dei sostituti, a giudicare dall'aspetto poco noto, aveva afferrato Kitty e la teneva per la collottola. Sembrava che stesse minacciando di gettarla in mare, mentre il resto dell'equipaggio cercava di farlo ragionare, avvertendo il marinaio che stava commettendo un terribile errore.

Terribile non era nemmeno lontanamente sufficiente. Aidan era furioso.

L'orrore sul volto di Brianna, mentre guardava il marinaio far penzolare il suo prezioso cucciolo oltre la ringhiera, era doloroso da digerire. Henry la stava trattenendo, molto probabilmente per evitare che attaccasse lei stessa l'uomo. Se il marinaio avesse avuto un briciolo di buon senso, la sola espressione sul volto di Henry avrebbe messo fine alla situazione. Cogliendo lo sguardo di Henry, Aidan fece segno che avrebbe fatto fuori l'uomo, con piacere. Al cenno di Henry, si portò alle spalle del marinaio e lo fece svenire con una rapida e decisa pressione sul collo. Prima che cadesse a terra, Henry era già lì, pronto a strappare Kitty dalle braccia dell'uomo e per restituirla a Brianna. Aidan osservò con sollievo il ricongiungimento fra i due, poi guardò l'uomo che si agitava ai suoi piedi.

«Confinatelo di sotto» disse al resto dell'equipaggio che si era riunito. Non pensò al suo tono finché non vide lo sguardo di Brianna.

Se solo avesse saputo la vera portata della sua rabbia. Stava appena iniziando a calmarsi, ma quando le si avvicinò percepì in lei ancora una grande furia. Quando Brianna alzò lo sguardo, Aidan non nascose l'ira che era sicuramente evidente sul suo volto, e gli occhi increduli di lei lo confermavano. Quando parlò, tuttavia, si sforzò di mantenere la voce uniforme.

«Ti chiedo di non lasciare che il comportamento di un solo uomo, a noi sconosciuto, influenzi la tua opinione sul resto degli uomini a bordo di questa nave, né su chiunque si trovi alle mie dipendenze» dichiarò. «Non posso parlare del carattere di chi non conosco, ma ti prometto, Brianna, che finché avrò fiato, ti proteggerò, onorerò e servirò a spese di tutto il resto».

Non era sicuro che lei avesse capito le implicazioni, ma non aveva comunque importanza. La guardò profondamente negli occhi, pregando in silenzio che le prove che avevano affrontato quel giorno avessero soddisfatto l'avvertimento di Esmeralda.

Nel profondo, però, aveva la certezza che non fosse così.

CAPITOLO 13

Brianna trascorse il resto del pomeriggio nella sua cabina, per riprendersi ed elaborare l'incidente sul ponte. L'incontro era stato di breve durata e l'uomo che aveva messo in pericolo Kitty oramai non era più una minaccia, ma Brianna aveva difficoltà a superare il trauma. Sapeva che lei e Kitty erano al sicuro, eppure come aveva imparato ultimamente, sapere qualcosa e sentirla erano due concetti completamente diversi.

Dopo che Henry l'aveva accompagnata sottocoperta e si era assicurato che lei e la gattina si fossero sistemate comodamente, le aveva indicato una zona appena oltre la sua porta, dove le aveva detto che avrebbe potuto trovarlo in qualsiasi momento. Stava per andarsene quando Brianna gli aveva chiesto di aspettare, per poterlo ringraziare. Quando lui si voltò e la guardò, una nuova scarica di lacrime le fece bruciare gli occhi e riuscì solo a boccheggiare, mentre la gola le si intasava per l'emozione. Lui fece un cenno brusco, ma i suoi occhi erano pieni di calore e comprensione.

Era quasi ironico. Quando prima aveva chiesto a Henry di accompagnarla sul ponte, era stato un atto di coraggio da parte sua, desiderosa di dimostrare a sé stessa che non c'era nulla di cui aver paura su quella nave. Inoltre, era stata curiosa di vedere come si sarebbe sentita a navigare da adulta, guardando il mare aperto. Brianna ricordava che da bambina le aveva ispirato soggezione, ma onestamente non aveva mai pensato che l'avrebbe rivisto. Mai. Nervosa, persino timida, aveva mantenuto l'attenzione sulla nave stessa, cercando di ammirare le minuziose lavorazioni del legno e raccogliendo il coraggio per mettersi in piedi sul parapetto. Henry era dietro di lei, ma evidentemente non abbastanza vicino, perché mentre guardava uno dei marinai che avvolgeva una corda, fu colta di sorpresa da un colpo al petto. Era rimasta così stordita che le ci era voluto un secondo per capire che Kitty era stata strappata dal suo marsupio. Freneticamente, Brianna si era guardata intorno finché non aveva visto la piccola, che si agitava e si contorceva tra le braccia di un uomo con uno sguardo folle e che chiaramente aveva paura o forse era superstizioso nei confronti dei gatti. Per quanto fosse terrorizzata, Brianna aveva sentito una rabbia incontenibile e Henry aveva dovuto trattenerla, assicurandole ripetutamente che Kitty le sarebbe stata restituita. Tra i suoi sforzi per tenerla calma, Henry aveva anche avvertito il marinaio che aveva rapito Kitty che stava commettendo un terribile errore. Le sue parole erano state dosate con cura, ma quando era stato chiaro che quell'uomo non l'avrebbe ascoltato, il tono di Henry era cambiato. Con una voce che le avrebbe fatto rizzare i capelli, se non si fosse già sottoposta a un trattamento alla cheratina, aveva detto al marinaio che Kitty era *un'amata compagna di Sinclair e della tenuta di Pembrooke,* come se Aidan discendesse dalla dinastia più potente della terra e fosse ora il custode del regno.

Brianna era rimasta alquanto scioccata dall'intera faccenda... era come essere improvvisamente catapultati su un set cinematografico proprio al momento del lancio del guanto di sfida e giusto all'inizio della battaglia del bene contro il male. Santo cielo, aveva quasi alzato lo sguardo per vedere se fossero stati anche liberati dei draghi! Quando Henry le aveva sussurrato di nuovo che quell'uomo sarebbe stato punito (o "ucciso"? Non riusciva a ricordarselo, né l'avrebbe fatto, a meno di non essere sollecitata), Brianna si era calmata all'istante, rendendosi conto che, per quanto folle e surreale fosse quella nuova realtà, era comunque la sua, e doveva rimanere concentrata.

Fu allora che aveva notato Aidan, che si faceva rapidamente strada tra la folla. Quando li aveva raggiunti, Brianna l'aveva visto scambiare un breve sguardo con Henry mentre si muoveva con determinazione e *furia* verso il marinaio. Henry si era chinato verso Brianna per dirle che doveva allontanarsi affinché potessero recuperare il suo animale, per evitare che si facesse male o cadesse quando Aidan avesse abbattuto l'uomo. All'inizio Brianna aveva pensato che stesse esagerando, ma no, era davvero così. Era finito tutto talmente in fretta che aveva avuto a malapena il tempo di battere le palpebre (per non parlare di *pensare*), poi Kitty era stata messa al sicuro tra le sue braccia. A quel punto, tutta la sua attenzione era rivolta alla sua amata gattina. Brianna l'aveva controllata con attenzione, grata che sembrasse stare bene. Era scossa, certo, ma si sperava che con le prossime fusa avrebbe dimenticato l'incidente.

Solo quando Henry aveva chiuso la porta dopo i suoi silenziosi ringraziamenti, un'ondata di stanchezza l'aveva investita. Brianna si era strofinata il petto, trasalendo un po' per la sensazione di sensibilità. Voleva solo sdraiarsi e coccolare Kitty, ma non era sicura di riuscire a rilassarsi. Così, era scesa a un compromesso e si era seduta sul bordo del letto, con la gattina in grembo ad ascoltare, sperando di sentire i passi pesanti di Aidan che si dirigevano verso di lei.

Ore dopo, con la cena già consumata, stava ancora aspettando. Le era stato portato un vassoio in camera e aveva consumato quello che aveva potuto del suo pasto (molto meglio di quanto si aspettasse, considerando che erano su una nave). Ancora scossa per il pomeriggio e preoccupata per il fatto di non aver più visto Aidan, non aveva molta fame, quindi lasciò la maggior parte del cibo nel piatto, dandone dei pezzetti a Kitty. Brianna guardò di nuovo la porta, desiderando per la centesima volta che Aidan fosse dall'altra parte. Sapeva che quell'insolito attaccamento era prematuro, forse addirittura irrazionale, ma ciò non significava che non fosse reale o che potesse fingere che non esistesse. Qualunque cosa fosse, non poteva fare a meno di pensare che lui la stava evitando, anche se non riusciva a capire perché.

Alla fine Brianna decise di averne abbastanza. Aveva passato la maggior parte della sua vita a tenere a distanza le persone, facendo del suo meglio per *non* provare sentimenti, o almeno per non farli trasparire quando li provava, ma con Aidan, un uomo che conosceva da appena un giorno e mezzo, cominciava a chiedersi se potesse comportarsi diversamente. Sembrava impossibile anche a lei, ma a questo punto cosa non lo era? Lei e Aidan condividevano un legame che non poteva essere negato, anche se non aveva idea se si trattasse solo di una semplice attrazione di base o di un livello più profondo o addirittura soprannaturale. In ogni caso, non aveva importanza. Ma Brianna si *sentiva* in qualche modo sintonizzata sulla sua stessa frequenza e aveva la sensazione che lui stesse lottando con qualcosa di più grande che salvare il suo gatto o assicurarsi che lei arrivasse sana e salva a Dunhill. Non voleva pensare di essere improvvisamente così evoluta e matura dal punto di vista emotivo da sapere con che *cosa* esattamente stesse lottando, ma era abbastanza certa che, qualunque cosa fosse, Aidan stesse vivendo la sua stessa esperienza 2.0. E anche se stava imparando da poco a relazionarsi con le altre persone, era *qualcosa* che capiva bene. Se avesse provato solo una parte dello scombussolamento emotivo che aveva provato lei, beh, questo Laird delle Highlands del quindicesimo secolo stava per affrontare un'esperienza molto intensa della sua vita.

Dopo essersi assicurata che Kitty fosse al sicuro nella piccola area in cui aveva ricavato una specie di recinto, Brianna si alzò e si diresse verso la porta. Dall'altra parte, Henry la salutò e le sorrise calorosamente, come se non fosse stato lì in piedi da ore, senza avere, a quanto pareva, nulla da fare.

«Vorrei salire di nuovo sul ponte» disse lei, calmandosi con un respiro. «Vorrei andare a trovarlo. Aidan, intendo».

Lui sembrò compiaciuto della sua affermazione e, se si accorse della sua esitazione, non disse nulla al riguardo, si limitò ad aiutarla a salire la scala a gradini. Rimase dietro di lei finché non fu chiaro che non solo aveva ritrovato l'equilibrio ma non mostrava segni di reazione al trauma di essere tornata sul ponte, poi le diede un po' di spazio e indietreggiò di due interi gradini.

Una volta in cima, Brianna scrutò attentamente l'area e fu sollevata dal fatto che i gesti di compassione erano ora sostituiti da cenni e sorrisi sicuri. Ecco un altro vantaggio di passare la maggior parte del tempo con libri e manufatti: non ti fissano con sguardi di commiserazione dopo che ti sei messo in imbarazzo davanti a loro. Il ponte era pieno di persone, ma di Aidan non c'era traccia. Dopo aver guardato di nuovo oltre il capitano, questa volta in punta di piedi, e ancora a vuoto, Brianna volse lo sguardo verso la prua della nave. Il sollievo che provò quando lo vide, in piedi a guardare il mare, fu quasi sconcertante.

Il sole si era appena abbassato sull'orizzonte quando gli si avvicinò, tanto da sentire il fruscio del suo mantello contro il suo vestito. Già questo era un brivido che non si aspettava di provare e che non aveva mai provato prima. Non disse nulla, ma lo sentì spostarsi di poco più vicino a lei, tenendo le mani appoggiate sulla ringhiera e fissando davanti a sé. Era davvero uno spettacolo stupendo. Rimasero così, in silenzio, per qualche minuto, finché lui non parlò.

«Vedere come ti sei agitata per Kitty prima» cominciò lentamente, misurando le parole, «rendermi conto che abbiamo permesso a qualcuno di malvagio di entrare nei nostri ranghi... non l'approvo».

Brianna capì cosa intendeva dire. Il linguaggio del quindicesimo secolo non era poi così difficile da comprendere, anche se non lo si conosceva bene come lei, ma stava diventando sempre più consapevole di come le parole avessero un peso diverso. A prescindere da quell'inaspettata curva di apprendimento, l'unica cosa di cui Brianna era sicura era che Aidan Sinclair era un uomo integro e non usava mezzi termini. Diceva sempre ciò che intendeva, quindi era chiaro che questo incidente gli aveva fatto davvero male. Non era sicura se la sua reazione viscerale fosse dovuta a ciò che aveva detto o altro, ma si accorse che tutti gli altri rumori nella sua testa erano spariti, si erano acquietati quando l'aveva visto. Aveva pensato di chiedergli se era questo il motivo per cui l'aveva evitata per tutto il giorno, il senso di colpa per aver fatto salire a bordo quell'uomo, ma quando si voltò e lo trovò in attesa, addirittura impaziente, di guardarla negli occhi, volle solo rassicurarlo.

«Nel breve tempo in cui ti ho conosciuto, Aidan Sinclair, *questo* mi è diventato straordinariamente chiaro».

Aidan annuì. «Sono onorato dalla tua pronta difesa, tuttavia vorrei che non avessi dovuto sopportare ciò che quell'uomo ti ha fatto passare oggi».

Il fatto che provasse davvero qualcosa per lui, quando prima aveva provato a malapena qualcosa per sé stessa, ammorbidì la sua risposta dal suo tono tipicamente asciutto. «Siamo in due».

Il grugnito di lui fu leggero, così come il delicato movimento del mento, ma non disse nulla. Dopo un attimo, allungò una mano, come per toglierle i capelli dal viso, anche se lei era sicura che non ci fossero ciocche erranti da sistemare. Tuttavia, chiuse gli occhi e coprì la mano di lui, lasciando che il suo peso la confortasse. Brianna 2.0 era più audace, apparentemente più matura. Almeno con Aidan. Si scambiarono un sorriso cauto e lei lasciò cadere la mano. Anche lui lo fece, ma solo dopo averle sistemato la ciocca immaginaria dietro l'orecchio.

«Quando mi sono reso conto che ti eri avventurata di tua iniziativa sopraccoperta, ho provato...» lasciò cadere le parole, poi scrollò le spalle. «Forse ti sembrerà inopportuno o sorprendente, ma ho provato orgoglio. Non è un'impresa facile, considerando la tua esperienza, Brianna».

Lei ricambiò l'alzata di spalle, contenta che la loro energia facile e amichevole di prima sembrasse poter tornare. «Beh, avevo Henry che mi stava alle spalle» disse e sorrise.

«Sì, è così». Il suo sorriso questa volta raggiunse gli occhi.

«Ero salita solo per vedere come ci si sente a guardare il vasto mare aperto, ma non ho mai avuto la possibilità di farlo. I miei occhi sono andati dritti a Kitty, e non ho mai visto oltre lei».

Allargando il braccio verso l'oceano, Aidan le fece cenno di farlo ora. Lei esitò e lui la incoraggiò con uno sguardo e un cenno. Facendo un respiro profondo, Brianna si girò e appoggiò le mani sulla ringhiera, fissando lo sguardo sull'acqua. Mentre lo faceva, lo sentì avvicinarsi ancora di più.

«E ora?» chiese.

«Vedo un tramonto così splendido e così tranquillo che quasi non sembra reale. Anche l'acqua sembra placida». Restò lì a fissare e a respirare.

«Sì...» Lui si interruppe di nuovo e Brianna sentì un piccolo sospiro sfuggirgli. Se non fosse stato una presenza così straordinaria, avrebbe pensato che fosse nervoso. Dopo un attimo, colse Aidan che si voltava verso di lei. La sua espressione era preoccupata ma, quando riprese a parlare, il suo tono era sincero. «Non te lo chiederei, se non fosse per le tue stesse parole di pochi istanti fa, quindi ora mi chiedo come ci si *sente*».

Fu sorpresa che lui avesse prestato così tanta attenzione a ciò che aveva detto e che avesse colto il fatto che lei non aveva risposto alla sua domanda. Una domanda, si rese conto ora, che lui aveva fatto davvero sul serio. Era una richiesta importante, anche per la versione 2.0 di sé stessa.

Alla sua esitazione, lui annuì ed emise un piccolo suono appena percettibile, poi tornò a guardare il mare come per mostrarglielo. «Quando guardo fuori, mi sento misurato e libero, anche con un mondo di questioni urgenti da affrontare».

Le si spezzò un po' il cuore alle sue parole, sentimenti che le ricordavano suo padre, sempre felice di lasciarsi tutto alle spalle per potersi concentrare sulla famiglia. Fece un respiro profondo, raccogliendo un po' più di coraggio e forse, pensò, anche traendone un po' da Aidan, e quando tornò a guardare le vaste acque, lasciò che una scarica di emozioni la investisse. Le ci volle un attimo prima di riuscire a parlare. «Mi sento triste... quando guardo fuori, mi ricordo di loro e *sento* quanto era bello». Si asciugò una lacrima, non voleva piangere e non voleva attirare l'attenzione di Aidan. «E mi ricorda che una volta che se ne sono andati, non ho più percepito quella sensazione».

«Brianna...»

«No, va tutto bene». Si girò verso di lui. «Chi sono io per pensare che avrei dovuto avere di più? Sono fortunata per il tempo che siamo stati insieme». Scosse la testa, improvvisamente piena di rimorsi. «Fino a pochi giorni fa, non mi permettevo nemmeno di pensare a loro, non proprio, per non ricordare... o sentire l'essenza della nostra famiglia... *qui*». Con la mano si coprì il cuore e le sembrò che tutto si stesse improvvisamente disfacendo, che il guscio accuratamente protetto in cui aveva racchiuso la sua ferita più profonda si stesse incrinando. O forse era lei a disfarsi, sentendosi al sicuro e protetta in presenza di Aidan, almeno quanto bastava per poter essere vulnerabile.

Fece un respiro profondo e continuò: «Non credevo di avere la forza di affrontare tutto questo» disse, agitando la mano verso l'ambiente circostante, «imbarcandomi su una nave, navigando in mare aperto. Non pensavo che il mio coraggio sarebbe stato messo alla prova come oggi... come in questa settimana». Lei lo guardò negli occhi, chiedendosi come o se affrontare ciò che gli aveva quasi rivelato sulla barca. Era talmente disperata allora, sentiva che la sua vita stava per finire, ma ora non ne era più così sicura.

«Accolgo con piacere i tuoi pensieri, qualunque essi siano» la rassicurò lui, percependo la sua esitazione. «Mi rendo conto di averti già delusa, ma non troverai mai un soggetto più leale di me».

Non aveva mai incontrato nessuno che parlasse con tanta profondità, e tanto meno che *le* parlasse in quel modo. E, sebbene non avesse mai permesso a nessuno di avvicinarsi abbastanza, Brianna era certa che non sarebbe cambiato nulla, perché non era pronta a riceverlo. Se non fosse stato per la sequenza di eventi che l'avevano condotta a Dunhill la settimana precedente, e per tutti quelli che l'avevano seguita, non avrebbe potuto esprimersi così liberamente. Eppure, mentre si trovava a prua di quello che era sicuramente uno dei più grandiosi vascelli dell'epoca, in navigazione nelle acque aperte del Mare d'Irlanda, Brianna ebbe improvvisamente la certezza assoluta che il destino l'aveva portata dove doveva andare. Verso quell'uomo che la guardava con tanta riverenza e che la faceva commuovere profondamente.

Gli posò una mano sul petto, sporgendosi leggermente. «Non mi hai deluso, Aidan» disse, parlando con fermezza e senza permettersi di vacillare. «Credo che tu e questo posto siate il mio destino».

Vide gli occhi di lui allargarsi per una frazione di secondo, poi Aidan si inginocchiò davanti a lei e chinò il capo. «E io suggellerò il nostro destino». Le sue parole furono pronunciate come un giuramento solenne e, sebbene Brianna non avesse idea di cosa potesse riservare loro il futuro, sapeva che da quel momento in poi, in qualche modo, sarebbero stati legati per sempre.

CAPITOLO 14

La mattina seguente, Aidan stava parlando con il capitano quando scorse Brianna sul ponte. Per quanto fosse contento di vederla, era sorpreso che fosse in piedi così presto. Aveva sperato che fosse riuscita a dormire profondamente, soprattutto dopo quello che era successo il giorno prima. Il fatto che avesse affrontato ogni incidente con coraggio e grazia, confessandogli pure i suoi sospetti, lo aveva onorato forse come mai prima. Era un momento che sospettava sarebbe rimasto impresso nella sua memoria per sempre, l'immagine degli ultimi raggi del sole che si spegnevano, mentre lui si legava a lei davanti a Dio. Poteva ancora sentire il tocco delle sue mani sottili sulla sua testa mentre le giurava fedeltà in ginocchio. Era un giuramento e una promessa che avrebbe portato nella tomba. Pensò a come le sue dita gli avevano sfiorato i capelli mentre alzava lo sguardo verso di lei, con le mani che gli coprivano il viso. Riusciva a malapena a respirare per la profondità dei suoi occhi e la delicatezza del suo tocco. Si conoscevano appena, lui non aveva nemmeno premuto le labbra sulle sue, eppure Aidan sapeva dentro di sé che Brianna sarebbe stata sua per sempre. Era il destino, certo, ma c'era qualcosa in lei, qualcosa di più che aveva percepito fin dal primo momento in cui l'aveva vista.

«Cosa significa questo, Aidan?» aveva sussurrato Brianna la sera prima, con occhi indagatori.

Se solo avesse saputo quanto erano cambiate rapidamente le loro circostanze con la sua confessione del destino. Glielo aveva chiesto con tale franchezza e candore che lui sapeva di aver guadagnato la sua fiducia, e non le avrebbe risparmiato la verità.

«Significa che mi sono promesso a te, Brianna. Le mie parole sono un consenso implicito per considerarci sposati». «Tuttavia» aveva aggiunto, «è soltanto il mio consenso. Non intendo forzare la tua mano, anche se spero che a tempo debito, quando sarai pronta, mi darai la tua».

Lei era rimasta in silenzio, con un'espressione ancora seriosa, ma aveva annuito, con gli occhi pieni di comprensione. La conversazione fra di loro si allora si era attenuata, semplicemente a causa della sua stanchezza. Ne aveva passate abbastanza per una notte, forse per una settimana, e quando lui le aveva chiesto se voleva tornare nel suo alloggio, Brianna era sembrata riconoscente e gli aveva permesso di infilare il braccio nel suo. Intrecciati insieme, durante la breve camminata Aidan si era sentito ancora più consapevole della sua energia, di come si fondesse con la sua. Quando lei si era voltata per dargli la buonanotte, lui aveva notato le deboli ombre sotto i suoi occhi e le aveva sfiorate delicatamente con i pollici, appena prima di piegarsi in modo da toccarle la fronte con le labbra. Brianna aveva sorriso dolcemente prima di chiudere lentamente la porta, senza che i loro occhi si perdessero, fino a quando l'ultima scheggia di legno non era scomparsa.

Aidan la osservava ora mentre scrutava il ponte, e la sua ricerca si poté dire finita quando i loro sguardi si incontrarono. Inclinò la testa, ritenendosi più che fortunato, e un modesto sorriso apparì sulle sue labbra. Aidan sentì un calore, forse un brivido, nel petto, che stava cominciando ad associare a Brianna; come accadeva ogni volta che la vedeva. L'aveva notato fin dalla loro prima cena ad Abersoch (davvero era stata solo due giorni prima?) quando lei aveva danzato per la prima volta con le dita nell'aria. Prima di quel momento non aveva mai pensato (o forse mai abbastanza) a cosa si provasse a essere in coppia o innamorati. Una cosa era considerare l'*idea* della donna di cui avrebbe dovuto innamorarsi, ma non era mai stato innamorato prima. Non era nemmeno sicuro di esserlo ora, almeno non ancora, ma non aveva mai provato quel tipo di sensazione protettiva, di possessività, per nessuno. Era un territorio del tutto nuovo per lui.

Mentre lei continuava ad attraversare il ponte, seguita fedelmente da Henry, Aidan avvertì di nuovo quella sensazione fisica legata alla sua presenza, ormai sicuro che non fosse solo attrazione. Sì, certo, era follemente attratto da lei. Una volta che si era permesso di accettare che Brianna era la donna che stava aspettando, la percezione si era intensificata. Il suo aspetto e il suo comportamento non avevano importanza. Poteva essere vestita di tutto punto e avere un portamento regale, con i suoi abiti da nobildonna, decisa ad affrontare il suo destino, oppure vestita solo di un cambio, con i capelli in disordine sulla testa, scalza e piena di innocente allegria. Quest'ultima era un'immagine ormai impressa indelebilmente nella sua mente. Eppure aveva conosciuto molte belle ragazze nella sua vita e mai una volta l'attrazione fisica era stata accompagnata da quella sensazione.

Quando lei incrociò di nuovo il suo sguardo, si scambiarono un sorriso, stavolta sincero, e lui si bloccò. Se fosse stato in battaglia, sarebbe morto. Ucciso sul posto. Supponeva che il fatto di essere a bordo della nave gli permettesse di avere un po' di respiro, ma sapeva che avrebbe fatto meglio a darsi una regolata prima che quella prematura passione gli causasse un bel problema.

«Buongiorno» disse dolcemente quando lo raggiunse.

«Sì». Era un buon giorno. «Buongiorno, Brianna».

«Cos'è quello?» chiese lei, con la testa inclinata di lato mentre indicava le sottili trecce di cuoio che aveva in mano. Lui stesso le aveva quasi dimenticate.

«Ho fatto una specie di imbracatura per Kitty».

«Davvero?»

Santo cielo, quando lei si illuminò, lui si sentì quasi stordito.

Poi si rese conto che non aveva con sé Kitty. «Non volevi portarla su con te?» chiese. Al suo sguardo, lui le assicurò: «Se ne andrà domani mattina. Arriveremo in porto presto».

«Oh». Era chiaramente sorpresa. «Ci fermiamo? Pensavo che avremmo navigato direttamente verso Dunhill».

«No, prima attraccheremo a Seagrave. Da lì il viaggio è breve».

Gli occhi di lei si socchiusero, poi disse: «C'è dell'altro?» Certo che c'era, ma lui se ne era accorto solo ora. Lei annuì, forse percependo la sua esitazione: «Sì, c'è».

«Forse, *breve* non è la descrizione più accurata» specificò lui, pensando al modo migliore per dirle che spesso avevano usato il cottage tra Seagrave e Dunhill per spezzare il viaggio.

«Non mi dispiace cavalcare, Aidan. Anzi, mi piace».

«Mi fa piacere sentirlo. Il viaggio, pur essendo possibile completarlo in un giorno, può essere lungo. Per evitare di cavalcare per tanto tempo, cosa ne pensi di un pernottamento?»

Si fermò di colpo quando la bocca di lei si spalancò e lei si aggrappò alle sue maniche. «Il cottage di famiglia! Andiamo al cottage della famiglia O'Roarke!» Era fuori di sé dalla gioia come quando lui le aveva detto che avrebbe potuto vedere Pembrooke. «Che c'è di male? Mi piacerebbe vederlo con i miei occhi!» Nella sua eccitazione, gli tamburellò le mani sul petto, poi fece una faccia stupida e si allontanò, arrossendo. «Scusa».

Lui ridacchiò: «Non ce n'è bisogno. E non credo ci sia niente di male a farne uso» disse scuotendo la testa.

«Oh». Un rossore pervase la sua pelle chiara da appena sopra il taglio del vestito fino alle guance. «Stavi insinuando...»

Lui scosse la testa, con il cuore in fibrillazione per quello che lei aveva pensato volesse dire, per quello che si rendeva conto potesse essere disposta a considerare. «No. In verità, non sto insinuando nulla». Fece una pausa, chiedendosi se avesse dovuto approfondire ulteriormente, ma decise di lasciar perdere per il momento, al resto ci avrebbero pensato il tempo e le circostanze.

Invece, sollevò l'oggetto che aveva prodotto la sera prima. «Vieni» disse, prendendole la mano. «Ti faccio vedere».

L'eccitazione per il cambio di argomento o per il giogo stesso era evidente e lei mise la sua mano sottile nella sua. La naturalezza con cui, per la prima volta, gli prese la mano dopo tutto ciò che era successo la sera prima lo rallegrò.

Fu una giornata che Aidan apprezzò come mai prima. Pur essendo del tutto casti, c'era un'intimità condivisa fra loro nel modo in cui trascorrevano il tempo in ciascuna delle loro camere, mentre andavano avanti e indietro con Kitty, e anche sul ponte. Aidan percepiva la vicinanza e la familiarità reciproca crescere. Gli faceva piacere che Brianna si interessasse molto ai suoi effetti personali e alle sue borse da viaggio, grandi e piccole, esaminandoli ed esclamando per i piccoli dettagli. Quando, poco dopo, si trovarono nel suo alloggio, lei andò subito alla sua borsa e sembrò quasi che stesse per condividere qualcosa con lui, per poi cambiare idea. L'espressione del suo volto gli fece pensare che non si trattasse solo dell'elegante fattura della borsa, e dovette ammettere di essere leggermente deluso quando lei la posò. Non importa, era un uomo paziente, per ora era sufficiente che lei lo prendesse in considerazione.

Più tardi Brianna aveva fatto un semplice cappio, annodato con una striscia sottile di cuoio rimasta dall'imbracatura di Kitty, e gli aveva insegnato una specie di gioco del filo. Questo aveva spinto Aidan a mostrarle anche alcuni giochi sciocchi che non faceva più da quando era giovane, anche se giocarli con lei, stringendo e slegando le mani fra loro, era molto diverso dal giocarli con i parenti con cui era cresciuto. C'era anche un gioco che lei aveva definito con entusiasmo una specie di *guerra dei pollici*, a cui lui aveva risposto con un altro imparato da piccolo. Brianna si era basata su quest'ultimo per aggiungere qualche sciocchezza, anche se lui l'aveva fermata quando le sue canzoni avevano iniziato a descrivere personaggi e circostanze un po' troppo particolari.

Alla fine della serata, dopo un altro tramonto visto insieme, erano tornati nel suo alloggio e Brianna si era addormentata accanto ad Aidan, mentre lui leggeva l'elenco delle provviste che avrebbe dovuto raccogliere ad Ayr. Sorrise, soddisfatto di averla fatta sentire sicura e protetta. Poi appoggiò la testa al muro, Brianna si accoccolò al suo fianco e Kitty si sistemò tra loro.

Sì, il destino aveva davvero posato il suo sguardo benevolo su di lui.

Il mattino seguente, quando la nave attraversò il Canale del Nord ed entrò nel Firth of Clyde, avvicinandosi ad Ayr, l'aria era decisamente fredda. Il sole non era ancora sorto all'orizzonte, ma Aidan non riusciva a convincere Brianna, intenta a godersi i panorami illuminati solo dalla luce dell'alba, a lasciare la prua. La guardò mentre si appoggiava alla ringhiera come se non si fosse mai preoccupata di salire a bordo di una nave o del mare stesso. Quando le si avvicinò, lei sorrise. Non era così sciocco da pensare che la sua felicità fosse solo dovuta alla sua presenza, ma era certo di essere in parte responsabile di averla suscitata. Aidan stava imparando, e in fretta, che quando si trattava di Brianna, il suo istinto e le emozioni arrivavano sempre prima della razionalità. Per quanto riguardava le afflizioni, invece, poteva conviverci, anche se avrebbe dovuto abituarsi. Le restituì il sorriso e, alla vista di lei che tremava, le drappeggiò il mantello sulle spalle. Quando Brianna gli si avvicinò alla ricerca del suo calore, lui si prestò volentieri e l'avvolse tra le braccia.

Non avevano parlato delle parole che si erano scambiati la sera prima e del voto fatto da Aidan, né sembrava avere importanza. Avevano preso atto di ciò che era successo, e il tempo si sarebbe occupato del resto, come sembrava stesse già facendo. Forse, una volta arrivati a Seagrave o a Dunhill, ciò che stava rapidamente crescendo tra di loro, quel cameratismo e l'amicizia, ma anche l'attrazione, l'affetto e un accenno a qualcosa di più, sarebbe stato sufficiente a costruire le fondamenta di una relazione solida. Aidan era ormai certo che lei fosse destinata a essere sua e quindi gli sembrava più che prudente portarla a vedere Dunhill, dove desiderava andare. In seguito, però, Brianna avrebbe vissuto con lui in qualità di moglie, a Pembrooke, anche se non poteva dire con certezza se ne fosse consapevole. Considerando che era sempre così sicura dei suoi desideri (un'altra caratteristica che avevano in comune), non era certo ansioso di darle quella notizia. In ogni caso, tutto ciò era secondario, perché nelle sue riflessioni su chi sarebbe stata la sua anima gemella, non aveva mai immaginato una *situazione* del genere. Se avesse provato solo *quel* sentimento, in quella esatta misura, e nient'altro per il resto della sua vita, sarebbe comunque morto felice.

Cercando di reprimere i suoi pensieri di poco prima, Aidan si costrinse a concentrarsi su ciò che aveva di fronte in quel momento. Ricordò il motivo per cui era lì e condivise con Brianna quella che sapeva sarebbe stata una piacevole sorpresa. «Ho mandato Henry a prendere una bevanda calda» disse.

Lei rabbrividì, ma lui sapeva che non era per il freddo, perché aveva abbastanza calore per entrambi. «Non per sembrare ingrata, ma l'ultima bevanda calda che mi è stata servita su questa nave era disgustosa» rispose lei. «Diciamo che il cuoco a bordo di questa nave non ha le stesse capacità del cuoco di Abersoch».

Basandosi sui suoi nuovi gusti raffinati e *"moderni"* che aveva conosciuto grazie a Gwen e alle numerose nuove spezie e ingredienti che aveva aggiunto alla loro cucina, poteva capirla. Fece una risatina: «Questo ti piacerà».

A quel punto lei si girò, lì, in quel piccolo spazio ristretto. Di fronte a lui, con gli occhi scintillanti e la mano che le proteggeva il viso dal sole nascente, disse: «Una bevanda calda per il mattino: mi piacerà? Dimmi di più, Sinclair».

La sua dolce giocosità lo stordì per un momento. Nell'attimo in cui le parole si erano fatte strada, un rossore le aveva attraversato le guance e Brianna aveva distolto lo sguardo per coprire l'imbarazzo.

Alla fine Aidan riuscì a dire: «Ho trovato del tè nella mia borsa. Una miscela con pezzi di scorza di agrumi. Direi che è molto diverso dalla birra calda che ti hanno servito ieri».

Gli occhi di lei si spalancarono e lui capì che era contenta. «Non so come ringraziarti» dichiarò lei, facendosi seria. «Sei stato così premuroso e attento». Poi si strofinò le braccia e arricciò il naso. «E mi piace molto il tuo mantello».

Lui ridacchiò, sapendo che non era solo il mantello la vera causa del suo sorriso, ma poi si rabbuiò. «Non mi devi nessun ringraziamento, Brianna. Dicevo sul serio quando ho detto che mi occuperò sempre del tuo benessere».

Brianna chiuse gli occhi per un attimo. «So che questo non dovrebbe farmi sentire così nervosa, ma...» si lasciò sfuggire le parole.

«Ma?»

Le sue guance si arrossarono di nuovo. «Beh, all'improvviso ho un marito, o quasi, e tutto ciò che ne consegue» spiegò, e lui rimase per un attimo sbalordito da quanto fosse schietta sulla prospettiva della loro unione.

Aidan sentì il suo corpo reagire a ciò che lei gli stava suggerendo e fece un respiro profondo per placare la sensazione. Sì, desiderava legarsi fisicamente a lei, ma sentiva che Brianna non era ancora pronta. Forse percepiva la crescente attrazione tra loro e, a quanto pare, ora si fidava di lui, ma Aidan era sicuro che se si fossero presi questo tempo per conoscersi meglio, il loro legame sarebbe stato più solido. Se per lui non era importante, era certo che per Brianna lo sarebbe stato. La pazienza non era mai stata un problema per Aidan e la fiducia completa di Brianna valeva l'attesa.

Scosse la testa. «A tempo debito, Brianna, non abbiamo fretta di farlo. E *io* non ho fretta» rettificò, sapendo che la prudenza era fondamentale.

Il sollievo di lei apparve evidente, ma nel respiro successivo le sue sopracciglia si aggrottarono. «Ma... non perché, perché non vuoi... con... me?» La sua voce diventava sempre più bassa a ogni parola, finché lui fu costretto a spostare l'attenzione dagli occhi alle labbra per capire cosa stesse dicendo.

Sperava che il suo stupore per il fatto che lei potesse anche solo pensare vagamente a una possibilità del genere fosse chiaramente scritto sul suo volto. «Ti assicuro che non è così» spiegò.

Brianna gli lanciò un'occhiata dubbiosa, prontamente contrastata da Aidan. «È solo che ogni matrimonio degli O'Roarke nel corso della storia...» Fece una pausa quando lui sollevò un sopracciglio alle sue parole *nel corso della storia* (era difficile farlo passare inosservato), poi si affrettò a proseguire. «Beh, è solo che sono tutti...» esitò di nuovo, con lo sguardo che sfrecciava ovunque tranne che su di lui.

«Brianna, cosa stai cercando di dirmi?»

«Sono tutti matrimoni d'amore, Aidan. Quando un O'Roarke si sposa, che duri anni o mesi, è un legame vero e duraturo. È sempre stato così».

«E questo è un problema?»

«Mi sono solo preoccupata per un momento quando hai detto... *quella cosa*» scosse la testa di lato, «sul fatto di andare a letto insieme».

Aidan si considerava un uomo paziente, almeno lo era stato fino a pochi istanti prima, ma non aveva idea di dove Brianna volesse arrivare.

Sospirò quando lui non rispose, chiaramente frustrato. «Quando hai detto che non ne sentivi il bisogno...»

«Ti fermo qui». Aidan alzò una mano, rendendosi conto che Brianna aveva frainteso le sue intenzioni. Aveva solo voluto metterla a suo agio, non certo farle mettere in dubbio la sua attrazione per lei. «Se avessi saputo che quelle parole ti avrebbero causato un momento di incertezza, anziché la calma che intendevo, non le avrei mai pronunciate. Per essere chiari: io ti voglio, Brianna. Ti voglio dal momento in cui ho sospettato che tu fossi la donna che stavo aspettando, e da tutti quelli che sono seguiti. Quando mi darai il tuo consenso verbale, *se* me lo darai» aggiunse, augurandosi pentendosi subito delle sue parole, «saremo praticamente sposati. Da quel momento, aspetterò con *ansia* la nostra unione fisica. E anche se siamo ancora nuovi l'uno per l'altra, non c'è dubbio che il nostro legame rispetterà gli standard della tua stirpe». Aidan fece una pausa, con il fiato un po' corto e una forte emozione. Come poteva non accorgersene? Voleva chiederle se era riuscito a sciogliere le sue preoccupazioni, ma alle sue spalle vide un castello in cima a una scogliera selvaggia, e sapeva che lei avrebbe voluto vederlo. «È meglio che ti giri, ragazza» disse, facendo un movimento con la mano e un cenno in direzione della tenuta.

Lei fece una rapida piroetta su sé stessa, evidentemente grata di essersi distratta un attimo, e quasi svenne di gioia alla sua vista. Sussultò e poi disse: «Oh, Aidan. Grazie».

Anche se non aveva compiuto un'impresa straordinaria come uccidere un drago, sapeva che lei si interessava molto a ciò che la circondava. Con le mani di lei di nuovo aggrappate alla ringhiera e con l'attenzione rivolta altrove, si voltò per lasciarla al suo divertimento, ma lei gli tese la mano.

«Non andartene» gli chiese, tenendo gli occhi sull'intricata architettura per un altro momento prima di rivolgersi a lui. «Mi dispiace, tutto questo è così... non ho nemmeno le parole in questo momento».

«Non hai bisogno di scusarti. Non posso riparare ciò che non so essere rotto. Anche se, per essere chiari, non c'è niente di rotto». Al suo sguardo, lui ridacchiò, poi le fece cenno di proseguire, felice di restare semplicemente accanto a lei. Pochi minuti dopo Henry apparve portando il tè. Aidan lo prese e poi le mise la tazza calda tra le mani. Sapeva che le piaceva quella bevanda e per questo motivo aveva chiesto al personale di servizio di procurarsela, desideroso di rendere il suo viaggio il più agevole possibile, e quel tè apparteneva alla sua collezione. Anche il suo mormorio deliziato mentre ne inspirava l'aroma era ammaliante. Bevve un lungo sorso, poi si voltò, concedendogli un sorriso, e gli rimise la tazza tra le mani.

«Devi provarlo» gli disse. «Credo che finora sia il mio preferito».

Sì, era anche il suo, ma lo bevve come se fosse una novità. Tutto sommato, era stata un'altra mattinata piena di cambiamenti significativi, ed era stato felice di aggiungerla alla precedente. Forse, alle trecce che avvolgevano il suo stemma, era stato aggiunto un altro filo, che stavano tessendo insieme.

Rimase al suo fianco mentre navigavano verso il porto, indicandole i punti di riferimento e rispondendo alle sue domande sulla città di Ayr. La guardò mentre osservava l'equipaggio che ormeggiava la nave in porto, senza sorprendersi quando gli passò per la testa il pensiero che Brianna O'Roarke avesse riacquistato la fiducia nei viaggi in mare. La lasciò per poco tempo, per occuparsi dell'uomo che aveva minacciato Kitty. Dopo avergli lanciato un sacchetto di monete, Aidan lo avvertì di stare alla larga, ora e in futuro, e aspettò che fosse portato a terra.

Felice di essersi lasciato tutto alle spalle, andò alla ricerca di Brianna e la trovò che osservava un gruppo di pescatori che si allontanavano dal porto. Dopo aver deciso che era meglio lasciare Kitty al sicuro nel suo alloggio, aiutò Brianna a salire sulla barca. Questa volta era più sicura, un'esperienza completamente diversa dall'ultima volta. Le sue gambe erano di nuovo incastrate tra le sue, le sue mani lo toccavano quasi casualmente mentre si guardava intorno.

Brianna lo vide meravigliarsi del suo cambiamento. «Cosa?»

«Tu... stai fiorendo» disse lui scuotendo la testa. «Ed è un vero spettacolo da vedere» aggiunse.

Dal suo piccolo sorriso, capì che Brianna apprezzava il suo elogio. Dopo un attimo, scrollò le spalle. «Come possiamo crescere se non affrontiamo le nostre paure, giusto?»

«Sì, hai ragione».

«Avrei preferito affrontare la questione con più calma. Forse avresti potuto chiedermi di passare prima una giornata in spiaggia, come in un normale appuntamento, ma» scrollò le spalle, facendo quella danza con le mani che a lui piaceva tanto, «c'est la vie».

Lui la guardò con curiosità. Non per il suo suggerimento di un corteggiamento moderno, al quale era fin troppo felice di abbandonarsi, ma per l'uso del francese, per le sue parole, pronunciate come un'espressione qualsiasi. Aveva sentito molte espressioni sconosciute da Gwen e Maggie, *soprattutto* da Gwen, ma non questa. Era vero, supponeva, che molte persone erano in grado di pronunciare una frase in una lingua straniera, ma all'improvviso si chiese se Brianna parlasse quella lingua. Incuriosito, disse: «Tes yeux sont la plus belle nuance de bleu que j'ai jamais vue de ma vie». *I tuoi occhi hanno la più bella sfumatura di blu che abbia mai visto in vita mia*. Oh, sì, lei lo sapeva, santo cielo, e il suo sorriso accese quello di lui e il suo petto quasi si gonfiò fino a scoppiare quando un rossore le attraversò le guance.

«Je suis flatté. Merci» *Sono lusingata. Grazie*, disse lei, con la mano che gli stringeva la gamba mentre dondolavano sull'acqua.

Aidan era ancora perso nei suoi occhi quando lei allungò la mano per appoggiarsi a lui mentre raggiungevano lungo la banchina. Perbacco! L'aveva fatto di nuovo. Ci rise sopra, ma sapeva che avrebbe fatto meglio a *controllarsi*... a controllare *lei*, se voleva riacquistare un minimo dell'ordine e del decoro di cui si vantava.

Una volta a terra, con Brianna al suo fianco, si incamminò per la città di Ayr, facendo un cenno a chi conosceva e ad altri che riconoscevano la sua presenza. Nonostante la fiera ancora in corso, era un luogo ordinato. Ma all'improvviso si accorse che Brianna era insolitamente silenziosa. Quando si voltò, non era sicuro della sua espressione: «Brianna?» chiese.

Lei scosse la testa, con gli occhi spalancati, e continuò a guardarsi intorno. Lui ricambiò la sua espressione nella speranza di ottenere una risposta. Gli occhi di lei guizzarono nervosamente e, quando si rese conto che lui non si muoveva, finalmente sussurrò. «Sono un po' sopraffatta».

Giusto. Lui la stava portando in giro per una fiorente città portuale, mentre la sua esposizione fino a quel momento era stata molto più contenuta. «Come posso aiutarti?» le chiese avvicinandosi.

«Ti sembro a posto?»

Questo lo fece indietreggiare. «Prego?»

Gli occhi di lei sfrecciarono di nuovo intorno mentre si lisciava nervosamente il vestito. «Brianna, sei esattamente come dovresti essere, come se appartenessi a questo posto, e per di più sei bella» aggiunse. Si chiese se fosse il caso di riportarla sulla nave, poi pensò a Isabelle e a quanto fosse felice e distratta qualche giorno prima, e si chiese se la fiera avrebbe avuto lo stesso effetto su Brianna. Si avvicinò e le prese le mani, sorridendo dolcemente e guardandola profondamente negli occhi. «Abbiamo due scelte». La sentì subito rilassarsi, non importava se era per le sue parole familiari o semplicemente per aver spostato l'attenzione da tutto ciò che la circondava.

«La prima?» chiese lei, dolcemente ma con impazienza.

Giusto. Lui ridacchiò. «Uno: posso riportarti alla nave, dove potremo passare la giornata. Potrai cantare le tue canzoncine sciocche per tutto il pomeriggio, mentre io mi inventerò nuovi giochi che mi permetteranno di tenerti per mano. Manderò Henry a prendere la cena per noi e domani saremo in viaggio».

«E due?»

«Ho saputo da fonti autorevoli che la fiera annuale trabocca di mercanzia».

I suoi occhi si allargarono. «Una fiera? Con oggetti di artigianato? E spuntini gustosi?»

Lui sorrise. «Sì, proprio così».

Lei girò la testa, guardandosi di nuovo intorno. «Sei sicuro che sto bene? Il mio vestito? I miei capelli? La gente mi fissa».

Ah, ora capiva. «Sono stato ad Ayr molte volte. Anche prima di andare ad Abersoch, negli ultimi anni. È solo una questione di cortesia. E tu stai andando molto bene».

Lei annuì e gli rivolse un piccolo sorriso, ma sembrava ancora persa nei suoi pensieri. Aidan fu felice di concederle ancora un po' di tempo, ma poi il suo volto si rabbuiò e un piccolo gemito le sfuggì dalle labbra. Avrebbe voluto offrirle qualche parola di conforto, ma non sapeva cosa l'avesse turbata così all'improvviso. Dopo un attimo, Brianna sembrò raddrizzarsi e quando lui le strinse il braccio riprendendo a camminare, sul suo volto comparve un'espressione di sollievo.

CAPITOLO 15

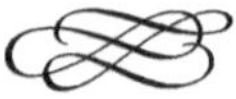

Brianna gironzolò fra le bancarelle per quasi tutto il pomeriggio; alcune ore prima, Aidan le aveva messo in mano un sacchetto pieno di monete, ma lei non aveva ancora comprato nulla. Aveva notato qualche oggetto delizioso: tessuti e gioielli, piastrelle dipinte e arazzi, ciotole di legno e vasi di ferro, e persino alcuni articoli che avrebbero potuto esserle utili, come saponi, sacchetti pieni di petali di fiori secchi, fazzoletti, persino piccole scatole chiuse che poteva usare per riporre i suoi effetti personali. Tuttavia, non riusciva a godersi pienamente l'esperienza perché si sentiva... fuori luogo.

Probabilmente non si sarebbe sentita così *terribilmente* in imbarazzo se non avesse notato un uomo che la guardava in modo strano, quasi con disprezzo, ma era successo talmente in fretta che non poteva esserne sicura. Inoltre, dopo che Aidan le aveva assicurato che non c'era nulla di sbagliato nel suo aspetto, si era sentita sciocca per il fatto di essersi sentita a disagio, cosa di cui non si era mai preoccupata prima. Realisticamente, sapeva di essere vestita in modo appropriato per l'epoca, anche considerando la qualità del suo abbigliamento, ma aveva notato alcuni sguardi persistenti mentre lei e Aidan avevano iniziato a passeggiare per la città. Era ovvio che fosse ben conosciuto e rispettato e, siccome l'aveva tenuta *piuttosto* vicina, suppose che la gente fosse incuriosita perché forse non l'avevano mai visto con una donna. Oppure erano abituati a vederlo con una donna diversa... con altre donne. Era stato quel pensiero a farla trasalire poco prima e d'accordo, forse aveva esagerato a emettere un mormorio di disgusto. Aidan si era preoccupato, perché sembrava che non gli sfuggisse mai nulla. Ma dato che lei non aveva nessuna intenzione di dirgli che era gelosa di una donna forse inesistente e immaginaria, o forse di una serie di donne, ci vollero alcuni minuti per convincerlo che stava bene.

Dopo aver ripreso a camminare, lui aveva indicato le strade del mercato locale e, subito dopo, la fiera, abbastanza grande da rivaleggiare con quella di casa. Bestiame e cavalli, tende e file di bancarelle, tavoli aperti, cibo e bevande a volontà. Avrebbe dovuto essere piacevole, un'esperienza interessante, soprattutto per lei, eppure non poteva rivaleggiare con la giornata precedente insieme ad Aidan, così semplice e in apparenza innocua, ma in realtà ricca di significato e di legami. Non avrebbe mai immaginato di vivere una situazione del genere con qualcuno, tanto meno con un uomo con una tale presenza e un potere immenso. Ma Aidan era anche riflessivo, misurato e consapevole, quindi trovava le sue parole e le sue azioni ancora più significative e romantiche. Non le aveva fatto domande sul suo passato o su come fosse arrivata lì, anche se lei sapeva che doveva sospettare qualcosa. Era stata sul punto di mostrargli il suo medaglione, ma poi aveva cambiato idea. Più tardi pensò di mostrargli i marchi nella sua borsa, ma esitò di nuovo. Non poteva immaginare che sarebbe passato così tanto tempo prima che lui notasse il suo tatuaggio e riconoscesse il simbolo. «Pff» le sfuggì un respiro quando si rese conto di essersi involontariamente marchiata come proprietà di Pembrooke. *Oh.* Fece una pausa. Forse anche questo la rendeva *parte* di Pembrooke.

Quando sentì un paio di mani sulle spalle, pregò che fossero di

Aidan, poi capì che dovevano esserlo per forza, visto quanto le era stato vicino. Lui e Henry l'avevano seguita, osservandola da una distanza rispettabile, se un metro era lo standard attuale. Tuttavia, le concedevano un po' più di spazio se entrava in una bancarella *dopo* aver giudicato sicuro il suo ingresso. Era una cosa dolce, anche se un po' eccessiva.

Quando si voltò, Aidan la stava guardando con preoccupazione e lei apprezzò nuovamente la sua fortuna per averlo conosciuto. Fato e destino a parte, se quella era davvero la sua casa, la sua vita, trascorrerla con Aidan Sinclair era il risultato migliore che potesse immaginare. Aidan Sinclair *e* Pembrooke. Si sfiorò il tatuaggio, mentre gli copriva la mano, chiedendosi ancora una volta che cosa significasse tutto questo. Quando gli aveva chiesto prima se conosceva Pembrooke, non avrebbe mai immaginato che lui la conoscesse così bene perché era la sua casa... O, pensava ora, era forse questo il motivo per cui ne era stata così affascinata fin da giovane? Un altro legame che portava al loro destino supremo?

«Cosa c'è?» chiese Aidan, guardandola negli occhi.

«A cosa ti riferisci?» chiese lei, apprezzando il peso delle sue mani sulle spalle e facendo un po' il broncio quando lui le spostò.

«Beh». Aidan sospirò, tenendole la testa tra le mani. «Sono ore che cerchi e non hai nulla da mostrare».

«Mi dispiace». Brianna fece spallucce. Era tutto ciò che poteva offrire.

«Brianna, sembri disperata, eppure dovresti essere al settimo cielo. Ti ho portato direttamente in un posto pieno di oggetti che ti ho visto apprezzare più e più volte».

Sorrise. Era un sorriso dolce e autentico, ma lei aveva tante cose per la testa. Era confusa.

«Vorrei un altro po' di quel tè che hai trovato» esordì, rendendosi conto che sarebbe stata felice di tornare alla nave. Wow, che forza: scegliere un pomeriggio di chiacchiere e giochi piuttosto che una giornata passata a esaminare oggetti storici.

«Ho ancora molto tè. Ma farò di meglio. Stanotte mangeremo alla locanda. Il cibo è quasi altrettanto buono di quello che potresti trovare ad Abersoch. Ma prima *devi* trovare qualcosa per te nelle bancarelle».

«Ma...»

Aidan scosse la testa. «Assecondami, un articolo soltanto, non importa quale».

Brianna sorrise, sentendosi improvvisamente più leggera. Forse aveva solo bisogno di qualche suggerimento, o forse era perché Aidan le aveva proposto di cenare insieme in città. Aveva visto un bel pettine e delle scatole di latta che ora la ossessionavano. Stava cercando di ricordare esattamente dove le aveva viste, quando notò un uomo dietro la bancarella che quasi trascinava con sé una giumenta smunta e logora. Brianna rimase inorridita da quella vista. La povera creatura era stata chiaramente maltrattata e aveva un aspetto disperato.

«Il mio oggetto deve provenire per forza da una bancarella, Aidan?» chiese, concentrandosi sulla cavalla.

«Dove lo trovi non ha importanza».

In quel momento prese la sua decisione. «Aidan» sussurrò, stringendo il suo mantello e facendo un cenno verso la cavalla. «Voglio lei».

Aidan fece un passo indietro e si voltò per vedere cosa avesse provocato la sua improvvisa reazione. Neanche lui era contento. «Possiamo provare» disse scuotendo la testa, «ma ti prego, non farti troppe illusioni. E se ti mostri troppo interessata, potrebbe rifiutarsi solo per *vederti* soffrire.

«Non ne dubito».

Aidan grugnì, quindi lei era abbastanza sicura che avesse capito cosa intendeva.

Quando l'uomo fu abbastanza vicino, lei chiamò «Signore» sorprendendosi della sua audacia. Lui la ignorò e continuò a muoversi. «Signore». Brianna entrò velocemente nella bancarella e si avvicinò, cercando di non guardare la cavalla, per evitare di accarezzarla. Tuttavia, l'uomo non le prestò attenzione quando lei lo chiamò di nuovo. Facendo forza su sé stessa, corse davanti a lui e si fermò, senza fiato, poi allungò la mano e disse a voce alta: «SIGNORE!»

Non contento di essere stato interrotto, lui ringhiò: «Togliti di mezzo, ragazza».

Brianna gli si piantò davanti. «Signore, mi serve solo un momento. Vorrei acquistare la sua cavalla».

Lui la guardò stranito. «Perché? Non è in vendita».

«Le darò tutto il contenuto del mio borsellino». Non aveva idea di quanto valesse il denaro contenuto nella piccola borsa, ma quando Aidan gliela mise tra le mani, rimase sorpresa dal peso. Lui si limitò a scrollare le spalle e a farle l'occhiolino, quindi Brianna era quasi certa che le avesse passato l'equivalente medievale di una carta di credito. Alcune delle bancarelle verso cui Aidan l'aveva guidata erano piene di prodotti molto costosi, quindi immaginò che si trattasse di un bel po' di denaro.

L'uomo la guardò per un lungo momento, poi guardò la cavalla, e sembrò prendere in considerazione la sua offerta. Brianna sapeva che lei (e la cavalla) probabilmente avevano solo quella possibilità. Se non l'avesse presa subito, l'uomo avrebbe potuto arrabbiarsi per lo scambio e maltrattarla ancora di più. Brianna recitò una litania di preghiere silenziose e, quando lui indicò il borsellino nel palmo della sua mano, si sforzò di rimanere inespressiva.

«Come faccio a sapere che non è piena di sabbia o di monetine senza valore?»

Non aveva tutti i torti, ma lei si comportò come se non potesse sbagliarsi di più. «Le assicuro che non lo è» disse lei, con aria autorevole, e poi rovesciò il contenuto sul palmo della mano per farglielo vedere. Oh, buon Dio, non erano nemmeno monete d'oro. Aidan le aveva dato un sacchetto pieno di quello che sembrava argento puro coniato. L'uomo strabuzzò gli occhi: evidentemente gli piaceva quello che vedeva.

«Intendi offrirmi tutto questo per lei?» chiese, dando una

gomitata alla cavalla (probabilmente per darle gli ultimi colpi, pensò Brianna). La cavalla non emise alcun suono, anche se lei colse un leggero movimento nelle sue narici.

Non era facile, ma Brianna continuò a fingere indifferenza mentre rimetteva le monete nella borsa. «La scelta è sua. È solo che ho bisogno di un cavallo, il motivo non è importante». Poi lanciò quello che sperava fosse uno sguardo cospiratorio: al male piaceva la compagnia.

Lui ricambiò il ghigno, un po' divertito. Un uomo malato. Le fece un cenno brusco, poi tese la mano.

«Le redini, signore».

Fecero uno scambio goffo ma regolare, passandosi le redini e la borsa piena di monete nello stesso momento. Una volta che Brianna ebbe il possesso della cavalla, continuò con la sua stoica farsa, anche se fece delicatamente cenno all'animale di mettersi al sicuro. Poi si mise di fronte a lei, aspettando che l'uomo se ne andasse e che, se la giustizia avesse fatto il suo corso, cadesse in un fosso e non ne uscisse più. Proprio quando pensava che l'intero episodio sfortunato fosse finito, le si mozzò il fiato quando nientemeno che il rude marinaio che aveva afferrato Kitty si avvicinò all'uomo.

«È quella, papà» disse il marinaio della nave. «Era con l'uomo che mi ha minacciato» disse, puntando il dito verso di lei.

Brianna si preparò a un altro confronto, ma questa volta la posta in gioco non avrebbe potuto essere più alta. In qualche modo, sapeva di potercela fare, perché in quei pochi secondi che avevano seguito quella nuova minaccia, aveva completamente cambiato idea, non solo sulla sua situazione immediata, ma anche sul fato, sul destino e sul quindicesimo secolo. Quella era la sua nuova realtà e le piaceva chi era in essa. Quell'uomo non avrebbe fatto crollare la casata di Pembrooke, la sua casa, non sotto il suo sguardo.

Tirando fuori tutta la spavalderia possibile, Brianna si alzò in piedi, orgogliosa, poi fece un passo avanti. «Posso assicurarle, *signore*, che non ha fatto nulla del genere» disse, con il disprezzo che grondava dalle sue parole. Sapeva di essere stata troppo dura, ma non poteva consentire un tale insulto. Anche se Dio l'avesse colpita a morte per aver mentito, almeno aveva salvato la cavalla e la reputazione di Henry. Un piccolo prezzo da pagare per appartenere a Sinclair e alla Casa di Pembrooke. Si gonfiò un po' di più al pensiero, sorpresa ancora una volta dall'ulteriore iniezione di fiducia che le procurava.

«È così?» L'uomo guardava tra lei e il figlio, scettico.

Brianna sapeva che non era finita, ma sperava che se avesse usato il tono e le parole giuste, lo sarebbe stata. «Ho detto che è così. Crede che mentirei? Sa chi sono?» Mantenne un tono uniforme, cercando di apparire regale. Il suo discorso doveva aver colpito nel segno, perché percepì un po' di paura negli occhi dell'uomo. «Sono Brianna O'Roarke. Posso vantare una discendenza di quasi un millennio. Inoltre, sono promessa a Sinclair e alla Casa di Pembrooke». La buttò lì, ricordando come Henry fosse suonato teatrale quando aveva pronunciato le stesse parole l'altro giorno. Avrebbe voluto aggiungere: «Sii grato, non intendo liberare i miei draghi!» ma pensò che sarebbe stato troppo e si limitò a pensarlo e basta, il che era altrettanto rassicurante. Poi si raddrizzò vistosamente le gonne, piuttosto orgogliosa di sé, prima di voltarsi con un'aria il più possibile regale.

Per poco non inciampò alla vista di Aidan e Henry, che in qualche modo erano riusciti ad arrivare dietro di lei mentre era impegnata a garantire la sopravvivenza della loro dinastia. La loro dimostrazione di solidarietà, braccia incrociate e sguardi abbastanza freddi da congelare un uomo, le scaldò il cuore e la rallegrò.

Beccati questo, miserabile fannullone.

Passò davanti agli uomini con la sua cavalla e, quando sfiorò Aidan, lui le strinse il braccio e lei capì che era soddisfatto dello spettacolo. Non aveva idea di dove stesse andando, ma in un attimo Aidan le fu accanto. Le prese la mano libera e le fece fare un giro tra le tende, poi tirò lei e la cavalla in disparte. Mentre lui controllava l'animale, Brianna le accarezzò il muso e le sussurrò dolcemente all'orecchio. «Va tutto bene, un giorno vivrai con noi».

A quelle parole, la testa di Aidan si girò di scatto, ma lei lo liquidò con un'alzata di spalle, non sapendo perché fosse così sorpreso. Se stava solo aspettando il suo "consenso verbale" o quello che era, la loro convivenza prima o poi non era forse una conclusione scontata? La cavalla le diede un colpetto sulla mano e lei riprese ad accarezzarla dietro le orecchie. Senza dire nulla, Aidan le si avvicinò e cominciò a confortare la cavalla. Scosse la testa e sorrise mentre le porgeva la mano. «Quello che hai fatto oggi è encomiabile, Brianna. Una cosa è vedere un'ingiustizia, un'altra è agire per correggerla».

Brianna gli andò incontro e si lasciò avvolgere dal suo abbraccio, rendendosi conto solo allora di quanto fosse stato spaventoso l'incontro. Sentì il mento di lui scendere a sfiorarle il viso. Le piacque e si appoggiò al suo tocco.

«Pensi che starà bene?» chiese, staccandosi e guardandolo.

«Sì. La porteremo da Glenn, ha delle scuderie qui vicino e si prende cura di molti cavalli. Non sono sicuro che riuscirebbe a fare un viaggio in questo momento, sia per mare che per terra. Ma lui si occuperà di lei e la farà prosperare. Se la cavalla ne avrà voglia».

«Ne ha voglia».

«Sì, se è come la sua nuova padrona, non ho dubbi».

Brianna si scaldò a quel pensiero. «Grazie» disse. «Per essere stato al mio fianco. Per avermi sostenuto e per aver creduto nella mia causa».

Le dita di lui le sfiorarono una guancia. «Brianna, mi rendi orgoglioso, ragazza». Le diede un altro abbraccio e fece cenno di prenderle le redini. Lei accarezzò di nuovo la cavalla e le sussurrò: «È una brava persona, non preoccuparti».

Qualcosa si era mosso tra loro, Brianna lo percepiva. Qualunque cosa fosse, si era verificata nel tempo trascorso da quando aveva visto la cavalla per la prima volta a oggi. Mentre riprendevano a camminare, lei si appoggiò ad Aidan e lui le avvolse le spalle con un braccio, come se fosse la cosa più naturale del mondo. Dopo un attimo, la avvicinò per sfiorarla di nuovo con il mento, un gesto che le piaceva sempre di più.

Aidan propose: «Se ti dicessi che so dove potremmo gustare un banchetto a base di pesce alla griglia, verdure arrosto e forse un po' di vino pregiato, saresti interessata?»

Lei si fermò e lo guardò. «Non prendermi in giro, Aidan Sinclair, o potrei dover liberare i miei draghi».

Quando lui le sorrise, mostrò uno sguardo che lei non aveva mai visto prima, anche se, se avesse dovuto indovinare, era lo sguardo di un uomo che stava per baciarla, o per lo meno ci stava pensando. Neanche in un milione di anni (o seicento, decennio più decennio meno) Brianna avrebbe mai immaginato che la scintilla che le era mancata per tanto tempo si sarebbe accesa su una strada sterrata e consumata della Scozia medievale con un Laird delle Highlands del quindicesimo secolo. C'era qualcosa di dolce e amaro in tutta quella situazione.

L'espressione di Aidan si fece preoccupata e le prese il viso fra le mani, guardandola profondamente negli occhi: «Brianna? Stai bene, ragazza?»

Non si era resa conto di averlo guardato così intensamente, ma sorrise e annuì: «Sì. Credo di aver trovato la magia, Aidan».

«Sì, credo che l'abbiamo trovata entrambi».

Brianna stava facendo un sogno meraviglioso: il viaggio con suo nonno in Scozia, quando era ancora una bambina. Era stato un paio d'anni dopo l'incidente che le aveva portato via i suoi genitori. Nel sogno si trovavano nello studio del nonno a Dunhill, disseminato di fascicoli aperti e di oggetti accatastati. Attaccate al muro c'erano carte e mappe di ogni tipo, quelle antiche appese accanto a quelle più moderne, apparentemente senza una logica o un motivo.

Poi i suoi occhi si aprirono e per un attimo Brianna non riuscì a capire se stava sognando o se era sveglia. Aveva dimenticato quegli anni e l'ossessione del nonno per i misteri di famiglia. Ancora mezza addormentata, chiuse di nuovo gli occhi, sperando di tornare in quel posto lontano, e alla fine si assopì e si rivide da bambina mentre il nonno correva lungo il corridoio verso il luogo in cui lei stava giocando davanti al camino. Brianna alzò lo sguardo quando lo sentì urlare e ridere, e trasalì quando lui la prese in braccio e la fece girare su sé stessa, mentre i pezzi del suo jack si sparpagliavano dappertutto. Era il giorno in cui suo nonno aveva scoperto Pembrooke. Brianna ricordava come le era sembrato quando l'aveva visto per la prima volta, il più bel castello da favola che avesse mai visto, e come se ne era andata a giocare mentre il nonno studiava le pietre.

Ora Brianna si svegliò di nuovo di soprassalto, con le immagini ancora fisse nella sua mente. Erano anni che non pensava a quel giorno. Era sorpresa di averlo sognato, ed era effettivamente desiderosa di tornare indietro, così si sdraiò rapidamente e chiuse nuovamente gli occhi. Come se fosse destinata a vederlo, il suo sogno tornò, ed ecco il piccolo giardino che aveva trovato a Pembrooke, e la roccia con quelle iniziali incise, di cui si era dimenticata... Mentre si inginocchiava, passando la mano sulle profonde incisioni per spazzare via lo sporco, sentì qualcuno chiamare il suo nome. Ma... non era la voce di suo nonno, e questo la confuse perché l'aveva chiamata subito dopo aver trovato la roccia e scoperto...

«*Breea. Svegliati, tesoro*».

Sbigottita, Brianna si bloccò. Mamma? Era la mamma che la chiamava? La mamma non era a Pembrooke.

«*Breea, vieni, amore, devi svegliarti subito*».

Papà? Sentì un brivido attraversarla dalla testa alle dita dei piedi. Erano lì! Li sentiva! Mamma, papà! Provò a girarsi, ma non riuscì a muoversi.

«*Breea, devi alzarti*».

Voleva dire loro che ci stava provando, ma non ci riusciva. «Mamma? Papà? Dove siete?»

«BREEA!»

Brianna balzò in piedi con un sussulto, sentendo Aidan che gridava il suo nome e bussava alla porta. «Brianna!» gridò di nuovo appena prima che la porta si spalancasse e lui si precipitasse dentro. Aidan iniziò a prendere i suoi effetti personali e a infilarli nella borsa, poi prese Kitty e la assicurò dentro al suo marsupio che poi gettò sulle spalle di Brianna. Tutto questo mentre lei rimaneva lì stordita, confusa e si chiedeva cosa mai stesse succedendo.

«Aidan, cosa...»

Poi sentì l'odore. Il suo volto si oscurò e il suo stomaco si strinse. Lo guardò con orrore: «Fu...» *fuoco*. Non riusciva a pronunciare quella parola. Non importava che fossero abbastanza vicini alla terraferma da poterla raggiungere a nuoto: dovevano sopravvivere all'incendio e scendere dalla nave per primi. *Oh, Dio, no! No no no...*

«Dobbiamo andare» insistette Aidan, afferrandola e strappandola via dal letto dove era rimasta bloccata e spaventata. La spinse davanti a sé mentre entravano nel corridoio affollato, perché tutti si stavano affannando per mettersi in salvo. Quando raggiunsero la scala, la spinse da dietro, fermandola prima che iniziasse a salire la successiva.

«No, lì!» disse lui, indicando una serie di scale che Brianna non aveva notato prima. Portavano a una parte meno affollata del ponte principale, ma dopo che Aidan la sollevò tra le braccia tese di Henry e la mise in piedi, Brianna inciampò mentre le immagini della sua infanzia le balenavano davanti agli occhi: l'oscurità inquietante, lo strano bagliore della luce del fuoco e l'indimenticabile suono del legno che scricchiolava mentre la nave che avrebbe dovuto tenerli al sicuro era ormai compromessa. Per un attimo sentì la morsa del terrore e vide gli uomini che si gettavano nell'acqua sottostante, ma poi le forti braccia di Aidan la avvolsero, portandola via dalla frenesia e facendola scendere per aiutare Henry, che stava prendendo a colpi d'ascia una parte della ringhiera. Aidan iniziò a strapparla via a mani nude, poi si voltò verso di lei.

«Quando ti dico di saltare, salta» ordinò, con gli occhi ardenti. Brianna lo fissò. Non l'aveva mai visto così concentrato. «Hai capito? Brianna, hai capito?»

Sentì Kitty raggomitolata contro di lei e venne presa dal panico. «Prendila» disse.

Lui scosse la testa. «Il mio peso...»

Sentì i suoi occhi allargarsi, mentre si rendeva conto che prima sarebbero affondati sotto la superficie, poi avrebbero dovuto nuotare verso l'alto. Lui le afferrò le braccia. «Brianna! Fuori, non giù. Più lontano che puoi». Lei si sentì annuire, ma vide che il suo volto assumeva un'espressione cupa e determinata. Non si era resa conto di aver fatto marcia indietro, finché lui non le si fiondò addosso, cingendole la schiena con un braccio e usando uno slancio per spingerli entrambi in avanti e fuori dalla nave con una forza sufficiente a liberarsi dalle cime dell'ancora. La lasciò andare appena prima che toccassero l'acqua.

Faceva freddo, ma non fu il gelo a stordirla, bensì l'essere circondata dall'acqua salata mentre affondava sotto la superficie. Una sensazione che non avrebbe mai voluto provare di nuovo. Brianna combatté la sua paura, fece leva sui suoi ricordi e scalciò finché non raggiunse la superficie, ansimando e chiamando Aidan.

«Aidan!» Si girò, aspettando che lui riemergesse. «*Aidan!*»

Cominciò a farsi prendere dal panico, ma poi lo vide nuotare verso di lei. «Va tutto bene» disse lui, raggiungendo Kitty non appena le fu accanto. «Stiamo bene. Girati sulla schiena, sai galleggiare, giusto?»

Lei annuì e gli afferrò il viso. «Stai bene, vero?»

Anche lui annuì, poi sorrise, si avvicinò e la baciò, così velocemente che lei capì che era solo per rassicurarla. Tuttavia, la sensazione delle labbra di lui sulle sue e lo sguardo dei suoi occhi le fecero bene e si sentì leggermente più calma.

«Siamo illesi» disse Aidan. «Lo giuro. Guarda».

Aveva ragione, il porto era pieno di piccole imbarcazioni che stavano già soccorrendo i marinai nell'acqua. Alcuni erano persino arrivati al molo e venivano già portati in salvo. Dopotutto, non erano in mare aperto. Aidan lasciò che Brianna facesse la sua valutazione. Dopo averla sentita rilassarsi, la fece girare e nuotò verso una delle barche che erano venute in aiuto, trascinandola con sé. Ricordandosi improvvisamente di Henry, Brianna si girò di scatto, ma vide che lui stava nuotando con bracciate sicure e costanti proprio dietro di loro.

Dopo che Aidan l'ebbe sistemata in un posto sicuro, avvolgendola in una coperta che qualcuno gli aveva passato, se ne andò per aiutare gli uomini che cercavano di spegnere l'incendio. Non era sicura di quanto tempo fosse rimasta a guardare, ma fu triste vedere il capitano John arrendersi e saltare dal ponte. Non sembravano esserci dei feriti, ma sperava che la nave non fosse completamente persa. Quando Aidan tornò, fece un cenno a qualcuno dietro le sue spalle e Brianna voltandosi, notò solo in quel momento che aveva messo alcuni uomini a sorvegliarla. «Vieni» disse. «Ho trovato un alloggio per la notte».

Brianna non chiese informazioni sulla sistemazione, ma aveva già deciso che non avrebbe dormito da sola. Non aveva ancora ben chiaro cosa significasse esattamente, anche se la realtà si stava facendo avanti molto in fretta, ma dopo quella notte avrebbe affrontato di petto la tradizione degli O'Roarke, a cominciare da subito. Poco dopo, arrivarono a un caratteristico cottage appena fuori dalla periferia della città. Aidan le presentò i proprietari, Adam e sua moglie Charlotte, che li accolsero all'esterno. Brianna pensò che Adam aveva l'aspetto inconfondibile di un guerriero e improvvisamente si rese conto che Aidan non avrebbe mai scelto un posto qualsiasi per ospitarli. Aveva scelto quella locanda non solo la sua tranquillità, ma anche perché sapeva che lì sarebbe stata al sicuro.

Una volta entrati, Charlotte si occupò di lei mentre Adam e il figlio adolescente aiutavano Aidan e Henry a raccogliere le provviste da portare al porto. Quando Charlotte iniziò a condurla al piano di sopra, Brianna guardò Aidan, chiedendosi se fosse la volta buona.

I suoi occhi erano già puntati su di lei. «Sarò su prima di partire per occuparmi della nave, ma ci vorrà un po'» disse. Quando entrò nella stanza, Brianna trovò che era già calda, con un bel letto, un tavolino per i pasti da consumare privatamente e una zona per vestirsi. Sorrise in attesa di un bagno caldo, vedendo alcuni grandi secchi di acqua fumante e una pila di biancheria accanto a una vasca capiente.

Dopo aver sistemato Kitty in un posto vicino al letto, Brianna cercò la sua borsa, ancora intrisa d'acqua anche ore dopo essere stata tirata fuori dal porto. Mentre ispezionava le cuciture, alla ricerca di eventuali danni, le sue dita incontrarono un disco rigido e tirò un sospiro di sollievo. Il suo medaglione era ancora al sicuro all'interno, proprio dove l'aveva infilato nella tasca segreta la mattina in cui avevano lasciato Abersoch. Il medaglione rivestiva un significato talmente importante per lei, con il suo simbolo su un lato e l'immagine dell'orso sull'altro. Anche il nodo dell'infinito, inciso sul bordo, la toccava profondamente. Ma quel giorno sulla nave si era riempito di un significato tutto suo e, sebbene secondo Aidan, fossero quasi sposati dopo il suo giuramento, lei non era ancora pronta a condividere il medaglione con lui. Ora tutto appariva così lontano, ma in realtà erano passati solo tre giorni, anche se sembrava una vita intera. Come spiegare altrimenti una tale trasformazione in lei? Come spiegare che quel medaglione, un gioiello che il destino le aveva quasi letteralmente consegnato fra le mani, e che era sicura fosse davvero destinato a essere suo, le fosse già sfuggito dalla mente? Guardandolo ora, si meravigliò di come la sua attenzione si fosse spostata completamente da quell'oggetto luccicante (e molto significativo) ad Aidan, Kitty e a coloro che la circondavano. Lo mise per il momento sotto la biancheria e poi rovesciò il resto del contenuto della borsa sul pavimento. Aidan era riuscito a prendere alcune delle sue cose dalla nave, ma erano tutte bagnate. Trovò però un pettine e la pettorina di Kitty che mise ad asciugare accanto al focolare. Charlotte disse di averle lasciato alcuni capi da indossare e di aver portato i suoi vestiti a lavare. Quando Brianna esitò, la donna le accarezzò la mano.

«Conosciamo Aidan da molto tempo, ti prometto che mi prenderò cura delle tue cose».

Brianna quasi si commosse per la sua gentilezza e il suo calore. «Sono solo oggetti. Va tutto bene, sono solo un po' confusa».

«Oh, cara, sicuramente ti ha protetto, lui è buono fino al midollo».

Brianna annuì, ancora più emozionata. «Grazie». La donna la abbracciò come se avesse intuito che le sarebbe servito.

Dato che Aidan aveva detto che ci avrebbe messo un po', Brianna si fece il bagno con calma. L'acqua calda era così piacevole che rimase a mollo per un'eternità, ma fece comunque in tempo a lavarsi i capelli prima che Aidan arrivasse. Il cambio che le era stato preparato era semplice, ma era morbido e le stava bene. Aveva appena iniziato a passarsi il pettine tra i capelli e li stava annodando e appuntando sulla testa quando Aidan bussò alla porta e la chiamò.

«Entra» disse lei, con le parole leggermente attutite dalle forcine che teneva tra le labbra. Non ricordava se avesse chiuso la porta a chiave o meno e continuò a lavorare sui capelli mentre si avvicinava. Aidan era appena entrato mentre lei stava prendendo un'altra forcina e, quando la vide, si fermò di botto. Anche Brianna si bloccò di riflesso.

«Stai bene?» chiese, finendo di sistemarsi i capelli.

«Breea... io... tu...» Non era sicura se lui avesse voluto chiamarla Breea o se fosse successo inavvertitamente, visto che era chiaramente a corto di parole, persino di emozioni, ma le piaceva. E vedere Aidan in quel modo era sicuramente qualcosa di speciale. Non era certo un uomo freddo, tutt'altro. Brianna sapeva che provava sentimenti profondi, ma era sempre così misurato, sempre in controllo, anche quando era furioso. Qualcosa lo aveva scosso e lei si era precipitò da lui, in ansia.

«Dimmi» disse, posandogli una mano sul petto e sfiorandogli il suo viso.

Lui le coprì entrambe le mani con le sue, fissandola con un'espressione di incredulità. Brianna aspettò che parlasse, ma lui si limitò a scuotere la testa. Sembrava combattuto, come se stesse lottando con qualcosa, ma poi la avvolse tra le braccia e per un momento lei dimenticò tutto e si limitò a stringerlo a sé.

«Devo tornare» disse infine, strofinandole il mento sulla testa prima di staccarsi.

«Non ho bisogno di altro tempo» sbottò lei, improvvisamente spaventata dal fatto che se non l'avesse detto subito, avrebbe potuto non avere un'altra possibilità. E forse *non ci sarebbe stato* un altro momento. Si era già svegliata avvolta da un altro incendio e si era ritrovata in un altro mare agitato... la vita era troppo precaria, troppo breve per rischiare di perdere ciò che il fato e il destino avevano fatto di tutto, in un modo quasi inimmaginabile, per procurarle.

«Altro tempo?» disse quasi distrattamente massaggiandole le braccia.

Brianna comprese che doveva essere sopraffatto da tutto il resto, altrimenti non avrebbe chiesto conferma. Gli posò le mani sul petto e lo guardò. «Aidan... voglio essere tua» esordì, notando come la sua attenzione si acuisse mentre lo fissava negli occhi. «Fino al mio ultimo respiro». Non erano le parole esatte che lui le aveva detto quella notte sulla nave, ma capì che lui sapeva cosa voleva dire. Aidan chiuse gli occhi e chinò il capo, e quando la guardò di nuovo, con emozione, Brianna capì che era lì che doveva stare. Osservò intensamente ogni dettaglio del suo viso mentre le sue mani si muovevano lungo le braccia e sulle spalle, fino ad afferrarle il viso tra le mani. Poi si chinò per sfiorarle le labbra. Fu così piacevole, quel primo *vero* contatto e lei lo spinse indietro, un'energia vibrante ronzava fra loro. Lui si staccò, la fissò, scosse la testa per un secondo, prima di abbassare lo sguardo sulle sue labbra e passarvi sopra il pollice. La sua presa si fece più forte, inclinò la testa di Brianna e premette nuovamente le labbra sulle sue, intensamente, appassionatamente, e così disperatamente che lei ne rimase sbalordita. E poi se ne andò. Brianna rimase nel punto in cui l'aveva lasciata, fissando la porta chiusa, con una mano sulle labbra mentre la sensazione del suo bacio persisteva. Non sapeva ancora cosa fosse successo o cosa lo preoccupasse, ma sapeva che Aidan aveva ragione: il loro matrimonio avrebbe soddisfatto la tradizione degli O'Roarke, lo sentiva già.

CAPITOLO 16

Il sole stava iniziando a sorgere quando Aidan e Henry tornarono al porto carichi di provviste per valutare i danni. L'odore della legna bruciata aleggiava nell'aria e, quando raggiunsero l'acqua, Aidan osservò i resti della nave, in qualche modo ancora più tristi ora, dopo che l'incendio era stato completamente spento. Accantonando per il momento quei pensieri, si concentrò sul compito da svolgere, per quanto colossale. Ci sarebbero voluti giorni prima di poter fare una valutazione completa, ma ora, alla chiara luce del giorno, sembrava che la nave potesse essere completamente persa. Aveva deciso di dare lui stesso la notizia a Grey, il che significava che lui e Brianna avrebbero terminato il loro viaggio a cavallo.

Aidan trascorse il resto della giornata con John, prendendo accordi per trasportare la nave in cantiere per un'ispezione completa. Era la prima perdita importante per il capitano e, come era ovvio, non era una sorpresa che la stesse vivendo male, assumendosi la piena responsabilità di un numero elevato di uomini e dell'esorbitante costo del materiale perduto. Ad Aidan non faceva piacere vederlo così, quindi si affrettò a ricordargli che, a parte qualche ferita minore, nessuno era morto e la nave, per quanto fosse la sua favorita, era solo un vascello e poteva essere ricostruita.

Tuttavia, qualcosa turbava la mente di Aidan, privata dal sonno. Non gli sfuggiva che si erano guadagnati l'ira di almeno due uomini, il marinaio e suo padre. Pensò che l'incendio potesse essere stato appiccato di proposito. Mentre lui e il capitano compilavano un resoconto dettagliato per Grey, ispezionarono anche ciò che poterono dello scafo e dei ponti e fecero un inventario, prestando particolare attenzione ai segni di un'azione illecita. Era una fortuna che l'altra nave, il cui arrivo era previsto più tardi quel giorno, fosse entrata in porto prima del previsto. Sarebbero stati in grado di sfruttarla per ospitare i marinai sfollati e, considerando l'intensità di lavoro che i giorni a venire avrebbero senza dubbio richiesto, l'equipaggio aggiuntivo sarebbe stato necessario. Alan e Richard non erano stati molto contenti quando avevano visto le condizioni della nave. Essendo prima di tutto uomini di Lachlan, lo avevano protetto nel corso degli anni, e dopo essere stati incaricati di badare a un "cucciolo", come chiamavano Aidan, momenti come quelli avrebbero potuto mettere alla prova la loro solida reputazione. Il loro sollievo fu evidente quando videro sia lui che Henry, sani e salvi. Si occuparono di interrogare gli altri membri dell'equipaggio che potevano aver visto qualcosa di significativo

Il tramonto era già calato quando tutto fu sistemato e gli uomini si ritirarono per cenare e riposare. Avevano dormito solo poche ore prima di essere svegliati a tarda notte dall'incendio, e con la lunga giornata appena trascorsa, lo sfinimento li avrebbe presto sopraffatti. Aidan si sentiva già stanco, ma dopo aver recuperato una piccola parte dei suoi averi dalla nave, molti dei quali ancora bagnati, doveva ancora fare qualche sosta in città. Avevano un disperato bisogno di rifornimenti, ancor più dopo l'incendio. Per fortuna, l'ultima tappa prevista era la vasca da bagno, perché Aidan era ansioso di lavare via gli ultimi resti di fuliggine e acqua salata. Mentre tornava verso il suo alloggio, finalmente prestò attenzione ai suoi pensieri su Brianna.

Innanzitutto, il fatto che (involontariamente o meno) l'avesse in qualche modo messa in pericolo quasi in ogni occasione, portandola a bordo della nave, mettendola di fronte al marinaio, costringendola ad affrontare l'incendio, era una pena per lui che non aveva mai provato prima. Il fatto di non essere stato *lui* stesso a farle direttamente del male aveva poca importanza, perché la responsabilità era comunque sua. Non gli sfuggiva neppure il fatto che l'avvertimento di Esmeralda sembrava ora del *tutto* insufficiente alla luce degli avvenimenti accaduti negli ultimi quattro, che Dio l'aiutasse, *soli* quattro giorni!

Sperava che quei quattro giorni riuscissero a placare il destino e che lui e Brianna potessero trovare una parvenza di pace nel loro futuro prossimo. Anche se ciò che vorticava nella sua mente, incluso quello che aveva provato fisicamente quando l'aveva vista la sera prima, non si poteva definire esattamente pacifico. La prenotazione di una sola stanza per entrambi non era stato un atto presuntuoso da parte sua; certo, avevano raggiunto un certo livello di confidenza reciproca, ma aveva scelto quella sistemazione perché conosceva personalmente i proprietari. Adam era stato un feroce guerriero ai suoi tempi e, negli anni in cui Aidan era andato ad Ayr, era anche diventato un buon amico. Sapeva che Brianna sarebbe stata al sicuro lì. Avevano una sola stanza, che affittavano con discrezione. Nel caos della sera precedente, non aveva pensato di dire a Brianna di considerare la stanza esclusivamente sua, così quando lei gli aveva chiesto di entrare e lo aveva salutato in quel modo, con una tale familiarità, in camicia da notte, sorridendo, con le forcine fra i capelli e con gli occhi che ballavano, lui era rimasto talmente sopraffatto dalla sua vista che era quasi caduto in ginocchio. Non riusciva nemmeno ad attribuirlo alla lussuria, sebbene la sua attrazione per lei fosse innegabile. No, ciò che l'aveva colpito in quel momento non era la passione, ma qualcosa di più puro, di così travolgente che non riusciva ancora a definire.

Al ritorno al piccolo cottage, Adam e gli uomini che aveva arruolato quel giorno per sorvegliare Brianna erano fuori, impegnati non proprio velatamente in una partita di scherma.

Henry, Richard e Alan si unirono volentieri a loro. Quando Aidan entrò, Charlotte lo accolse con un sorriso.

«Avevi ragione, Aidan» disse, raggiante, mentre il suo ragazzo prendeva la sua borsa, che conteneva gli indumenti che aveva acquistato per il giorno dopo e alcuni altri oggetti strani (scarpe di un materiale particolare e una maglia) trovati impigliati nei vestiti di Brianna. Aidan sorrise e, se fosse stato meno stanco e un po' meno preoccupato per la prospettiva di come si sarebbe potuta sentire Brianna dopo una giornata tutta per sé, magari passata a rimuginare (non a torto) sul fatto di essere di nuovo in pericolo, avrebbe potuto ridacchiare.

Charlotte gli lanciò un'occhiata complice proprio quando la testa di Brianna spuntò da dove era seduta sul pavimento dall'altra parte della stanza, con un ampio sorriso e gli occhi lucidi.

«Aidan!» chiamò, chiaramente ben riposata. «Non ti ho nemmeno sentito entrare». Si alzò di scatto e si precipitò verso di lui, prendendogli le mani, entusiasta per quello che stava per dire. «Sapevi che Charlotte ha la più bella collezione di piastrelle dipinte provenienti da tutto il mondo?»

Sì, lo sapeva, ma Aidan ricambiò la sua gioia come se non ne avesse la più pallida idea, passando sopra alla sua stanchezza, grato che la sua giornata fosse trascorsa così felicemente. Mentre ancora gli stringeva le mani, con un sorriso stampato sul viso, sentì la tensione abbandonare il suo corpo. Tuttavia, qualcosa dovette trasparire dal suo volto, perché lei aggrottò la fronte e lo guardò attentamente.

«Stai bene?» chiese.

«Sono solo stanco» rispose lui, ed era la verità. Era più stanco di quanto si fosse mai sentito.

Tuttavia, Brianna appariva preoccupata e gli fece cenno di andare verso le scale. «Perché non vai a dormire un po', io posso stare qui sotto».

Lui scosse la testa, pensando che avrebbe preferito rimanere sveglio per ore piuttosto che stare senza di lei, ma le parole non gli uscivano dalla bocca. Tuttavia, Brianna sembrò capire e disse a

Charlotte che sarebbe scesa più tardi per la cena. Poi gli prese la mano e lo guidò al piano di sopra, nella loro stanza.

«Vieni, riposati» offrì lei, dicendogli che era già riuscita a dormire qualche ora.

Aidan la seguì fino al letto e quando lei vi salì sopra e gli fece cenno di avvicinarsi. Posò la testa in quel punto appena sopra il suo petto e sotto il suo mento, mentre le loro braccia si intrecciavano, e sprofondò nel suo abbraccio, con le sue dita fra i capelli, parlando tranquillamente della nave, del capitano John e dell'equipaggio. Si addormentò in pochi istanti, sentendo il battito del suo cuore e inspirando il suo profumo.

Qualche tempo dopo, si svegliò di soprassalto, balzando in piedi e scrutando la stanza vuota. Era ad Ayr, al rifugio. Brianna. Dov'era? Kitty era rannicchiata in fondo al letto. Aveva dormito profondamente, e a giudicare da ciò che poteva vedere fuori dalla finestra, la notte era quasi giunta. Stava per andare a cercarla quando la porta si aprì e la sua sagoma apparve.

Vide che lui era sveglio ed entrando nella stanza sorrise dolcemente.

«Si stava facendo tardi e non volevo tenere sveglia Charlotte» spiegò, sollevando il vassoio che teneva in mano e facendo cenno al figlio di Charlotte dietro di lei che ne teneva un altro. «Così abbiamo portato su la cena».

Sì, lo vedeva. Osservò mentre Brianna indicava al ragazzo dove lasciare i vassoi, poi gli mise una moneta in mano, strizzando l'occhio ad Aidan. Sì, anche lei si stava dando da fare. Mentre lei si sistemava al tavolo, Aidan accompagnò il ragazzo all'uscita, poi si rivolse di nuovo a Brianna, *sua moglie*. Quelle parole gli risuonarono in testa come se gli fossero appena venute in mente.

Lei lo guardò con curiosità. «Va tutto bene?»

«Mi sono improvvisamente ricordato delle promesse che ci siamo fatti l'un l'altra, il nostro consenso matrimoniale, in chiesa o meno» disse.

Quasi rise per l'espressione di lei. «All'improvviso?» disse lei. «Nel senso che te l'*eri dimenticato*?»

Fu il primo vero sprazzo di luce di un periodo lungo e logorante. Adam si sentì sorridere mentre sosteneva il suo sguardo, scuotendo la testa. «No, Breea. Non lo dimenticherò mai. Né le promesse che abbiamo fatto, né un solo momento che abbiamo condiviso fin dall'inizio. E se questo» spiegò indicando la tavola che lei aveva apparecchiato così bene per la loro cena, «ha un sapore delizioso come il suo profumo, sembra che le benedizioni di questa serata siano davvero abbondanti». Gli occhi di lei si restrinsero un po' e lui rise avvicinandosi. «Non è uno stratagemma. Non l'ho dimenticato».

«Se lo dici tu». Alzò gli occhi al cielo.

Le accarezzò il viso, accostando le labbra alle sue, sfiorandole solo un po', e poi si ritrasse per guardarla negli occhi. L'aveva corteggiata durante la cena e si era goduto ogni secondo, ma per il momento... Mentre guardava il suo viso rivolto verso l'alto, i suoi begli occhi azzurri e quelle lentiggini sparse proprio sul ponte del naso, le labbra ancora leggermente divaricate, ripeté: «Non l'ho dimenticato». Poi la baciò di nuovo, un lento avvicinamento alle sue labbra, ascoltando i suoi mormorii di piacere e imparando cosa le piaceva. Sì, anche a lui piaceva, e quando le sfiorò di nuovo, la strinse con decisione per poi cambiare direzione, inclinandole la testa all'indietro e approfondendo il bacio. Quando lei emise di nuovo quel suono, una profonda vibrazione dalla bocca alla base del collo, si sentì andare a fuoco. Gli occhi di lui si spalancarono e fece un passo indietro.

Brianna lo fissò con occhi spalancati, con uno sguardo allibito che immaginava rispecchiasse il suo.

«Che cosa è successo?» chiese.

Una domanda così semplice, eppure lui non sapeva come rispondere, reso muto da come aveva reagito a lei e da quello che in realtà non era altro che un leggero (forse un po' di più) bacio. Il suo sguardo gli suggerì una risposta. Tuttavia, la sua vera risposta, che sarebbe stata qualcosa del tipo *Le tue labbra e il suono che hai appena emesso... quella vibrazione lungo il tuo collo, mi hanno infiammato*, era un sentimento che di certo non poteva condividere con lei, soprattutto la parte relativa all'infiammarsi. Così rispose semplicemente: «Ho pensato di avere un piccolo assaggio di lei, signorina Brianna O'Roarke, e poi di sedermi per godere della sua compagnia durante questa cena che, a dire il vero, ha un profumo assolutamente divino».

«È vero» disse lei laconica. Il suo tono piatto e affettato smentiva il sorriso che le si stava formando agli angoli della bocca. «Ho aiutato a prepararlo, appositamente per lei, signor Sinclair» aggiunse, sollevando un sopracciglio.

Anche Aidan si sforzò di mantenere un'espressione pacata. In qualsiasi altra circostanza, avrebbe controbattuto alla sua replica e avrebbe continuato quella che, a suo avviso, si sarebbe rapidamente trasformata in una sfida verbale. Ma questo non era un gioco. Lui la voleva. Non gli interessava la cena. Tuttavia, era curioso. «Che cos'è?» chiese.

«Salsiccia pasticciata» disse lei, sporgendo il mento.

Lo aveva coinvolto in quello scambio apparentemente innocuo, ma che in realtà era tutt'altro. «*Salsiccia come*?» esclamò lui, con il desiderio sempre più forte che si scontrava con la voglia di sfidarla.

Al suo sguardo, Brianna rispose. «Carne di maiale con panna, erbette e verdure».

«Ah» disse lui. «Pasticcio di salsiccia suona meglio. Si manterrà?»

Lei sorrise, rompendo l'inganno. «Sì».

A quel punto Aidan non poté più trattenersi. «Ti voglio subito, Brianna O'Roarke».

«Allora perché stai ancora parlando?» disse lei, facendo un passo verso di lui. «*È* il destino e *siamo* sposati, no?»

Aidan sorrise al suo tono frustrato, ma se considerava il suo comportamento fino a quel momento, era quasi convinto che sua moglie fosse pura come la neve. «È stato davvero piacevole, persino molto provocante». Capì che le piacevano le sue lodi. «Ma mi chiedo quale sia la tua esperienza».

«Tu... tu vuoi sapere della mia esperienza...» balbettò lei, chiaramente sorpresa. Fece una pausa troppo lunga prima di dire: «Con...» allungò la mano, «a fare...»

Non riuscì nemmeno a pronunciare le parole, confermando che lui aveva ragione. Lui ridacchiò, poi scosse la testa per lo sguardo imbarazzato di lei. «No». La indicò e lei si bloccò, il che era affascinante di per sé, anche se lui non voleva che si sentisse ridicolizzata. «Non è rivolto a te. Semplicemente mi sorprendi...» le sue parole si interruppero di fronte al rapido sorriso di lei. «... quasi in ogni occasione».

«Quasi?» disse lei avvicinandosi ancora di più e facendo scorrere leggermente le dita sulle sue braccia.

Oh, certo, mia Breea. La sua compostezza controllata era tornata completamente al suo posto, ma lui non si lasciò ingannare. Era solo una maschera, e mentre le tracciava il contorno del viso, guardandola profondamente negli occhi, non gli importava. Sapeva che si sarebbe fidata di lui in tutto ciò che stava per seguire e che l'avrebbe considerato come una guida.

«Tu, Brianna O'Roarke, sei un enigma che non sono sicuro di riuscire a risolvere completamente, né credo di volerlo fare» disse. «Ma ti giuro ancora una volta che ti onorerò e ti proteggerò fino al mio ultimo respiro».

Qualunque cosa lei avesse trovato nella sua franchezza, le sue parole perforarono il suo guscio protettivo, e lui sentì il cambiamento; lo vide nei suoi occhi, ora aperti e vulnerabili, lo sentì nel suo tocco quando la sua mano tremante coprì la sua.

Era sparita ogni traccia di artificio, persino nel suo tono quando gli sussurrò: «Mostrami come fare».

«*Sì*». Lui annuì, senza essere sicuro che la parola gli fosse sfuggita dalle labbra mentre si allungava per prenderla tra le braccia, per la prima volta, sentendo tutto il corpo di lei premuto contro il suo dalla testa ai piedi, in attesa. La sensazione era così stimolante che le sue stesse mani tremavano mentre le inclinava la testa all'indietro e le copriva le labbra con le sue, cibandosi della sua bocca, per lunghi minuti, senza sentirsi mai sazio. Non riusciva a toccarla abbastanza, non riusciva a stringerla come avrebbe voluto, e quando finalmente si ritrasse per guardarla, sapeva che anche lei lo percepiva.

Le sue mani sfiorarono il corpo di lei per toglierle il vestito, ma si persero nel tragitto mentre la accarezzava dolcemente attraverso l'indumento, e i suoi morbidi mormorii di piacere risuonavano dappertutto, dal gonfiore dei seni alla parte posteriore delle cosce, e in ogni avvallamento, curva e fessura. Solo lunghi minuti dopo Brianna sollevò le braccia per permettergli di toglierle l'abito, lasciando al suo posto la sottoveste, e quando lei cercò la sua camicia, lui fu veloce ad accontentarla e la gettò a terra. Aveva intenzione di trascorrere una notte di piacere lento e tranquillo, risvegliandola gradualmente alla passione condivisa, ma aveva la sensazione che sarebbe stato tutt'altro. Non aveva mai desiderato una donna così disperatamente prima d'ora. Avendo bisogno di una distrazione, almeno per qualche minuto, la guardò negli occhi, vedendo il suo cuore battere freneticamente alla base del collo e ascoltando i suoi respiri diventare rapidi.

Avanzò spingendola con sé, finché la schiena di Brianna non fu schiacciata contro il muro, e la sua mano si appiattì sul suo petto. Quando lui raccolse l'orlo del suo vestito, stringendolo tra le mani, e le sue dita sfiorarono le ginocchia e poi le cosce, fermandosi sui fianchi, lei quasi svenne, o forse fu lui a sentirsi quasi venire meno. Evitò di toccarla intimamente, attorcigliando la stoffa dell'abito intorno alla mano, prima di portare il pugno contro il muro e bloccarla saldamente in quella posizione. I suoi occhi si accesero quando lei sussultò e iniziò ad ansimare, solo per l'attesa, e lui quasi si perse in quel momento. *Vacci piano, Aidan.*

Le toccò il viso e quando lei inclinò la testa all'indietro e aprì la bocca per lui, implorando che il suo bisogno fosse in qualche modo soddisfatto, lui non si trattenne e la baciò profondamente e con desiderio, premendo il corpo contro il suo mentre le tirava e succhiava le labbra. Lei lo assecondò con la bocca, segnandolo con le unghie e stringendolo ovunque potesse. Aidan raggiunse il suo seno, premendolo e accarezzandolo, mentre le baciava e mordicchiava la clavicola e tutto il collo, poi sollevò la testa per poter valutare la reazione di Brianna al suo tocco. Il desiderio e la disperazione sul suo viso e nei suoi occhi lo scossero in un modo che non aveva mai provato prima, e si chiese se anche lui apparisse disperato quanto lei. Di sicuro era così e, deciso a prendersi cura di entrambi, fece scivolare la mano fino a coprire il monte di Venere, gemendo profondamente mentre lei si premeva contro di lui. Poi lei raggiunse i suoi pantaloni e slacciò i lacci per liberarlo; la testa di lui cadde all'indietro mentre lei lo avvolgeva tra le mani. Lui grugnì, colto di sorpresa dall'improvvisa intensità e soprattutto dalla sua curiosità.

«Breea...» Sentiva a malapena la propria voce. «Brianna».

Lei sollevò lo sguardo, gli occhi selvaggi per i loro preliminari, e per un attimo lui pensò di prenderla subito, lì, ma non poteva farlo contro il muro. Almeno, non quella sera. Lei lo stava ancora fissando quando Aidan le disse di togliere le mani dal suo membro e dai pantaloni, così da poterla portare a letto.

Lei scosse la testa, gli occhi si allargarono ancora di più alla sua proposta, e strinse la presa. «Non posso lasciarlo andare» sussurrò. Poi gemette mentre la testa le ricadeva contro il muro.

Giusto, nemmeno lui aveva mollato la presa. La sua mano era allacciata a quella di lei, e la stringeva possessivamente. Quando lui ridacchiò, lo fece anche lei e ognuno di loro trasse un respiro decisamente necessario. Lui approfittò del momento e la sollevò da terra prima che lei si rendesse conto di cosa stesse facendo, e in pochi secondi furono sul letto. Fermandosi di nuovo solo per gettare a terra il resto dei loro indumenti, la tirò accanto a sé e ricominciò a toccarla, questa volta dalla testa ai piedi, stando attento alle zone sensibili. Le sue dita divaricarono le sue labbra, facendo scivolare la mano dall'ingresso del suo sesso fino al bocciolo delicato; lei gemette, premendosi contro di lui, e Aidan quasi perse il controllo. Così vicino da temere di non riuscire più a riprendere il controllo, la allargò ancora di più, poi accarezzò la sua entrata per rivestire di umidità con le dita il suo punto di piacere esposto, scivolando su di lei, implorando la sua liberazione. La guardò raggiungere il culmine, i suoi respiri accelerati, le mani che gli afferravano le braccia, mentre gemeva.

«Breea» respirò con lei, aumentando la pressione per spingerla oltre il limite.

Era così teso che per poco non esplose quando lei ansimò il suo nome, ma continuò ad accarezzarla. Poi lei lo raggiunse, facendogli cenno di avvicinarsi a lei, e lui si sistemò tra le sue cosce, appoggiando la fronte alla sua. «L'ultima cosa che voglio è farti del male» disse, sapendo che per un breve momento l'avrebbe fatto. «Perdonami». Poi le afferrò i fianchi e si spinse profondamente dentro di lei.

Lei gridò, con le mani che scavavano nelle sue spalle, mentre cercava di allontanarsi.

«Stai ferma, Breea» la implorò lui, con la sua presa salda che la teneva al suo posto. «Ti prometto che passerà presto».

Quando lei aprì gli occhi, sussurrò: «È già passato» con la sorpresa nella voce, mentre la tensione abbandonava il suo corpo.

Appoggiò la fronte alla sua, baciandola mentre le cingeva le braccia dietro la schiena. Guardò i suoi occhi allargarsi per la sorpresa quando iniziò a muoversi lentamente dentro di lei, godendo dei suoi gemiti di piacere. La sua espressione rispecchiò quella di Brianna quando accelerò il ritmo, affondando più profondamente, e capì di essere prossimo all'apice. Dimenticò di respirare mentre si abbandonava all'intenso piacere di essere circondato da lei e si spinse in avanti un'ultima volta, sopraffatto dall'estasi quando si liberò.

CAPITOLO 17

Brianna si svegliò con un sorriso, mormorando sommessamente nel sentire Aidan dietro di lei, il peso della sua mano appoggiato sulla sua coscia in modo possessivo, anche nel sonno. Se non l'avesse già fatto, dopo la notte scorsa, si considerava incredibilmente fortunata per il fatto che il destino le avesse scelto Aidan. Inoltre, aveva anche una nuova considerazione per il suo atteggiamento tutto d'un pezzo, soprattutto ora che sapeva come la sua attenzione potesse essere indirizzata verso qualcosa di *così* personale. Era stato altrettanto premuroso e riflessivo anche dopo, quando era sceso al piano di sotto ed era tornato con grossi secchi di acqua calda e le aveva fatto il bagno, cosa che non la disturbava affatto, considerando l'intensità del loro coinvolgimento. Poi si erano seduti davanti al camino, mangiando il pasticcio di salsiccia, senza curarsi del fatto che fosse quasi freddo, mentre Aidan cantava le sue lodi. E non solo per il cibo. Quando l'aveva riportata a letto, l'aveva tenuta tra le braccia e lei si era addormentata mentre lui le passava le dita tra i capelli.

Era stata un'esperienza incredibile, che non avrebbe mai immaginato, anche se non avrebbe dovuto dirlo, soprattutto nel quindicesimo secolo, ma era comunque difficile non farlo. Era vero che Aidan l'aveva conquistata, addirittura affascinata. Era forte e potente, chiaramente intelligente e attento all'ambiente circostante: tutte qualità attraenti, senza considerare il suo magnifico aspetto. Ma la sera prima, quello che avevano provato insieme, era stato diverso. Elettrico, l'unica parola che le veniva in mente. La loro chimica sembrava sul punto di esplodere e lei aveva trovato impossibile non rispondergli.

Se pensava a tutti i momenti che avevano portato a quella serata, la maggior parte dei quali (o tutti, forse) erano stati significativi col senno di poi, per non dire intensi; c'era davvero da stupirsi? Brianna sorrise, pensando a come, nonostante i dubbi iniziali di Aidan su di lei, loro due avessero condiviso fin dall'inizio e molto facilmente un rapporto pieno di complicità. Ricordava quanto la loro energia fosse stata sorprendente e rinfrescante, persino sinergica, anche se ora, ripensandoci, riteneva che forse quello che c'era tra loro era un legame innato. Se *erano* destinati a stare insieme, forse era così che funzionava, naturalmente (o era *in*naturale?). In quale altro modo avrebbe potuto spiegare che in meno di una settimana si era svegliata tra le sue braccia, in qualità di sua moglie?

Brianna sentì le guance riscaldarsi al solo pensiero del modo in cui lui l'aveva toccata e guardata, ma l'aspetto che la sorprese di più fu che, mentre accadeva, nemmeno una volta si era sentita impacciata o inesperta, anche se lo era, e lui lo sapeva. Aveva solo provato un intenso desiderio, ed era stata intensamente desiderata. Era stata così presa dal momento, soprattutto quando aveva sentito la sua erezione premerle contro, spessa e pulsante, e piena di così tanto calore, che era diventata disperata, addirittura frenetica, raggiungendolo, toccandolo, tenendolo tra le mani. Era qualcosa di follemente più eccitante rispetto a qualsiasi altro artefatto che avesse mai tenuto in mano in tutta la sua vita.

Sorridendo al pensiero, si stiracchiò un po', notando quanto si sentisse delicata in modi che certamente non aveva mai provato prima. Era stata completamente appagata e profondamente amata, senza dubbio. A quel pensiero si fermò, improvvisamente incerta. Era stata profondamente amata, ma forse non amata *davvero*. Aidan si era certamente *preso cura* di lei e sapeva che teneva a lei... o si era *occupato* di lei? Sapeva di essere importante per lui, quindi contava davvero se quello che provava per lei era davvero amore o no? Le bastò un secondo di riflessione per rendersi conto che sì, era così. Brianna si mise a sedere, non gradendo come si sentiva all'improvviso. Insicura. Forse aveva cominciato solo di recente a riabbracciare l'idea del pizzico di magia degli O'Roarke, ma aveva sempre avuto a cuore il fatto che tutti i matrimoni della sua stirpe fossero il prodotto di un amore vero e duraturo. Si voltò e, naturalmente, Aidan la stava fissando con un'espressione stranissima.

«Breea, cosa c'è?»

Beh, non voleva dirlo in quel momento.

«Hai fatto un brutto sogno? Ti ho fatto male?» Lui si alzò a sedere e allungò la mano con delicatezza, come se lei potesse improvvisamente spezzarsi.

Non sapeva bene perché all'improvviso fosse piena di dubbi, ma era vero che non avevano mai parlato veramente dei loro *sentimenti* o se ne avessero davvero. Sì, lui aveva detto che avrebbero rispettato la tradizione, e sì, l'aveva trattata come se fosse speciale e l'aveva riempita di complimenti. Aveva anche giurato di onorarla, proteggerla e di occuparsi del suo benessere. Lei sapeva che lo pensava davvero, ma essere destinati o anime gemelle o qualunque cosa fosse e poi giurare di stare insieme per questo motivo, non era la stessa cosa che rendersi conto che ti piaceva qualcuno e seguire il corso naturale degli avvenimenti. Non che lei avesse ALCUNA esperienza in merito, destino e sorte a parte, ma comunque, oltre a essere d'accordo sul fatto che anche Aidan sentiva la magia, forse (per lui) soltanto a livello fisico, non aveva mai detto una volta che gli piaceva o che teneva a lei, né aveva espresso apertamente di provare qualcosa per lei. Si era limitato a dire che era carina, o di aspetto gradevole, che fondamentalmente era la stessa cosa, e supportava comunque solo la parte fisica, non l'aspetto sentimentale.

Fece un respiro profondo e si girò verso di lui. «So che

sembrerà sciocco, ma... sei felice, vero? Almeno passabilmente? Cioè, so che noi... so che è colpa del *destino*» fece un piccolo gesto delle virgolette in aria con una mano sola, «ma... essere felice è un buon inizio, no?»

Anche se Aidan le stava dedicando tutta la sua attenzione, aveva l'aria di chi stava cercando di decifrare un'altra lingua. Dopo un attimo, scosse la testa di lato, continuando a fissarla con curiosità. «Cosa vuoi chiedermi di preciso? Ti prego, sii chiara».

Brianna prese fiato. «Ti piaccio?» chiese, rabbrividendo interiormente, ma aveva un disperato bisogno di saperlo.

Gli occhi di lui si socchiusero, poi scattò in piedi e la tirò a sé. «Brianna. Me lo chiedi sul serio?»

Brianna si sentì arrossire. Beh, se lui lo diceva in *quel* modo, era piuttosto difficile da credere. Tuttavia, scrollò le spalle e annuì. A parte i sentimenti, il suo ragionamento era valido.

«Breea». Scosse la testa. «Ti ho dato motivo di credere che non sia così?»

«No. Ma è questo il punto. Siamo qui...» si interruppe e indicò le lenzuola aggrovigliate, le loro membra intrecciate. «Ma siamo qui perché sappiamo che è quello che ci si aspetta da noi? Per destino o per altro? Saremmo dove siamo ora altrimenti?»

Aidan scosse la testa. «Ha importanza? Davvero? Queste non sono circostanze ordinarie, e tu lo sai meglio di me».

Brianna annuì: non aveva tutti i torti. Anche se non l'avevano mai detto ad alta voce, il fatto che lei fosse in qualche modo atterrata lì dal futuro era una costante non detta tra loro. Eppure, si sentiva incerta.

«E comunque» continuò Aidan, «quello che abbiamo condiviso ieri sera è stata vera passione. Trabocchiamo di sentimenti, io e te... sentimenti che sono nuovi per entrambi, così come siamo nuovi l'uno per l'altra...» Aggrovigliò le dita tra i capelli di lei e le afferrò delicatamente il collo, avvicinandola di poco a lui. «Esploriamoci, godiamoci queste sensazioni, lasciamo che accadano e cresciamo come se *non fossimo* stati attirati insieme da un piano già scritto. D'accordo?»

Brianna sentì le parole di Aidan muoversi dentro di lei, disperdendo le sue paure e dimostrandone l'infondatezza. Si rese conto che non le aveva mai dato motivo di dubitare di nulla; il destino aveva fatto una buona scelta per lei. A quel pensiero, sorrise dolcemente e lui fece lo stesso. Sentendosi soddisfatta e sicura, si sporse in avanti e sfiorò le sue labbra. «Grazie» sussurrò. Si sistemò contro di lui, grata che sapesse sempre cosa dire per aiutarla a superare qualsiasi problema o aiutarla a vederla in modo diverso.

Rimasero così per qualche minuto, in un tranquillo silenzio, Aidan che le passava le dita tra i capelli mentre Brianna chiudeva gli occhi, godendosi la sensazione. Poi lo sentì irrigidirsi, con le dita improvvisamente bloccate. Confusa, alzò lo sguardo verso di lui proprio mentre un'espressione indicibile gli attraversava il viso.

«Breea». Il respiro gli sfuggì letteralmente dalle labbra e lui si mise a sedere completamente eretto, portandola con sé. I suoi occhi incrociarono quelli di lei, fissandoli profondamente, ma lei non riusciva a capire cosa fosse successo, cosa l'avesse colpito così all'improvviso, finché lui non le inclinò la testa di lato, con estrema delicatezza, e le scostò i capelli dalla spalla, come per guardarle meglio il collo. Brianna si bloccò per l'improvvisa consapevolezza quando le dita di Aidan sfiorarono il suo tatuaggio e lui sussurrò qualcosa, chiaramente a sé stesso.

«Come mai hai questo marchio?» le chiese, con gli occhi che si posavano rapidamente sui suoi, le dita che premevano sul tatuaggio.

Istintivamente, Brianna si mosse per coprire il nodo con la mano, ma invece incontrò quella di Aidan e vi appoggiò sopra la sua.

«L'ho visto una volta» disse vagamente, sentendosi improvvisamente protettiva.

«*Questo* nodo» disse lui, spostandole la mano per guardarlo di nuovo. Lei rabbrividì quando lui le sfiorò la pelle con le dita. «Hai visto *questo* nodo specifico, *questo* simbolo circolare?»

Lei annuì, senza sapere da dove venisse quell'intensa sorpresa.

All'inizio aveva pensato che lui fosse solo scioccato dal fatto che lei avesse un tatuaggio, ma non sembrava che gli importasse tanto dell'inchiostro in sé.

«No» disse Aidan. «Questo nodo è soltanto mio».

A Brianna mancò il fiato. Rimase immobile, ma i suoi occhi si incrociarono con quelli di lui. Aveva sempre percepito che quel nodo specifico appartenesse a lei. «Cosa vuoi dire?» sussurrò, non sapendo se si sentiva così strana perché lui lo rivendicava, un simbolo che non aveva mai visto da nessun'altra parte in tutta la sua vita, o se perché, nel profondo, qualcosa le diceva che quel nodo, essendo così personale per entrambi, era ben più significativo di un semplice apprezzamento per l'arte celtica.

«Quando mi hanno affidato Pembrooke, hanno creato questo simbolo» raccontò Aidan. «È stato aggiunto un filo intrecciato intorno al nodo che io e i miei confratelli abbiamo condiviso per anni come simbolo di lealtà reciproca, rendendolo mio, pur essendo ancora legato a loro».

«È lì che l'ho visto, Aidan. Quando mio nonno mi prese con sé da bambina». Ricordava ancora di aver tracciato le sue dita sul simbolo, inciso profondamente nella pietra. Il cuore di Brianna cominciò a battere all'impazzata per tutto ciò che questo implicava. «Quindi... non mi sono solo legata in modo permanente a Pembrooke, ma anche a *te*? L'ho fatto anni fa, appena sono stata abbastanza grande per farmelo disegnare sulla pelle, ben prima di sapere che tu fossi mai esistito». Ripensandoci, si ricordò improvvisamente del medaglione. «Aidan...» Sussultò e scosse la testa, poi scese dal letto, avvolgendosi una coperta intorno al corpo e correndo verso la sua borsa.

«Brianna?»

Lo sentì chiamare il suo nome, ma era così concentrata sulla ricerca del medaglione che non rispose. Cercò nella borsa, poi nella tasca nascosta sul lato. Trovandola vuota, ebbe un attimo di panico prima di ricordare che l'aveva tirato fuori dalla borsa bagnata la sera del loro arrivo. Guardando in giro per la stanza, vide la pila di biancheria vicino alla vasca e si precipitò lì, tirando un sospiro di sollievo quando trovò il medaglione nascosto sotto di essa. Lo raccolse e lo strinse al petto, strofinando le dita sul metallo freddo e sentendo sotto le dita le incisioni sui due lati. Fu in quel momento che ebbe l'improvvisa consapevolezza che era stato il *medaglione* (che credeva davvero fosse sempre stato destinato a essere suo) a portarla lì e da Aidan. Altrimenti non sarebbe mai entrata (o, d'accordo, caduta) nella pozza di marea. Ansiosa di mostrargli finalmente ciò che li aveva uniti, tornò indietro verso il letto... e si imbatté proprio in Aidan, che le era arrivato alle spalle. Vederlo nella chiara luce del giorno, a torso nudo, con solo un lenzuolo di lino avvolto intorno alla vita, con un aspetto così magnifico e formidabile era quasi scioccante, se non addirittura distraente.

«Cosa c'è?» chiese lui, scrutando i suoi occhi.

«Ho trovato qualcosa» disse lei, poi abbassò lentamente le mani.

Quando le aprì, rivelando il medaglione, lui rimase in silenzio a fissarlo; le sue dita sfiorarono il simbolo su un lato, poi lo girarono e studiarono l'orso sull'altro. Quando la guardò, i suoi occhi erano pieni di emozione.

«L'hai trovato tu?» chiese, con la voce leggermente incrinata.

Lei annuì. «Sì». Esitò, ma poi aggiunse: «Ad Abersoch. Guarda, c'è il simbolo, il *tuo* simbolo Aidan». Brianna rise e si sfiorò il tatuaggio. «Il *mio* simbolo. E Aidan, c'è anche un orso sull'altro lato». A quel punto le venne da piangere. «Mio padre si chiamava Arthur».

Aidan non ebbe bisogno di ulteriori spiegazioni. Con un'emozione ancora maggiore nei suoi occhi, scosse leggermente la testa e le sfiorò il viso. «Arthur. Orso».

Brianna annuì, sorridendo tra le lacrime. «Sì». Poi esitò, qualcosa la stuzzicava, qualcosa che avrebbe dovuto sapere, ma che nella sua eccitazione non riusciva a capire bene cosa fosse. Pensando che alla fine le sarebbe venuto in mente, gli mostrò il resto dei dettagli del medaglione. «E, guarda, questo nodo intorno al bordo...» Lo tracciò con il dito. «È un nodo infinito, il nodo senza fine. È tutto collegato, questi sono diventati i nostri simboli».

Lui condivise il suo stupore e le prese la testa tra le mani, baciandole la fronte, prima di staccarsi per guardarla.

«Breea» disse, guardandola intensamente, «questo... questo medaglione è mio».

«Tuo?» sussurrò. Tanti pensieri le turbinavano in testa e all'improvviso si ricordò di quello che non era riuscita a fare un attimo prima. «Aidan... Il tuo nome è collegato all'orso».

Lui annuì. «Sì, io e i miei fratelli abbiamo ciascuno uno stemma. Questo, però, è stato forgiato dal mio mentore. Non ho mai pensato di rivederlo: mi è caduto settimane fa...»

Si fissarono l'un l'altra, con gli occhi che si allargavano allo stesso tempo, e senza perdere un colpo dissero insieme: «Nella pozza di marea».

Qualcosa si accese nei suoi occhi e lui la trascinò in un bacio deciso. «Brianna» disse, una volta ritiratosi, «ti preoccupi che quello che noi... che... questo» indicò, facendo un movimento tra loro, «che quello che condividiamo non sia altro che un'illusione perché il destino ci ha fatto incontrare, vero?»

Lei alzò le spalle. «Forse?» Tuttavia, i suoi sentimenti dicevano il contrario. Sentimenti che non poteva negare di provare e che erano incredibili e terrificanti allo stesso tempo.

«E se non fosse niente del genere?» disse lui, con il respiro affannoso. «E se il destino ci avesse fatto incontrare *perché* dovevamo stare insieme? Se ci fossimo comunque ritrovati...» Fece una pausa, poi dichiarò ad alta voce ciò che non era mai stato detto tra loro: «E se non fosse stato per i secoli che ci separano? Forse tu dovevi nascere qui, in questo tempo, per compiere il tuo destino. Io dico che il destino non ci ha fatto incontrare ora per compiere il suo ordine naturale, ma per correggere il suo errore».

«E forse è per questo che sono sempre stata così attratta da Pembrooke e da questo specifico simbolo». Brianna voleva tanto credergli, era l'idea più incredibile e romantica che potesse mai immaginare, ma... si sentì esitare, scivolando in una serie di pensieri razionali che ancora non riuscivano a spiegare come mai si trovasse lì, nel quindicesimo secolo, con un uomo che era sicura di poter amare, e che forse già amava. Il peso di ciò che avrebbe significato scoprirsi innamorata cominciò a manifestarsi in lei. Se questi erano solo i primi accenni di ciò che avrebbe potuto provare per lui, non era sicura che ci fosse abbastanza magia da poter sopportare di perderlo, di perdere qualcun altro.

Aidan la afferrò per le spalle, con decisione, ma non con violenza. «Non ritirarti dietro il tuo muro, per favore. Non ti farò del male. Non ti lascerò. Mai».

Brianna deglutì a fatica, sentendo le lacrime pizzicarle gli occhi, ma le trattenne. Pur sapendo che il suo ragionamento era valido fin dall'inizio, Aidan aveva colto qualcosa di molto più profondo. La prese tra le braccia, le labbra premute sulla fronte.

«Non sei più sola» le disse. «Sei Brianna O'Roarke, della Casa di Pembrooke, per diritto e per matrimonio».

In quel momento si innamorò un po' di lui, o, se avesse dovuto essere sincera con sé stessa, un po' di più. Lui non aveva detto di amarla e, a pensarci bene, non aveva nemmeno detto che gli piaceva, ma nessuna delle due parole aveva più importanza, soprattutto perché le sue azioni parlavano chiaro e forte. Aidan Sinclair l'aveva conquistata come nessun altro aveva mai fatto, e sicuramente questo contava ancora di più.

Gli premette la mano sul petto e lo fissò profondamente negli occhi, ripetendo le sue parole, come se pronunciarle ad alta voce avrebbe segnato il suo destino. «Sono Brianna O'Roarke, della Casa di Pembrooke, per diritto e per matrimonio».

«Sì» disse lui, così commosso che le afferrò il volto e le coprì le labbra con le sue.

Lei si aggrappò, ricambiando il bacio e volendo crederci con tutta sé stessa. Gemette, e quando lui fece altrettanto, sentì rimbombare il suo mugolio nel profondo del suo petto.

Le sue mani scivolarono verso il basso e quando lui la sollevò, gli avvolse le gambe intorno alla vita e continuò a baciarlo mentre lui la riportava a letto. Stava quasi per chiedergli di fare l'amore, ma si fermò, domandandosi quali parole usare.

Quando lui si ritrasse e la guardò, dovette leggere qualcosa nella sua espressione. «Ti prego, metti da parte le tue preoccupazioni».

Dato che lui si era già spinto a fugarle tutte, almeno per il momento, tecnicamente non era preoccupata, ma si sentì comunque arrossire mentre gli sfiorava le labbra sussurrando: «Mi chiedevo come chiederti di fare l'amore con me senza dirlo esplicitamente».

Se il grugnito di lui era un'indicazione, un attimo dopo fu chiara la sua risposta: le coprì la bocca e la baciò, sistemandola abilmente sotto di sé. Poi si tirò indietro, fissandola per un attimo.

«Quando ti guardo, Brianna, e quando ti stringo fra le mie braccia...» le sue parole furono sussurrate con dolcezza, «in questo modo...» la tirò più vicino a sé prima di continuare, «o quando mi viene concesso un semplice tocco di sfuggita, non ho mai provato *questa* sensazione che provo con te, nemmeno una volta. Devo ancora darle un nome, perché non l'ho mai conosciuta... ma non ho dubbi che *l'amore* sia proprio quello che c'è tra noi e che stiamo creando qui».

A quelle parole, il suo cuore fece un salto e le sue mani incorniciarono il volto di lui, quell'uomo bellissimo che non aveva mai mancato di dimostrarle, con le parole e con i fatti, il suo rispetto. Anche ciò che disse fu sussurrato con dolcezza. «Quindi, sarebbe giusto chiederti di fare l'amore con me direttamente, vero?»

«È necessario».

Brianna sentì le sue ultime difese cedere. Che il destino l'avesse portata dove doveva essere, o dove avrebbe dovuto essere da sempre, quasi non aveva importanza. Sapeva solo che non c'era più nulla da temere. «Fai l'amore con me, Aidan».

«Con tutto quello che ho, Brianna... e con tutto quello che sono».

CAPITOLO 18

Poche cose nella vita di Aidan lo avevano fatto sentire veramente oppresso: non le responsabilità familiari, non il fatto di prendere il posto di Lachlan (e quindi cedere il suo diritto di nascita al fratello Rhys), e nemmeno l'importanza di terminare la costruzione di Abersoch. In realtà, fino a quel momento era stato soddisfatto della sua vita e si era sentito abbastanza padrone della situazione. E, nonostante tutto quello che gli era capitato negli ultimi giorni (compresa la possibilità molto concreta che i suoi nemici, chiunque essi fossero, potessero colpire di nuovo da un momento all'altro), non si sentiva oppresso nemmeno ora. Lo trovava piuttosto curioso e si chiedeva come fosse possibile. Adesso aveva una moglie, una compagna che era, ed era stata fin dall'inizio, una costante nella sua mente e per la maggior parte del tempo al suo fianco e, se gliel'avessero chiesto, avrebbe detto di essere soddisfatto e, senza dubbio, di avere il controllo di tutto. Certo, Brianna richiedeva un po' di cure e attenzioni in più, ma, a causa dei grandi cambiamenti che aveva subito, lo meritava. Dare a Brianna le attenzioni che richiedeva al momento e stare con lei era un privilegio e non c'era davvero nessun altro posto in cui avrebbe preferito stare.

Se non fosse stato per l'urgenza di tornare a Seagrave,

affrontare i Fitzgerald una volta per tutte e, ora, anche portare a Grey la notizia dell'incendio, Aidan sarebbe rimasto volentieri a letto con Brianna tutto il giorno. Sarebbe stato felice anche solo di passeggiare per la città, di sedersi accanto a lei in riva al mare o di fare tutte le cose che lei voleva, pur di godere della sua presenza. Anche se aveva già cominciato a percepirlo sulla nave, i sentimenti che provava erano cresciuti e continuavano a crescere ogni momento che passava. Si chiese se un giorno avrebbero potuto stabilizzarsi, smettere di aumentare, e provò un lampo di allarme quando considerò le dimensioni della disperazione a cui erano stati sottoposti i suoi confratelli. Era importante rimanere consapevoli di questa possibilità, ma non doveva cedere alla preoccupazione. Era ben preparato a provvedere alla sicurezza di Brianna e a prendere tutte le misure necessarie a rafforzare ulteriormente le loro risorse prima di partire.

Anche se gli dispiaceva concludere la loro permanenza ad Ayr, era essenziale fare in fretta. Dopo aver impacchettato ciò che restava dei loro effetti personali, Brianna aveva salutato i padroni di casa, ringraziandoli per le loro cure e fissando malinconicamente il cottage come per memorizzarlo, proprio come aveva fatto ad Abersoch. «Torneremo a trovarli» le aveva assicurato Aidan, stringendole la mano senza lasciarla più andare.

La tenne accanto a sé mentre camminavano verso la città. Brianna, intenta ad accarezzare Kitty e a guardarsi intorno, era tranquilla e sembrava soddisfatta. Quando allungò il collo per la terza volta, lui si girò per seguire la sua linea visiva, chiedendosi se avesse notato qualcosa in particolare.

«Va tutto bene?» chiese lei. «Stai cercando qualcosa?»

«Mi sto chiedendo cosa abbia attirato la *tua* attenzione» spiegò, «e francamente se dovrebbe attirare anche la mia». Per quanto fosse vigile, e lo era ancora di più dopo l'incendio che, probabilmente, secondo lui e i suoi uomini non era stato affatto un incidente, la vigilanza di lei lo fece riflettere.

Brianna sorrise e inclinò la testa di lato, riparandosi gli occhi dal sole. «Mi dispiace. È solo che non ho visto Henry. O Alan o Richard?»

Ah. Ora capiva. Per un attimo pensò di aver perso il filo e che ci fosse una qualche minaccia di cui non si era accorto. «Sono vicini, ci stanno solo dando un po' di spazio».

La guardò voltarsi, scrutando la zona. «Sei sicuro? Non li vedo da nessuna parte».

Aidan sogghignò. «Davvero, fidati». Gli uomini si erano accampati appena fuori dal cottage, rimanendo ben visibili per evitare che qualcuno pensasse di creare scompiglio. Lui fischiò e loro si presentarono, ovviamente abbastanza vicini da aver sentito la preoccupazione di Brianna, visto che tutti rivolgevano lo sguardo a lei.

Brianna li salutò con un sorriso, mentre massaggiava il braccio di Aidan, e disse: «Mi fido di te, davvero. Ero solo un po' perplessa, visto che finora sono stati così presenti».

Aveva appena stabilito un contatto visivo con i due uomini, quando le parole di Brianna gli entrarono dentro. Le aveva dette con tanta facilità, con tanta disinvoltura, ma il significato era profondo. Si raddrizzò in tutta la sua altezza e anche il suo petto si allargò, perché si era davvero guadagnato l'onore della sua fiducia. Sorridendo come uno sciocco innamorato, le prese la mano: «Vieni» disse, conducendola verso la conceria.

Il conciatore, dei cui servizi Aidan si era avvalso più volte in passato, lo salutò quando lo vide avvicinarsi, poi alzò un dito e sparì nella sua bottega. Un attimo dopo riapparve e Aidan trattenne una risatina al sussulto di Brianna quando vide le sue braccia cariche del resto delle loro valigie, quelle che sapeva lei aveva dato per perse nel porto per sempre.

«Oh, Aidan, ma come...?» disse prima di precipitarsi dal conciatore e passare le mani sulla borsa di cuoio che le aveva dato Isabelle. Aidan fu felice di vedere che tutte le loro borse erano state riparate, il cuoio era tornato alla sua precedente lucentezza, non che avesse dubbi sull'abilità del conciatore. Aveva anche acquistato altre due borse necessarie per il viaggio e qualche altra sorpresa che doveva ancora ritirare.

L'uomo lasciò cadere nella mano di Aidan il timbro di ferro con il sigillo di Pembrooke, poi mostrò loro il marchio che aveva impresso su tutte le borse, comprese quelle nuove. Quando Brianna vide che si trattava del loro simbolo, sussultò di nuovo e lo guardò, con gli occhi che brillavano di gioia. Aidan indicò poi la sua borsa, pensando che avrebbero dovuto marchiare anche quella, ma lei scosse la testa e la aprì mostrandogli che il segno c'era già.

Lui allungò la mano, scostandole i capelli dal collo, poi si chinò per sussurrarle all'orecchio: «Perché il tuo posto è qui».

Mentre Aidan pagava l'uomo, Brianna iniziò a raccogliere i loro acquisti, lodando il lavoro dell'uomo e ringraziandolo.

Aidan prese i pacchi da Brianna per alleggerirla del peso, li infilò sotto il braccio e la condusse alla loro prossima fermata. Era così impegnata a parlare che non si rese conto di dove si trovavano finché non entrarono. Quando si guardò intorno, le si illuminarono gli occhi.

«Ooh!» esclamò, e Aidan ridacchiò per nulla sorpreso dalla sua gioia. Sebbene la fiera offrisse un'abbondanza di prodotti magnifici e di tessuti costosi, nessuno poteva rivaleggiare con quel locale in particolare. Brianna sussultò di nuovo quando lui mise in mano al proprietario più di qualche moneta d'argento. Poi, quando il sarto annuì e posò davanti a loro i pacchi incartati, la mascella quasi le cadde sul pavimento.

«Che cosa hai preso?» chiese eccitata.

Al posto della risposta, Aidan le fece l'occhiolino, poi mise sul tavolo le nuove borse del conciatore, pronte per essere riempite.

Mentre il sarto apriva il primo pacchetto incartato, Brianna trasalì nuovamente.

«Per me?» chiese, mentre allungava la mano per esaminare gli indumenti che Aidan aveva fatto confezionare per lei. «Come hai fatto... Io ho ancora qualche cosa, ma tu hai perso quasi tutto».

«Abbiamo entrambi bisogno di abbigliamento».

Poi vide il suo abito, l'unico altro indumento che era riuscito a recuperare e che il sarto aveva usato per prendere le sue misure. Ammirò le sue nuove camicie da notte, gli abiti e anche i nuovi capi di lui. «Sono bellissimi» disse prima al sarto, che ne fu entusiasta, e poi a lui. Si voltò proprio mentre Aidan stava indossando il suo nuovo mantello e i suoi occhi le si spalancarono di nuovo. «Ooh!» esclamò, poi allungò la mano per lisciargli la stoffa sulle spalle.

Lui le diede un rapido bacio, poi prese l'ultimo pacchetto e glielo porse.

«Cos'è questo?» chiese lei, guardandolo con curiosità.

«Forse dovresti aprirlo».

Lei guardò il fagotto così tante volte che Aidan non era sicuro di come interpretare la sua esitazione. Alla fine scartò la stoffa marrone per rivelare l'indumento sottostante e il suo sguardo fu impagabile. Si sarebbe potuto pensare che le avesse regalato un baule pieno di gioielli.

«Aidan!» esclamò prima ancora di averlo aperto del tutto. «Il mio mantello personale? E si abbina al tuo?»

Lui annuì, con un ampio sorriso. «Ne avrai altri per le varie stagioni, ma questo dovrebbe bastare ad arrivare fino a casa». Il fatto che i loro mantelli si abbinassero era semplicemente dovuto al fatto che era un colore comune, utile per mimetizzarsi facilmente, ma lui apprezzò ugualmente la gioia di Brianna.

Anzi, pensò che proprio in quel momento, Henry stava ritirando il fermaglio che aveva fatto realizzare appositamente per il suo mantello dal fabbro, e non vedeva l'ora di darle il regalo.

Era così entusiasta da non accorgersi che, uscendo dalla sartoria, lui la guidava verso il calzolaio. Fuori dalla porta, si fermò di colpo.

«A cosa serve questo?» chiese.

«Hai bisogno di stivali».

«Ho già degli stivali».

«Sono stivali da equitazione quelli di cui hai bisogno, amore». La parola gli era sfuggita di bocca ma, anche se aveva incontrato il suo sguardo stupito, era chiaramente a suo agio nell'usare un termine così affettuoso. Tuttavia, alla luce della loro conversazione precedente, fu una piacevole svista per entrambi.

Dopo averla aiutata a togliersi gli stivaletti e a infilarsi il nuovo paio di stivali alti da equitazione, aspettò che facesse qualche passo, avanti e indietro. «Quindi? Ti sono comodi?»

«Sì» disse lei, guardandolo con curiosità. «Sono molto belli. Come facevi a conoscere la mia taglia?»

Lui alzò la mano. «Il tuo piedino sta proprio qui, così» rispose tracciandone il percorso con un dito, proprio come aveva fatto quando erano a bordo della nave e lei aveva infilato i piedi accanto a lui quel giorno in cui avevano giocato e conversato per tante ore.

Lei sorrise e lo abbracciò, cercando di essere veloce, ma lui la tenne fra le sue braccia, senza fretta, poi le inclinò la testa all'indietro e la baciò.

«Ancora una fermata» disse.

«Santo cielo, Aidan Sinclair, e adesso dove andiamo?» esclamò lei, scuotendo la testa e ridendo.

Lo speziale aveva già pronti i loro pacchi, forniture necessarie per sostituire quelle che Gwen aveva accuratamente selezionato e che erano andate perdute in mare. Come minimo, un buon ago, del filo e alcune erbe per i cataplasmi li avrebbero portati a Seagrave, dove Gwen avrebbe potuto utilizzarli di nuovo in modo adeguato.

«Bene» dichiarò Aidan, aggiustandosi il mantello sulle spalle, al termine delle loro commissioni. «Prendiamo i cavalli per il viaggio, controlliamo la tua cavalla e partiamo».

Quando arrivarono alle scuderie, Glenn era lì ad aspettarli. Aveva preparato una buona selezione di animali e ne portò fuori alcuni che riteneva adatti. Dopo averli esaminati, Aidan annuì alla coppia che aveva scelto.

«Hai fatto una buona scelta. Anche i tuoi uomini» gli disse Glenn, indicando i cavalli che avevano scelto gli altri.

«Che ne pensi?» chiese Aidan, voltandosi per chiedere il

parere di Brianna. Quando lo fece, scoprì che non era più al suo fianco. Si preoccupò per un attimo ma poi la vide accanto alla sua cavalla. «Breea». Fece un cenno con la testa, come per dire *qui, torna indietro.*

Lei scosse la testa, con i capelli che svolazzavano. Sapeva che intendeva portare la cavalla con loro, e non era sicuro di come argomentare di fronte alla sua determinazione o se volerlo fare davvero. Quando lui piegò un dito per richiamarla, lei scosse di nuovo la testa, facendo un altro gesto con il dito, come una freccia, verso la sua giumenta. Sarebbe stato felice di lasciarle prendere la cavalla, se non fosse stato per il fatto che l'animale non avrebbe potuto affrontare il viaggio, non nelle condizioni attuali. Sospirò, non volendo deluderla. Lei doveva aver capito le sue intenzioni, poiché il suo volto si abbassò quando lui le si avvicinò e le prese le mani. «So che vuoi portarla con noi. Temo che non ce la farebbe».

«Credo che ce la farà, Aidan. Ti prego. Non la cavalcherò» sottolineò lei. «L'altra che hai scelto per me andrà benissimo».

Lui chiuse gli occhi, sapendo che non avrebbe dovuto nemmeno prendere in considerazione quell'idea, ma piegò la testa e sussurrò: «Lascia che la guardi». Brianna annuì e lui la vide lottare per controllare le sue emozioni. «Se non oggi, la manderò a prendere quando avrà avuto il tempo di recuperare le forze».

Brianna gli strinse le mani, ma mantenne un'espressione neutra, confidando sul fatto che Aidan avrebbe mantenuto la parola data, e gli permise di ispezionare la cavalla con più attenzione.

Si avvicinò lentamente all'animale e fu sorpreso quando lei non si tirò indietro. Se non si sbagliava, cercava addirittura di stare in piedi. Difficile non ammirarla. «Brava ragazza» disse, usando un tocco sicuro per confortarla e cercare eventuali punti dolenti o delle ferite. Sembrava impossibile che non ne avesse, eppure non ne trovò. Aidan si chiese se si stesse in qualche modo trattenendo, per poter fare il viaggio con loro. Fece cenno a Glenn di avvicinarsi e, dopo qualche minuto, Aidan chiese anche a Brianna di unirsi a loro.

«Credo che tu abbia ragione nel dire che può fare il viaggio, ma la decisione deve essere tua. Se ci sono problemi, potrebbe non essere in grado di tenere il passo e potremmo non avere il lusso di trovarle un riparo».

Brianna si concentrò con determinazione mentre Aidan parlava. «Non la lascerò indietro. Verrà con noi *e* terrà il passo, ne sono certa come so che devo fare questo stesso viaggio con te. Ha avuto qualche contrattempo, ma appartiene a noi, Aidan, tanto quanto io appartengo a te. Ha la forza per farlo».

Sì, in base all'appassionata dichiarazione di Brianna, non aveva dubbi, né voglia di contraddirla ulteriormente. Perciò si limitò ad annuire, poi le prese il viso fra le mani e si chinò per premere le labbra sulle sue. Poi tirò fuori dalla borsa una coperta da sella. «Allora dobbiamo prima abituarla a questa».

Brianna annuì e le sue spalle si rilassarono mentre la tensione residua abbandonava il suo corpo. Lo aiutò a fissare la coperta intorno alla cavalla e poi la condusse fuori dalle stalle, verso l'area in cui i suoi uomini stavano aspettando, pronti con le armi che avevano raccolto poco prima dalla fucina.

«Ci aspettiamo problemi?» chiese Brianna osservandoli.

I suoi uomini guardarono Aidan per risponderle, mentre mettevano al sicuro foderi e spade.

«Sebbene io abbia influenza su gran parte della Scozia e a una certa distanza al di là dei nostri confini» spiegò, lasciando intendere che era molto probabile andare incontro a una minaccia che la sua autorevolezza non avrebbe placato, «non attirare l'attenzione è sempre la cosa migliore» aggiunse, scegliendo con cura le parole.

In risposta, lei sollevò il cappuccio del mantello.

«Esattamente» disse. «Ora che lasciamo il borgo e percorriamo una distanza così lunga attraverso il territorio, la nostra sicurezza è solo nelle mie mani».

Mentre si dividevano le faretre e gli archi, e qualche pugnale in più, Henry srotolò un panno per svelare l'ultimo armamento.

«Oh, che belli» disse Brianna, guardando il set di pugnali.

«Ci fa piacere che ti piacciano, sono tuoi» le disse Henry.

«Davvero?» Lei lo guardò e lui vide la consapevolezza attraversarle lo sguardo. Forse per la prima volta capiva che qualcosa di aspetto piacevole aveva anche uno scopo più essenziale.

«Sì». Le attaccò un fodero alla cintura e un altro intorno al polpaccio. All'inizio sembrò esitante, ma quando le chiese di prenderlo, la rapidità e l'agilità con cui si mosse gli fecero capire che aveva già maneggiato un pugnale. Era stata molto accorta e lui era stato poco lungimirante a scambiare la sua pausa per una riluttanza a indossare l'arma e a non vederla per quello che era: una valutazione calcolata che rivelava la sua abilità. Dopo aver aggiustato la posizione, lei lo prese di nuovo, annuendo sobriamente per confermare che era stato posizionato correttamente.

«Vieni» disse Aidan prendendole la mano.

«Dove stiamo andando?» sussurrò lei.

Prese il sacchetto che Henry aveva ritirato dal gioielliere quando erano passati da lì, fermandosi appena oltre un boschetto di alberi.

«Volevo un po' di privacy per darti questo» disse, mettendole in mano l'astuccio. «E no, non è un'altra arma. Anche se col tempo avrai la tua, fatta apposta per le tue proporzioni, naturalmente».

Brianna spalancò gli occhi e lo guardò, soppesando l'astuccio con la mano. «Che cos'è?» chiese, curiosa ma di nuovo esitante ad aprirlo.

«Un regalo».

«Mi hai fatto un regalo?»

Aidan scosse la testa stupito. Non aveva mai conosciuto una persona così apparentemente non abituata a prendersi cura di sé.

Ridacchiò della sua continua incredulità e fece un cenno verso l'astuccio.

«Ma mi hai già dato tanto» protestò. «Hai passato l'intera mattinata a riempirmi di ogni genere di cose».

«Necessità».

Lei scosse la testa. «Aidan, quelle che tu chiami necessità, a me sembrano molto di più».

«Ti ho mai detto che sono un uomo paziente?»

Lei annuì. «L'hai fatto... sulla nave».

«Ah». Sorrise. «Una volta era vero, allora».

Brianna rise, con gli occhi di nuovo lucidi, il che ebbe un effetto magnifico su di lui. Finalmente sciolse il nastro e aprì il piccolo pacco. Quando vide cosa c'era dentro, i suoi occhi si posarono su quelli di lui. «Aidan». Rimase a bocca aperta. «È bellissimo».

«Come te» disse Aidan, prendendolo dalle sue mani e attaccandolo al mantello. «L'ho fatto fare per rappresentare la nostra unione. Il nostro simbolo comune unito da una catena intrecciata».

Lei gli coprì la mano. «Un nodo senza fine».

Aidan la guardò e annuì. «Sì, siamo legati per sempre e per l'eternità» sussurrò, prendendola per la nuca per baciarla. Sentendo quanto fosse delicata sotto le sue mani, tornò serio e si tirò indietro per guardarla, scegliendo con cura le parole. «Non me lo aspetto» esordì, «ma se ce ne fosse bisogno, non esitare a usare le tue armi, per quanto improbabile possa sembrare adesso».

Non era del tutto falso: Aidan non temeva una minaccia imminente, ma sarebbe stato uno sciocco a pensare che non ci fosse una qualche remota possibilità.

Lei si raddrizzò e le sue parole successive furono pronunciate in modo chiaro, senza alcuna traccia di vanto. «Beh, ho vinto più premi nel tiro con l'arco, e so anche lanciare un pugnale. Le lezioni di mio nonno».

Era stata preparata bene, ma se avesse dovuto combattere in

quel viaggio, non sarebbe stato per sport. «Quando ti difendi, può sembrare diverso».

Annuì gravemente. «Spero di non scoprirlo, ma puoi star certo che non esiterò».

Poco dopo erano in viaggio, ma prima di perdere di vista la città, Aidan fece una sosta per permettere a Brianna di salutarla. Quando fu soddisfatta, fece un cenno nella sua direzione, poi salì sul suo cavallo e proseguirono. Quel giorno si fermarono altre due volte, una per una breve pausa e l'altra per abbeverare i cavalli. Nessuna delle due pause era stata richiesta da Brianna e quando si fermarono per la notte era ormai buio completo.

La cavalla di Brianna, attaccata al cavallo di Aidan con una corda, sembrò cavarsela bene per tutto il giorno, anche se doveva essere controllata spesso, perché era piuttosto debole. Aidan fu sorpreso di vedere che se la stava cavando bene, soprattutto considerando il loro passo. Brianna, invece, non era affatto sorpresa.

Una volta smontato, Aidan notò che Brianna era ancora in sella al suo cavallo.

«Hai bisogno di aiuto?» chiese. Doveva ammettere che sua moglie era un'ottima cavallerizza, ma era stata una lunga giornata.

Gli angoli della bocca di Brianna si sollevarono verso l'alto. «Credo di sì. Mi è piaciuto molto cavalcare oggi, ma non sono sicura di riuscire a sollevare la gamba oltre la sella in questo momento». Rise mentre lui l'afferrava, e quando l'ebbe sollevata dalla sella, gli avvolse le braccia intorno al collo. Lui chiuse gli occhi, sorpreso da quel gesto. Non che non fossero stati apertamente affettuosi, era solo stato colto di sorpresa dall'improvvisa intimità spontanea e ne approfittò per tenerla stretta per un lungo momento.

Dopo essersi assicurato che fosse in grado di alzarsi, la aiutò a togliere Kitty dalla sua imbragatura e a prendere le loro borse. «Lasciami controllare la tua cavalla, poi possiamo lavarci».

«Mi piacerebbe molto anche questo! Solo che... bisogna camminare?»

Lui ridacchiò e, dopo aver consegnato i cavalli a Henry e aver controllato ancora una volta la cavalla di Brianna, cercò di portarla in braccio, ma lei insistette per camminare da sola. Poi, dopo averle concesso un po' di privacy, la raggiunse per un rapido lavaggio nel ruscello.

«Vorrei farti il più bel sorriso» disse quando lui le porse un barattolo di sapone profumato. «Ma all'improvviso sono così stanca».

Finalmente qualcosa che non lo sorprendeva. Avrebbe dovuto essere esausta. «Allora me lo immaginerò» rispose, sollevandole alcune ciocche di capelli che si erano staccate dalla sua acconciatura mentre si lavava il viso. «Ecco» disse, prendendo il sapone, quando lei ebbe finito, poi le fece cenno di girarsi.

«Che tu sia benedetto» mormorò lei mentre lui le lavava il collo e la schiena, massaggiandole delicatamente i muscoli. «Come vanno le gambe?»

«Doloranti, ma sono sicura che domattina... o almeno una mattina nel prossimo futuro andranno meglio» disse, voltandosi verso di lui.

Aidan ridacchiò. «Farò in modo che migliorino a breve». Al suo profondo rossore, aggiunse: «Intendevo dire che te le massaggerò».

Lei scosse la testa, con gli occhi che brillavano. «Forse non andrà meglio, Aidan Sinclair, ma mi piace ciò che stai pensando».

Lui rise, sicuro di non essere mai stato così pienamente felice.

CAPITOLO 19

Quando Brianna si svegliò la mattina dopo, era ancora piuttosto buio. Tastò intorno al letto improvvisato che Aidan aveva costruito con un colpo di genio la sera prima, sistemandolo in un morbido punto erboso e aggiungendo un cuscino sotto di loro. Era sorprendentemente comodo, o lo era stato finché era rimasto accanto a lei. Accorgendosi che Aidan si era già alzato e se n'era andato, come pure Kitty, Brianna si alzò e notò che non era così presto come aveva pensato. Il tenue chiarore dell'alba illuminava l'orizzonte e lei scrutò la zona in cui si erano accampati, fermandosi quando i suoi occhi incontrarono quelli di lui. Il suo sorriso fu immediato e poté sentire il calore nei suoi occhi anche da dove si trovava. Era in piedi accanto al fuoco, con Kitty nella sua imbragatura sistemata su una spalla. *Dio, quanto amava quell'uomo.* Nel vedere che le era venuto così naturale pensarlo, si coprì la bocca con le mani. La testa di Aidan si inclinò di lato e la guardò con curiosità. Sì, i suoi sentimenti stavano crescendo rapidamente, ma il modo in cui l'aveva appena colpita era sorprendente. Positivo, ma sorprendente. La Brianna 2.0 si era evoluta ben oltre le sue aspettative, non che ne avesse avute di particolari.

Si alzò, avvolgendosi una delle loro coperte intorno alle spalle, e afferrò il pugnale che Aidan le aveva lasciato a portata di mano, fissando il fodero intorno al polpaccio. Poi si infilò gli stivali di pelliccia, che lui aveva premurosamente sistemato accanto al letto, e si diresse verso di lui. Aidan aveva una bevanda fumante in una mano ma la tirò vicino a sé con l'altra. Le baciò la fronte. «Per te» disse e le diede una tazza di tè.

Brianna prese la tazza con gratitudine. «Sai che sei sulla mia lista dei preferiti».

Lui ammiccò, sembrando capire cosa intendesse. «Non sono uno sciocco, Breea, e non mi interessa *quale* sia il mio posto nella tua lista. Sono semplicemente contento di essere entrato nella tua *lista*».

La risposta di lui la spiazzò un po'. Certo, le piaceva essere spiritosa e, cosa sconvolgente, essere spiritosa con lui, ma avrebbe dovuto sapere che l'intera sua lista dei preferiti era composta semplicemente da lui. Bevve un sorso, mormorando di piacere, e poi si rannicchiò contro il suo corpo, amando la sensazione del peso della sua testa sopra la sua.«Tu sì che sai come rendere felice una ragazza».

Lui si tirò indietro, sollevandole il mento. «È solo la tua felicità che mi interessa». Quando lei arrossì, pensando ai modi in cui l'aveva sicuramente fatta felice, lui ridacchiò. «Parlavo in generale».

Brianna alzò le spalle, poi sorrise timidamente, cosa a cui si stava abituando, e accarezzò Kitty.

«Come stanno le tue gambe?» le chiese.

«Aidan» sussurrò lei. «Ssh».

Il suo innocente massaggio della sera prima era stato tutt'altro. Era iniziato così: dopo averla messa a suo agio, si era seduto ai suoi piedi e aveva iniziato a massaggiarle gli arti indolenziti. Il modo in cui era riuscito a trovare ogni singolo muscolo che aveva bisogno di attenzione era impressionante, ma a un certo punto le sue intenzioni si erano spostate su qualcosa di più appassionato. Sapeva di essere in parte colpevole, e probabilmente non aveva aiutato il fatto che avesse emesso diversi gemiti e si fosse contorta per tutto il tempo. Aidan era stato delicato ma diligente, occupandosi di tutto, dalle dita dei piedi ai glutei, ma poi era tornato sui suoi passi, usando le labbra. Le aveva detto quanto fosse chiara la sua pelle e lei sapeva che non intendeva dire che era incline alle scottature (anche se lo era), ma che pensava che fosse bella. Il modo in cui la lusingava con tanta facilità e naturalezza era romantico, e lei aveva un debole per il suo vocabolario del quindicesimo secolo. Quando lui aveva iniziato a baciarle l'interno coscia, Brianna aveva quasi fatto un salto, e lui le aveva fatto scivolare sopra la vita la camicia da notte, l'unica cosa che aveva addosso, sostenendole il sedere con le mani. Brianna aveva trattenuto il fiato, chiedendosi che tipo di piacere potesse aspettarla, ma non era riuscita a formulare una risposta coerente perché lui era riuscito a farla contorcere e mugolare fino a farle gridare il suo nome. Quando lei gli si era avvicinata, desiderosa di sentirlo dentro di sé, aveva percepito il suo respiro affannoso mentre affondava in profondità e si fermava per un lungo momento. Era una sensazione incredibile e le sue gambe, che ormai funzionavano benissimo, si erano avvolte intorno alla sua vita. Questa volta, appena Aidan aveva iniziato a muoversi, lei gli era andata incontro, spinta dopo spinta. Le sue unghie gli avevano graffiato il cuoio capelluto e le spalle mentre lui la cavalcava, con forza e velocità. Il piacere era stato così intenso da averla quasi sopraffatta, e quando si era liberato, pochi istanti dopo, l'aveva trovato altrettanto gratificante. Era stata la fine di una giornata davvero incredibile.

Lo guardò ora, che sorrideva e scuoteva la testa, evidentemente consapevole di ciò che aveva ricordato.

«Breea». Quando Aidan la indicò, rimproverandola ma anche stuzzicandola, lei non poté fare altro che scrollare le spalle e mordersi il labbro inferiore. «*Breea*, ti prego. Smettila» chiese, leggendo chiaramente i suoi pensieri.

Brianna si girò per ricomporsi per un secondo o forse una decina, poi si voltò di nuovo verso di lui. «Mi dispiace».

«Non dispiacerti» disse Aidan con una risatina. «Non vedo

l'ora di averti più tardi, davvero. Ma ora non possiamo permetterci questo lusso».

«Comunque» disse lei, assumendo un'aria seria. «Le mie gambe stanno bene».

Lui le afferrò la nuca e la tirò a sé per poterla baciare profondamente. «Sì, è vero».

E addio al suo approccio serio e pratico, non che lei si lamentasse, neanche un po'. Non si era mai resa conto di quanto le piacessero tutte quelle attenzioni, ed era felice, forse persino sollevata, che Aidan sembrasse dargliele così facilmente. Si prendeva cura di lei in modo perfetto, occupandosi di tutte le sue necessità. Non le sfuggiva che tutto questo era solo l'inizio. Pensò a come o cosa sarebbe potuto accadere in un futuro molto prossimo, vivendo insieme a Pembrooke. Sarebbe stato sempre a casa? Avrebbe dovuto viaggiare? Lei sarebbe andata con lui? Avrebbero avuto dei figli? Gli sarebbe importato se fossero stati maschi o femmine? Quando si voltò verso Aidan, i suoi occhi incontrarono quelli di lui, che la stava osservando di nuovo con curiosità, il che non era poi così sorprendente, visto che di solito era così che la guardava.

Diede un altro morso al panino che le aveva dato facendola sedere con Kitty. Quando glielo aveva offerto per la prima volta, era stata colta di sorpresa. Non che ci fosse qualcosa di sbagliato, ma *era* chiaramente un panino, apparso nel quindicesimo secolo molto prima del suo tempo, quindi non se lo aspettava. Non era sicura di cosa contenesse, ma il pane era morbido e integrale, e qualsiasi cosa contenesse era la perfetta combinazione di dolce e salato, con un pizzico di spezie, semplicemente deliziosa.

«L'hai fatto tu?» chiese, e la sua voce si incrinò leggermente, sorpresa da un'ondata di emozioni.

«Non stai bene?» chiese Aidan. Aveva un'espressione stranissima, anche se, ancora una volta, non era propriamente allarmante. «Breea?»

Il panino era davvero buono ed era stato preparato in modo attento, chiaramente con molta cura. Il fatto che lui avesse fatto tutto quello per lei, quando lei era certa che si sarebbe accontenta di un pezzo di pane strappato e di qualche spicchio di formaggio, la sconvolse. Ne assaggiò un altro boccone, cercando di capire cosa contenesse esattamente. Quando finì di masticare, chiese di nuovo: «L'hai fatto tu?»

Aidan annuì. «Sì, poco prima che ti svegliassi».

Brianna, di nuovo sbigottita, si limitò a guardarlo con stupore, scuotendo la testa. Aidan prese il panino e lei se lo tirò al petto, allontanando la sua mano.

«È cattivo?» chiese lui, chiaramente fraintendendo la sua espressione.

«Cattivo?» gracchiò lei, scuotendo la testa per la meraviglia. Era delizioso. Il pane non era troppo duro o croccante e non era troppo difficile da addentare. Aprì la tasca che lui aveva aperto nella piccola pagnotta e vide fettine sottili di mele e formaggio disposte in modo uniforme e... e... «Questo è *fico*?» chiese.

«Sì, una crema».

«Hai portato una *crema*?» esclamò lei.

Le sue sopracciglia si aggrottarono. «No, solo fichi».

Beh, di certo non l'aveva preparata con fretta, di sicuro.

«Breea?»

Brianna alzò la mano e scosse di nuovo la testa, poi si girò di lato, distogliendo lo sguardo. Aveva bisogno di un momento per ricomporsi, cosa non facile da fare quando lui la osservava così da vicino. Dopo aver ripreso fiato, gli fece un sorriso sbilenco, poi ricompose il panino e diede un altro piccolo morso. «È davvero buono, Aidan».

Lui sembrò capire che lei apprezzava la sua attenzione ai dettagli e le fece un rapido cenno di assenso, poi tornò a smontare il loro accampamento.

Questo fu solo l'inizio di uno schema che continuò per i giorni successivi, con Aidan che si prendeva cura di lei, della sua cavalla e di Kitty con la massima attenzione. Anche i suoi uomini erano premurosi e sempre diligenti nei loro doveri, il più importante dei quali, come ora si rendeva conto, era quello di fornire protezione ad Aidan e pure a lei. Brianna cercò di rendersi utile il più possibile, chiedendo sempre se e come poteva essere utile, ma sembrava che avessero una sorta di sistema organizzato e che fossero semplicemente felici di averla con loro. Gli uomini di Aidan gli davano un po' più di spazio a volte, soprattutto quando si accampavano per la notte e dopo aver messo in sicurezza il perimetro. Lo stesso valeva per la maggior parte delle mattine, finché non ripartivano per la giornata.

Sembrava impossibile (anche se non doveva più stupirsi di ciò che era possibile), ma finora ogni giorno trascorso con Aidan era stato ugualmente eccitante e travolgente: a volte Brianna era quasi spaventata dall'intensità di quei nuovi sentimenti ed emozioni. Sembrava che le si fosse aperto un mondo completamente nuovo. Prima di Aidan, era stata fin troppo concentrata sulle *cose* che la circondavano. Sebbene si prendesse ancora del tempo per memorizzare gli oggetti, le strutture e persino i luoghi, questi erano ora di gran lunga inferiori alle sue preoccupazioni per Aidan, Kitty, la sua cavalla e persino gli uomini che li accompagnavano.

Era stata così protetta, o forse solo isolata, per anni, che ora era sorpresa di amare tanto il toccare e l'essere toccata. Sessualmente, certo, era una novità assoluta per lei, ma in realtà desiderava semplicemente il contatto fisico con Aidan. Era incredibile che potesse allungare la mano mentre lui passava e sentire le sue dita sfiorargli la spalla, tenergli la mano, baciarlo, anche solo premere le labbra su qualsiasi parte di lui, che fosse la schiena o il braccio, o strofinare il viso contro il suo petto quando lui la stringeva di notte. Ora che si era risvegliata al piacere del tatto, sembrava non averne mai abbastanza. Le ultime sere era stata così stanca che, dopo essersi lavati in un ruscello vicino, Aidan l'aveva letteralmente massaggiata fino a farla addormentare, percependo la sua stanchezza. La mattina si era assicurata di svegliarsi molto presto prima che lasciasse la loro branda. All'inizio temeva di sentirne la mancanza, ma dopo aver fatto l'amore, lui le confessò di aver indugiato in attesa che lei si svegliasse.

«Se provi solo una frazione di quello che provo io... lasciare il nostro letto senza guardarti negli occhi... senza toccarti... senza abbracciarti... senza perdermi *in* te... è quasi impossibile. Quindi, aspettare che ti svegli non è difficile, Brianna».

Un tripudio di emozioni!

Con così tanti aspetti su cui concentrarsi dopo aver iniziato a cavalcare per la giornata, di solito era durante quelle ore all'alba, ancora sdraiata tra le sue braccia, che Brianna si interrogava sulla loro vita a Pembrooke.

«Aidan?» chiese una mattina dopo una settimana di viaggio.

«Sì» sussurrò lui, ancora silenzioso, massaggiandole la schiena.

«Vuoi dei figli, sì?»

Lui grugnì, tirandola più vicino a sé. «Desidero una schiera di bambini, con te, Breea. Con gli occhi azzurri come un cielo stellato e i capelli lisci come un lago cristallino».

Lei ridacchiò e stava per confessare che i suoi giorni di capelli lisci e dritti sarebbero presto finiti, ma lui la fece rotolare sotto di sé, con gli occhi lucidi. «Nel tentativo di portare avanti la nostra eredità per la Casa di Pembrooke, dobbiamo essere diligenti».

«Beh, se la metti così sembra piuttosto necessario» disse Brianna, sorridendo.

Fecero di nuovo l'amore, e Brianna era sicura che fosse vero amore, per la profondità dell'emozione nei suoi occhi e la riverenza del suo tocco.

Tornarono silenziosamente al ruscello e si lavarono prima di fare colazione.

Dopo averla vista vestita e aver controllato che i suoi pugnali fossero ben saldi, come aveva fatto ogni giorno, la interrogò: «Pronta?»

Quando Brianna annuì, lui disse: «Oggi ti aspetta una bella sorpresa».

«Aidan Sinclair». Scosse la testa, godendosi il loro scambio scherzoso. «Non lo sai? Ogni giorno è stato una sorpresa con te».

Aidan apprezzò la risposta e fece in modo di dimostrarle il suo apprezzamento con un bacio. Quando si ritrasse, la fissò negli occhi e le disse: «Non vedo l'ora di portarti a casa, ragazza».

Una volta pronunciate quelle parole, Brianna notò che qualcosa rabbuiava i suoi lineamenti, forse la preoccupazione.

«Non ho portato sfortuna, vero?» scherzò lei. Solo quando vide un'ombra negli occhi di Aidan capì che stava prendendo alla leggera qualcosa che aveva un peso reale. Nonostante tutto, Brianna si rese conto di aver visto gli eventi attraverso la lente di uno storico, e di essersi sentita ancora, per la maggior parte, lontana dalle conseguenze reali del vivere nel passato. Ma quello sguardo negli occhi di Aidan la sconvolse per la realtà che stava vivendo attualmente.

«No» disse lui, poi le rivolse un sorriso poco convincente.

Brianna rabbrividì interiormente. E se avesse portato *davvero* sfortuna? O qualcosa di peggio?

«Breea?»

Sospirò. «Mi dispiace. È solo che...» gli prese le mani, «non penserai che noi...» si guardò intorno. Anche se il resto del gruppo era ben lontano per sentirli, si avvicinò e gli sussurrò: «Non pensi che siamo maledetti o qualcosa del genere, vero?»

Per fortuna, Aidan non indietreggiò di un passo. «No, almeno non per il fatto che tu abbia semplicemente detto di aver apprezzato i nostri giorni insieme. E nemmeno per il mio desiderio di essere a Pembrooke e ricominciare le nostre vite».

Sebbene la risposta di Aidan non la rassicurasse del tutto sull'impossibilità di sfortune e maledizioni, Brianna decise di non insistere. Capì che Aidan era ansioso di continuare a muoversi, e non perché credesse che potessero essere portatori di disgrazia o maledizione o che la fine di quel viaggio significasse la fine dei loro problemi. Ma non riusciva a placare la sensazione che qualcosa lo preoccupasse. Qualunque cosa fosse, decise che si sarebbe fidata del fatto che lui gli" lo avrebbe detto comunque, se e quando lo avesse ritenuto necessario.

Fino a quel giorno non le aveva mai messo fretta in nessuna delle loro mattinate e, anche se le poche persone che avevano incontrato lungo il cammino erano tutte note ad Aidan e ai suoi uomini, aveva intuito che viaggiare all'aperto in quel modo non era la scelta che preferiva. Erano armati, certo, ma era sicura che lui avesse scelto il percorso più rapido e sicuro possibile con lei, Kitty e la sua cavalla al seguito. Tuttavia, qualcosa nella loro conversazione le fece guardare le cose in modo diverso, con un po' più di cautela. Quella sensazione la accompagnò anche quando tornarono al loro accampamento e si unirono agli uomini di Aidan per una rapida colazione prima di prepararsi a partire.

Mentre Aidan e i suoi uomini finivano di sistemare l'accampamento, Brianna controllò la sua cavalla come faceva ogni mattina. E, come ogni mattina, si meravigliò di quanto fosse migliorata.

«Avevi bisogno di qualcuno di cui fidarti, vero?» Brianna si mise a coccolare e ad accarezzare il muso dell'animale. La cavalla (non aveva ancora trovato il nome giusto da darle) nitrì e si avvicinò alla sua mano. «Lo so, anch'io mi sento piuttosto sicura di me».

«Come è giusto che sia».

Brianna trasalì per un attimo, ma si rilassò quasi istantaneamente quando Aidan le si avvicinò. Dopo averla esaminata lui stesso, fece un cenno e le parlò. «Mia moglie ha ragione, Merri. Sono lieto di vedere che te la sei cavata. A casa prospererai, dolcezza, devi solo aspettare». Si rivolse poi a Brianna. «Ti piacerebbe condurla oggi?»

Brianna annuì, sorpresa dall'offerta, ma sapeva che era perché entrambe avevano conquistato la sua fiducia. Poi, un'altra cosa la colpì. «L'hai chiamata Merri?»

«Sì». Lui le fece l'occhiolino. «Hai avuto la tua gattina, Kitty, e ora hai la tua cavalla, Merri». Si chinò per baciarla. «I draghi dovranno aspettare».

«*Draghi*?» chiese lei, con un sorriso incerto, cercando di capire cosa intendesse.

«Breea, stiamo parlando della Casa di Pembrooke» disse lui, con aria sbigottita. «Credi che una Casa potente come quella di

Pembrooke non abbia dei *draghi*?» Lui la fissò con uno sguardo serio che riuscì a mantenere solo per pochi secondi prima di scoppiare a ridere, tirandola vicino a sé e ridendo ancora contro le sue labbra mentre la baciava.

Fu allora che Brianna si ricordò del suo commento precedente sulla liberazione dei draghi e rise lei stessa, arrossendo sia perché Aidan se ne era ricordato, sia perché si era chiesta *quasi* sul serio se lui le avesse detto la verità.

Sì, Aidan l'aveva decisamente capita.

Era ancora in uno stato d'animo sognante quando, più tardi, quella mattina, vide Loch Ness e rimase sbalordita dalla sua improvvisa apparizione. Aveva già visto il lago, naturalmente, ma ora, sembrava nuovo di zecca. Rimase a cavallo, assorbendo il panorama, poi lanciò un'occhiata ad Aidan per vedere se ne era rimasto affascinato come lei. Stava chiaramente aspettando che lei incrociasse il suo sguardo. Non poteva essere sicura di quanto tempo fosse rimasto seduto lì, ma anche i suoi occhi erano colmi di meraviglia. Brianna sostenne il suo sguardo e fu sopraffatta da un'ondata di emozioni nel rendersi conto che l'emozione di Aidan non aveva nulla a che fare con il lago, bensì era tutto merito suo. Fu un momento illuminante e si sentì un po' in colpa per gli anni che aveva trascorso a essere così sbiadita.

Le notti successive si accamparono più tardi. Aidan e i suoi uomini erano felici di essere vicini alla meta e avevano iniziato a cavalcare un po' più a lungo per ridurre ulteriormente la distanza. La sera tardi si parlava di Seagrave e degli amici di Aidan che vi risiedevano, Greylen e sua moglie Gwen. Brianna ricordava che anche Dar e Lachlan avevano parlato della coppia e lei non vedeva l'ora di conoscerli. Le era sembrato che fosse passata una vita intera da quando aveva visitato i MacTavish ad Abersoch, ma in realtà erano passate solo un paio di settimane.

Il mattino seguente, dopo un altro appassionato sforzo all'alba per procurarsi un erede e garantire così la sopravvivenza della Casa di Pembrooke, Aidan condusse Brianna a un ruscello vicino. Lei capì che la zona gli era molto familiare e, sebbene il sole stesse appena sorgendo, lui le indicò la strada, dicendole che presto avrebbe avuto un bagno caldo, un letto morbido e una cucina sicuramente più piacevoli da utilizzare. Negli ultimi giorni il suo umore era stato un po' più leggero e, mentre lui continuava a commentare il territorio, sempre pronto a farle notare la flora e la fauna, lei notò che quella mattina si era fermato più volte ad ascoltare e a scrutare la zona prima di proseguire. Sempre pronta a seguire il suo esempio, si fermava anche lei di colpo, chiedendosi se ci fosse qualcosa che doveva notare o cercare. Tuttavia, alla fine, lui proseguiva senza esitazioni. Successe una volta anche nell'acqua, mentre facevano il bagno, ma poi qualcosa cambiò e in un attimo il suo viso si rabbuiò. Le premette un dito sulle labbra, poi fece cenno con la testa che dovevano andarsene. Non sembrava allarmato, solo attento, quindi lei non si fece prendere dal panico, ma comunque cercò di essere il più silenziosa possibile.

Stavano iniziando a vestirsi, quando Aidan alzò la testa e si voltò a guardare nella direzione opposta. Brianna trattenne il fiato, ormai davvero spaventata, e stava per chiedergli cosa c'era che non andava quando lui le coprì la bocca con la mano. Si bloccò sul posto, mezza vestita, con lo sguardo rivolto al resto dei loro vestiti, all'arco e alla faretra, alla spada di lui e ai loro pugnali. Era tutto a portata di mano, ma quando incontrò lo sguardo di Aidan capì che qualsiasi cosa avesse visto era negativa, così non fece alcun tentativo di raccogliere i loro effetti personali. Un attimo dopo, lui la coprì con il suo mantello e le appoggiò i pugnali nelle mani, prima di prendere i suoi. Quando le legò la faretra alla spalla, il suo cuore sprofondò un po' di più. Non gliel'aveva mai fatta usare prima, ed erano passati anni dall'ultima volta che aveva tirato a un bersaglio. Si mise un po' più dritta mentre lui recuperava una singola freccia, premendo l'asta contro l'arco, poi avvolse le dita intorno a entrambi. Gli occhi le sfrecciarono da una parte all'altra mentre cercava di capire dove avrebbe avuto il miglior vantaggio, ma Aidan le strinse la mano.

«Non ora» disse, con voce bassa ma chiara. «Quando te lo dirò, dirigiti verso il nostro accampamento. Non perdere nemmeno un secondo, Breea. Fuggi, come se avessi le fiamme dell'inferno alle spalle».

Lei annuì. Non voleva che si voltasse indietro.

«Se devi difenderti, non esitare. Sii precisa, d'accordo?»

Lei annuì di nuovo, capendo che lui le stava dicendo di mirare a uccidere.

«Se ti metti nello stesso punto dove abbiamo dormito ieri sera e guardi verso il focolare, Seagrave si trova a nord» continuò Aidan, «a piedi, raggiungerai il suo confine ben prima del tramonto. Non fidarti di nessuno finché non attraverserai la terra dei MacGreggor. Non pattuglieranno oltre. Di nessuno, Breea».

Brianna sentì spuntare le lacrime agli occhi ma annuì, con il cuore che le batteva all'impazzata. Pensava forse che avrebbe potuto raggiungere la salvezza da sola? O la stava semplicemente preparando al peggio? Era così serio, con un'espressione che non gli aveva mai visto prima. Aidan la fissò negli occhi per un altro secondo e poi disse: «Non dimenticare mai chi sei». Brianna tremò leggermente, chiedendosi se quello fosse il suo modo di dirle addio, se quelle sarebbero state le ultime parole che gli avrebbe sentito pronunciare. Era vero che gli O'Roarke si sposavano solo in caso di vero amore, ma la longevità di quei matrimoni non era mai stata garantita: la sua promessa di un vero incontro d'amore stava già giungendo al termine? Prima che Brianna potesse precipitare in una spirale di sventura, Aidan si voltò e all'improvviso si fece così grande da sembrare cresciuto fino al doppio delle sue dimensioni. Ovviamente la stava proteggendo, ma lei non era sicura da cosa. Tuttavia, il movimento la fece tornare in sé.

Brianna sentì un rumore dietro di loro, proveniente dal loro accampamento, che ruppe l'inquietante quiete stabilitasi nel bosco. Quando si voltò verso quel suono, vide i loro cavalli fuggire dall'area, con la sua giumenta in coda. Poi, proprio quando Aidan si avvicinò alle sue spalle per stringerle il polso, vide quello che aveva visto lui. Gli uomini. Erano almeno in otto, sbucati dai nascondigli intorno al ruscello dove si erano appena lavati, evidentemente in agguato per catturarli. Il pensiero che l'avessero osservata per così tanto tempo a sua insaputa le fece correre un brivido lungo la schiena. Quando qualcosa risuonò di nuovo dietro di loro, strinse la presa sulla camicia di Aidan, ma lui si limitò a stringerle di nuovo il polso, strofinandole il pollice sul palmo, un gesto calmante. Appena si voltò, Brianna vide che erano i suoi uomini ad avvicinarsi, e lui doveva saperlo. Pronunciò una preghiera mentre Aidan scrutava la zona, tenendola con un braccio stretta a sé. Quando Henry, Alan e Richard li raggiunsero, gli altri uomini erano già a diversi metri di distanza.

Brianna non aveva idea di quale fosse il loro piano, sempre che Aidan e i suoi uomini ne avessero uno, ma chiaramente tutti e quattro lavoravano insieme alla perfezione e sapevano leggere le espressioni e le intenzioni degli altri in un istante. In quel momento, sembravano tutti concentrati sugli strani soggetti che si stavano avvicinando. Poi, il braccio di Aidan si spostò dalla sua schiena e lei capì che era quasi giunto il momento. Quando Aidan prese la spada, i suoi uomini fecero lo stesso, con un movimento così fluido che a Brianna sembrò di guardarlo al rallentatore. Vide la posizione di Aidan cambiare mentre impugnava l'elsa con entrambe le mani, percepì la forza che emanava dal busto e dai fianchi mentre la faceva roteare in aria e gridava: «*CORRI!*» prima di affondare in avanti.

Terrorizzata e con il cuore che le batteva all'impazzata, Brianna si voltò e corse indietro verso il loro campo. Tra il respiro ansante e il pulsare del sangue nelle vene che le rimbombava nella testa, non riusciva a sentire più nulla dietro di sé. Era tentata di voltarsi, ma Aidan contava sul fatto che non lo facesse. Continuava a ripetersi le parole che lui le aveva detto di ricordare. *Sono Brianna O'Roarke della Casa di Pembrooke, per diritto e per matrimonio.* Gli arbusti le graffiavano il viso, le mani e le gambe mentre correva, ma lei continuava ad andare avanti. Inciampò un paio di volte su alcune radici o rami, ma ogni volta che stava per cadere riusciva a recuperare l'equilibrio. La sua presa sull'arco e sulle frecce era talmente stretta che le dita le si erano intorpidite e le nocche sbucciate per aver raschiato il terreno mentre cercava di tenersi bassa. Quando finalmente raggiunse il perimetro dell'accampamento, fu evidente che Alan, Richard e Henry avevano sparpagliato le loro cose. Probabilmente avevano lasciato andare anche i cavalli, per evitare che venissero rubati o feriti o anche peggio. Sapeva che Kitty doveva essere da qualche parte e scrutò il campo chiedendosi dove l'avessero nascosta. Dopo un po' di ricerche affannose, Brianna decise che sarebbe tornata a perlustrare la zona più tardi. Ricordando le istruzioni di Aidan, trovò il punto in cui avevano dormito e si fermò lì per orientarsi. Per fortuna, suo nonno le aveva insegnato a trovare il nord in una delle loro tante lezioni. Mentre iniziava ad avviarsi, Brianna sussurrò a sé stessa: *Oh, ti prego, ti prego, ti prego, non farmelo fare da sola...*

Sentì un movimento alle sue spalle e si bloccò. Per qualche secondo fu sopraffatta dalla paura, poi le balenarono in mente gli occhi di Aidan e le sue parole di commiato: «Non dimenticare mai chi sei».

Non sarebbe crollata. *Sono Brianna O'Roarke della Casa di Pembrooke.* Concentrandosi e ripetendo le parole come un mantra nella mente, si voltò per vedere un uomo che non riconobbe e che si stava avvicinando velocemente, ma ancora a distanza di sicurezza. La voce di Aidan le risuonò nelle orecchie: *Non fidarti di nessuno...* Tutto ciò che le era stato insegnato in gioventù le tornava alla memoria. Ma questa non era una gara o un tiro al bersaglio con suo nonno. Non ci sarebbero state cerimonie di premiazione o nastri blu. *Difenditi...* Piantando i piedi a terra, afferrò l'arco e incoccò la freccia, allungando il braccio mentre tirava la corda e trovando il suo punto di ancoraggio all'altezza della mascella, come un vecchio amico. Ancora le parole di Aidan: *sii precisa...* Fissando l'asta della freccia, prese la mira, al centro, sul bersaglio... *Non vacillare...* Completamente immobile, Brianna riusciva quasi a sentire la voce di suo nonno nell'orecchio, lui e

Aidan che si scambiavano indicazioni nella sua mente: *un giorno Breagha, potresti avere una sola opportunità e una sola freccia... non essere avventata.* Con un respiro profondo, i suoi polmoni si espansero e il movimento allungò l'arco delle sue braccia, quella frazione di centimetro in più necessaria per regolare la tensione... *Aspetta, ragazza... Ecco!* Aprì la mano, i suoi occhi seguirono il percorso della freccia mentre le dita passavano davanti all'orecchio e la freccia colpiva il bersaglio. Guardò senza espressione il suo potenziale aggressore cadere a terra e si concesse un momento per accettare ciò che aveva fatto prima di voltarsi.

Seagrave. Verso nord. Correre. *Non fidarsi di nessuno.*

CAPITOLO 20

Grato di sentire i passi di Brianna ritirarsi, Aidan spostò la sua attenzione sull'uomo di fronte a lui, Gil Fitzgerald, gemendo mentre la sua spada incontrava il metallo con un colpo verso il basso. Ogni momento in cui tenevano impegnati quegli uomini era una possibilità in più per Brianna alla ricerca della sua salvezza. Ormai Aidan credeva di aver individuato tutti i loro assalitori, ognuno dei quali gli era familiare: sia i fratelli Fitzgerald sia i loro aiutanti erano sempre in agguato con occhi invidiosi durante le sue visite. Gestire i fratelli e le loro convocazioni inopportune dopo la morte di Robert aveva oramai logorato la sua pazienza.

Grugnendo per un colpo impressionante di Gil, Aidan lo respinse con un rapido calcio, notando con sorpresa di aver sottovalutato l'abilità dell'avversario. Gil era sorprendentemente agile e veloce. Piegandosi rapidamente, Aidan notò Alan, Richard e Henry nella mischia. Tutti se la stavano cavando molto bene. Vide che almeno uno degli uomini dei Fitzgerald sembrava essere stato abbattuto.

«Ce ne avete messo di tempo» sogghignò Gil, riportando l'attenzione di Aidan su di lui. «Pensavamo che, dopo essere sopravvissuti all'incendio, vi sareste incamminati con più fretta».

Aidan si irritò per il tono di Gil, ma mantenne la calma.

Sembrava che i Fitzgerald non fossero solo una coppia di bulli irritanti, ma uomini capaci di atti molto più brutali. Quindi, non solo i fratelli erano i responsabili dell'incendio, ma avevano supposto, a ragione, che lui si sarebbe recato direttamente a Seagrave. Aidan si stupì che avessero avuto la pazienza di aspettare e si chiese da quanto tempo stessero seguendo lui e la sua compagnia. Forse li aveva sottovalutati anche in questo. Si concesse un attimo di dubbio. Non aveva preso nessuna misura? Era stato inconsapevole? Sapeva che non era vero: lui e i suoi uomini erano stati il più attenti possibile, e il grado di pericolo in cui si trovavano ora era grave solo perché Brianna era stata lasciata da sola. Era in grado di gestire i Fitzgerald, questo lo sapeva. In verità, in condizioni normali ne avrebbe apprezzato l'opportunità.

«Immaginate la nostra sorpresa nel vedervi ad Ayr... *e* nel vedere cosa vi ha fatto indugiare così a lungo. Una donna come quella... è comprensibile» aggiunse Gil, lanciando uno sguardo perverso verso la schiena di Brianna che si ritirava. Aidan non riuscì a trattenersi a non attaccarlo stupidamente in quel momento. «Non temere, Sinclair, ne troveremo un altro per nostra sorella, e per quanto riguarda la tua *donna*» disse, evidentemente incapace di capire cosa fosse Brianna per lui. «Ci occuperemo anche di lei».

Se Aidan avesse potuto ucciderlo due volte per quel suggerimento, l'avrebbe fatto, ma il suo destino era già segnato. In modo definitivo. La breve ascesa dei fratelli Fitzgerald sarebbe finita quel giorno, per mano della Casa di Pembrooke, a cominciare da Gil.

Gil sorrise, e Aidan trovò la sua tempestività quasi divertente, finché non parlò.

«Nigel dovrebbe già averla trovata» osò dire, con gli occhi scintillanti. «La ragazza, cioè. Posso solo immaginare la sua gioia di stare un po' da solo con lei».

Aidan non perse tempo a voltarsi per confermare l'assenza di Nigel, ma si limitò a sostenere lo sguardo di Gil e a dire: «Giusto». Poi lanciò la spada in aria e, mentre gli occhi di Gil seguivano il percorso della spada, Aidan prese il pugnale. Quando Gil si voltò a guardarlo, Aidan sogghignò e si slanciò in avanti. «Giammai» disse, conficcando la lama nella gola di Gil.

Mentre questi sprofondava a terra, Aidan liberò la lama, senza provare alcun rimorso. Voltandosi, cercò rapidamente Nigel tra i corpi abbattuti e quelli ancora in lotta, ma non lo vide. Con il cuore in gola, afferrò il colletto di uno dei due uomini che si erano arresi e chiese dove si trovasse Nigel, cercando di non immaginare le sue mani su Brianna. Venne a sapere che Nigel non era mai stato lì, ma era rimasto in agguato con almeno un altro dei Fitzgerald al loro campo. Il battito di Aidan accelerò ulteriormente. *No.* Aveva mandato Brianna dritta nelle mani del nemico. Inciampò nel prendere la spada, che giaceva ancora a terra accanto a Gil, poi iniziò a correre. Non dovette immaginare le fiamme dell'inferno alle sue spalle, perché erano già lì, a spronarlo.

Seguì il percorso che aveva fatto lei attraverso la boscaglia, individuando i punti in cui era inciampata e caduta. Notò del sangue sul bordo di una roccia frastagliata e capì che era il suo. Quando si trovò accanto al posto dove avevano dormito, vide le impronte poco profonde dei suoi stivali nella terra morbida. A quanto pareva, si era girata, poi si era messa dritta nella direzione in cui lui le aveva detto di andare. Ma... Aidan seguì le tracce e vide che era tornata indietro di un passo dopo essersi girata, la sua direzione era ora verso sud. Da quella parte, le sue impronte erano profondamente impostate in una posizione di tiro. Girandosi per seguire la sua mira, corse a ispezionare la zona e si imbatté in un uomo, colpito a morte in una piccola radura. Quindi lo aveva abbattuto, e con un solo colpo, a quanto pareva. *Ben fatto, ragazza.* Ma questo significava che Nigel era ancora là fuori e anche Breea.

Aidan seguì rapidamente le sue tracce mentre lei lasciava il loro campo, dirigendosi verso nord proprio come le aveva detto, e pensando solo a raggiungerla in tempo.

CAPITOLO 21

Con gli occhi fissi sul terreno più elevato davanti a sé, Brianna corse più veloce che poté. Non aveva mai avuto così tanta paura in vita sua, nemmeno durante le giornate trascorse in mare dopo l'incidente da bambina... almeno allora non aveva saputo di essere sola e aveva ignorato i veri pericoli in agguato. Oggi era diverso. Aveva dovuto confrontarsi con Aidan, l'uomo che amava, forse per l'ultima volta e semplicemente... andare. Lui le aveva dato gli strumenti e le informazioni necessarie per riuscire a salvarsi, ma comunque lo stava facendo da sola. Si chiese se la storia si stesse ripetendo. Se forse *era* una sfortuna, o una maledizione, e il suo destino era quello di continuare a rivivere il trauma della perdita delle persone più importanti, ancora e ancora. *No*, si disse Brianna. Non sarebbe finita da sola e il suo matrimonio d'amore vero e duraturo non sarebbe stato un mero ricordo che le sarebbe rimasto impresso per il resto dei suoi giorni. Aidan le aveva mostrato come credere nel suo potere. Le aveva infuso amore, speranza, fiducia in sé stessa e l'aveva resa libera di vivere. Si era assicurato che avesse una possibilità di combattere, e anche lui avrebbe lottato allo stesso modo. Questa volta doveva essere diverso. E *sarebbe* tornato, doveva farlo.

Guardandosi intorno, Brianna sapeva che doveva continuare a

muoversi. Bloccata su un tratto di prato erboso, non lontano dal loro accampamento, desiderava un riparo, ma la linea degli alberi era ancora in lontananza. Le sembrò di sentire qualcuno alle sue spalle e per poco non sobbalzò, ma continuò ad andare avanti, con la mano pronta sul pugnale inguainato. Quando si voltò e scrutò la zona, però, non vide nessuno. Decise che quello era l'unico piccolo vantaggio di essere all'aperto. Se lei era vulnerabile e poteva essere individuata, lo era anche il suo nemico. Non poteva essere sicura che ce ne fossero altri, o che l'avrebbero inseguita se ce ne fossero stati. Solo ora ebbe modo di chiedersi se l'attacco fosse stato un'imboscata casuale o se gli uomini stessero cercando proprio Aidan. Guardandosi indietro un'ultima volta prima di proseguire, accelerò il passo. Prima riusciva a posizionarsi a un'altezza maggiore e con più copertura, meglio era.

Appena raggiunta la linea degli alberi, Brianna credette di sentire un altro suono, simile al fruscio sentito prima. Istintivamente prese il pugnale, ma quando si voltò non vide altro che il prato che si estendeva dietro di lei. Pensando di stare solo immaginandosi le cose, Brianna si prese un momento e fece un respiro profondo per cercare di scrollarsi di dosso i brividi. Dopo essersi calmata, si concentrò nuovamente sul suo obiettivo: Seagrave. Secondo Aidan, l'aspettava un'escursione di cinque, forse sei ore. Non avrebbe vinto nessuna medaglia per la velocità, ma doveva andare avanti, fino in fondo. Non c'era niente di meglio di un po' di chiarezza per mantenere la motivazione. Ora, nel punto in cui la boscaglia si stava infittendo alla base del piccolo boschetto di alberi, era anche un po' nascosta. Sentendosi pronta a proseguire, Brianna si voltò, ritrovandosi davanti a un uomo che incombeva silenziosamente dietro di lei.

Urlò, poi rimase immobile mentre lui la guardava dall'alto in basso. Approfittando della sua paura, l'uomo le afferrò il polso, sbattendolo con forza contro il ginocchio. Lei gridò di nuovo, mentre il pugnale cadeva e il dolore si irradiava lungo il braccio. Sorridendo malvagio, l'uomo la strattonò per la spalla, trascinandola con sé. Sentì la faretra sbattere contro un albero e capì che le frecce erano cadute a terra. L'improvvisa consapevolezza di essere indifesa, con i pugnali e le frecce fuori portata, la riportò al presente e iniziò a scalciare e ad artigliare ovunque potesse, ma ormai l'uomo aveva preso il sopravvento.

Sogghignò verso di lei, poi disse: «Oh, continua a combattere, ragazza, ci piace».

Brianna rabbrividì. Sapeva esattamente cosa intendeva, cosa voleva, e sapeva che doveva andarsene subito. Doveva riprendere il controllo. *Breagha, pensa, ragazza!* La voce di suo nonno le risuonò in testa e fu tutto ciò di cui aveva bisogno perché le sue lezioni le tornassero in mente. Lasciò che il suo corpo si afflosciasse completamente, diventando un peso morto, poi si lasciò cadere a terra. Lui era ancora in piedi sopra di lei, ma questo le diede i secondi necessari per organizzarsi. L'uomo brontolò e le sembrò di sentirlo fare un commento sgradevole mentre si piegava. Ma questa volta era pronta, perché aveva afferrato l'altro pugnale dal fodero attorno al polpaccio nascosto nelle pieghe del mantello che l'uomo non aveva visto.

Il suo aggressore non era grande quanto Aidan, ma nonostante questo dubitava che un colpo da quell'angolazione gli sarebbe stato fatale. Aveva un'unica possibilità di renderlo inoffensivo e di provocare il maggior numero di danni possibile e, quando lui la sollevò, avvolse entrambe le mani intorno all'elsa, poi, usando tutta la sua forza, la colpì verso l'alto, in pieno stomaco. Lui urlò e, con le mani ancora strette in una morsa mortale e il volto scavato e i denti digrignati, Brianna lo strattonò più forte che poteva, poi lo spinse indietro, cercando di liberare il pugnale. Lui sussultò, con gli occhi spalancati dall'incredulità, e le afferrò le mani mentre cadeva, portandola con sé. Lei urlò, divincolandosi dalla sua presa, poi indietreggiò nella boscaglia.

Osservò per un attimo il tentativo di lui di alzarsi, ruggendo di rabbia. Rendendosi conto di aver fatto meno danni di quelli che sperava, Brianna rimase immobile a terra, terrorizzata per un altro secondo prima di riuscire a riprendersi abbastanza da muovere gli arti, quindi si mise in ginocchio e si raddrizzò. Si abbassò per raccogliere alcune delle frecce cadute, ma nel farlo fece cadere il pugnale. Nel tentativo di recuperarlo, inciampò due volte, ma poi se lo lasciò alle spalle e corse verso un terreno più elevato.

Solo dopo aver risalito la collina, cercando di mettere quanta più distanza possibile tra sé e l'uomo, si rese conto del suo errore e di quanto fosse grave la sua situazione. Gli alberi in quel punto erano più diradati e offrivano meno copertura. Cercò freneticamente un punto migliore e, non trovandolo, si voltò per una frazione di secondo a guardare dietro di sé. Con il cuore che batteva all'impazzata, si accorse che l'uomo non era lontano da lei e che non era più solo. Si girò di nuovo e continuò a camminare. Brianna sapeva cosa doveva fare, ma quando si guardò le mani si rese conto di essere riuscita a raccogliere solo una freccia tra alcuni grossi ramoscelli.

Un giorno potresti averne solo una.

CAPITOLO 22

Aidan aveva appena superato la radura tra le colline quando sentì un urlo. *Brianna*. Voltandosi verso il suono, che proveniva dai boschi e costeggiavano la distesa, cambiò rotta; una brutale combinazione di paura e rabbia lo spinse in avanti. Ringhiando, digrignò i denti nel tentativo di allontanare il pensiero del pericolo che stava correndo. Sentì un altro urlo, ma questa volta non era di Brianna, bensì di un uomo. Aidan sapeva di averla quasi raggiunta, ma il boschetto era pieno di fitte sterpaglie che gli impedivano la visuale. Tuttavia, era certo di essere vicino, la sua visuale si restrinse ed... *ecco*!

Scorse un movimento, il semplice bagliore di una manica, tra i rami e, nello stesso momento, Brianna urlò di nuovo. Aidan ruggì, lanciandosi a capofitto nella boscaglia, ma quando riuscì a passare dall'altra parte non c'era più nessuno. Era sparita, l'aveva mancata per pochi secondi. Il panico si impadronì di lui mentre cercava le sue tracce, ritraendosi bruscamente quando vide qualcosa luccicare sul terreno. Il pugnale di Breea. Avvicinandosi, trovò la faretra e le frecce sparse nella boscaglia, e poi vide l'altro pugnale... intriso di sangue. Santo cielo, era indifesa, forse ferita. Perlustrando freneticamente la collina, lo sguardo di Aidan si posò infine su qualcuno, ma non era Brianna. Era Nigel, che si dirigeva verso la collina, inciampando, ma muovendosi con determinazione. Un altro ringhio gli sfuggì dalle labbra mentre prendeva i pugnali di Brianna, li metteva entrambi nel fodero accanto ai suoi e si dirigeva verso di lui, scrutando la collina alla ricerca di Brianna. Alla fine la individuò, in alto, in piedi contro un tronco d'albero, con il cappuccio tirato sulla faccia per nascondersi. Sembrava illesa e il suo sollievo fu talmente grande che emise un sospiro.

Ma, guardando meglio, gli sembrò che non si stesse affatto nascondendo. Anzi, aveva scelto la sua posizione con cura, confondendosi con l'ambiente circostante. La guardò mentre iniziava a muoversi, lentamente, ma con decisione, con il volto determinato mentre estraeva l'arco. Non lo aveva visto, non lo aveva sentito? Sapendo che aveva già tolto la vita a un uomo, desiderava risparmiarle il fardello di farlo un'altra volta... e, a dire il vero, Aidan desiderava ucciderlo lui stesso. Quasi a portata di mano del suo nemico, la chiamò bruscamente. Al suono della sua voce, Nigel si voltò, trasalendo quando lo vide e leggendo chiaramente le sue intenzioni mentre allungava la mano verso il pugnale di Brianna. Sarebbe stata una fine appropriata, per l'angoscia che le aveva sicuramente inflitto.

«Sì» disse Aidan, entusiasta della paura sul volto di Nigel. «Tuo fratello ti sta aspettando». Gli occhi di Nigel si allargarono quando Aidan si slanciò in avanti, colpendo con precisione. Aidan lo trattenne mentre crollava a terra. «Visto che sono un uomo di parola, ora avrai la mia risposta. Avrei sposato tua sorella, ma solo per salvarla dal male che tu e tuo fratello le infliggevate». Con un colpo di pugnale lo finì, poi liberò la lama, desideroso di raggiungere Brianna.

Mentre scavalcava il corpo di Nigel, guardò su per la collina, ansioso di incontrare i suoi occhi. Ma nell'istante in cui la vide, si rese conto del suo errore. Brianna non aveva mai mirato a Nigel, perché il suo arco era ancora teso e le sue mire erano rivolte altrove: doveva esserci un altro uomo. Aidan si bloccò per lasciarle campo libero. Che fossero o meno i suoi ultimi momenti su quella terra, i suoi occhi non si staccarono mai dal volto di lei, così splendidamente concentrato mentre prendeva la mira con intento mortale. Rimase completamente immobile mentre scoccava la freccia, senza mai distogliere lo sguardo, anche quando la freccia gli passò davanti, così vicina che sentì l'aria spostarsi appena prima che andasse a segno, colpendo l'uomo che era arrivato alle sue spalle, tanto vicino che la spada del nemico si abbatté accanto ai piedi di Aidan.

Per un attimo i loro occhi si incrociarono, poi Aidan staccò lo sguardo da quello di Brianna e si voltò a raccogliere la spada dell'uomo caduto, rimanendo basso mentre ne afferrava l'elsa. Non vedendo altri membri del gruppo dei Fitzgerald aggirarsi sulla collina, rimase a terra ancora un momento, finché non fu sicuro che il pericolo fosse davvero passato. Poi si diresse rapidamente verso Brianna, che lo aveva osservato con la stessa attenzione. Solo ora aveva abbassato la guardia, scivolando lungo il tronco dell'albero fino a posarsi a terra, con l'arco davanti a sé.

CAPITOLO 23

Con il cuore ancora a mille, Brianna cercò di riprendere fiato mentre Aidan saliva di corsa sulla collina andandole incontro. Dovevano essere oramai fuori pericolo, ma le sembrava comunque di essere ancora un bersaglio facile, quindi continuava a guardarsi intorno, con il terrore che qualcun altro potesse saltare fuori da un momento all'altro. Non appena Aidan fu abbastanza vicino, allentò la presa sull'arco e allungò il braccio buono, desiderosa di toccarlo, tenendo il braccio dolorante ben stretto davanti a sé. Non aveva ancora avuto modo di guardarlo, ma sapeva che doveva essere almeno gravemente ammaccato.

«Breea». La voce di Aidan suonò roca mentre cadeva in ginocchio davanti a lei, afferrandole le spalle e portando il volto all'altezza del suo. Le tirò giù il cappuccio lentamente, pronunciando di nuovo il suo nome, scrutando i suoi occhi e scostandole delicatamente i capelli dal viso. «Sei ferita?»

Lei gli afferrò la mano, meravigliandosi di quanto le fosse già familiare la sua forma e del conforto che ne traeva. «Ho bisogno delle mie frecce» disse, tornando all'urgenza del momento. «Sono in fondo alla collina. E anche i miei pugnali».

Lui sembrò sorpreso dalla sua richiesta, poi qualcosa cambiò nella sua espressione, e la fissò intensamente, come se stesse cercando di capirla. Frustrata per la sua mancanza di azione, gli occhi di lei si mossero veloci da una parte all'altra, per controllare che non apparisse qualcun altro.

«*Aidan*, ti prego, siamo indifesi».

Finalmente lui si mosse, scuotendo la testa. «No, Breea. Non è così».

Prima che lei potesse protestare, le prese il viso fra le mane e fece in modo che potesse guardarlo negli occhi.

«Sono armato» disse, con voce sicura e uniforme. «Ho due spade e sei pugnali, due dei quali sono tuoi, e tra poco recupererò anche le tue frecce. Ma devi sapere che non siamo indifesi e che non sei più sola». Non si era ancora mosso, né aveva lasciato che lei lo facesse, ma Brianna sentì che il suo respiro cominciava a rallentare e, quando le sue spalle si rilassarono, emise un suono simile a un sospiro. Aidan annuì con approvazione. «Sì» disse, poi attese un altro momento prima di liberarla. «Sei ferita?» le chiese, facendole scorrere le mani sulla testa e premendo delicatamente. Lei notò un taglio sotto il suo occhio e allungò la mano. «Brianna». Aidan aspettò che lei lo guardasse di nuovo. «Ti ha fatto del male?» chiese, questa volta con più urgenza.

Oh. Gli occhi di lei si allargarono al pensiero, ma scosse rapidamente la testa, rendendosi conto che non doveva avergli risposto prima. Si accorse del suo sollievo e sussurrò il suo nome, tracciando il sottile taglio lungo l'attaccatura dei capelli e quello sotto l'occhio. «Breea. Sto bene» le assicurò. «È solo qualche graffio, niente di più».

«E Henry?» chiese lei. «Sta bene? Alan, Richard?» Cercò di non pensare a Kitty o ai loro cavalli, altrimenti avrebbe immaginato solo il peggio.

«Sono sicuro che siano vicini» disse lui, continuando a ispezionarla con attenzione.Quando le sue mani le sfiorarono le spalle e le braccia, lei trasalì e lui si fermò subito. «*Sei* ferita».

Lei scosse la testa, confusa per un attimo, poi si ricordò del polso. L'uomo lo aveva afferrato e le aveva sbattuto il braccio per farle cadere il pugnale. *Il suo pugnale*! Li aveva fatti cadere entrambi.

«Il mio pugnale. Aidan» disse, sentendosi improvvisamente più esposta. «E le mie frecce». Brianna fece un gesto verso il luogo in cui giacevano. «Hai detto che le avresti recuperate.

«Lo farò». Annuì lentamente, poi si chinò per cercare di vedere meglio la sua mano. Non era nemmeno sicura che gliel'avesse già toccata, ma emise un gridolino di tensione.

«Mi dispiace. È solo sensibile. Sono nervosa».

Lui annuì e ritirò le mani, guardandole bene il polso da dove era seduto e facendo una smorfia quando le tirò indietro la manica. Era sempre gentile e tranquillo, anche quando sospirò, chiudendo gli occhi e scuotendo la testa prima di guardarla di nuovo.

«Breea» disse. «Hai impugnato l'arco... con questa mano?»

Brianna abbassò lo sguardo sulla mano destra, quella ferita. Sì, aveva usato il braccio escoriato, ma che altra scelta aveva? Non aveva prestato attenzione alle sue ferite in quel momento, stava correndo per salvarsi e per impedire a quell'uomo di attaccare Aidan.

«È la mia mano dominante» disse, il che avrebbe dovuto essere una scusa sufficiente. «Avevo bisogno che la mia mira fosse precisa».

Se non era soddisfatto della sua risposta, Aidan lo nascose bene e non disse altro, limitandosi a far passare l'arco sulla spalla. «Devo fasciartelo, ma prima scendiamo dalla collina. Poi dovremo affrettarci a raggiungere Seagrave. Tieniti il braccio». Non disse altro, si limitò a sollevarla con cura, facendo una smorfia quando lei trasalì, e a portarla giù per la collina. Una volta sistemata, Brianna si rannicchiò contro di lui e per un attimo dimenticò che ora erano più visibili. «Non vedo nessuno» disse lui, intuendo correttamente il motivo per cui si era agitata, poi le premette delicatamente la mano sulla schiena.

Quando raggiunse la zona in cui aveva lasciato cadere le frecce, la spostò leggermente ma la tenne in braccio mentre si chinava per prenderle e raccogliere anche la faretra. «Finché il tuo braccio non guarirà, lascerai che sia io a difenderti» dichiarò lui, facendole passare la faretra sulla spalla.

Nella sua voce risuonava un'incertezza che Brianna colse immediatamente, e la sua paura passò per un attimo in secondo piano. Gli strattonò la camicia per attirare la sua attenzione e quando lui abbassò lo sguardo su di lei, nonostante fosse il guerriero implacabile di sempre, vide nella sua espressione il dolore e la tristezza che cercava di nasconderle.

«Aidan» disse, con un tono tremendamente serio, «mi fiderò *sempre* di te. Spero di non trovarmi mai più in quella situazione, ma... sono stati la *tua* forza e il *tuo* coraggio a guidarmi».

Brianna sostenne il suo sguardo per un lungo momento, osservando la sua espressione ammorbidirsi e lui la sollevò quel tanto che bastava per avvicinare il viso al suo, un tocco di cui entrambi avevano bisogno. Si era appena sistemata di nuovo contro il suo petto, sentendo le sue braccia forti e sicure che la stringevano dolcemente, quando Aidan si tese improvvisamente e si fermò di colpo. Lei emise un grido soffocato e girò la testa per vedere cosa avesse provocato la sua reazione, ma un attimo dopo allentò la presa sul suo braccio. In fondo alla collina, in piedi nel prato, c'era Merri, e sembrava completamente illesa. Alla sua vista, Brianna rimase senza fiato. *La sua cavalla.* Quasi pianse per il sollievo e, mentre il battito del suo cuore cominciava di nuovo a rallentare, Aidan le diede un'altra leggera stretta. Quando si girò per guardarlo in faccia, vide che i suoi occhi erano lucidi e, quando parlò, la sua voce si riempì di emozione.

«È tornata per te».

In qualche modo, Brianna non era sorpresa, anche in mezzo a tutto quel caos. Il ritorno di Merri aveva solo confermato quello che già sapeva e sentiva: erano destinati a stare insieme, tutti quanti. «Siamo una famiglia, Aidan» disse, sistemandosi di nuovo contro il suo petto, «è ovvio che sia tornata».

Aidan si bloccò per un attimo, tenendola ancora stretta. Dopo un secondo, grugnì e con un cenno continuò ad avanzare.

Quando raggiunse una morbida distesa d'erba vicino a dove Merri stava aspettando, la posò delicatamente a terra prima di rivolgersi alla cavalla.

Brianna tenne d'occhio le colline mentre Aidan diede una rapida occhiata a Merri, sussurrando lodi e parole affettuose all'orecchio della cavalla, a voce abbastanza alta perché Brianna potesse sentire. Completata l'ispezione, le diede un'altra meritata pacca, poi slegò una delle borse fissate al suo fianco.

«Merri stava portando le nostre provviste dalla farmacia» disse, con il sollievo sul volto mentre si inginocchiava accanto a lei per aprire la borsa. Era di nuovo calmo e in totale controllo della situazione, e allo stesso tempo un guerriero feroce e un protettore rassicurante.

«Hai bisogno di bere qualcosa» disse, aprendo un otre d'acqua che aveva tirato fuori dalla borsa.

Lei annuì, rendendosi improvvisamente conto di essere oltremodo assetata, il che le ricordò di nuovo il pericolo in cui si erano appena trovati. Aidan notò l'espressione del suo viso.

«Breea». Le sue mani le accarezzarono la testa mentre lei sorseggiava l'acqua fresca. «Ora sei al sicuro».

Lei bevve un ultimo sorso, poi lo guardò negli occhi. Cominciava a credere che fossero al sicuro, ma... «Ho ucciso due uomini, Aidan». Stava sussurrando, ma aveva comunque bisogno di dirlo ad alta voce.

«Che non hanno avuto alcun riguardo per la tua vita né per la mia» disse lui senza esitare.

Aveva ragione, ovviamente, ma questo non significava che non ci fossero molte cose da elaborare. Non era sicura di essere in grado di parlarne ancora, al momento, e Aidan sembrò percepirlo. Quando lei non disse altro, si limitò ad annuire e ad aiutarla a prendere un altro sorso e poi si dedicò nuovamente al suo braccio. Non aveva visto quello che aveva comprato dallo speziale ad Ayr, ma guardandolo aprire alcune buste, notò che erano piene di diversi tipi di erbe e polveri. Prima mescolò alcune polveri in un bicchierino e poi aggiunse dell'acqua, trasformando il tutto in un liquido lattiginoso.

«Non posso spiegarti il sapore» disse, facendo una smorfia, mentre si inginocchiava davanti a lei per porgerle la miscela, «ma ti aiuterà a sopportare il dolore e forse a calmare i nervi».

Brianna annuì e si tenne pronta. Ebbe un momento di panico, chiedendosi se dovesse davvero fidarsi di questo rimedio del quindicesimo secolo, ma poi se lo scrollò di dosso: che altre opzioni aveva? E poi sapeva che Aidan non le avrebbe mai dato qualcosa di rischioso. Mandò giù l'intruglio, che in realtà non aveva un cattivo sapore, come una delle bustine di integratori vitaminici che prendeva mescolate a una bottiglia d'acqua, di quelle che non si sciolgono e hanno un sapore un po' legnoso, e Aidan annuì, soddisfatto.

Dopo aver messo da parte la tazza, mescolò alcune erbe con un'altra polvere in quello che fungeva da mortaio e pestello, poi aprì un piccolo contenitore pieno di un unguento di qualche tipo e lo aggiunse alla miscela per ottenere una pasta.

Brianna si guardò il braccio, notando le zone rosa e rosse a chiazze che già le segnavano la pelle, dalla punta della mano al gomito, per non parlare dei graffi e dei tagli che doveva essersi procurata correndo nella boscaglia. Guardò Aidan mentre sciacquava con delicatezza le zone irritate e poi applicava l'unguento. Si stupì di come lui sembrasse così bravo anche in questo. Dopo averglielo spalmato sulla pelle, la guardò e sorrise dolcemente, poi le accarezzò la guancia ed estrasse quello che sembrava essere un morbido lino filato riposto all'interno di una sacca più grande.

Quando finalmente le avvolse il braccio, la pressione alleviò immediatamente parte del dolore, soprattutto al polso e alla mano. Poi le inclinò il mento per controllarle meglio il viso, alla ricerca di tagli e graffi, lungo l'attaccatura dei capelli. Dopo un minuto, la guardò negli occhi con tanta attenzione che Brianna percepì il suo sguardo come un balsamo. Sopraffatta, mugolò, aggrappandosi alla sua gamba. L'intera posizione di Aidan cambiò in un istante: la avvolse delicatamente in un abbraccio, stringendola il più possibile senza fare pressione sull'arto ferito, e sprofondando nella loro unione. Quando si ritrasse dopo un lungo momento, sfiorò con le labbra quelle di lei, poi tornò alle sue cure scrupolose, pulendo i graffi sul viso che Brianna ovviamente non vedeva e non ricordava nemmeno di avere.

«Ce ne sono altri?» chiese, lanciandole un'occhiata generica.

Lei scosse la testa. «Non credo». Anche se in realtà non riusciva a ricordare. «Non so, forse, ma solo graffi, credo».

«Me li farai vedere? L'ultima cosa di cui voglio preoccuparmi è lasciare che qualcosa si infetti».

Sulle ginocchia e sulla parte posteriore della coscia c'erano alcune escoriazioni crude, dovute alla caduta a terra. Sembrava che ci fosse anche qualche altro livido sul torso, ma niente di troppo grave. Dopo aver pulito e applicato una pomata anche su quelle ferite, Aidan si alzò e si strappò un lembo del mantello.

Lei fu così spaventata da quel suono che sussultò. Gli occhi di lui incontrarono i suoi e subito lui si inginocchiò, calmandola con un tocco. «Ti assicuro che il pericolo è passato» la rassicurò, aspettando un attimo prima di continuare: «Abbiamo ancora qualche ora di viaggio. Presto saremo nella terra dei MacGreggor, ma Seagrave è lontana dal confine. È meglio tenere il braccio al sicuro, nel frattempo».

Brianna annuì, fino a quel momento non aveva nemmeno considerato che non poteva cavalcare, almeno non da sola. «Pensi che Merri sia pronta?» chiese, chiedendosi se portare entrambi potesse essere troppo per lei.

«Penso che sia più che pronta, ma se mostra qualche segno di tensione, sarò lieto di camminare e di guidarla».

Brianna annuì, poi qualcosa la colpì e sussultò di nuovo. L'idea di ripartire con Merri le ricordò che non aveva ancora idea di dove fosse Kitty.

«Aidan?» Non dovette nemmeno chiederlo. Lui doveva averlo intuito solo guardandola.

«La troveremo. Immagino che sia nascosta al sicuro e fuori dalla portata di tutti».

Qualche minuto dopo, Aidan le fece scivolare la fascia sulla testa, avvolgendo il materiale intorno al braccio in modo da immobilizzarlo. Con il collo e la spalla che sopportavano il peso dell'arto, Brianna notò subito la differenza. Rivolse ad Aidan uno sguardo di gratitudine, ma quando sentì dei rumori provenire dal limitare della radura, indietreggiò, stringendogli la gamba con la mano buona.

«I miei uomini» disse lui, guardandola. Brianna non era sicura di come facesse a saperlo, ma, come se fosse un segnale, gli uomini di Aidan entrarono nella radura, guidando i loro cavalli.

Quando si avvicinarono un po' di più, Brianna vide che Henry aveva il marsupio di Kitty sulla spalla e lei sembrava molto soddisfatta accoccolata contro di lui. Si strinse di nuovo alle gambe di Aidan, così felice che quasi pianse. Era talmente sopraffatta dalla sensazione che fossero davvero al sicuro, tutti quanti, che non notò molti particolari, ma ciò che le rimase chiaramente impresso fu lo sguardo di lui e il modo in cui le riempì il cuore.

Ben presto Henry fu accanto a lei, e trasferì Kitty tra le sue braccia. Cercando di non perdere la testa e di non piangere sulla gattina mentre la coccolava, Brianna chiese agli uomini se stavano bene. Quando non risposero, alzò lo sguardo e vide che avevano tutti un'espressione spettrale. Le ci volle un attimo per capire che forse si erano offesi per il fatto che lei avesse messo in dubbio il loro benessere o, più precisamente, la loro capacità di gestire un combattimento. Per fortuna Aidan intervenne a suo favore, assicurandosi che sapessero che stava chiedendo sul serio. Prima che gli uomini potessero rispondere, spiegò che era stata Brianna ad abbattere l'uomo nel campo vicino al loro accampamento e che ne aveva colpito anche un altro nel bosco, a poca distanza da loro.

«Grazie a Brianna, il nome dei Sinclair e della Casa di Pembrooke hanno ancora un futuro».

E poi, come se fosse stata accettata in qualche modo, tutti e tre gli uomini fecero a Brianna un resoconto completo del loro stato di salute. Tralasciarono i dettagli più cruenti, ma le assicurarono che erano tutti sani, vigorosi e integri, dandole la notizia con notevole rispetto.

Pur essendo orgogliosa di avergli tenuto testa, Brianna avrebbe lasciato volentieri la difesa ad Aidan e ai suoi uomini in futuro, e non esitò a dirglielo.

«State tranquilli, non voglio farlo mai più» dichiarò, poi cambiò argomento, sentendosi un po' in imbarazzo per essere al centro dell'attenzione. «Anche i vostri cavalli sono tornati» disse.

Henry annuì, con occhi accesi. «A dire il vero, è stata Merri a riportarli» spiegò. «Proprio nel punto in cui ci eravamo coricati, poi se n'è andata al trotto e ora capisco dove era diretta così in fretta».

Brianna sentì una lacrima formarsi e guardò di nuovo la sua cavalla e poi loro. Erano diventati tutti molto importanti per lei. Non sembravano nemmeno preoccuparsi del fatto che fosse un po' confusa e le concedettero qualche minuto per sfogare le emozioni represse. Aidan si inginocchiò al suo fianco e la strinse a sé, mentre lei piangeva sopra a Kitty, consolandola con sussurri che non significavano nulla, soltanto dolci suoni, e la cullò per farla calmare.

Quando finalmente si fu tranquillizzata, Aidan le baciò la testa e strofinò Kitty dietro le orecchie. Poi Henry si inginocchiò e le fece cenno di dargliela, in modo che lui potesse metterla nel suo marsupio: non sarebbe stata in grado di tenerla in braccio con una fascia. Brianna accarezzò Kitty ancora un attimo, poi gliela restituì. Henry si fermò appena in tempo prima di iniziare a coccolare la gattina non appena l'ebbe fra le braccia, perché tutti gli occhi erano puntati su di lui.

Dopo aver messo Kitty al sicuro con Henry, Aidan si unì a lui e al resto dei suoi uomini raggruppati a pochi metri di distanza, facendo brevemente il punto sulla situazione.

Fu deciso che Merri avrebbe fatto la sua parte e avrebbe portato lei e Aidan a Seagrave. Henry li avrebbe affiancati, mentre

Alan e Richard li avrebbero seguiti da vicino, scortando gli uomini che avrebbero dovuto tenere fuori dalla sua vista ma che si erano arresi. Quando Aidan la sollevò in cima a Merri, Brianna sentì a malapena il dolore al polso: il suo intruglio stava funzionando, o almeno l'effetto placebo lo stava facendo, il che era altrettanto positivo. Quando Aidan salì a cavallo dietro di lei, Brianna gli si appoggiò contro, godendo della sua solidità. Aidan la aiutò a trovare la posizione perfetta, senza sella ma al sicuro tra le sue braccia. Brianna sapeva che era impaziente di portarla a Seagrave, ma notò che ci mise ancora un po' a stringerla mentre lei si sistemava meglio, e un suono di assoluta soddisfazione gli sfuggì dalle labbra. Lei lo sentì e gli sussurrò i suoi ringraziamenti.

«È ora del bagno caldo e del letto morbido che ti ho promesso» disse lui, strofinandole il mento sulla testa.

Non le era venuto in mente finché lui non gliel'aveva ricordato, ma onestamente non le era dispiaciuta la mancanza di comfort durante il viaggio, o almeno prima di quella mattina. Non aveva mai provato cosa significasse essere così vicini a qualcuno, e se questo significava dormire per terra ogni notte o fare il bagno in un ruscello, avrebbe preferito entrambe le cose a ciò che aveva prima. Una vita senza la compagnia della propria anima gemella. Ora sapeva di amarlo davvero, e questo superava tutto il resto. Sentendosi veramente al sicuro tra le braccia di Aidan, Brianna non tardò a sentire un'ondata di stanchezza che la investì mentre scivolava in quello che sarebbe stato sicuramente un sonno profondo e tranquillo.

CAPITOLO 24

Appena Aidan attraversò il confine con la terra dei MacGreggor, lui e Henry furono circondati dalla banda di cavalieri che pattugliava la zona. Non si aspettava niente di meno: li conosceva bene e si fidava di loro, e probabilmente avevano percepito la sua urgenza. Con un semplice cenno a Brianna, che ancora dormiva tra le sue braccia grazie all'effetto piacevole della bevanda che le aveva somministrato, gli uomini serrarono la loro scorta per accelerare la sua marcia verso il castello.

Nonostante Aidan fosse preoccupato per la tenuta di Merri, la cavalla aveva dimostrato ancora una volta che si sbagliava. Non solo aveva resistito per tutta la durata del viaggio come parte del branco, ma quell'animale orgoglioso stava rivelando di essere anche una vera leader. Le avrebbe concesso l'onore di portare la sua padrona fino alla destinazione finale.

Dopo poco tempo, un altro gruppo di cavalieri apparve in lontananza, con Alex in testa. Aidan lo riconobbe subito: il suo sguardo da falco e la sua acuta percezione lo spingevano ad avanzare in fretta e con un'urgenza pari alla sua. Al suo avvicinarsi, il cavaliere accanto a lui indietreggiò e Alex prese il suo posto. «Dove sono Alan e Richard?» chiese, poi osservò con attenzione Brianna, appoggiata al suo petto.

«Sono in ritardo. I Fitzgerald ci hanno raggiunto questa mattina presto. Alan e Richard stanno sorvegliando i due sopravvissuti».

Alex aggrottò le sopracciglia alla notizia e si precipitò a parlare con gli uomini con cui stava cavalcando. Al suo comando, metà di questi si diresse verso il castello, gli altri verso il confine, senza dubbio per scortare Alan e Richard una volta che lo avessero attraversato. Poi tornò indietro, riprendendo il suo posto al fianco di Aidan. Alex era tutto tranne che incostante o sleale, quindi era normale che non aggiungesse altro e non facesse domande. Inoltre, non era il momento di discutere di Brianna. In verità, Aidan non era nemmeno sicuro di *poter* esprimere tutto ciò che lei rappresentava per lui. Non che la questione riguardasse qualcun altro.

Durante il tratto finale verso il castello misericordiosamente silenzioso, a parte il costante scalpiccio degli zoccoli, Aidan ripensò a tutta la sua storia con i fratelli Fitzgerald, un arco di tempo di diversi anni culminato prima nella loro visita non annunciata il giorno in cui aveva lasciato Seagrave quasi un mese prima, e infine nella pessima scelta della loro tattica di imboscata.

Considerando gli eventi di quel giorno, il modo in cui i fratelli e i loro uomini erano riusciti a rintracciarli e a coglierli di sorpresa, Aidan mise in discussione il suo giudizio. Fino a poche settimane prima, aveva considerato i Fitzgerald al massimo un fastidio, di cui si sarebbe presto liberato in un modo o nell'altro, lasciandosi alle spalle qualsiasi alleanza reale o immaginaria da parte di Gil e Nigel. Aveva forse lasciato che la sua vigilanza si allentasse per questo motivo? Lachlan gli aveva conferito un incarico di protezione, ma poteva ancora rivendicarlo se la sua attenzione per Brianna era la causa delle loro disgrazie? Questi pensieri lo tormentarono finché non raggiunse la cima della collina e le porte di Seagrave divennero finalmente visibili. Posare lo sguardo sul castello avrebbe dovuto dargli sollievo, ma invece il frastuono nella sua testa divenne assordante, una tempesta in arrivo e un presagio della resa dei conti che sicuramente lo attendeva.

Quando entrarono nel cortile, Aidan si diresse subito verso i gradini, ansioso di procurare a Brianna l'aiuto di cui aveva bisogno, e notò che anche i cavalieri mandati avanti da Alex avevano fatto lo stesso, lasciando i loro destrieri nelle mani delle guardie del castello, probabilmente nella fretta di cercare Gwen. Aidan chinò il capo, scuotendo leggermente Brianna per sussurrarle all'orecchio che erano arrivati. I suoi occhi si aprirono a fatica e lui le sorrise, ignorando la sua preoccupazione e la paura mentre scivolava a terra, tenendola stretta tra le braccia. Una volta in piedi, guardò Merri negli occhi, rivolgendo un breve ma necessario ringraziamento alla cavalla, poi si affrettò a salire i gradini, lasciandola alle cure della guardia in attesa di prenderne le redini.

Per poco non si scontrò con Gwen, che si stava dirigendo all'esterno proprio mentre lui entrava dalle porte. Alla vista di Aidan, Gwen si fermò di colpo, osservando il suo aspetto logoro e senza dubbio spaventoso, per poi voltarsi verso Brianna, che giaceva ancora mezza addormentata e mezza sveglia tra le sue braccia.

«Che cosa è successo?» Gwen disse con voce roca. Si schiarì la gola: «Aidan? Dimmelo».

Rendendosi conto che quanto successo le avrebbe ricordato l'imboscata che Grey e Gavin avevano subito anni prima, Aidan esitò, volendo risparmiarle spiacevoli ricordi.

«Aidan!» lo incalzò lei.

«Ci hanno teso un'imboscata».

Gwen annuì, poi, con la bocca tesa, gli scrutò il viso e le braccia. «Questo sangue è tuo?» chiese, indicandolo.

Lui scosse la testa. «Non abbastanza da avere importanza».

La donna rivolse allora la sua attenzione a Brianna e i suoi lineamenti si addolcirono quando Aidan la tirò istintivamente a sé. Brianna si strinse alla sua camicia in risposta. Era ancora intontita, ma ora era più sveglia e si spostò per fissarlo.

«Oh, ciao» disse Gwen, senza riuscire a trattenere il sorriso mentre guardava alternativamente Brianna e Aidan. «Io sono

Gwen. Sei in buone mani. Le mie e quelle di questo ragazzo». Brianna tentò un debole sorriso, sussurrando un ringraziamento appena percettibile, e Gwen si voltò di nuovo verso Aidan. «Portiamola dentro» disse, ma la sua voce fu quasi soffocata dal fragore di zoccoli di un altro gruppo di cavalieri che entrava di corsa dai cancelli.

Aidan si voltò mentre lui e Gwen si affrettavano ad avanzare e vide Grey cavalcare in testa al gruppo in avvicinamento.

«Ci troverà» dissero all'unisono e proseguirono per la loro strada.

«Che cosa è successo?» chiese Gwen mentre lo conduceva lungo il corridoio che li avrebbe portati verso l'infermeria.

Aidan scosse la testa. Brianna non gli aveva ancora detto *come* si era ferita. «Non ne sono sicuro. Siamo stati assaliti». La guardò, chiedendosi se potesse lei stessa dare una risposta, ma quando vide che i suoi occhi si erano chiusi di nuovo, si limitò a tenerla più vicino a sé. «Le ho detto di scappare. Quando l'ho trovata, ho visto che il suo polso aveva bisogno di cure... so che ha dei tagli, ma... io...» balbettò, mentre adagiava Brianna, aiutandola a trovare una posizione comoda per lenire il suo dolore.

Gwen lo guardò con compassione, avvicinandosi e tendendo la mano per consolarlo. Il suo tocco lo aiutò, una mano ferma per calmare le sue preoccupazioni crescenti e attenuare la perdita del peso di Brianna tra le sue braccia.

«Sei stato tu a fare questo? Sì?» chiese Gwen, indicando l'imbragatura che aveva ricavato dal suo mantello e la biancheria pulita che aveva avvolto strettamente intorno al braccio di Brianna.

Aidan le fece un cenno e nello stesso momento apparve Grey, evidentemente informato della situazione. Si scambiarono un breve sguardo, e Aidan si voltò verso Brianna, che gli stringeva il polso, facendo una smorfia mentre cercava di mettersi a sedere.

«Io... non mi sento... bene» disse lei a piccoli intervalli, ansimando. Aidan la aiutò rapidamente ad alzarsi, poi rimase vicino, guardando con preoccupazione Gwen che le toglieva la fasciatura per vedere meglio il braccio.

Prima che Gwen potesse continuare con la sua visita, però, Brianna iniziò a sventolarsi con la mano buona e un luccichio di sudore cominciò a comparire sulla sua fronte.

«Ti prego, toglimi questa roba di dosso» domandò, sforzandosi di togliersi il mantello e spingendo contemporaneamente indietro i capelli.

Rapidamente, Aidan glielo tolse, poi lo passò a Gwen in modo da poter raccogliere i capelli di Brianna, attorcigliandoli intorno alla mano per tenerli lontani dal viso e dal collo. Lei lo guardò con una tale gratitudine che il suo cuore quasi si sciolse. Era un compito così semplice, usare la sua mano come fermaglio personale per tenerle la nuca al fresco, tuttavia, era contento di darle anche solo un po' di sollievo, per quanto breve, perché non appena la bocca di Brianna si contorse in un'espressione tirata, fu chiaro che stava per sentirsi male.

In quel momento, Aidan non era sicuro di quale fosse la cosa più importante: tenerle i capelli o trovarle qualcosa in cui vomitare. Congelato nell'indecisione, tutto ciò che riuscì a fare fu formare una coppa con la mano davanti a lei mentre si guardava intorno alla ricerca di qualcosa di più adatto. Gwen gli venne in soccorso in pochi secondi mettendo davanti a Brianna un piccolo vaso, che lei prontamente afferrò. Aidan le offrì l'unica privacy possibile all'interno dei piccoli confini della camera e girò la testa mentre lei svuotava il contenuto dello stomaco. Poiché aveva ingerito solo un po' d'acqua e la pozione che le aveva dato, la questione terminò velocemente, anche se durò abbastanza a lungo da permettergli di vedere Gwen e Grey, chiaramente divertiti dalla sua reazione nell'aiutare Brianna. In un'altra circostanza, avrebbe anche potuto ridere delle loro buffonate, come i loro sguardi drammatici appena prima che Grey mettesse le mani a coppa davanti a Gwen per farle imitare il gesto di vomitarci dentro, ma considerando la situazione, non riusciva a immaginare perché fossero così sconcertati dal suo comportamento. Non aveva dubbi che avessero fatto lo stesso o anche di più l'uno per l'altra nel corso degli anni.

Aidan li guardò a occhi stretti e poi riportò la sua attenzione su Brianna alle prese con il respiro affannoso; riuscì a staccarle la mano dai capelli per prendere alcuni panni impilati sul tavolo accanto al lettino e pulirle la bocca. Lei annuì coprendogli la mano e prendendo il panno. Lui ne prese un altro e lo immerse in un po' d'acqua fresca per tamponarle la fronte, sentendo quanto fosse diventata umida. Quando le passò le nocche sul lato del viso, lei emise un piccolo mugolio di ringraziamento e poi cominciò a piangere sommessamente.

Aidan sentì il cuore gonfiarsi di compassione. «No, Breea. Non piangere, amore» disse scuotendo la testa. La strinse tra le braccia mentre si raccoglieva e, una volta calmatasi, le chiese se volesse sdraiarsi di nuovo. Quando lei annuì, l'aiutò a sistemarsi, premendole le labbra sulla fronte, e si voltò, chiedendosi *cosa* stesse trattenendo Gwen così a lungo.

Si girò e trovò sia Gwen *che* Grey immobili come statue, che lo guardavano, senza più alcuna traccia di umorismo. Quando un attimo dopo Gwen si scosse dal suo torpore e fece un passo verso di lui, Aidan poté vedere che ciò che l'aveva fatta indugiare era semplicemente emozione. Un'emozione pura e sincera, niente su cui scherzare.

«Mi dispiace. Sono così felice per te» ammise dolcemente prima di rivolgere la sua attenzione a Brianna e sedersi al suo capezzale. «Ho sentito Aidan chiamarti Breea. È questo il tuo nome?» chiese, spingendo indietro i capelli di Brianna.

Brianna cercò di parlare ma sembrava ancora troppo debole, così Aidan intervenne al suo posto.

«Brianna. Brianna O'Roarke» annunciò. Poi, con un tono carico di importanza, aggiunse. «Mia moglie».

Non riuscì a vedere il volto di Gwen, ma le sue mani finirono sulle guance e, basandosi sulla scintilla negli occhi di Brianna, poté solo immaginare la sua espressione di gioia.

Gwen ci mise un altro momento a riprendersi, anche se la sua voce nascondeva a malapena l'allegria quando chiese a Brianna: «Ti senti un po' meglio adesso?»

«Ho solo un gran giramento di testa» riuscì a dire Brianna, poi ricominciò ad ansimare, sforzandosi di mettersi comoda.

«Lasciamo che passi qualche minuto» disse Gwen, premendole un altro panno fresco sulla fronte. «Aidan» disse, con gli occhi ancora puntati su quelli di Brianna. «Anche *tu* stai male? Avete mangiato la stessa cosa, forse?»

«No, non abbiamo mangiato nulla» spiegò lui, prendendo una striscia di cuoio che Grey gli aveva passato per legare i capelli di Brianna. «E lei, soltanto una pozione per il dolore e per aiutarla a riposare più comodamente».

Gwen emise un suono, mugugnando mentre guardava Brianna. Aidan, nel frattempo, raccolse di nuovo delicatamente i capelli di Brianna, sistemandoli dove di solito li portava, in cima alla testa. Fu sollevato nel vedere un piccolo sorriso sul suo volto, quindi Brianna gli porse la mano e chiuse gli occhi, sembrando ora riposare comodamente. Dopo un minuto, Gwen tornò a guardarlo.

«Non credo che nessuna delle polveri che ti ho dato avrebbe mai...»

Aidan scosse la testa e sentì gli occhi spalancarsi.

«Aspetta, *cosa*?» disse Gwen, girandosi di scatto in modo da essere completamente rivolta verso di lui.

«Le mie provviste sono andate perse» ammise lui, con il cuore che sprofondava. «Prima di lasciare Ayr, ne ho acquistate di nuove in farmacia. Almeno quelle che sono riuscito a trovare».

Il sorriso facile e i modi cordiali di Gwen si dissolsero immediatamente: «Devo vedere cosa le hai dato, Aidan».

Aidan si guardò intorno per un attimo, sentendosi perso, finché non sentì una mano sulla spalla. Henry. Era rimasto in piedi appena dentro la porta per tutto il tempo e ora stava porgendo a Gwen la borsa dei medicinali. Sebbene avesse una discreta conoscenza dei rimedi topici e ingeribili grazie a Lady

Madelyn, la madre di Grey, una guaritrice molto esperta, Gwen aveva una competenza avanzata che aggiungeva un ulteriore livello. Perciò, Aidan sapeva che di norma i composti medicinali erano da evitare, punto e basta. Per questo motivo aveva acquistato i singoli ingredienti e li aveva combinati da solo.

Tuttavia, trattenne il respiro, di nuovo preoccupato, guardando Brianna, che fortunatamente sembrava ancora riposare comodamente, e Gwen, che esaminava il contenuto dei suoi acquisti. Infine, Gwen fece un cenno deciso e guardò Brianna ancora una volta, prestando maggiore attenzione a quella nuova informazione. Aidan osservò come dedicasse una notevole quantità di tempo a controllarle gli occhi, la gola e a cercare punti di irritazione della pelle, notando che riusciva a fare tutto ciò mantenendo completamente intatto il pudore di Brianna. Finì di contare i battiti del cuore di Brianna e si voltò verso di lui, sospirando profondamente. «Penso che starà bene».

«Tu *PENSI*?» esclamò Aidan, allarmandosi per la ferocia delle sue parole. La risposta non impegnativa di lei lo aveva fatto sobbalzare. Voleva certezze, anche se Gwen non poteva offrirgliele.

Allo scatto di Aidan, Grey si mise tra loro, con le narici che si dilatavano per il tono alterato usato da Aidan nei confronti della moglie, ma a Gwen evidentemente non importava. Si limitò ad alzare gli occhi al cielo e a riportare l'attenzione su Brianna. Sempre al di sopra della sua testa, Aidan lanciò a Grey uno sguardo di scuse, che l'amico accettò subito con un cenno del capo.

«Cos'è successo alle tue provviste?» chiese Gwen, srotolando i panni che coprivano il braccio di Brianna.

«Sono andate perse nell'incendio».

A quel punto Gwen alzò la testa e parlò insieme a Grey: «Incendio?»

«Non l'hai saputo?» chiese lui, calmando con un tocco Brianna che si agitava per l'improvviso clamore. Era quasi certo che la notizia lo avrebbe preceduto, vista la lunghezza del loro viaggio.

Grey scosse la testa. «No, ho portato Tristan a Dunhill e sono tornato solo ora».

«Grey». Aidan sentì la stretta di Brianna sulla sua mano e, quando abbassò lo sguardo su di lei, vide un piccolo sorriso attraversarle le labbra: il suo tocco voleva essere un sostegno. «La nave... la nave è stata gravemente danneggiata. Forse distrutta». Aveva sperato di essere lui a portare la notizia al suo amico e, alla luce delle circostanze, così come le conosceva ora, avrebbe solo voluto non doverla comunicare in mezzo a tutto il resto.

«Che cosa è successo?» L'espressione di Grey era determinata.

«I Fitzgerald» spiegò Aidan, con la bocca rigida. «Gil e Nigel erano ad Ayr e mi hanno visto lì con Brianna. Non conosco i dettagli esatti, ma so per certo che c'è il loro zampino».

«E quando hanno fallito...» continuò Grey, poi passò la mano sulle ferite di Aidan e Brianna. «È successo *questo*?» L'espressione di Grey cambiò quando si rese conto dell'ampiezza della malvagità dei Fitzgerald.

Aidan annuì. «Sì».

Brianna lo guardava. Confusa. «Li conoscevi? Gli uomini che ci hanno attaccato?»

«Oh, cavolo» mormorò Gwen e roteò gli occhi. Grey si limitò a fissarla, scegliendo chiaramente di rimanere in silenzio.

«Aidan?» Brianna gli strinse la mano.

«Li conoscevo» ammise lui senza mezzi termini.

Un rumore alle sue spalle lo fece girare di scatto proprio mentre Tristan irrompeva nella stanza gridando il suo nome. Nonostante tutto, il cuore di Aidan si gonfiò alla sua vista e non poté fare a meno di sorridere posandogli una mano sulla testa quando il ragazzo si aggrappò a lui.

Tristan alzò lo sguardo e fece un passo indietro, poi sussultò quando vide Brianna. «È questa la tua signora? Ha trovato il tuo medaglione?»

Prima che Aidan potesse rispondere, Kitty miagolò dal suo posto nell'imbragatura attorno alla spalla di Henry, e i suoi occhi corsero verso il piccolo felino. «Hai catturato anche un gattino!»

esclamò e, come erano soliti fare i giovani, lasciò da parte tutte le domande per la bestiola pelosa che Henry gli stava porgendo.

Mentre Tristan coccolava e giocava con Kitty, Gwen riportò la sua attenzione sul braccio di Brianna non fasciato. Lo esaminò in silenzio e Aidan sentì la tensione nella stanza salire di nuovo. Gli occhi di Gwen si diressero verso di lui e lei si avvicinò quando vide l'inconfondibile segno di una mano intorno al polso di Brianna, che ora, a distanza di ore, aveva un aspetto decisamente peggiore.

Gwen alzò lo sguardo per incontrare gli occhi di Brianna. «Ce ne sono altri?» chiese a bassa voce.

Quando Brianna scosse la testa, Gwen lanciò un'occhiata ad Aidan e a Grey e allargò gli occhi in modo deciso: ad Aidan ci volle un attimo per capire che Gwen pensava che forse c'erano altri segni e che Brianna stava tacendo per risparmiarlo. Il sangue cominciò a ribollirgli al pensiero che Nigel avesse... Aidan scosse la testa per schiarirsi le idee. Era certo che Nigel non avesse avuto il tempo di... di farle del male, ma all'improvviso gli venne un dubbio. Forse c'era dell'altro nella sua insistenza nel raccogliere le armi o nell'accennare al fatto di essere indifesa. Il suo orrore dovette trasparire dal suo volto, perché Gwen gli lanciò uno sguardo comprensivo ma implorante.

«Perché non ci dai qualche minuto?» disse.

Aidan ondeggiò, improvvisamente sbilanciato. Anche se Gwen aveva ragione ad assicurarsi che Brianna ricevesse le cure e la privacy di cui poteva aver bisogno, il pensiero di allontanarsi era ripugnante e troppo doloroso da pensare. Dopotutto, era successo proprio perché l'aveva mandata da sola ad affrontare il suo nemico.

Riusciva a malapena a giustificare il suo comportamento o l'ossessione che si agitava nella sua testa. Il pensiero dello sguardo spalancato di lei, quando le aveva chiesto se le fosse stato fatto più male di quanto sapesse, lo aveva reso irrazionale, ma capiva che di certo il suo atteggiamento non aiutava. Eppure rimase lì, impotente e incapace di muoversi, anche se Gwen si scambiò uno sguardo con Grey che evidentemente stava cospirando perché si allontanasse. Poi Grey gli fu accanto, afferrandogli la spalla per farlo spostare. Aidan mantenne il contatto visivo con Brianna il più a lungo possibile, aggrappandosi allo stipite della porta mentre Grey e Henry riuscivano finalmente a tirarlo fuori dalla stanza.

CAPITOLO 25

Brianna strinse la mano di Gwen, improvvisamente consapevole di ciò che stava accadendo, mentre la nebbia mentale si dissolveva. «Non è successo nient'altro, Gwen» insistette cercando di mettersi a sedere, nonostante sapesse di sembrare più intontita di quanto si sentisse. Il volto di Gwen era pieno di compassione, ma vedere Aidan soffrire in quel modo era terribile, ne avevano già passate abbastanza. «Non puoi lasciare che Aidan si preoccupi così. Quell'uomo, quello che mi ha aggredito, mi ha spaventata a morte, ma questo» disse, facendo un movimento verso il polso, «è stato l'unico danno fisico che mi ha inflitto».

Gwen si avvicinò per aiutarla a sistemarsi più comodamente, spostandole alcuni cuscini dietro la schiena e sotto il braccio prima di continuare. «Volevo solo esserne sicura» spiegò, con voce preoccupata. «E non sei ancora pronta per alzarti, anche se il tuo cervello dice il contrario».

Brianna si rese conto che Gwen aveva ragione. Qualsiasi cosa Aidan le avesse dato per il dolore stava svanendo e questo, unito al fatto di vedere quanto Aidan avesse indugiato a lasciarla con Gwen, l'aveva riportata alla realtà. Ora si sentiva più vigile, ma il suo corpo non rispondeva con la stessa rapidità.

«Va tutto bene» disse Gwen. «Non durerà a lungo, cerca di

rilassarti se puoi». Fece un respiro profondo, incoraggiando Brianna a fare lo stesso. «Ecco» disse Gwen con un sorriso. Lo fecero alcune volte, mentre Brianna si concentrava su di lei. Era una bella donna, con splendidi occhi verdi e capelli biondo scuro. Aveva anche un modo di fare meraviglioso, caloroso e premuroso, che mostrò ancora una volta quando si protese in avanti e le accarezzò il viso.

«So che non mi conosci nemmeno, e posso solo immaginare quello che hai passato, ma *credimi*, la mia immaginazione può andare oltre i limiti» disse Gwen con uno sguardo consapevole e un lento cenno del capo. «Ma ti giuro, Brianna, che sono dalla tua parte. E anche da quella di Aidan». Fece un'altra pausa prima di continuare. «Senti. Per quanto questi uomini, Aidan, Grey, l'intera confraternita, vogliano metterci al riparo da tutto, non è sempre possibile».

Brianna allungò la mano e coprì quella di Gwen con la sua; aveva la sensazione che lo sapesse per esperienza. Si scambiarono uno sguardo profondamente significativo prima che Brianna parlasse di nuovo: «Sinceramente, Gwen, non è successo nient'altro».

«Va bene, allora... ma se più tardi ti viene in mente qualcosa, io sono qui. Tenersi le cose dentro può essere distruttivo, a volte non ci si rende nemmeno conto di quanto sia dannoso». Gwen aspettò che Brianna annuisse, poi prese alcune provviste su un piccolo vassoio accanto a lei.

Mentre Gwen puliva e fasciava nuovamente la mano e il polso, le raccontò quello che le era successo anni prima. Del suo rapimento per mano del fratello di Gavin e di come l'avesse quasi distrutta. Quando arrivò a quella parte, Gwen girò per un attimo la testa come se fosse presa dai ricordi, poi emise un piccolo suono e si voltò indietro. «Anche se lo sapevo, è stata l'insistenza di Grey perché ne parlassi che mi ha permesso di iniziare a guarire. Non posso dire che valga lo stesso per tutti, ma per me la differenza è stata notevole, mi ha davvero aiutato. E in sostanza ho scoperto che condividere la mia esperienza può aiutare anche qualcun altro a guarire». Gwen lasciò che le sue parole venissero assimilate, poi sorrise dolcemente, e si lasciò alle spalle l'argomento. «So che questo non è il tuo giorno migliore, Brianna, ma non vedo l'ora di sapere tutto di te. Aidan significa molto per noi e sapere che ha trovato... che ha trovato te... Brianna, cosa c'è?» Gwen la guardava intensamente e a Brianna ci volle un attimo per rendersi conto che aveva iniziato a perdersi nei suoi pensieri.

«Mi dispiace». A Brianna girava la testa, la realtà di tutto quello che le era successo nelle ultime settimane le era finita addosso, e qualcosa che Aidan aveva detto le riecheggiava in fondo alla mente. «Io... credo di avere tante cose da dirti, Gwen» sussurrò, pensando ai MacTavish e a quello che le avevano detto sulle altre donne che i loro amici avevano sposato. «Ma devo dire una cosa ad Aidan». Sentendosi abbastanza forte, Brianna si alzò di nuovo in piedi.

«Forse ti senti pronta» disse Gwen, facendola tornare giù. «Ma prima finiamo di fasciarti il braccio e mettiamo una nuova imbragatura. È così importante?» chiese Gwen, percependo la sua urgenza.

Brianna annuì lentamente. «Credo di sì. Ho visto un uomo ad Ayr, la mattina in cui siamo arrivati. Non ho detto nulla ad Aidan... perché... mi sentivo così in imbarazzo quel giorno». Fece una pausa e guardò Gwen con attenzione prima di aggiungere: «Così... fuori posto».

«Pfft». Gwen annuì. «Ci sono passata anch'io» disse, con gli occhi che mostravano tutta la sua comprensione, poi aggiunse: «A proposito, bel tatuaggio». Le fece l'occhiolino e il cuore di Brianna si gonfiò di eccitazione, gioia e sollievo per la chiara conferma che non era davvero sola. Ovviamente, non era il momento di entrare nei dettagli, ma Brianna sentì l'atmosfera cambiare. Gwen sorrise incoraggiante mentre quei pensieri le turbinavano in testa. «Va bene, fidati di me, avremo tutto il tempo. Seagrave può offrire molte comodità moderne, ma non sono poi *così* moderne. Tuttavia, eccelliamo in alcuni passatempi che vanno al di là della quotidianità della *vita di lusso* del quindicesimo secolo» raccontò, facendo le virgolette con le dita e una piccola risatina. «Sai, come le riunioni di famiglia, i pasti eccellenti, qualche gioco... persino fare figli» aggiunse con un sorriso contagioso, arrossendo quando Brianna ridacchiò. «Vai avanti» disse Gwen. «Parlami di quest'uomo che hai visto ad Ayr».

Brianna si fermò un attimo per assimilare tutto, sentendo un sorriso spuntare prima che la realtà del momento le tornasse in mente. Annuì, poi fece un respiro profondo e parlò.

«Beh, all'inizio ho pensato che fosse un tizio qualunque che mi guardava male, e ho fatto finta di niente... Dio, sono arrivata persino a immaginare che fosse arrabbiato perché stavo camminando con Aidan per qualche motivo». La mente di Brianna era un turbinio di pensieri che lottava per collegare. «Forse se avessi detto qualcosa... ma ero così agitata al pensiero di altre donne con Aidan prima di me, o di Aidan *con* un'altra donna, che non ho detto nulla». Si interruppe, sconvolta dal fatto di essere stata così infantile da non aver fatto nulla di utile al riguardo, né all'epoca né in seguito.

«Brianna» Gwen le strinse la mano, riportando la sua attenzione al discorso, almeno per un momento. «Quello che è successo, qualunque cosa sia successa, non è colpa tua. Forse sono la prima persona a dirtelo, ma ti assicuro che non sarò certo l'ultima».

«Ma se avessi potuto salvarci tutti da questo?»

Gwen scosse la testa. «A volte non possiamo essere salvati da questo o da qualsiasi altra cosa» dichiarò in qualche modo, pur senza conoscere ancora nessuno dei dettagli.

Sentendo in Gwen un vero spirito affine e una storia condivisa fra le due donne, Brianna le raccontò quello che era successo, come Aidan l'aveva mandata via quando era chiaro che erano in pericolo.

Faceva ancora male pensare a come, in quei secondi, avesse pensato che sarebbe stata la loro ultima volta insieme. «Voleva solo proteggermi dal male». Brianna provò una nuova scarica di emozioni e si mise a piangere mentre Gwen la tranquillizzava.

Quando si riprese, Gwen scosse la testa e sorrise dolcemente. «È l'unica cosa che vogliono, Brianna. Fidati, se sei abbastanza fortunata da essere legata a uno di questi uomini, e lo dico in senso retorico, visto che ovviamente lo sei, non c'è amore più profondo o più forte. Davvero».

«Gwen». La voce di Brianna si spezzò per un attimo e lei si avvicinò di più, sentendo di dover dire qualcosa, ma le parole non arrivavano.

«Qualunque cosa sia, puoi dirmela. Credimi, ti aiuterà».

«Io... ho ucciso due uomini».

«Oh, tesoro». Di fronte alla sua indiscussa compassione e al calore dei suoi occhi, Brianna crollò di nuovo.

«È un fardello pesante da portare» ammise Gwen, dopo che Brianna le ebbe raccontato tutta la storia. «Che se lo siano meritato o meno».

Brianna guardò Gwen e capì subito che parlava per esperienza, eppure era lì, apparentemente sana e salva. Era la dimostrazione della verità delle sue parole.

«Voglio solo chiedertelo un'altra volta e poi lascerò perdere. L'uomo che hai affrontato... sei assolutamente sicura che non sia successo nient'altro? Che non abbia...»

«Sono sicura» disse Brianna, rabbrividendo al pensiero di ciò che sarebbe potuto accadere. Poi strinse la mano di Gwen: «Grazie. Per avermi ascoltato e anche per aver condiviso la tua storia con me».

«Sono qui per te, quando vuoi».

«Possiamo andare ora?» chiese Brianna. «Ho davvero bisogno di vedere Aidan».

Gwen annuì, poi si alzò. «Dammi solo un secondo».

Brianna sussultò vedendola di profilo. «Gwen! Non mi ero accorta che fossi incinta».

Gwen fece una smorfia, pronunciando la parola "passatempo" con le virgolette, mentre si dirigeva verso una serie di armadietti allineati alla parete, premendosi una mano sulla schiena mentre guardava le sue provviste e prendeva quello che le serviva. Poi Gwen avvolse il braccio di Brianna e le applicò una nuova imbragatura in pochi minuti.

«Bene, andiamo» disse tendendo la mano per aiutarla.

Brianna si appoggiò allo schienale, guardandola con scetticismo. «Non voglio farti cadere».

Gwen ridacchiò. «Sono più forte di quanto sembri. Ma speriamo di rimanere entrambe in piedi, altrimenti ci sarà un prezzo da pagare per entrambe».

Brianna rise un po' anche di questo, e fu bello lasciarsi andare per un momento. Immaginò le facce di Aidan e Greylen se fossero tornati e le avessero trovate stravaccate sul pavimento.

Quando tornò in sé, si tranquillizzò. «Li conoscevi?» chiese Brianna mentre Gwen la tirava su e lei si scrollava di dosso l'ultima nebbia che le confondeva la testa. «Quegli uomini...» cercò di ricordare il nome usato da Aidan. «Erano fratelli, credo?»

«I Fitzgerald». Gwen annuì. «Fino al mese scorso sapevo di loro solo quando si presentavano, senza preavviso...» le sue parole si interruppero un attimo. «Ma credo che dovrebbe essere Aidan a spiegarti meglio».

Quando Gwen aprì la porta, trovarono Henry in attesa con altri due uomini che Brianna non riconobbe.

«È nello studio» disse subito Henry, guardandola con preoccupazione.

Brianna annuì, rendendosi conto che era la prima volta da quando avevano lasciato Ayr che lei e Aidan erano separati. «Sto bene» gli assicurò. «Ho bisogno di parlare con Aidan, però. Mi accompagneresti da lui?»

Henry guardò Gwen, forse per assicurarsi che fosse giusto per lei andare in giro. Alla sua conferma, si avviò verso il corridoio, facendo cenno a Brianna di seguirlo, mentre gli altri uomini li seguirono. Brianna fece del suo meglio per non appoggiarsi a Gwen, che le aveva offerto il braccio. Era così presa dall'idea di raggiungere Aidan che prestò poca attenzione a ciò che la circondava, anche se notò il calore e la pulizia dell'enorme corridoio. Attraversando l'atrio, fu impossibile non notare gli intricati lavori in muratura e in legno, soprattutto nello splendido arco che conduceva alla grande sala. Brianna si segnò mentalmente di tornare a esaminarlo più da vicino quando si fosse ripresa.

Avevano appena attraversato la metà dell'ingresso quando apparve il ragazzo che prima era entrato di corsa nella stanza per vedere Aidan. Sembrava preoccupato e quando Gwen scosse la testa in risposta allo sguardo interrogativo dei suoi occhi, il suo volto si rabbuiò ulteriormente. Brianna alzò le sopracciglia verso Gwen, indicando che poteva prendersi un momento per parlare con lui. Gwen sorrise e si diressero assieme verso il ragazzo.

«Andrà tutto bene, Tristan».

Il labbro del ragazzo tremò. «Sei sicura, mamma?»

«Sì, mio dolce ragazzo, sono assolutamente sicura».

Quando alzò lo sguardo verso la madre da sotto le ciglia, Brianna vide che i suoi occhi erano quasi della stessa tonalità di quelli di Gwen. Guardò Brianna come per avere un secondo parere, e lei gli sorrise.

«So che non siamo stati presentati formalmente» disse allungando la mano, «ma io sono Brianna. Vorresti venire con noi a cercare Aidan?»

Dalla sua espressione, era evidente che Tristan non si aspettava l'invito. Provava una profonda tenerezza per quel ragazzo e per il suo affetto nei confronti di Aidan.

«Forse potresti aiutarmi a restare stabile, così non dovrò fare affidamento su tua madre?»

A quelle parole, il petto del ragazzo si gonfiò e i suoi occhi non furono più diffidenti. «È mio dovere assisterti. Ma non posso tenere per me qualcosa che potrebbe causare problemi». Dichiarò continuando a tenere d'occhio anche gli uomini dietro di loro.

Incuriosita, Brianna si voltò. Osservando le espressioni compiaciute di tutti e l'atteggiamento orgoglioso di Tristan, fece due più due, poi gli rivolse un caloroso sorriso.

«Non è facile mantenere un segreto da queste parti» disse

Gwen ridacchiando. «A Tristan è stato insegnato esattamente cosa deve condividere e cosa può tenere per sé».

Brianna annuì e si rivolse a Tristan. «Beh, visto che sono decisa a parlare con Aidan, credo che un braccio o una spalla su cui appoggiarsi possa fare al caso nostro *e* salvarci dai guai» gli assicurò.

Il ragazzo la studiò con attenzione, passando lo sguardo da lei agli uomini, forse in cerca di uno spunto. Sembrava però che lo stessero lasciando decidere da solo e Brianna doveva ammettere che si stava godendo la lezione di Tristan sul pensiero critico.

Dopo un attimo, Tristan fece un profondo cenno di assenso e poi le offrì il braccio, che Brianna accettò gentilmente con grande sfoggio. Poi proseguirono lungo un altro corridoio, fermandosi davanti a un paio di porte incastonate profondamente nel muro di pietra. Brianna sentì delle voci soffocate provenire da dietro, forse anche un grido o due, e improvvisamente esitò e indietreggiò.

«Cosa pensi che stiano facendo?» chiese, rivolgendosi a Gwen.

Gwen pensò per un attimo, poi disse: «Beh, visto che i fratelli Fitzgerald sono morti, suppongo che stiano studiando le loro prossime mosse o che stiano cercando di staccare Aidan dal soffitto». Fece una pausa. «Credo che vederti sarebbe di grande aiuto. Vuoi che bussi io? O vuoi farlo tu?»

Brianna fece un respiro profondo. Non solo doveva dire ad Aidan dell'uomo che aveva visto ad Ayr, ma voleva anche fargli sapere che stava bene, almeno in senso relativo. Stava per fare un passo avanti quando Tristan le si parò davanti con uno sbuffo e batté i pugni sulla porta con più forza di quanto Brianna pensasse possibile per un bambino della sua età. Le sue azioni furono accolte da grugniti di approvazione alle loro spalle e Brianna non poté fare a meno di essere nuovamente impressionata dall'addestramento del ragazzo e dal costante rinforzo degli uomini che lo circondavano.

Greylen aprì la porta un attimo dopo e a Brianna non sfuggì il modo in cui i suoi occhi scrutarono amorevolmente Gwen. Non l'aveva notato prima, ma quel breve sguardo le era bastato per capire quanto tenesse a sua moglie.

C'erano troppi individui nella stanza perché Brianna potesse vedere più del profilo di Aidan, chino su un grande tavolo rotondo sistemato davanti a una parete piena di mappe; qualcosa la colpì e le ricordò lo studio di suo nonno a Dunhill. Quando uno degli uomini si mosse, poté vedere che Aidan stava scrivendo una lettera. Una volta terminata, la passò a una delle guardie che si trovavano lì vicino, che annuì e uscì dalla stanza. Senza alzare lo sguardo, Aidan ricominciò a scrivere, finì un'altra lettera, la sigillò e consegnò anche quella. La seconda guardia fece un cenno rispettoso a Gwen e Brianna mentre passava, e fu questo ad avvisare Aidan della loro presenza.

Lasciò immediatamente tutto e si precipitò verso di lei all'ingresso. Sembrava... oh, ora che poteva *vederlo* davvero, era bellissimo e allo stesso tempo esausto. Il fatto che entrambi fossero ancora in piedi era un miracolo e, francamente, neanche lei riusciva a capire come avevano fatto. Brianna allungò la mano buona, scuotendo la testa mentre lui si avvicinava. Il suo viso era talmente tirato che tutto ciò che voleva era assicurargli che stava bene, che non le era successo nient'altro, ma lui la prese tra le braccia così in fretta che, quando il suo corpo e il suo calore la avvolsero, tutto ciò che riuscì a fare fu un respiro profondo e affannoso. Sentiva il corpo di lui teso e sapeva che stava lottando per il controllo, che probabilmente pensava al peggio a causa della reazione di lei. Le dispiacque lasciare il suo abbraccio, ma doveva rassicurarlo.

«Non è successo niente più di questo» disse, spingendosi indietro e guardandolo intensamente, assicurandosi che lui vedesse che ora era completamente lucida. «Lo giuro».

I suoi occhi, sempre di un'ipnotica tonalità di verde, cambiarono insieme a parte della sua preoccupazione. Erano diventati così scuri da essere quasi color smeraldo. Si chinò e, premendo la fronte sulla sua, sussurrò: «Non devi mai giurarmi *nulla*, Brianna. Io desidero solo... solo proteggerti dal male».

Brianna amava questo aspetto di lui, e gliel'aveva dimostrato ripetutamente, anche poche ore prima, di fronte alla morte. Letteralmente. Brianna pensò a qualcosa che Gwen aveva detto e che, pur essendo terribile, viste le conseguenze, probabilmente era assolutamente vero. «Forse non avresti dovuto» disse.

In risposta, dalla sua gola uscì un basso ringhio e Brianna si accigliò. Gwen le lanciò un'occhiata che diceva proprio *Teniamocelo per noi*. Sì, l'aveva capito. Per quanto forti fossero quegli uomini, il loro senso del dovere non doveva essere minacciato.

Una volta calmatosi, Aidan lanciò un'occhiata alla fasciatura preparata da Gwen e chiese: «Il polso?» con gli occhi che passavano da lei a Gwen in cerca di conferma.

Brianna annuì, massaggiandogli il braccio con la mano buona mentre Gwen diceva: «Solo una distorsione. Ma i lividi ci metteranno un po' ad andare via».

Brianna allora strinse la presa sul suo braccio, volendo che si concentrasse per un momento. «Devo dirti una cosa».

Lui aspettò in attesa, con la preoccupazione che gli balenava sul viso.

«Credo di aver visto uno di quegli uomini. Prima, voglio dire».

«Prima di stamattina?»

Lei annuì. «Sì».

«Ti ricordi dove?»

«Quando stavamo camminando in città, la mattina in cui siamo arrivati. Non mi sono resa conto che avrei dovuto dire qualcosa, forse avrei evitato che tutto questo accadesse».

«Brianna» respirò lui, afferrandole la testa tra le mani. «Non puoi portare anche questo peso».

«Ma» guardò Greylen. «Mi dispiace molto per la tua nave».

«Hai appiccato tu il fuoco?»

«No».

«Allora non hai nulla di cui dispiacerti».

Quando lei iniziò a riaprire la bocca, entrambi gli uomini

scossero la testa, facendo capire che non ci sarebbero state altre discussioni. Sapendo che la cosa era finita lì, Brianna annuì. «Chi erano? Perché ti stavano cercando?»

Prima che Aidan potesse rispondere, un altro uomo entrò nella stanza. In base alla sua presenza imponente e al modo in cui Aidan si voltò subito verso di lui, dedicandogli tutta la sua attenzione, Brianna non pensò che fosse una delle guardie, ma forse un altro della loro confraternita.

«Ho appena parlato con Alex» disse questi, afferrando la spalla di Aidan.

Aidan sembrava sul punto di rispondere, quando l'uomo, che aveva fatto un cenno di ringraziamento a tutti i presenti, rivolgendo a Gwen un sorriso particolarmente caloroso, fissò lo sguardo su Brianna. Dopo un attimo, inclinò la testa. «Ci conosciamo?» chiese, fissandola profondamente negli occhi.

Quando lei lo guardò direttamente, Brianna quasi sussultò. Non aveva mai visto nessuno con gli occhi della stessa tonalità dei suoi, a parte suo padre e suo nonno. Era uno dei suoi parenti? Un O'Roarke del quindicesimo secolo? I suoi pensieri si affrettarono a scorrere gli elenchi genealogici su cui aveva passato anni a scrutare. Poi le venne in mente. Se ricordava bene, questo doveva essere...

«Callum» disse Aidan, mettendosi al suo fianco e avvicinandola. «Questa è mia moglie, Brianna».

Brianna rimase in silenzio mentre Callum li osservava entrambi, studiandola con particolare curiosità. «Da dove vieni?» le chiese, concentrandosi sui suoi occhi.

Lei era così turbata dalla sua domanda che non sapeva come rispondere, ma dopo un attimo, agitando goffamente la mano, disse: «Da... da un posto un po' lontano». Sapeva che la sua risposta vaga non superava di certo la sufficienza, ma era la migliore che le fosse venuta in mente sul momento.

Callum ci pensò sopra per un attimo e lei non poté fare altro che non spostare il peso da un piede all'altro sotto il suo sguardo stupito. Infine, parlò. «Capisco» disse in tono piatto, poi i suoi occhi tornarono su Aidan. «E tu sei sposato?» Per qualche motivo, sembrava perplesso.

«Sì» rispose Aidan lentamente.

Di nuovo, Callum sembrò confuso. «Non ci hai convocati per l'occasione?» chiese. «Come abbiamo fatto tutti per celebrare unioni di questa importanza?»

«Ci siamo scambiati i voti sulla nave». Le parole di Aidan ora erano sbrigative, il che la confondeva, dato che Brianna pensava che lui e Callum fossero buoni amici, anzi, fratelli.

«I voti... sulla nave?» ripeté Callum. Sembrava confuso. «Padre Michael vi ha accompagnato?»

Aidan scosse la testa.

«E tuo padre?» chiese Callum, rivolgendosi a Brianna. «I tuoi genitori erano presenti?»

Quando lei scosse la testa, Callum annuì di nuovo lentamente, soffermando lo sguardo su di lei, prima di voltarsi verso Aidan. «Quindi vi siete promessi l'uno all'altra?» disse quasi retoricamente, anche se il suo tono era sprezzante. «Ma non avete consacrato questo matrimonio in chiesa, né avete ottenuto l'approvazione di chiunque Brianna possa chiamare famiglia per agire in suo nome?»

Oh, rabbrividì. Improvvisamente, ciò che le era sembrato ineccepibile, ora le sembrava tutt'altro.

«Sono stato *io* ad agire in suo nome» annunciò Aidan, tirandola stretta al suo fianco, con un chiaro tono di sfida.

Callum la guardò. «Tu *sei* una O'Roarke, Brianna, vero?» I suoi occhi si strinsero verso Aidan. «È evidente, almeno per me».

Lei annuì, avendo la netta sensazione che se suo padre fosse vissuto, avrebbe parlato proprio come Callum in quel momento.

«Hai *mai* pensato di parlarne con me?» disse ad Aidan, con una sfumatura nella voce che fino a un attimo prima non c'era.

Brianna sentì Aidan irrigidirsi accanto a lei. «Riguardo a *cosa...*?»

A quel punto, la posizione di Callum cambiò e l'aria quasi crepitò nella stanza. «Dal momento che si trova in questa terra» disse con un gesto della mano, leggendo astutamente tra le righe, «senza alcuna famiglia conosciuta, mi *riferisco* alla mano di Brianna» sbottò, mentre lo scambio diventava piuttosto acceso.

Aidan fece un passo avanti, così vicino a Callum che i loro petti quasi si toccavano. «La circostanza mi ha portato ad agire. Come è successo a te, con Maggie. Non hai fatto lo stesso quando hai sposato una *Sinclair* senza parlarne prima con me?»

«Se solo togliessi la testa dal tuo...»

A quel punto, Greylen si intromise tra loro, rompendo a malapena la tensione mentre Aidan e Callum continuavano a lanciarsi occhiate nervose. Greylen li allontanò entrambi e Callum riformulò la domanda.

«Se vuoi ripensarci, ti ricorderai che in effetti *io* l'ho fatto davvero!»

Aidan sembrò riflettere sulle sue parole e notò che tutti gli occhi erano puntati su di lui. Dopo un attimo annuì. «Hai ragione, hai mandato a chiedere se c'era una parentela, visto che condividiamo il nome, e a chiedere la mia benedizione in tal caso».

Callum sembrò rasserenato dal suo ricordo e dal suo tono un po' rincuorato e si ricompose.

Brianna rimase lì sotto shock, ricostruendo lentamente quello che era successo. Si sentiva in colpa per entrambi, ma in quel momento era più dispiaciuta per Callum. Era ovviamente sconvolto, e tutto per l'onore della famiglia. L'onore della *sua* famiglia. Sapeva, dal tempo trascorso con i MacTavish e dagli anni trascorsi a studiare la storia della sua cerchia, che tra tutti gli uomini, Callum aveva un'aria mortalmente silenziosa e letale, dovuta a una perdita orribile, una caratteristica della famiglia O'Roarke. Una caratteristica che conosceva fin troppo bene.

Era chiaro che non avevano finito, comunque. Lo percepiva nell'aria e si sentiva combattuta.

Aidan sostenne il suo sguardo e lei sapeva che poteva leggerlo nei suoi occhi. «Mi dispiace».

Sapeva che lo pensava davvero; quella giornata era stata

tumultuosa, piena di avvenimenti. Suo *marito* era tale per consenso, sì, ed era anche legale secondo i tempi, ma ora che Callum ne aveva parlato, Brianna ricordò il registro di famiglia, in cui erano stati annotati tutti i matrimoni fino a Fergus e Isabeau. Alcune pagine erano macchiate e logore, altre erano state addirittura perdute, prima che lei e suo nonno riuscissero a conservare ciò che ne era rimasto. Ora, però, si rendeva conto che, oltre ai nomi di coloro che erano abbastanza vicini da essere iscritti nelle pagine, veniva sempre annotato anche il membro del clero che aveva celebrato la cerimonia. Il che dava ragione allo sfogo di Callum: le unioni consacrate venivano prese sul serio. Per un attimo Brianna si preoccupò che la cosa potesse essere legata alla tradizione della sua famiglia.

«Dobbiamo celebrare un matrimonio in chiesa, e al più presto» disse allungando la mano verso Aidan.

«Lo faremo» disse lui, quasi disperato, stringendo delicatamente la sua mano buona mentre la guardava dall'alto. Cercava di dedicarle tutta la sua attenzione, ma i suoi occhi continuavano a scorrere tra lei e Callum.

Ci fu un lungo momento in cui nessuno parlò, e più passava il tempo, più la tensione nella stanza diventava fitta. Il silenzio divenne assordante e, sperando che finisse, Brianna strinse di nuovo la mano di Aidan, nel tentativo di farlo concentrare su di lei.

«Mi hai detto che conoscevi gli uomini che ci hanno aggredito» disse, e la sua voce tagliò la quiete. «Perché ti stavano cercando?»

Brianna non era sicura di chi avesse veramente commesso un errore. Lei per aver posto di nuovo la domanda o Aidan per averla costretta. Ma alla fine fu Callum ad avere l'ultima parola, prendendo il suo ruolo di tutore familiare con la massima serietà.

«Perché si aspettavano che sposasse la loro sorella».

CAPITOLO 26

Qualunque fosse la resa dei conti che Aidan aveva immaginato, non si aspettava che avvenisse per mano di Callum. Eppure, in quei pochi secondi dopo la sua dichiarazione, rimase attonito, osservando una serie di emozioni che attraversavano il volto di Brianna: dalla confusione all'incredulità, fino a qualcosa che andava ben oltre il dolore. Più a lungo rimaneva in silenzio, più comprendeva la gravità del suo errore. Voleva dire qualcosa, prendere le sue difese, ma si trovò incapace di parlare, perché in verità non aveva parole. Che importanza aveva il fatto che i Fitzgerald avessero preteso che sposasse Judith? Sì, si trattava di un vero e proprio ricatto, eppure glielo aveva tenuto nascosto come se avesse avuto un qualche valore reale. Il rimorso che provava era talmente profondo, come se qualcuno gli avesse aperto il petto e spremuto il cuore, eliminando ciò che di recente vi era fiorito. La sensazione, unita allo sguardo di lei che incespicava su un semplice ma appena udibile «Oh... *oh*» era oltremodo dolorosa. Lo fece quasi crollare.

Eppure, le parole non gli uscivano dalla bocca. Brianna gli lanciò un ultimo sguardo implorante prima di voltarsi per lasciare la stanza, mentre Gwen le correva dietro. Rivolse lo sguardo a Callum, che non si era mosso, forse rendendosi conto di ciò che aveva appena fatto. In effetti, a parte le donne, tutti nello studio di Grey erano rimasti completamente immobili e in silenzio.

«Non era mia intenzione ferire i suoi sentimenti» disse Callum, e lo sguardo nei suoi occhi disse ad Aidan che non aveva neanche intenzione di ferire i suoi, non veramente.

Aidan lo sapeva e, francamente, non aveva nessun altro da biasimare per quello che era appena successo se non sé stesso. Non aveva mai affrontato l'argomento con Brianna. Nemmeno una volta. Aveva pensato, come uno sciocco, che mantenere la sua posizione, concentrandosi solo su una conclusione formale dell'accordo, fosse sufficiente, ma l'aspettativa che gli cresceva nel petto *avrebbe dovuto* dirgli il contrario. Ora sapeva che avrebbe potuto, o dovuto, trovare il tempo per dire a Brianna di Judith e dei suoi fratelli, dandole almeno una sorta di spiegazione indiretta, in modo che non arrivasse alla notizia... così. Di sorpresa.

Scuotendo la testa per la sua sconsideratezza, affrontò Callum con decisione, offrendo all'amico le scuse che si meritava, inciampando nelle parole dell'altro mentre parlavano contemporaneamente. Aidan alzò la mano e lo fermò. «No, permettimi, per favore. Ti devo delle scuse, Callum. Ora capisco perché tu... tu...»

«Hai ritenuto opportuno prendermi a calci nel sedere» sussurrò uno degli uomini *quasi* sottovoce.

Già, vero. A entrambi bastò un attimo per sorridere, e annuirono in segno di assenso mentre nella stanza risuonavano delle risatine. Erano prima di tutto confratelli, soprattutto in casi come questo, e alla fine tutto il resto non aveva importanza.

«Posso dare un consiglio?» si offrì Callum quando tutti si furono ripresi. Quando Aidan annuì, lui indicò la porta e disse seriamente: «Seguila. Ora».

Aidan non ebbe bisogno di essere ulteriormente convinto. Con altre esclamazioni di chiassosa approvazione alle spalle, Aidan si voltò e si affrettò a seguirla. Quando girò il corridoio e si diresse verso le scale, trovò Tristan appollaiato in cima ai gradini della sala grande. Aidan non si fermò, ma incrociò il suo sguardo e gli rivolse un sorriso imbarazzato, portandosi una mano all'orecchio mentre iniziava a salire i gradini.

«Non essere mai troppo orgoglioso per ammettere i tuoi errori» disse prontamente il ragazzo, recitando una delle tante lezioni del loro credo di fratellanza.

«E?» disse Aidan senza voltarsi.

«Anche se ti fa male... *soprattutto* se ti fa male».

Sebbene Aidan non avesse molto di cui rallegrarsi, *quel* dialogo gli fece spuntare un sorriso che si cancellò in un batter d'occhio quando per poco non si scontrò con Gwen che scendeva le scale e lo fermò sul posto. Non letteralmente, di per sé, ma per rispetto, rimase immobile in modo che lei potesse dargli uno schiaffo sul braccio.

«Oh, cosa c'è che non va in te» disse lei, usando entrambe le mani per sfogare la sua frustrazione. Apparentemente soddisfatta della sua punizione, pochi secondi dopo fece un respiro profondo, poi lo guardò contrita. «Scusa, so che hai già ricevuto una bella tirata d'orecchi. È solo che lei mi piace molto e...»

Aidan la afferrò per le spalle, interrompendo il suo discorso. «La amo, Gwen».

«Oh» sospirò lei e si sciolse all'istante. «Di solito non lo direi, ma è ovvio che anche lei ti ama». Fece una smorfia, guardandolo di sghembo, e confessò: «Per questo ti sta aspettando in camera tua. Vai».

Sì, ci stava provando.

Annuì e le fece un sorriso. Prima di continuare a salire le scale, le indicò la balaustra quando la lasciò andare. «Abbi cura di te».

Lei alzò gli occhi al cielo, ma si avvicinò alla ringhiera mentre lui proseguiva verso la sua camera... la *loro* camera. La camera che divideva con sua moglie a Seagrave. Sapeva di avere molto da farsi perdonare, ma per un attimo rimase colpito dal cambiamento della sua vita dall'ultima volta che era stato lì. Quando raggiunse la porta, bussò subito, incerto su cosa aspettarsi. Fu rincuorato dalla pronta risposta di lei ed entrò rapidamente, momentaneamente perplesso perché non sembrava essere da nessuna parte.

«Brianna?» disse, con lo sguardo che spaziava nella stanza. Stava per chiamarla di nuovo, quando la vide per terra nella zona salotto davanti al focolare, con le gambe ripiegate sotto di sé e Kitty sul cuscino dietro la testa.

Quando incrociarono lo sguardo, lei fece una smorfia. La sua infelicità era evidente. «Se mi sono mai chiesta come sarebbe stato portare a casa qualcuno per conoscere i miei genitori, l'ho appena scoperto» sbottò.

Bene, che sbottasse per la rabbia, allora. Non poteva essere davvero sorpreso, visto ciò che aveva appena appreso e come l'aveva appreso, ma comunque le chiese: «Perché sei seduta sul pavimento?»

«Sono sporca» disse lei bruscamente. «Non sporcherò nulla in questa stanza finché non potrò lavarmi e cambiarmi». Fece una pausa e lui non osò sfidarla. «Come sta Callum?» chiese, e non gli sfuggì che la sua domanda era intesa come una dimostrazione di lealtà familiare.

«Benissimo» rispose lui, fissandola allo stesso modo. «Proprio come te in questo momento» aggiunse, alzando una mano quando lei aprì la bocca per protestare. «La reazione di Callum è stata appropriata e meritata. Non mi sarei aspettato niente di meno da lui, siamo vicini come lo sono i veri fratelli».

«Immagino che sia una buona cosa, considerando che fa parte della mia famiglia» ribatté lei, chiaramente indifferente a tutte le sue parole fino a quel momento.

«E tu sei la *mia* famiglia, Brianna. Mia moglie. Sì» disse lui al suo sguardo dubbioso, sapendo di dover affrontare quell'aspetto. «Non ci siamo ancora sposati in chiesa, ma lo faremo».

«Non si tratta nemmeno di questo!» sbottò lei. «Cioè sì, anche... ma tu... eravate fidanzati!... promessi sposi!»

Aidan si assicurò che le sue parole fossero chiare quando disse: «Mai, Brianna, in verità non lo eravamo».

«Un cavillo, allora... Provavate qualcosa l'uno per l'altra?» La svolta nel suo tono e lo sguardo nei suoi occhi lo colpirono in pieno: era profondamente ferita.

«Brianna, *conosco* Judith a malapena, figuriamoci se ho mai provato qualcosa per lei...» le parole di lui si interruppero di fronte allo sguardo di Brianna, la testa inclinata. Avrebbe voluto sapere cosa le passava per la testa.

Lei lo guardò a lungo e quando parlò di nuovo il suo tono aveva perso la sfumatura accesa. «Forse c'è dell'altro che non vuoi dirmi?»

«Ti sembro un uomo che non dice quello che gli passa per la testa?»

Lei fece una smorfia e alzò la mano buona in aria. «Voglio dire... davvero, Aidan?»

Giusto. Poiché non aveva argomenti, cercò di rimanere in silenzio e di lasciarla continuare, anche se brontolò.

«Oh, *ora* hai qualcosa da dirmi?» Lei accettò il suo sguardo contrito, ma dopo un attimo la preoccupazione la invase nuovamente. «Ma era così? Provavi qualcosa per lei?»

Aidan trattenne un sospiro. Non poteva sentirsi frustrato dal fatto che lei sentisse il bisogno di chiederglielo di nuovo, visto che non era stato molto schietto sull'intero argomento. «No, mai».

«E *lei* provava qualcosa per te?»

Non era sicuro di come fosse possibile, ma la sorpresa per la sua domanda doveva essere evidente. «Siamo stati a malapena in presenza l'uno dell'altra. Forse due, tre volte, e non è mai successo niente». Le spiegò rapidamente come era nata la proposta di sposare Judith e la sua vera natura, ma lei sembrava ancora scettica.

«Va bene... ti credo» aggiunse con un'alzata di spalle. «Ma... se non fossi arrivata, saresti andato fino in fondo?»

«*No*». La sua risposta fu immediata, anche se si rese conto che non era certo di quello che avrebbe fatto. Un'espressione dubbiosa dovette avergli attraversato il viso quando si rese conto che, in effetti, ci aveva pensato. Brianna sembrò nuovamente in allarme. «No, Breea».

«Hai dovuto pensarci».

«Mi dispiaceva per la sua situazione». Era la verità.

Il suo volto ebbe un crollo.

«Per l'amor di Dio, Brianna. Io ti amo... amo solo TE. Non ho mai *pensato* di promettermi a te. L'ho fatto e basta. Punto. È stato un atto del momento che sapevo essere giusto. La Provvidenza. Il nostro destino. Non ho avuto nessun dubbio con te, la donna che so essere dentro il mio animo e che ha tutto il mio cuore».

Quando lo guardò, il suo sguardo era ancora pieno d'amore, ma era ferita da ciò che aveva appena appreso, per non parlare del trauma subito solo poche ore prima.

«So, qui dentro» fece il pugno e se lo batté al petto, «che hai ragione, siamo fatti l'uno per l'altra. Ma» la sua voce si incrinò. «Aidan» si coprì gli occhi con la mano e pianse.

«Breea». Lui si inginocchiò e la prese tra le braccia. Era altrettanto grato che lei accogliesse il suo tocco quanto era affranto dal suo dolore. La tenne stretta per un po', sussurrando per calmarla e cullandola dolcemente mentre lei singhiozzava intensamente. Non sentiva alcuna fretta. Brianna aveva bisogno di quello sfogo purificatore, di lasciar andare tutto ciò che si era accumulato da quando si erano svegliati quella mattina. Il fatto che lui potesse fornirle un rifugio sicuro, nonostante il loro scontro di poco prima, era tutto ciò che gli importava. Dopo qualche minuto, il respiro di lei rallentò e, mentre iniziava a calmarsi, si allontanò quel tanto che bastava per guardarlo. Prima di quella mattina non avrebbe dato peso a un gesto così piccolo, ma ora, il solo fatto di averla tra le sue braccia e di vedere che lo guardava quel modo, gli suscitava un'ondata di gratitudine, amore e calore. Le sfiorò la fronte con le labbra, fino agli angoli degli occhi e poi, incapace di trattenersi, strofinò tutto il viso contro il suo. Sembrava comprendere che anche lui era rimasto sconvolto e annuì, in segno di approvazione.

Non era sicuro di quanto tempo fossero rimasti lì in silenzio a trarre conforto l'uno dall'altra, ma quando lei lo guardò di nuovo, due cose furono molto chiare: primo, la sua povera Breea aveva passato l'inferno, e secondo, averla al sicuro tra le mura di Seagrave era una vera benedizione.

«Mi dispiace molto per tutto quello che hai dovuto affrontare oggi».

Le dita di lei gli coprirono delicatamente le labbra. «No» disse Brianna così piano che lui la sentì a malapena. «Sto cominciando a pensare...» La sua bocca si contorse e gli occhi si strinsero, ma per un lungo momento sembrò essere persa nei suoi pensieri con uno sguardo lontano, e poi riportò la sua attenzione su di lui. «E se fosse sempre stato destinato ad accadere? Una qualche manifestazione di ciò che è accaduto oggi, intendo?»

Questo attirò l'attenzione di Aidan. «Cosa intendi dire?» chiese, sedendosi più dritto. Non si trattava di una riflessione ristoratrice sugli eventi della giornata, come aveva pensato.

«E se il nostro incontro non fosse mai stato finalizzato a stare insieme a lungo termine?» Brianna gli accarezzò il viso mentre lui scuoteva lentamente la testa, ancora non sapendo esattamente dove volesse arrivare, anche se non gli piaceva quello che stava sentendo. «E se questo fosse tutto ciò che abbiamo, Aidan? Se la nostra unione non fosse eternamente valida?»

Le parole di lei lo stordirono. «*Aspetta*... cosa... perché?»

«Ho bisogno di elaborare il concetto» dichiarò lei, spostandosi in grembo ad Aidan e mettendosi a cavalcioni su di lui. I pensieri che le frullavano in testa sembravano quasi visibili e, nonostante lui aspettasse, lei non disse altro.

Dopo un minuto di attesa, non riuscì più a sopportarlo. «Perché metti in dubbio la solidità della nostra unione?» chiese, sistemandola leggermente sulle sue gambe, ma tenendola saldamente.

Lei sembrò stupita dalla domanda, ma poi annuì lentamente. «Beh, mi sono ricordata di una cosa. Con tutti questi discorsi sulla famiglia e sul lignaggio, e vedendo Callum, sapendo di aver già letto il suo nome, mi sono ricordata di questo registro che abbiamo in famiglia e che è stato tramandato di generazione in generazione».

Aidan credeva di conoscere esattamente il libro di cui stava parlando. Se era così, l'aveva già visto molte volte. Aveva anche visto Callum registrare con cura il nome suo e di Margaret.

«Vi sono incisi tutti i nomi di coloro che si sono sposati nel corso dei secoli e... i nostri nomi non ci sono».

«Aspetta» disse Aidan, mettendole le mani sulle spalle. «Rallenta. La tua preoccupazione è che i nostri nomi non siano scritti nelle pagine di un tomo che aveva quasi un millennio di vita quando ci hai messo le mani sopra? Tutte le pagine erano intatte quando l'hai letto?»

«Non è una preoccupazione» spiegò lei, un po' contrariata. «È un'ipotesi, una teoria che si basa su...»

«Breea, non stavo prendendo alla leggera la tua premessa».

«Mi dispiace, i miei pensieri corrono». Scosse la testa. «Le pagine non erano intatte, non tutte, ma ascoltami. E se... se ci fosse qualcosa di più dietro al motivo per cui le cose si sono svolte così?»

Si rese conto che non gli sarebbe piaciuto quello che stava per dire, ma le diede la possibilità di esprimersi. In realtà, era felice anche solo di toccarla.

«E se i nostri nomi non ci fossero, non fossero inclusi nel sacro registro di famiglia perché... non... perché il destino *non stava* rimediando al suo errore ma stava invece seguendo un piano deliberato?»

Grugnì. Era peggio di quanto pensasse. «Brianna...»

«No, ti prego, ascoltami».

Anche se non gli piaceva quello che stava dicendo, sorrise e annuì, stringendo la presa mentre diceva: «Ti ascolterò sempre». Solo uno sciocco avrebbe rifiutato il suo contributo, ma nonostante le sue preoccupazioni, era più che certo che alla fine la loro unione avrebbe prevalso, indipendentemente dalle sue riflessioni e da dove avrebbero potuto portare.

Lei gli raccontò tutto ciò che l'aveva condotta a lui, a partire dalla ricerca della spada di famiglia. Aidan annuì, mettendo insieme le nuove informazioni con quelle che già conosceva grazie alla scoperta della spada da parte di Maggie e agli incontri successivi di Dar e Celeste. Fece un brusco respiro quando capì che era stato il nonno di Brianna a mettere in moto l'intero percorso della spada. Si chiese quale fosse la lettera che le aveva lasciato, che sembrava insinuare una conoscenza profonda del destino di sua nipote e di ciò che avrebbe potuto significare, ma non pronunciò una parola e la lasciò parlare liberamente. La ascoltò con attenzione parlare del suo strano viaggio a Dunhill Manor e del suo dolore quando aveva scoperto che le cassette per le lettere, un cimelio di famiglia, non ornavano più il caminetto. Sentirla parlare di quelle cose, rendersi conto che avevano un significato profondo e personale per entrambi, eppure esistevano a quasi mille anni di distanza, lo stupì. Quando lei gli spiegò perché aveva lasciato in fretta la sua casa ancestrale, raccontando l'ultimo viaggio con i genitori e i dettagli appena scoperti dagli zii, lui fu sul punto di piangere per la sua storia e per ciò che aveva affrontato.

«Oh, Breea» mormorò, con il cuore che gli si spezzava. «E io ti ho portato a bordo di una nave».

«No». Scosse la testa. «Beh, sì, ma Aidan, mi hai anche restituito il mio equilibrio in acqua e ricordi felici che non ero mai riuscita a rivivere prima di allora, e molto di più».

Gli raccontò allora della sua sosta a Carlisle, di come le fosse stata regalata la borsa di pelle e il vestito con cui l'aveva vista per la prima volta a una fiera cittadina. Parlò della donna della bancarella, che lui era sicuro non fosse altro che Esmeralda in persona, una venditrice ambulante straordinaria. E poi gli parlò di Abersoch e, anche se avrebbe dovuto sapere che alla fine tutto questo portava lì, non gli venne in mente che... che...

«Hai visto Lachlan, Dar e Celeste? Hai *cenato* con loro?» disse lui, respirando a fatica, talmente sopraffatto dall'emozione che chiuse gli occhi e lasciò cadere la testa.

«Sono rimasta con loro per un po'» gli disse lei e cominciò ad accarezzargli i capelli. «E con il loro bambino, Griffin».

Gli lasciò qualche istante per riprendersi prima di continuare il suo racconto, fino al momento in cui scorse il suo medaglione come se fosse apparso all'improvviso dal nulla.

«Possiamo prenderci un momento?» propose Aidan, alzandosi e portandola con sé.

Lei annuì prontamente e si era appena appoggiata a lui quando la porta si aprì di scatto. Entrambi si voltarono quando Gwen entrò di corsa, seguita da Lady Madelyn, Anna e da una sfilata di personale che preparava rumorosamente due vasche, senza nascondere il proprio disappunto nei suoi confronti. Era chiaro che Gwen aveva omesso di dirgli che era tornato nelle sue grazie, e così lui lanciò una mano in aria tenendo ancora stretta Brianna.

Gwen fece una smorfia quando si rese conto che era stato il suo errore a causare l'attuale disagio di Aidan, e sistemò rapidamente la situazione, avvisando tutti del suo favore ripristinato. Gli lanciò un'occhiata di scuse e cominciò a far uscire tutti. Aidan fece un cenno di ringraziamento, mentre il personale gli rivolgeva sorrisi mentre passava. Si accorse che Brianna lo stava fissando, con gli occhi che si spalancavano per la sorpresa, evidentemente impressionata dal potere che Gwen esercitava.

«Anche tu» disse Gwen rivolgendosi a lui, «fuori».

«*Cosa?*» esclamò lui, confuso, e Gwen si limitò ad annuire, indicando con il dito la porta. Lui strinse gli occhi, non troppo contento di dover mettere in pausa la conversazione con Brianna, ma quando abbassò lo sguardo su di lei, fu ricompensato da un piccolo sorriso rassicurante. «Mi sarei occupato io stesso di te» disse lui, sollevato dal fatto che fossero di nuovo saldamente uniti.

«E io te lo avrei permesso» rispose lei con un'audacia che non le aveva mai sentito prima, un'audacia ben meritata. Il suo sorriso si allargò all'approvazione nei suoi occhi. «Siamo diventati una bella squadra, io e te» affermò, spostando la mano dal petto di lui fino alla nuca, dove le dita si aggrovigliarono nei suoi capelli.

Sì, in effetti lo erano, e il suo cuore si gonfiò d'amore per lei. «Breea. Troveremo una soluzione, e vinceremo insieme come abbiamo fatto finora». Si chinò, premendo la fronte sulla sua. «Ti amo. Io...» esitò quando si rese conto di quanto volesse, avesse *bisogno* di sentirsi rispondere le stesse parole. Sapeva nel profondo che le semplici parole non contavano nulla, non di fronte ai gesti. Eppure, dopo tutto quello che avevano sopportato, quasi si vergognava di ammettere che era *questo* che lo aveva distrutto. «Io...»

«Anch'io ti amo» dichiarò Brianna, ponendo fine alla sua sofferenza e afferrandogli il collo come per rafforzare la sua tesi.

Allora lui la baciò. L'effetto della sua ammissione fu così potente che lo investì e lo attraversò rimettendolo in sesto e, prima di lasciarla andare, disse con decisione: «Tornerò presto» rivolgendosi a Gwen, Lady Madelyn e Anna a turno. Quando Gwen scosse la testa, lui sospirò ma si corresse. «Non a breve, ma nemmeno troppo a lungo» sottolineò.

«Ci vediamo a cena» disse Gwen, il cui tono deciso non lasciava spazio a ulteriori interpretazioni.

Aidan sollevò un sopracciglio e si avvicinò a Brianna. «La trovo *altamente* offensiva, a volte» disse, accostando le labbra alle sue e sorridendo alla risatina che lei gli rivolse.

«Aidan, fuori!»

E la cosa finì lì.

CAPITOLO 27

Nelle ore successive, Brianna fu sottoposta a un trattamento termale del quindicesimo secolo riservato ai possessori di una carta di credito medievale. Dal magnifico shampoo (che aveva lo stesso delizioso profumo della sua solita marca di lusso, ma senza la schiuma abbondante) al massaggio al cuoio capelluto, allo speciale scrub per il corpo ideato da Gwen e Lady Madelyn (apparentemente molto in voga), fino a una manicure per mani e piedi sorprendente, pur senza smalto. Brianna non si lamentò nemmeno per il taglio ai capelli e le depilazioni qua e là... e anche lì. Era una sensazione straordinaria essere pulita e liscia dappertutto, i capelli perfettamente acconciati in uno chignon elegante e la pelle luminosa. Gwen era persino riuscita a procurarsi una specie di spazzolino da denti improvvisato e a preparare una specie di dentifricio, per cui Brianna le fu eternamente grata.

Ancora provata dalla conversazione con Aidan e poco abituata a tante attenzioni, le ci volle un po' di tempo per lasciarsi andare. Ma dopo quella giornata, una montagna russa di emozioni per le quali nemmeno Brianna 2.0 era attrezzata, aveva semplicemente accettato. A parte Aidan, nessuno si era preso cura di lei in quel modo da quando era bambina. Gwen, Anna e Lady Madelyn si occuparono di tutto con destrezza e con grandi sorrisi. Il loro tempismo era perfetto, soprattutto dopo la mattinata difficile.

Quando venne rivestita con un abito morbido e grazioso della collezione di Gwen, molto probabilmente quello che aveva fatto fare per la sua prima gravidanza, dato che sembrava molto minuta, Brianna si sentì quasi come se la prima parte della giornata non si fosse mai svolta. Come se fosse già un po' lontana da tutto quello che le era successo nel frattempo... o forse stava solo allontanando le emozioni e i ricordi per poter affrontare meglio il presente. E anche quando Alan e Richard arrivarono per consegnarle i suoi effetti personali (salvo poi portare via in fretta e furia i vestiti per farli lavare), rimase tranquilla, senza che il ricordo della mattina la travolgesse. La sua preoccupazione era solo per il loro benessere, e loro erano altrettanto preoccupati per lei.

Tornando al piano di sotto, Brianna era talmente rapita da ciò che la circondava che non sapeva dove guardare e si stupì di quanto si sentisse diversa dal suo arrivo a Seagrave. Quando si fermò in cima al pianerottolo per guardare fuori, dovette riprendere fiato, tanto la vista era incantevole. Gwen le diede una pacca sulla mano e le sorrise con aria complice, come se fosse una cosa che facevano tutti.

Continuando a guardare ovunque riuscisse, entrarono nella sala grande dove la sua attenzione si concentrò su Callum e Grey. Le loro teste erano chine in una profonda conversazione e Aidan camminava davanti al camino. Vederli tutti insieme in quel modo era una scena sorprendente. Quegli uomini vestiti in modo semplice ma preciso, con camicie a maniche lunghe, pantaloni scuri e alti stivali lucidi. Dettagli sorprendenti e persino avanti rispetto ai tempi, tanto da confondere Brianna.

Quando Aidan alzò lo sguardo e la vide, lanciò le mani in aria e si diresse verso di lei. «Finalmente!» brontolò, raggiungendola e abbracciandola.

Il cuore di Brianna si gonfiò alla sua reazione e sorrise, affondando nel suo abbraccio, sperando contro ogni aspettativa che i suoi timori fossero fuori luogo. Il pensiero di separarsi da lui era inimmaginabile. La precedente spiegazione di Aidan l'aveva per lo più tranquillizzata, ma c'era ancora qualcosa che non riusciva a superare. Chiaramente, la questione relativa a Judith era stata risolta, almeno per quanto riguardava la *sua* insicurezza, ma era solo una parte del problema. Quello che si celava in fondo alla sua mente ora, invece, era ancora più spaventoso. Stava mettendo in discussione tutta la storia della sua famiglia, in particolare la *sua* storia. Sì, il destino l'aveva portata dove doveva andare e lei sentiva di essere *destinata* a stare lì, ma era perché lei e Aidan erano destinati a stare insieme e a vivere per sempre felici e contenti, oppure... c'era ancora qualcos'altro da scoprire?

«Breea».

Brianna trasalì al suono della voce di Aidan che pronunciava il suo nome. Era talmente persa nei suoi pensieri che, quando alzò lo sguardo su di lui, le ci volle un attimo per riconoscere la preoccupazione e l'inquietudine sul suo volto. Sorrise dolcemente, sperando di tranquillizzarlo, ma non era sicura che fosse il momento di affrontare nuovamente l'argomento.

Fortunatamente Tristan entrò nella stanza e tutti si voltarono a guardarlo, evitandole così lo spiacevole compito di dover dare delle spiegazioni. Aveva in braccio una bambina che sembrava essersi appena svegliata da un pisolino. Brianna intuì che si trattava di sua sorella, ma rimase confusa quando la bambina allungò le manine verso Callum mentre si avvicinavano. Senza nemmeno guardare, Callum aprì le braccia e la prese con sé. Guardando la bambina accoccolarsi contro di lui, Brianna si rivolse a Gwen che sorrise dolcemente e le spiegò che Callum era rimasto a Seagrave dopo la morte della sua prima moglie, Fiona, e aveva sviluppato un legame con tutti i suoi figli, ma soprattutto con la piccola.

Brianna annuì e tornò a guardare: non se l'era aspettato, ma avrebbe dovuto immaginare che quegli uomini fossero così teneri e premurosi anche con i neonati e i bambini. Sulla scia di quel pensiero, il figlio più piccolo di Greylen e Gwen entrò nella stanza sgambettando e fu preso in braccio dal padre mentre lanciava un grido di gioia. Brianna sorrise. Era davvero straordinario.

Tristan rimase vicino ad Aidan dopo aver scaricato la sorella e, senza perdere tempo in chiacchiere, si riunirono tutti intorno al tavolo e presero posto. Quando Brianna prese la mano di Aidan, lui spiegò che l'inizio dei pasti aveva la priorità. Dalle risatine e dai sorrisi intorno al tavolo, sembrava che tutti fossero d'accordo. Mentre i bambini si sistemavano, Brianna fu nuovamente colpita dal calore di quella che sembrava una vera tavola di famiglia. Vennero serviti piatti e ciotole pieni di cibo delizioso e servite le bevande, e tutto sembrava travolgente. Lei, per un po' di tempo, scelse di osservare, invece di partecipare, solo per lasciarsi trasportare da quell'atmosfera. Dovette reprimere una risata guardando Callum che fingeva di servire alla bambina di Gwen il piatto del burro invece del suo pasto: la bambina fece uno sguardo stupito, fissando con sgomento lui e il piccolo recipiente coperto sul tavolo. Dopo un attimo, Callum si mise a ridere e corresse rapidamente il suo errore, aggiungendo un po' di burro al pane della bambina, e i due si scambiarono un sorriso dolcissimo.

Dopo che le chiacchiere iniziali intorno al tavolo si placarono a favore del pranzo, Aidan si avvicinò e le chiese di condividere i suoi pensieri precedenti, le sue paure, con le persone sedute intorno al tavolo. Sapendo che sarebbe stato meglio parlarne e ricevere qualche parere da chi aveva già una certa esperienza in quel tipo di situazione, Brianna annuì, sebbene fosse nervosa.

Si avvicinò per parlargli all'orecchio, sperando che nessun altro potesse sentire, e per un attimo fu colpita da quanto fosse confortevole sentirsi così vicina a lui. «Voglio stare qui con te. Lo sai, vero? Dimentica tutto il resto» gli sussurrò. Era importante sottolinearglielo e fargli sapere che, qualunque fossero i suoi dubbi sulle intenzioni del fato, avrebbe sfruttato ogni secondo che poteva passare con lui.

«Lo so» rispose lui, accarezzandole il viso, poi disse abbastanza forte da attirare l'attenzione di tutti: «Io... *noi* abbiamo qualcosa di cui parlarvi».

Il cuore di Brianna ebbe un sussulto, ma degluti e annuì quando lui si voltò e sollevò un sopracciglio dandole la possibilità di cambiare idea. Gli strinse poi la mano per avere un'ulteriore garanzia e lanciò un'occhiata intorno al tavolo mentre Aidan continuava incespicando sulle parole: «Brianna... Brianna pensa...» Si voltò rapidamente, sorpresa per il suo tentennamento. Si scambiarono uno sguardo dolceamaro e lei gli fece un piccolo cenno, che Aidan ricambiò. Si schiarì la voce e continuò: «Sta dando molto peso all'idea che *in qualche modo*, nel nostro caso, il corso del destino potrebbe non valere come per gli altri. Sto cercando di convincerla del contrario».

Improvvisamente tutti gli occhi erano puntati su di lei e Brianna si spostò sulla sedia, tesa sotto il loro sguardo. «Beh, non *voglio* che sia vero» disse. «Ma se lo fosse?»

«In che senso?» chiese Greylen, prendendo la mano della moglie quando lei cercò la sua alla cieca accanto a sé.

Brianna si sentì come se le fosse stato tolto un enorme peso dallo stomaco grazie a quella pronta preoccupazione, e si rivolse ad Aidan con un sorriso riconoscente: aveva fatto bene a parlarne con loro. Felice di avere un posto dove condividere le sue paure, Brianna raccontò del registro che aveva a casa e di come alcune pagine fossero scomparse.

Si rivolse a Callum che aveva qualcosa da dire. «Beh, mi chiedo se la pagina su cui sarebbe stata, o *sarà*, registrata la vostra unione sia una di quelle mancanti» disse lentamente. «L'ultima iscrizione che ho aggiunto è stata per Dar e Celeste. Hai visto i loro nomi?» chiese.

Brianna, speranzosa, ci pensò su e si rese conto di non averli visti. Scosse la testa. «Non credo» disse. «Sicuramente me ne sarei ricordata, soprattutto a un certo punto della mia visita... da loro... *Oh*». All'improvviso shock che si registrò sui volti intorno al tavolo, Brianna si voltò verso Aidan. Gli afferrò il braccio, commossa. «Non gli hai detto niente?» chiese.

Lui scosse la testa, quasi sorpreso di essersene dimenticato.

«Con tutto quello che sta succedendo, non mi è venuto in mente».

«Da loro» disse Greylen. «Vuoi dire...»

Brianna annuì lentamente, ricordando la reazione di Aidan di prima. «Dar, Celeste e Lachlan».

«Sta bene?» chiese Gwen, con gli occhi spalancati. «Lachlan, intendo?»

Brianna annuì di nuovo, aveva dimenticato che aveva un problema cardiaco che ovviamente avrebbe avuto una conclusione diversa lì nel quindicesimo secolo. «Oh, sì. È incredibilmente in forma» disse. Povera Gwen, la testa le cadde tra le mani e iniziò a piangere mentre Greylen faceva del suo meglio per calmarla; anche Tristan si spostò al fianco della madre per offrirle il suo sostegno.

«E Celeste, anche lei sta bene?» chiese Callum.

Brianna sorrise al pensiero di lei. «Oh sì, è così dolce. È silenziosa e all'inizio era piuttosto timida. Ma è adorabile. Quando ha visto la mia borsa, sembrava quasi che avesse trovato un tesoro scomparso. Non sapevo nemmeno che fosse una creazione originale degli O'Roarke, ma lei, invece, lo sapeva benissimo».

A quel punto fu Callum a sentirsi sopraffatto, e Brianna impiegò un attimo a ricordare il loro legame. Celeste era la sorella di Derek, che secondo i MacTavish e la tradizione era una sorta di Callum incarnato del ventunesimo secolo.

«Il loro bambino, che si chiama Griffin, ha due anni, forse». Con i cenni d'assenso di tutti, suppose che fossero d'accordo con la linea temporale. «E probabilmente in questo momento è un po' più avanti di te, Gwen».

Rendendosi conto di quanto fossero importanti quelle persone per loro, Brianna ripercorse l'intera storia. Tutti avevano molto da chiederle sulla sua ultima visita a Dunhill Manor: aveva a malapena finito di raccontare del suo arrivo quando cominciarono le domande. Brianna fu sollevata dal fatto che nessuno sembrava interessato a soffermarsi sui suoi traumi infantili e su tutto ciò che aveva appreso dagli zii, ma trascorsero una quantità *considerevole* di tempo a parlare di quel pizzico di magia a cui un tempo era stata così reticente. Così presa dalla loro conversazione, circondata da quelle persone che in qualche modo sentiva vicine, o forse anche più vicine di quanto fosse mai stata la sua famiglia, Brianna dimenticò per un attimo sé stessa e fece riferimento alla tradizione della famiglia O'Roarke. E poiché stava imparando che con loro *nulla* passava mai inosservato (anche se a volte sembrava), al suo accenno al fatto che gli O'Roarke si sposavano solo in caso di vero amore, tutti iniziarono a parlare della questione. Brianna lanciò un'occhiata a Callum, sapendo in qualche modo che, nonostante i secoli che li separavano, non solo avrebbe capito, ma si sarebbe anche reso conto della loro eredità, buona e cattiva.

«La verità è che i matrimoni degli O'Roarke hanno un prezzo molto alto» disse lentamente. «Non avvengono se l'amore che lega le persone non è vero e duraturo, il che è fantastico, naturalmente, ma la *durata* di questi matrimoni a volte è spaventosamente breve».

Tutti annuirono sobriamente e Brianna ebbe la sensazione che, a modo loro, sapessero la verità, soprattutto Callum.

Desiderosa di andare avanti, raccontò del suo pernottamento alla locanda e della fiera e, quando glielo chiesero, descrisse nei dettagli la donna che le aveva dato la borsa e i vestiti. Quando arrivò alla parte in cui Dar le aveva aperto la porta al suo arrivo ad Abersoch, raccontò attentamente ogni singolo dettaglio e ogni singola parola, proprio come aveva fatto prima con Aidan.

Al termine della cena, Brianna si rese conto di non aver mai avuto la possibilità di dire quanto tutto fosse stato meraviglioso. Aprì la bocca per farlo, ma fu subito coinvolta in un altro giro di domande: erano tornati a parlare della sua preoccupazione che il destino non l'avesse portata fin lì per un'unione eterna, ma per un motivo diverso.

Tutti intervennero, cercando di aiutarla a vederla da un altro punto di vista, tranne Callum. Callum intervenne subito e fu chiaro che aveva capito come la pensava la ragazza.

«Tu credi che non sia naturale» disse Callum, e Brianna vide il volto di Aidan irrigidirsi alle sue parole.

Fece un piccolo cenno, consapevole degli occhi di Aidan su di lei.

«Non ho alcun desiderio di trovare la verità» continuò Callum. «Non mi interessa nemmeno pensarci, ma Brianna ha ragione: dobbiamo farlo. Non possiamo mettere la testa sotto la sabbia e ignorare questa possibilità che potrebbe essere decisamente reale» sottolineò agli altri, poi si voltò verso di lei. «So di poter parlare a nome di tutti quando ti dico che crediamo con tutto il nostro cuore che tu sia convinta che queste cose sono vere, o almeno che possano esserlo, d'accordo?»

Brianna annuì, grata e allo stesso tempo terrorizzata dalla sua volontà di approfondire la questione. Callum osservò tutti con attenzione prima di continuare: «Sfortunatamente, Brianna ha ragione, per quanto possa essere sgradevole per tutti noi, *tuttavia*, se consideriamo, per esempio, le circostanze mie e di Margaret, come abbiamo perso i nostri primi amori...» scosse la testa. «Il punto è che le nostre perdite si sono verificate e due anni dopo ci siamo uniti, o riuniti, come» fece una pausa, «la *tradizione* dirà un giorno. Suppongo che possa essersi messo in atto un qualche tipo di meccanismo». Callum parlò con tono deciso, guardando Brianna, prima di continuare. «In tal caso, le nostre tragedie sarebbero potute accadere in modo diverso, ma si sarebbero comunque verificate».

«Bene. Spero che tu abbia finito». Aidan lanciò un'occhiata a Callum. «Grazie per il tuo contributo».

Con aria riluttante, Callum continuò. «E...» iniziò, fermandosi per un attimo e lanciando un'occhiata ad Aidan.

Se i lampi nel suo sguardo erano un'indicazione, Aidan non era affatto contento di ciò che Callum stava per dire.

«Se non fosse stato per l'accordo fatto da mia madre» continuò Callum, riportando l'attenzione su Brianna, «anch'io avrei subito il destino di un'unione appassionata, ma spaventosamente breve».

Allora raccontò a Brianna la storia che lei non aveva mai letto in nessuna delle sue ricerche sulla famiglia. Sua madre, Isabeau, aveva offerto una pietra a un'incantatrice come pagamento per assicurare la felicità di Callum, la stessa pietra che secoli dopo avrebbe preso il posto che le spettava nella spada del Lupo.

Era una storia talmente bella e romantica che Brianna quasi dimenticò come erano arrivati all'argomento, ma tornò subito alla realtà quando guardò Aidan, che ora stava fulminando Callum con lo sguardo. Sperando di scongiurare la possibilità che Aidan balzasse dall'altra parte del tavolo per prenderlo a pugni, Brianna gli strinse la gamba e fu grata a Gwen quando intervenne.

«E *tu*, a cosa credi?» le chiese.

«Sto cominciando a chiedermi se tutto ciò che ho imparato, tutto ciò che mi è stato insegnato, sulle armi, la mia competenza professionale in...» lanciò un'occhiata alla stanza, incerta su quanto potesse dire ad alta voce, ma poi continuò: «in, beh, oggetti del vostro mondo. Mi sono chiesta se è stato tutto questo a portarmi qui. Se fossi destinata a essere qui con Aidan» disse, guardandolo, «in primo luogo per colpire quell'uomo e salvarlo».

Tra gli sguardi stupiti di Greylen e Callum, Brianna capì che Aidan aveva dimenticato di menzionare anche quella parte della storia. Dopo che lui li ebbe informati (un po' a malincuore, notò Brianna, anche se poi le fece un sorriso contrito), Brianna spiegò a Callum che l'unico motivo per cui era riuscita a farlo era Maggie: a partire da lei, tutte le ragazze O'Roarke nel corso dei secoli erano esperte di armi. Lui scosse la testa, chiaramente sopraffatto, ma si ricompose subito e le sorrise malinconicamente.

«Ho rischiato di farmi andare di traverso la colazione la mattina in cui mi ha chiesto di insegnarle a maneggiare la spada».

Tutti ridacchiarono, mentre raccontava la storia della sua preziosa Maggie, e non c'era altro modo per descriverla: l'amore che Callum provava per lei era evidente.

Brianna sussultò per l'improvvisa consapevolezza. «Ha imparato con la spada del Lupo?»

Callum si illuminò a quella risposta, e l'effetto fu elettrico.

«Un nome davvero appropriato» dichiarò, con un luccichio negli occhi. «Sì, era proprio quella, e l'ho considerata sua fino alla notte in cui Dar se n'è andato portandola con sé. In seguito, la spada è stata conservata sulla parete della sala grande ed è stato lì che è rimasta mentre lui e Celeste vivevano qui con noi. Io ero...» si commosse allora e, guardandosi intorno, Brianna vide che lo facevano tutti. «Sono stata io a metterla nelle sue mani, il giorno in cui è stata riportata al suo tempo, il tempo che le spettava».

Brianna diede a tutti un momento per riprendersi prima di parlare di nuovo. Aidan iniziò a sfiorarle il palmo della mano con i pollici, ed era una sensazione così piacevole, semplice e pura, in contrasto con tutto ciò che era appena venuto alla luce e con il giorno stesso. Le ricordò quanto fosse grata di essere seduta lì e, quando Gwen incrociò il suo sguardo e sorrise, qualcosa nei suoi occhi la colpì di nuovo. Ecco una donna veramente soddisfatta della sua vita, lontana secoli da ciò a cui era abituata, eppure chiaramente felice.

Brianna stava per parlare, ma fu Grey a rompere il silenzio. «Allora, non ho ancora capito esattamente di cosa ti preoccupi» disse. «È ovvio che tu e Aidan siete fatti l'uno per l'altra».

Sì, lo erano, e questa era la parte difficile. Brianna non aveva alcun dubbio sulla loro unione, ma solo sul fatto che fosse davvero destino. Deglutì a fatica, incapace di esprimere i suoi pensieri ad alta voce. Dall'altra parte del tavolo, il volto di Gwen mostrò tutta la sua preoccupazione.

«*Oh*. Oh, Brianna» disse. «Tu pensi che il motivo per cui sei qui, sia *l'unico* motivo».

Brianna sentì le lacrime accumularsi dietro gli occhi mentre annuiva.

«È ovvio che tu e Aidan siete destinati a stare insieme, ma ora che avete regolato i conti, per così dire...»

Brianna annuì di nuovo, asciugando le lacrime che avevano cominciato a scendere.

«Potresti anche sbagliarti» intervenne Grey con fermezza, ma con molta attenzione, tanto che le lacrime si fermarono e lei riuscì a riprendersi.

Brianna sorrise debolmente chiedendosi se l'avesse fatto apposta. «Spero di sì, ma quando ho capito che tecnicamente non siamo sposati...»

Non ebbe la possibilità di finire la frase perché tutti, anche Callum, intervennero con un mare di giustificazioni sul perché Aidan avesse fatto quello che aveva fatto. Era chiaro che *questa* era la parte della storia che Aidan aveva raccontato a Greylen e Callum mentre lei era al piano di sopra con Gwen. A quanto pareva il consenso sulla questione era unanime, se per consenso si intendeva che tutti parlavano l'uno sopra l'altro per rassicurarla in ogni modo. Aidan aveva pronunciato i suoi voti nel momento in cui si era reso conto che erano destinati a stare insieme, ma non si era aspettato che Brianna facesse lo stesso fino a qualche tempo dopo il loro viaggio. D'altronde, era conscio del fatto che Brianna si trovava in un posto completamente nuovo e che sicuramente avrebbe avuto bisogno di tempo per adattarsi, non solo a quello, ma anche a lui stesso. Non aveva messo in conto l'incendio o il successivo soggiorno ad Ayr, e soprattutto non si aspettava la reazione di lei a quell'evento. Quando arrivarono a raccontare questo punto della sua storia, Brianna arrossì, ripensando a quella notte in cui tutto era cambiato. Era grata per il modo in cui Aidan l'aveva raccontata, risparmiandole l'imbarazzo e affermando semplicemente che aveva "colto ciò che il destino aveva dato loro". L'avevano capito comunque.

Dopo qualche minuto di caos, Brianna alzò la mano, sperando di placare il dibattito.

«Capisco perché l'ha fatto» annunciò a voce alta. Aidan la stava osservando attentamente, ma la sua espressione era illeggibile.

«Non ho un solo rimpianto» dichiarò lui.

Lei gli strinse la mano. «E nemmeno io» disse, sperando che, a prescindere da tutto, lui sapesse che lo pensava davvero. E, nonostante i suoi timori, era profondamente grata per quel frammento di conoscenza che avevano avuto sul destino e su come fosse intervenuto, permettendo loro di abbandonare ogni prudenza e tuffarsi completamente l'uno nell'altra. Qualunque fosse stato il risultato, non poteva immaginare di non aver vissuto quelle ultime settimane con lui. «Ma... e se il fatto che il nostro matrimonio non è conforme agli standard degli O'Roarke fosse una sorta di presagio?»

«Un cavillo» sottolineò ancora Aidan, sedendosi più dritto come se la sua mole potesse aiutare la sua causa. «Facilmente e rapidamente rettificabile».

Questo scatenò un'altra serie di discussioni, anche se molto più civili: per lo più si chiesero dove si trovasse Padre Michael, il cui nome Brianna riconobbe dal registro di famiglia. Quella stessa sera avrebbero potuto scambiarsi i voti. Nonostante i commenti positivi e l'entusiasmo per preparare un piano per andare avanti, Brianna si sentiva ancora inquieta.

Forse stava pensando troppo alla situazione o era semplicemente irrazionale, ma non poteva fare a meno di sentirsi come se stesse aspettando l'inevitabile.

Brianna guardò Greylen e gli altri e si sentì improvvisamente molto stanca. Non desiderava altro che sedersi in compagnia di quelle persone, mangiare un buon pasto e, soprattutto, infilarsi in quel letto morbido e nella sicurezza delle forti braccia di Aidan, per lasciarsi alle spalle tutta la giornata. Quindi, fece quello che probabilmente era un cenno poco convincente e un'alzata di spalle, e prese la forchetta. Si rese conto di essere stata così presa dalla conversazione e dal rispondere alle loro domande che aveva a malapena prestato attenzione alla cena, e oramai erano arrivati al dessert. Diede un morso e quasi gemette per quanto era buono: una torta fatta con frutti di bosco freschi e vaniglia, piena di una deliziosa panna montata; a quel punto, tutti capirono l'antifona e si occuparono dei loro piatti.

Dopo un po', Callum si alzò e versò del brandy, osservando il tavolo in cerca di chi lo desiderava. Sebbene all'inizio Brianna avesse rifiutato, cambiò idea e alzò la mano, indicando di volerne solo un po'. Callum annuì e le mise accanto un bicchierino, prima di servire Aidan e Greylen. Quando Callum riprese posto, la conversazione si spostò sulla visita di Brianna a Dunhill, quando fosse completamente guarita.

Dopo un po', Brianna notò che Gwen era diventata silenziosa e iniziò a scuotere la testa, sorridendo da un orecchio all'altro. Anche Greylen se ne accorse e ricambiò il sorriso, poi le coprì la mano con la propria, stringendola leggermente. Sempre sorridendo, Gwen parlò. «Guardate la nostra famiglia che cresce. È incredibile» disse malinconica.

Callum e Aidan annuirono e alzarono i loro bicchieri in segno di approvazione. Non era la prima volta che Brianna veniva colpita dal calore che si respirava a quel tavolo e da quanto fossero profondamente legate quelle persone. Guardando i volti che le stavano rapidamente diventando familiari, Brianna si rese conto che non vedeva la madre di Greylen da ben prima della cena.

«A proposito di famiglia, dov'è Lady Madelyn?» chiese, le prime parole che pronunciava dopo la confessione del suo dubbio.

«Oh!» Gwen si illuminò di nuovo. «Sta preparando alcune cose per Isabelle e i bambini, in modo che Aidan possa portarglieli» iniziò Gwen scuotendo la testa mentre lo guardava, continuando a stento: «con...» prima di fermarsi a metà frase.

Brianna si voltò verso Aidan e lo vide con gli occhi spalancati che scuoteva la testa: esattamente il gesto di Gwen, che evidentemente aveva colto il suo segnale un attimo troppo tardi. Improvvisamente, tutto ebbe un senso.

«Te ne vai» disse guardando Aidan, che annuì.

«Me ne vado alle prime luci dell'alba».

Ed ecco arrivato l'inevitabile.

CAPITOLO 28

Aidan non aveva mai avuto intenzione di nascondere a Brianna la sua imminente partenza... Anzi, se non fosse stato cacciato così rapidamente dalla loro camera poco prima, glielo avrebbe detto in quel momento.

Ora, invece, se ne stava seduto, impegnato in una silenziosa battaglia di volontà con il più valido avversario che avesse mai incontrato. A dire il vero, non era certo di avere il desiderio di mantenere la sua posizione, perché odiava il fatto che Brianna finisse ancora una volta in un vortice di dubbi e confusione, quindi fu grato quando tutti i commensali si accomiatarono bruscamente, borbottando scuse sui bambini che dovevano essere accuditi e cose simili. Mentre Brianna dava la buonanotte a tutti, Grey confermò a Callum che la nave era pronta per una partenza anticipata e fece cenno al personale di tornare più tardi.

Quando la stanza rimase vuota, Aidan girò la sua sedia di fronte a quella di Brianna, sperando che lei seguisse il suo esempio. Ma lei non lo fece, anzi, si mise a sedere più dritta e lo fissò con lo sguardo più intenso che avesse mai avuto.

«Andate a restituire i corpi e i prigionieri, vero?» disse. «E dovrai parlare con Judith, ne sono certa. Posso immaginare che tu senta una certa responsabilità nei suoi confronti, soprattutto ora». Alzò una mano per fermarlo quando fece per parlare. «Sto solo dicendo che ti conosco abbastanza bene da sapere che, indipendentemente dalle circostanze, ti senti in dovere di assicurarti che le tue azioni non abbiano un impatto negativo su di lei».

Aveva ragione, naturalmente, ma lui temeva che desse all'impresa più importanza di quanta ne avesse in realtà. La sua preoccupazione maggiore, tuttavia, era il tono piatto e gli occhi inespressivi di lei. Stava imparando che sua moglie era una vera e propria forza della natura, soprattutto quando veniva sollecitata, ma considerando le sue preoccupazioni precedenti, temeva che potesse allontanarsi da lui per questo motivo. Fece quindi scivolare la sua sedia più vicina, in modo che anche lei si trovasse di fronte a lui.

«Breea.... *Brianna*».

«Non siamo sposati» disse lei, di nuovo, chiaramente fissata sul dettaglio che la stava tormentando. «Ho vissuto in una bolla magica di falsa sicurezza».

«Oh, detta così posso quasi capire la tua preoccupazione». Si portò le dita agli occhi e sospirò, prendendosi un momento prima di fissarla con uno sguardo fervente. «Tuttavia, a prescindere da come siamo arrivati qui, *siamo* sposati. Il consenso reciproco e l'aver consumato *sono* vincolanti».

«Non per una O'Roarke, non a lungo termine».

«Lo *era* prima» sostenne lui, sorpreso dalla sua reazione accesa. «Salvo te, ucciderei *chiunque* osasse dire il contrario».

«Aidan». Lei si premette una mano sul petto e scosse la testa, con tono contrito. «Non stavo sminuendo quello che abbiamo, tu hai tutto il mio cuore. Se padre Michael potesse sposarci in questo momento, sarei io a trascinarti davanti a lui, solo per acquietare la mia paura... ma...» Le sue parole si interruppero. Sembrava che avesse in mente qualcosa, si chinò in avanti e gli afferrò le mani, poi riprese a parlare. «...*Ma* credo che alla fine ci sia la possibilità che ciò non accada».

Aidan emise un piccolo sospiro, grato che i suoi timori che lei si allontanasse da lui fossero infondati. Il suo tocco era una benedizione, anche se, con le sue mani così delicate, poteva sentire la sua inquietudine e persino la sua preoccupazione. Se fosse stato onesto con sé stesso, avrebbe dovuto riconoscerne l'effetto reale su di lui e quanto le sue parole fossero del tutto inaccettabili. Ma era Sinclair della Casa di Pembrooke e questo significava che non poteva cedere così in fretta. Portava con sé tutto il peso del suo nome e del suo titolo, e anche solo quel pensiero lo rafforzava. Cercò di trovare almeno un punto d'incontro. Avvicinandosi, con gli occhi fissi nei suoi, disse: «Dar e Celeste sono stati separati, ora stanno insieme e sono felici».

Non ottenne l'effetto sperato.

«Stai parlando dei tuoi confratelli. Non sono degli O'Roarke» spiegò lei con una triste alzata di spalle. «E poi, questo significa comunque che la loro unione era duratura: c'è stata semplicemente una pausa, durante la quale nessuno dei due si è allontanato dall'altro».

Fu sorpreso dalla misura in cui le parole di lei lo fecero indietreggiare. «Una pausa» ripeté. «Una *pausa*? Non credo proprio». Fece fatica a trattenere l'offesa nel suo tono. «Direi che si trattava piuttosto di un abisso tremendo, e sono certo che converrai con me che hai già vissuto la tua esperienza in merito. Le nostre unioni non sono un affare passeggero da lasciare al vento, Brianna. Quando uno di noi trova il suo partner, non c'è altro, né si può andare avanti».

«E Callum e Maggie?»

«Non direi che il loro esempio valga per la tua "ipotesi"» enunciò, «ma sicuramente dimostra la mia».

«In che senso?»

«Sono la stessa cosa. Maggie è un'altra Fiona e Callum un altro Derek, anime identiche nate a distanza di secoli». Le lasciò un momento per riflettere, poi chiese: «Hai mai visto o incontrato prove del passato o *conosciuto* un O'Roarke, oltre a Callum, che abbia ritrovato l'amore dopo la perdita del suo unico vero amore?»

Brianna scosse subito la testa: non aveva neanche bisogno di pensarci, come lui aveva giustamente supposto.

«Perché non lo fanno» disse Aidan. «Ecco, Breea». Aidan tese le mani e sentì il suo fervore aumentare quando aggiunse: «*Questo* è ciò che abbiamo e che si è dimostrato vero per tutti i miei confratelli, compresi quelli che non portano il nome degli O'Roarke. Persino Lachlan non ha mai pensato a un'altra donna dopo Ella. E Dar non sarebbe andato avanti se Celeste non gli fosse stata restituita. Anche Celeste avrebbe pianto la perdita di Dar per il resto dei suoi anni, perché lui sarebbe potuto comparire nel suo tempo in un'altra incarnazione solo se fosse scomparso nel nostro... almeno così mi sembra che funzioni il destino».

Le sopracciglia di Brianna si aggrottarono per la confusione. «Cosa vuoi dire?»

Aidan sospirò. Era difficile spiegarlo se non lo si sapeva già. «Non posso dimostrarlo, ma credo che le anime eternamente accoppiate avranno sempre la possibilità di ritrovarsi se una delle due metà muore, anche attraverso il tempo e lo spazio... non che sia *questo* che deve accedere, solo che rimane possibile. Per qualsiasi magia o destino che ci ha fatto incontrare, non credo che nessuno di noi si allontanerà mai dal nostro amore predestinato in caso di morte di uno dei due partner o di entrambi».

Aidan era così preso dalle sue ipotesi che non aveva notato il cambiamento di espressione di Brianna. Qualcosa di urgente le attraversò il viso e disse: «Dobbiamo mettere tutto su carta, su *pergamena*... subito» propose, iniziando a rovistare nella stanza.

«Breea?»

Mise giù la sfera di bronzo incisa che stava ammirando, distratta dalla sua ricerca. «Stavo pensando a quella lettera che mi ha lasciato mio nonno. È solo che...» Quando la ragazza si interruppe, persa di nuovo nei suoi pensieri, Aidan sollevò un sopracciglio, sperando di poterla ritrovare di nuovo attenta alle sue parole. «Giusto» decise lei, indicandogli la strada con un sorriso complice e un chiaro cenno di assenso al suo modo di fare, «probabilmente non ci crederai, ma ero un po' una peste quando sono andata a vivere con lui. Non mi sono mai comportata male, naturalmente, ma ero solo... impegnativa, credo».

Non mi dire. Aidan soppresse un sorriso. Poteva solo immaginare la sua Breea, così curiosa, così intraprendente, così desiderosa di capire il mondo, una giovane ragazza che si affacciava a una vita completamente nuova dopo che la sua era stata stravolta. Tuttavia, piuttosto che fare supposizioni sul suo carattere, si limitò a dire: «Sono sicuro che non aveva altre aspettative se non quella di fornirti un rifugio sicuro».

Lei sorrise dolcemente. «È così, ma voglio dire che *più di chiunque altro* mio nonno sapeva che avrei avuto bisogno di prove. Avrebbe dovuto prevedere tutto questo, quindi all'improvviso mi sembra strano...»

Si chinò per ispezionare il tavolo da gioco in noce, intarsiato con vetri veneziani, e si interruppe di nuovo. «Cosa c'era di strano?» la incalzò Aidan, desideroso che lei continuasse.

«Beh, ha detto di garantire la nostra eredità e che una parte di me lo sapeva da sempre, ma questo non significa necessariamente che sia *questa* la mia eredità. Forse voleva solo dire che, grazie alla mia attrazione per Pembrooke e al mio addestramento, avrei *convalidato* la nostra eredità per il futuro... o qualcosa del genere».

Aidan desiderava saperne di più. «Ce l'hai?» chiese, sporgendosi in avanti. «Questa lettera?» Aveva un disperato bisogno di vedere quelle parole di persona.

Lei scosse la testa, sospirando e rinunciando a cercare la pergamena, e tornò alla sua sedia, con un pezzo di scacchi intagliato in mano. Gli rivolse un sorriso prima di posare il cavaliere di marmo sul tavolo e di girare il cavallino in modo che fosse rivolto verso di lei. «No, l'ho lasciata sul comodino prima di andare a fare una passeggiata nelle gallerie».

«Ma hai detto che non hai portato con te nemmeno la borsa».

I suoi occhi si spalancarono. «No, non l'ho fatto» ammise.

«È apparsa accanto a me dopo... beh, *dopo*. Con tutte le mie cose, naturalmente, almeno quelle che avevo preso alla fiera».

«L'hai controllata bene?» chiese, con un'idea che gli si stava formando in testa. «Essendo uno scritto a mano, è possibile che Dar o Lachlan abbiano infilato la lettera nella tasca interna nascosta della borsa». Aidan cercò di tenere a freno l'eccitazione, ma era difficile.

«No» disse lentamente. «Non c'era niente lì dentro finché non vi ho nascosto il medaglione».

Aidan trattenne la delusione. Una parte di lui aveva creduto che ci sarebbe stata la lettera dell'unica persona di cui Brianna si fidava sopra ogni altra cosa e che le avrebbe detto ciò che aveva bisogno di sentire. Ma lei aveva controllato tutte le tasche della borsa, quindi evidentemente il loro modo di comunicare era stato tramandato in qualche modo, ma lei non sapeva dove cercare. Non importava. Sarebbe stato *lui* la sua prova. Avrebbe potuto convincerla e darle la stabilità di cui aveva bisogno e che meritava. Aidan si chinò in avanti e le circondò il viso con le mani.

«Breea, ce la faremo. Ho giurato fedeltà a pochi in vita mia e ho giurato solo una volta di onorare, amare e proteggere qualcuno fino al mio ultimo respiro: *te*».

Brianna sorrise dolcemente. «Mi hai dato così tanto, che non avrei mai potuto immaginare come ci si sente. Non riesco a immaginare di vivere... senza... te».

Oh, quegli occhi grandi, ossessionanti, lo attraversarono in pieno. «Ci credi ancora?» chiese. «Che forse non siamo destinati a stare insieme più del necessario?»

«Così tanto che mi sta uccidendo. Non voglio, ma non riesco a farne a meno».

Per la prima volta, Aidan sentì insinuarsi la paura e si trovò a chiedersi se lei potesse avere ragione.

«Beh» cominciò lentamente, «anche se non posso prevedere il futuro, ho tutte le intenzioni di tornare da te integro e devoto una volta terminato questo viaggio».

«Lo so. E non vedo l'ora» mormorò lei stringendogli le mani.

Santo cielo, gli aveva messo paura. «Ho tutte le intenzioni di tornare da te» ripeté lui. «E anche tu sarai qui, sana e salva». E se non ci fosse stata, avrebbe mosso cielo e terra per trovarla.

Lei annuì, ma un guizzo nei suoi occhi lo fece sobbalzare. Si avvicinò, sapendo in qualche modo cosa stava per chiedergli.

«So che abbiamo avuto una giornata difficile» cominciò lei, «ma forse è per questo... e per l'incertezza su ciò che ci riserva il futuro che ho bisogno... ho davvero bisogno che tu mi porti di sopra e faccia l'amore con me. Ho bisogno di stare il più vicino possibile a te».

Lui annuì e, con lo stesso bisogno primordiale che lo attraversava, non riuscì quasi a portarla di sopra abbastanza velocemente. Una volta giunti nella loro camera, non riuscì a ricordare come ci fossero arrivati, tanto era concentrato sul suo doloroso bisogno di averla... *subito*. Sbarrò la porta e immediatamente furono l'uno addosso all'altra, affrettandosi a raggiungere il letto e procedendo con la rapida (ma attenta al polso di lei) rimozione dei loro vestiti. Aidan non avrebbe definito il seguito "fare l'amore"; era certamente frutto dell'amore, ma in verità, dal momento in cui avevano lasciato la sala grande fino a quando lui era entrato profondamente dentro di lei emettendo il suo primo respiro pieno, era stato quasi un atto di disperazione. Sapeva che anche lei sentiva quel bisogno istintivo, crudo e primitivo al tempo stesso. Tuttavia, dopo, sia lui che Brianna sentirono la tensione della giornata affievolirsi abbastanza da poter condividere alcuni momenti graditi e spensierati, sorridendo mentre raccoglievano gli indumenti sparsi dalla porta al letto e lavandosi. Godendo entrambi dell'affetto profondo e senza fretta che era cresciuto tra loro nelle ultime settimane.

Dopo averla aiutata a indossare una camicia da notte leggera che aveva trovato appena lavata e appesa nell'armadio, Aidan aggiunse un altro ceppo al fuoco, accelerò il passo e la raggiunse a letto, per evitare che combinasse un pasticcio più grande di quanto lui potesse sistemare, o peggio, si facesse male. «Lascia fare a me» le disse, avvicinandosi alle sue spalle mentre lottava per annodarsi i capelli con una sola mano completamente funzionante.

Brianna si girò e sorrise quando le dita di Aidan le sfiorarono i capelli, poi mormorò quando si chinò in avanti e le premette le labbra sul collo, facendola rabbrividire. Gli piacque e lo fece di nuovo, sorridendo quando lei emise un gemito di pura soddisfazione.

«Ho avuto un'idea...» propose lei, piuttosto ottimista, interrompendosi e spostandosi fra le sue gambe.

«E?» chiese lui, cercando di soffocare la speranza che gli balzava nel cuore.

In attesa della sua risposta, lasciò che le sue dita tracciassero la curva del suo collo, osservando la pelle d'oca che si sollevava in risposta al tocco. Dopo un attimo, Brianna si spostò di nuovo per guardarlo, pur rimanendo fra sue braccia. I suoi occhi scintillarono mentre lui le passava le dita sulla fronte e le infilava fra i suoi capelli. Brianna guardò furtivamente il taglio e fece un cenno di approvazione, evidentemente soddisfatta di come stesse guarendo.

Poi, finalmente, parlò. «Se potessi elencare tutti gli indizi che confermano che stare qui, sposata con te, è il mio destino...»

«Davvero?» chiese lui, incapace di evitare l'interruzione.

Lei sorrise. «No, ma appena riuscirò a mettere le mani su inchiostro e pergamena, puoi scommetterci tutti i tuoi draghi che lo farò».

Lui ridacchiò e la tirò più vicino, avvicinando il viso al suo. «Allora, questo tuo conteggio?»

«Giusto» disse lei, sorridendo. «Adoro tutto di questo posto, soprattutto te» sussurrò, sfiorandogli le labbra. «C'è Pembrooke e i tuoi proverbiali draghi, naturalmente. E aggiungo anche la questione del mio abbigliamento come un indizio che dovrei restare».

«I tuoi vestiti?» chiese lui, perplesso.

Lei annuì, tirandosi indietro. «L'abito che indossavo il giorno in cui ho trovato il tuo medaglione» disse con entusiasmo crescente a ogni parola. «Mi sono resa conto che è sparito, perso nel fuoco o nel mare, forse è un segno».

Aidan sorrise senza esitare, ma dentro di sé la paura tornò a farsi strada come una morsa. «Beh, ecco» disse con finta allegria. «Qualcosa di positivo, dopotutto».

«Sì, mi sembra di intravedere un futuro roseo e luminoso, con una nidiata di bambini e la Casa di Pembrooke che continua a vivere nella gloria del proprio destino».

Brianna sembrò completamente soddisfatta di quel ragionamento e si addormentò poco dopo, sempre fra le sue braccia. Aidan la tenne stretta per ore, scacciando il pensiero che gli pungolava la mente. Quel fagotto di vestiti era in suo possesso, strappato dalla pila che aveva dato da lavare ad Ayr, poco prima che venisse portato via. Le accarezzò i capelli e le sfiorò la fronte con le labbra, mentre il cielo diventava sempre più scuro, e si allontanò dal letto solo una volta, per accendere il fuoco con un paio d'ore di anticipo. Brianna dormiva ancora profondamente quando lui entrò nella latrina, ma solo un attimo o due dopo, quando tornò nella loro camera, lei era già sveglia ed evidentemente inquieta. Prima che Aidan potesse avvisarla della sua presenza, lei gridò e, ancora intontita dal sonno, cadde giù dal letto con un tonfo. Aidan si precipitò al suo fianco, sollevandola dal pavimento.

«Non me ne andrei mai senza salutarti» le disse, stringendola forte.

Brianna non disse nulla, ma lui sentì le sue lacrime mentre lo stringeva a sé.

«Non voglio andarmene, Brianna. Ma devo farlo».

«Lo so» sussurrò lei, cercando chiaramente di trattenere l'emozione dalla voce, minimizzando la sua reazione. «Mi sono solo fatta prendere dal panico».

Sì. Era difficile dimenticare tutto ciò che aveva perso, quegli istinti radicati fin dalla più tenera età. «È ancora molto presto, e mi piacerebbe sdraiarmi con te e tenerti fra le braccia finché abbiamo ancora tempo».

Lei annuì, ma indicò la latrina da cui era appena uscito. Aidan le guardò il braccio: «Hai bisogno di aiuto?» chiese.

Brianna scosse la testa, ma lui restò comunque in attesa accanto al letto fino al suo ritorno, e la aiutò a coricarsi, per poi sistemarsi accanto a lei, facendo attenzione a non urtare il polso ferito. Immediatamente lei si strinse a lui, incastrando una gamba tra le sue. Aidan ne fu felice, in verità non riusciva a tenerla abbastanza stretta. Brianna rimase in silenzio per così tanto tempo che lui pensò che si fosse riaddormentata, ma poi sussurrò: «Andrà tutto bene, vero?»

«Senza dubbio».

CAPITOLO 29

Brianna fu svegliata da un colpo leggero alla porta qualche ora dopo. Aidan strinse le braccia intorno a lei con un mormorio affettuoso proprio mentre i suoi occhi si aprivano e le sfiorò la fronte con un bacio leggero.

«È arrivata la tua colazione» le disse dolcemente all'orecchio. «Non muoverti».

Questo poteva farlo. Anche se la notte era stata un po' confusa, tra il risveglio in preda al panico e l'aggrapparsi a lui poco dopo. Avevano poi fatto di nuovo l'amore, questa volta, però, era stato un atto privo di fretta, deliberato e indimenticabilmente profondo, al rallentatore. Brianna abbracciò il cuscino su cui erano sdraiati, respirando il suo profumo e ammirando le sue spalle larghe e la sua schiena mentre attraversava la stanza. Indossava un paio di morbidi pantaloni lunghi con la coulisse che lei stava seriamente pensando di confiscare per sé. Sarebbero stati perfetti per rilassarsi o dormire.

Una volta in ordine, Aidan aprì la porta e si fece da parte, consentendo a Gwen di guidare un corteo di collaboratori nella stanza. Brianna sorrise dolcemente, agitando le dita verso Gwen per ricambiare il suo saluto. Era ancora presto, e immaginò che Gwen avesse fatto in modo di essere in piedi per assicurarsi che

Aidan venisse salutato adeguatamente prima di partire. Brianna osservò mentre un grande vassoio veniva posato sul tavolo vicino alla finestra, secchi di acqua calda venivano messi sul focolare e il fuoco tornava a ruggire con vigore. Poi il personale se ne andò, velocemente e silenziosamente come era arrivato. Gwen, invece, rimase e allora Brianna si rese conto che era lì per controllare le loro ferite, in particolare quella di Aidan, visto che sarebbe partito presto. Con una rapida occhiata, lui si sedette senza che glielo chiedessero, in modo che Gwen potesse osservare meglio i tagli sul viso, inclinando il mento per catturare la luce del fuoco.

Dopo avergli assicurato che godeva di buona salute, Gwen annuì e sorrise dicendo: «Attento, vuole i tuoi pantaloni» facendo cenno con la testa a Brianna.

Brianna non riuscì a vedere l'espressione di Aidan, ma qualsiasi cosa fosse, provocò un'alzata di spalle da parte di Gwen.

«No» disse Gwen, «li sta letteralmente divorando con gli occhi!»

Brianna soffocò una risata quando lui si girò e sollevò un sopracciglio nella sua direzione; quando Aidan le si mise di fronte, lei si limitò a scrollare le spalle e ad appoggiarsi alla testiera del letto.

«Ho ragione o no?» chiese Gwen avvicinandosi, e a questo punto a Brianna scappò una risata.

«Assolutamente» disse. «Sembrano troppo comodi per non prenderli».

«Lo sapevo! E come ti senti?» chiese Gwen, prendendole il polso.

«Dolorante, ma onestamente non così male come pensavo».

«Mmh». Gwen si prese un lungo momento per ispezionare le abrasioni e i lividi e sorrise. «Beh, sono molto soddisfatta dell'aspetto» decise, toccandole nuovamente il polso. «Anche il gonfiore è diminuito».

Brianna annuì, guardando Aidan che portava una tazza fumante di... le sue narici si dilatarono quando colse un aroma di... «È *caffè*?» chiese, grata e sbalordita allo stesso tempo.

«Esatto» disse Gwen, poi alzò la mano, notando ovviamente l'espressione stupita di Brianna. «Ma prima che tu dia di matto, è importante che tu sappia che teniamo queste cose nascoste».

Aidan fece una smorfia e mormorò qualcosa di incomprensibile.

Gwen sospirò. «Lo *facciamo*, nonostante quello che pensa Aidan. Non è che il capitano John giri il mondo per soddisfare i miei capricci».

Aidan sollevò un sopracciglio e Brianna si coprì la bocca ridacchiando. Era chiaro che si trattava di una vecchia discussione.

«Okay, va bene! Beh, almeno ora non lo fa più. Non posso farci niente se Grey mi sorprende ancora con un dolcetto ogni tanto!»

Brianna allungò la mano e le accarezzò il braccio. «Indovina un po', non mi interessa in questo momento. Quello che vorrei è un po' di questo».

Gwen sorrise e le porse una tazza fumante. Brianna inspirò, godendosi la sensazione familiare, poi mando giù un bel sorso profondo e disse: «Oh, è buono».

Gwen le strizzò l'occhio, poi si alzò e si avviò verso la porta prima di voltarsi di nuovo. «Ho sentito che anche tu hai un debole per la miscela di tè preferita di Aidan. Ce ne sono molte altre».

Aidan sorrise timidamente e Brianna pensò che fosse davvero dolce che non avesse mai detto nulla riguardo al fatto che fosse il *suo* tè, gli piaceva semplicemente che la rendesse felice. Scambiò un saluto con Gwen che si girò per andarsene, e Aidan la seguì fino alla porta, dove le fece cenno di aspettare. Brianna osservò distrattamente, concentrata soprattutto sul suo caffè, mentre lui si voltava verso l'armadio, vi frugava dentro ed estraeva qualcosa, mettendolo poi nelle mani di Gwen... forse biancheria? Brianna era troppo impegnata a sorseggiare il caffè e ad ammirare i pantaloni di Aidan, beh, per lo più ad ammirare Aidan *con* i pantaloni, per prestarci molta attenzione.

Poi lui fu di nuovo accanto a lei. «Solo un momento» disse

stringendola a sé, suscitando in lei un sospiro di soddisfazione. Le strofinò il mento sulla testa e le sussurrò: «Un giorno, presto, avremo il piacere di svegliarci insieme con calma, senza preoccupazioni, Brianna, solo con le nostre vite davanti a noi».

Lei sorrise, sfiorando con la mano il petto di lui. «Non vedo l'ora».

Le sfiorò il viso con il suo e la baciò, poi passarono alcuni minuti a coccolarsi e a finire il caffè prima di lavarsi e vestirsi. All'inizio, lui l'aveva esortata a rimanere a letto e a rilassarsi, adducendo l'ora precoce, ma Brianna gli aveva detto senza mezzi termini che non si sarebbe mai persa l'occasione di vederlo partire dalla spiaggia e di guardarlo finché non fosse scomparso all'orizzonte.

Questo lo fece ridere, e fece quasi dimenticare a Brianna di cosa stavano parlando, cioè della sua prossima partenza su una nave, attraverso il mare, verso un incontro incerto. Abbracciò Kitty mentre Aidan raccoglieva il resto delle sue cose e, quando sentirono un leggero bussare alla porta, lui sollevò un sopracciglio e poi la guardò.

«Dovrebbe essere Tristan» disse.

«Va bene» rispose lei rapidamente e annuì prima di chiamare: «Tristan, entra».

Il ragazzo aprì la porta, guardando con cautela, ma lei capì che era sollevato di essere stato invitato a entrare. Gli occhi gli si illuminarono mentre si precipitava verso di loro, attaccandosi come una colla alla gamba di Aidan mentre gli dava il buongiorno e una rapida carezza a Kitty.

Mentre Aidan prendeva i loro mantelli, chiese a Tristan di tenere d'occhio lei e Kitty in sua assenza, poi le drappeggiò l'indumento sulle spalle, chiudendolo con la fibbia. Quando le sue mani risalirono per accarezzarle i capelli, la guardò negli occhi. I suoi erano pieni di così tanto amore, di così tante promesse, che Brianna fu sul punto di perdere la testa, tutta la sua spavalderia improvvisamente sparita.

«Tornerò. E tu sarai qui». Poi premette la fronte sulla sua e le disse in un sussurro rauco: «Tu sei tutto per me, lo sai?»

Brianna annuì, sperando di sembrare più sicura di sé di quanto non si sentisse, poi seguì Aidan attraverso la porta e il corridoio che portava alle scale, dove Callum e Grey stavano già aspettando.

«Aspettate» disse, rivolta verso di loro. Sapeva che Aidan aveva avvisato il suo amico Ronan e suo fratello Rhys e che li avrebbe incontrati ad Ayr. Ma non aveva considerato che anche Callum e Greylen lo avrebbero accompagnato. «Andate anche voi due?»

«Hanno cercato di ucciderti, una O'Roarke. Una dei miei» spiegò Callum, raddrizzandosi in tutta la sua imponente altezza. «Non posso ignorarlo, e per questo, anche se Aidan non ha bisogno di me, lo accompagnerò».

«Per quanto mi riguarda, credo che abbia *bisogno* di me» disse Greylen, stringendo affettuosamente la nuca di Aidan mentre gli uomini ridacchiavano. Anche Brianna rise, colpita ancora una volta da quanto quegli uomini fossero importanti l'uno per l'altro. «E anche io ne approfitterò per vedere la nave, o ciò che ne rimane, di persona».

Al rumore dei passi, si voltò e vide Gwen che scendeva dal corridoio. «Mi dispiace tanto» iniziò Brianna, «mi sento come...»

Tutti la zittirono con uno sguardo mentre Gwen le passava accanto.

«Non preoccuparti» disse Gwen agitando la mano, «andando per nave, torneranno prima che ce ne accorgiamo, e sono sicura che porteranno con loro doni e tesori in abbondanza».

A quel punto, Brianna dovette sorridere. Se Gwen poteva essere così disinvolta, anche lei avrebbe cercato di riposare tranquillamente. Ascoltò mentre parlavano dei loro piani, grata di non dover partecipare. Era così presa dalla loro conversazione che, a parte la sensazione della stretta di Aidan sulla sua mano, non si era accorta di nulla finché non arrivarono ai cavalli, assistiti da un gruppo di stallieri. Ad attenderli c'era anche un piccolo gruppo di guerrieri, tra cui Alan e Richard. Quando si avvicinarono, gli uomini cominciarono a salutare e Brianna si sentì affondare il cuore. Aveva sperato di poter accompagnare Aidan oltre, fino alla nave, se possibile.

Aidan le afferrò le spalle. «È ancora buio, amore» disse accarezzandole i capelli all'indietro, intuendo i suoi pensieri. «E il tuo polso» aggiunse a bassa voce, guardando in basso.

Sapeva che aveva ragione, tra l'ora presto e il suo infortunio, per non parlare della gravidanza di Gwen, restare a casa aveva senso. Tuttavia, la separazione fu più rapida di quanto si aspettasse.

«Non cedere alle paure inespresse, d'accordo?» disse Aidan, toccandole delicatamente la tempia con un dito.

Brianna sorrise nonostante la tristezza e scosse la testa. «Non lo farò».

Anche lui sorrise, prendendole la testa tra le mani e guardandola profondamente negli occhi. «E sappi che, al di sopra di tutto, ti amo».

Lei gli coprì una mano, ora appoggiata sulla guancia, e, sopraffatta dall'emozione, ricambiò le sue parole. Aidan staccò lo sguardo da quello di lei solo quando Gwen le si avvicinò per tirarla delicatamente indietro mentre gli uomini montavano a cavallo.

Poi, troppo presto, Brianna si ritrovò in piedi sulla scogliera, a guardare la nave che salpava, a malapena visibile nell'alba sfumata di viola. Proprio mentre il sole si alzava all'orizzonte, Brianna fu colpita dal pensiero che quell'immagine di lui era quasi identica alla prima. Solo che questa volta la sua formidabile statura, affiancata da quelle di Callum e Greylen in una chiara dimostrazione di forza, le era intimamente familiare.

Tristan, rimasto accanto a lei a guardare, le tese la mano quando la voce di Aidan riecheggiò sull'acqua: «Brianna O'Roarke della Casa di Pembrooke, non dimenticare mai chi sei».

Il ragazzo la guardò e sorrise con una certa consapevolezza, poi corse verso la collina e balzò su un gruppo di rocce. Brianna lo osservò mentre si levava il cappuccio e lanciava le mani in aria nello stesso momento in cui Aidan e i suoi uomini estraevano all'unisono le spade, alzandole al cielo.

«E non dimenticare mai a chi appartieni: a Sinclair della Casa di Pembrooke!» tuonò Aidan, e i suoi confratelli (insieme a Tristan) fecero eco con un sonoro grido di incoraggiamento.

Fu un saluto perfetto e, mentre Brianna si asciugava le lacrime, Henry le porse un fazzoletto di lino. Se mai avesse messo in dubbio il suo valore, il fatto che Aidan l'avesse lasciata con Henry la diceva lunga. Quando tornò nella sua camera, trovò Kitty che dormiva sul letto, ed era chiaro che, mentre salutava Aidan, le lenzuola erano state cambiate. Probabilmente emise un mormorio perché Tristan la guardò in modo strano. Non voleva piangere, ma avrebbe voluto almeno tenere la sua federa. Stringendosi le braccia intorno al corpo per attenuare la perdita, per quanto potesse sembrare sciocco, trasalì quando Gwen le si avvicinò.

«Scusa, Tristan è corso in corridoio e ha detto che eri arrabbiata» disse.

Brianna non si era nemmeno accorta che fosse uscito dalla stanza.

«Naturalmente non puoi saperlo» continuò Gwen, dirigendosi verso il guardaroba, «ma un tempo io e Greylen siamo stati separati per mesi e, mentre lui era via, la sua camicia mi forniva conforto e sicurezza. Qualsiasi cosa di lui, in realtà». Si chinò e aprì l'ultimo cassetto. «La povera Anna ha imparato a sue spese a non intromettersi in certe cose». Gwen tirò fuori qualcosa dal cassetto e, quando si voltò verso Brianna, aveva in mano le federe che erano state tolte dal letto. «Vedi?»

Brianna si sentiva sciocca a stare lì a frignare per una federa, ma Gwen non sembrava affatto infastidita.

«Ci sono anche la sua camicia e le sue scarpe» disse. «Perché non ti riposi un po'? Sono sicura che ti farebbe bene un giorno intero o anche due di sonno».

Naturalmente, Gwen aveva ragione. Brianna trascorse l'intera giornata e parte di quella successiva facendo proprio come le aveva suggerito. Quando finalmente uscì dalla sua camera, verso mezzogiorno del giorno seguente, si imbatté in Tristan, che si stava affrettando lungo il corridoio per andarla a trovare. Mentre si chinava a parlare con lui, con un sorriso caloroso sul volto, vide i suoi occhi volgere preoccupati verso Henry. Brianna guardò Henry con aria interrogativa, ma lui si limitò a sospirare e a scuotere la testa. Brianna fece rapidamente due più due, immaginando che Henry avesse insistito perché lei riposasse indisturbata mentre Tristan, seguendo la direttiva di Aidan di occuparsi del suo benessere, aveva un'opinione diversa. Divertita dal braccio di ferro tra i due, fece il possibile per sistemare la situazione.

«Sai, ho sentito quanto sei stato diligente nel prenderti cura di me» disse Brianna a Tristan, strizzando l'occhio a Henry. «Non vedo l'ora di dirlo ad Aidan quando tornerà. Magari potremmo anche scrivergli una lettera» suggerì. Dopo tutto, stava *cercando* di mettere le mani su una pergamena.

Il ragazzo si illuminò subito e gonfiò il petto con orgoglio, e Brianna sorprese Henry a reprimere un sorriso.

La situazione si acquietò e lei gli prese la mano. «Ora sto morendo di fame, pensi che possiamo intrufolarci nelle cucine e curiosare un po'?»

Tristan arricciò il naso felice e Henry ridacchiò, entrambi segni per Brianna che tutto sarebbe andato per il meglio.

CAPITOLO 30

A causa del forte vento contrario, l'arrivo della nave ad Ayr fu leggermente ritardato. Non tanto da fare la differenza, in realtà, ma abbastanza da permettere ad Aidan di godersi un po' di tempo con Grey e Callum che altrimenti non avrebbe avuto. Anche se ormai erano tutti uomini adulti, nella cabina che condividevano prevalse un ritorno alla fanciullezza. Le loro risate provocavano costantemente un putiferio, e più di un membro dell'equipaggio si lamentava del rumore battendo sulla porta o addirittura su una parete, per farli smettere con le loro buffonate. Tuttavia, i ragazzi presero tutto con filosofia e, alla fine si comportarono come se nulla fosse mai accaduto.

Dopo aver ormeggiato, sbarcarono dalla nave per incontrare Rhys e Ronan e si scambiarono un'allegra serie di saluti. Insieme al Capitano John si recarono a controllare ciò che restava della nave di Grey, ora in secca, e poi il gruppo si diresse da Glenn per prendere i cavalli e mettersi in viaggio. La proprietà dei Fitzgerald distava solo un giorno di viaggio da Ayr, un percorso che fu completato con facilità. Dopo essersi occupati degli uomini coinvolti nell'imboscata, un'impresa altrettanto facile, l'unica questione rimasta era quella di Judith.

I cinque, Aidan, Callum, Grey, Ronan e Rhys, raggiunsero la

fortezza per incontrare Judith e i due membri della famiglia rimasti, una zia e uno zio che sembravano entrambi sollevati di essersi liberati di Gil e Nigel. Anche se non era propriamente di sua competenza, Aidan si impegnò comunque a risolvere la questione di Judith, o del fidanzamento mai avvenuto. Tuttavia, sebbene Judith sembrasse grata di non essere stata messa nello stesso calderone dei suoi fratelli, era chiaro che il matrimonio non fosse più nei suoi pensieri. Dopo averne discusso, ammise di comprenderne l'importanza, soprattutto in seguito alla scomparsa del padre. E, alla luce delle azioni efferate dei suoi fratelli, riconobbe con riluttanza che avrebbe potuto avere problemi a trovare un compagno adatto.

Mentre il gruppo discuteva su come condurre una discreta indagine sui potenziali pretendenti, Aidan notò che Rhys prestava particolare attenzione a Judith: i suoi occhi quasi non si staccavano da lei. Judith non se ne accorse (anche se Aidan lo riteneva improbabile), oppure era indifferente alle sue attenzioni. Nella sua mente cominciò a formarsi un piano che si rivelò inutile quando Rhys parlò improvvisamente.

«La sposerò io» dichiarò, con tutta la serietà di chi è giunto alla conclusione di essere in presenza della sua futura sposa. Il fatto che Rhys avesse pronunciato quell'importante dichiarazione con tanta fermezza e allo stesso tempo con uno sguardo caloroso su Judith era decisamente esplicativo.

Tutti si voltarono verso di lui e, dai loro sguardi, fu chiaro che nessuno aveva previsto quell'esito, eppure non erano particolarmente sorpresi. Judith, da parte sua, arrossì violentemente, ma non sembrò in alcun modo contraria all'unione. Rhys non aveva fatto trapelare nulla, anche se Aidan sapeva che questo era il suo stile: aveva perso molte partite con lui quando erano ragazzi, grazie alla capacità del fratello di mantenere un'espressione solenne. Callum interruppe il momento con un superfluo, ma del tutto atteso: «Assicurati che sia consacrato».

Mentre Judith e gli zii parlavano tra loro dei benefici di una simile alleanza, Aidan sapeva che sarebbero stati tutti d'accordo, soprattutto visto il modo in cui Judith guardava Rhys con divertita curiosità.

Poi fu Aidan a dover reprimere un sorriso quando Rhys parlò di nuovo.

«Avete un prete tra di voi?» chiese il fratello.

Quando la famiglia Fitzgerald chiarì di non averlo, Rhys espresse il desiderio di essere sposato da padre Michael, a meno che non ci fossero obiezioni. Francamente Aidan ne aveva una, ma solo perché desiderava tornare da Brianna al più presto. Anche se padre Michael era sempre pronto, un matrimonio, per quanto organizzato in fretta, compresa la convocazione del suddetto sacerdote, avrebbe aggiunto tempo.

Alla fine, Aidan e i suoi confratelli approfittarono dell'inaspettato tempo libero, aiutando i Fitzgerald a sistemare alcune faccende e a rimettere in ordine le loro questioni. Era il minimo che potessero fare, perché dopotutto avevano beneficiato della loro alleanza originaria, che gli aveva permesso di attraversare le loro terre per costruire Abersoch. Inoltre, Lachlan e i loro padri avrebbero voluto che si rimboccassero le maniche, per così dire, e li aiutassero in ogni caso.

Quasi una settimana dopo, Aidan era grato di essere tornato ad Ayr. Non avrebbe voluto dire addio a Rhys o a Ronan, entrambi alle prese con delle faccende da sbrigare, ma era ansioso di tornare da Brianna. Restituirono i cavalli a Glenn e si approntarono a salire sulla nave per tornare a casa. Non proprio a casa, ma a Seagrave... o forse a Dunhill? Sorrise fra sé e sé, perché non aveva davvero importanza. Brianna avrebbe potuto trovarsi sulla luna e lui l'avrebbe trovata comunque, a qualunque prezzo... A quel pensiero, Aidan inciampò. Si bloccò, poi si guardò intorno per vedere se qualcuno l'avesse notato e vide i suoi confratelli lanciargli strane occhiate. *Non importa*, pensò Aidan: se avessero saputo cosa gli era appena passato per la testa, avrebbero capito. Continuò l'inventario della zona e intravide una donna appena fuori dalla sua visuale, a diversi metri di distanza. Con il cuore in gola, si diresse verso di lei, aumentando il passo man mano che si avvicinava. Se non fosse stato per la prontezza e la forza dei suoi confratelli, sarebbe riuscito a caricarla e forse a farla cadere a terra.

«Non è facile!» gridò Aidan a Esmeralda quando finalmente si trovò davanti a lei, mentre Callum e Greylen lo tiravano indietro. «*Il cammino che ci attende non sarà facile*, e tu lo sapevi!»

Lei rimase immobile, salvo un guizzo negli occhi.

«L'ho quasi persa nelle grinfie della morte!» La voce di Aidan si incrinò quando pronunciò quelle parole ad alta voce. «E ora... temo *ancora* di poterla perdere e che sia fuori dalla mia portata!» continuò, sorpreso che gli fossero uscite quelle parole di bocca.

«E tu pensi che sia questo il tuo destino, Aidan Sinclair?»

Le sue parole furono un duro colpo, che alimentò la sua peggiore paura.

«*È così*?» Alla risposta vaga di lei, lui strinse le mani a pugno. «Il tempo trascorso con Brianna, *tutto questo*... è stato inutile?»

La vista cominciò a sfocarsi mentre l'emozione gli gonfiava gli occhi e, se non fosse stato per il tono della voce di Esmeralda, avrebbe pensato che le sue parole fossero solo un altro dei suoi frustranti messaggi velati.

«L'amore vero, *vero*, richiede sempre un prezzo» disse, guardando ciascuno di loro a turno.

Aidan non era soddisfatto della sua risposta criptica. «Se tu sapessi cosa... cosa si prova, non ti intrometteresti così».

Esmeralda si avvicinò e Aidan trasalì, ma non indietreggiò. Che lei, o chiunque fosse al suo servizio, lo colpisse, se era il caso. Ma quando lei allungò la mano e gli toccò il viso, non trovò ira nei suoi occhi, ma empatia e compassione infinite.

«Mi dispiace moltissimo» disse con una tale sincerità che la sua rabbia si dissipò in un istante, lasciandolo completamente esposto. «Se potessi toglierti questo peso, lo farei».

Sapeva che lo pensava davvero, perché ora vedeva anche la sua sofferenza.

«La amo, *con tutto il mio cuore e con tutto ciò che sono*». L'emozione si diffuse sulle sue guance a causa del peso delle parole pronunciate, in tutta la profondità della sua paura.

Lei annuì: «Sì, e lei ama te. In fondo siete fatti l'uno per l'altra».

Leggermente confortato da questo, Aidan trovò la forza di chiedere la cosa che più temeva: «La perderò?»

«Il vero amore non si perde mai, Aidan. Vi conoscerete e riconoscerete sempre, sia che vi svegliate l'uno accanto all'altra ogni giorno fino all'ultimo, sia che vi incontriate di nuovo in un'altra forma o in un altro tempo. E se queste ultime settimane sono tutto ciò che condividerete, un giorno lo saprete: il vero amore vince sempre e vale sempre il prezzo. Le hai dato le ali per volare e per fare ciò che deve. L'hai amata per quello che è, senza condizioni, neanche una, il che è un'impresa per un uomo del tuo... temperamento. Le hai dato potere e in quel momento l'hai resa libera».

Aidan non riuscì a sentire altro. «Non voglio che sia libera» disse, vergognandosi di ammetterlo. Pensò a Lachlan e a quello che doveva essergli costato l'allontanarsi da Ella. Lui non era così forte. Ma poi... lo addolorava rendersene conto, ma supponeva che non aver mai conosciuto Brianna sarebbe stato peggio che averla avuta anche solo per il breve tempo in cui erano stati insieme. Tuttavia, soffriva al pensiero che fosse anche solo una possibilità vera e propria.

«Perché... perché lo fai, perché ti intrometti così?»

Lei scosse la testa. «Capisco perché tu e i tuoi confratelli possiate pensarla in questo modo, ma ti prego di credere che io conosco il tuo dolore e cerco di essere utile per quanto il destino lo consenta».

Aidan le strinse le mani e i suoi occhi si allargarono per la sorpresa. «Ti supplico» disse, guardando i suoi occhi che ora si riempivano di lacrime. «Potresti aiutarmi *ora*?»

Lei annuì e gli afferrò le mani. «Ciò che cerchi è qui, con lei, da sempre».

CAPITOLO 31

«Brianna! Brianna!»

Brianna si voltò, sentendo il cuore riempirsi d'affetto alla vista di Tristan, appoggiato al davanzale della finestra e intento a guardare fuori. Capiva perché Aidan e il ragazzo erano così legati l'uno all'altro. Erano entrambi seri, eppure calorosi e aperti. Aveva trascorso quasi tutti i giorni dell'ultima settimana con il ragazzo sempre dietro di lei o direttamente al suo fianco, mentre faceva tutto il possibile per tenersi occupata e dare una mano a Gwen. Sebbene non ci fossero più tante bocche da sfamare o bambini da accudire con Isabelle e Gavin fuori casa, l'intera famiglia stava ancora cercando di adattarsi alla loro assenza. Era ovvio che, quando erano lì, avevano una routine ben organizzata, e ora tutti sentivano la loro mancanza.

«Guarda!» esclamò Tristan mentre Brianna si dirigeva verso la finestra. «È arrivata Maggie! E credo che ci sia anche zia Cateline, con Isla e il bambino, guarda!»

Il cuore di Brianna accelerò e si precipitò a guardare di persona. Era proprio così: un piccolo esercito si estendeva lungo il sentiero che portava ai cancelli del cortile, con la sua famiglia al centro. Immediatamente, Brianna sentì le lacrime pizzicarle gli occhi. Ne asciugò qualcuna mentre Gwen irrompeva nella sua camera.

«Brianna, sono arrivati» annunciò, chiaramente emozionata anche lei.

Era un giorno importante. Brianna incontrava per la prima volta la sua famiglia, il resto della sua famiglia, la sua vera famiglia. Gwen aveva ricevuto una lettera da Maggie proprio il giorno prima, in cui la avvisava che sarebbe stata in visita, desiderosa di conoscere "la famosa Brianna", come l'aveva definita. A quanto pareva, Callum le aveva scritto il giorno in cui, beh, quel giorno in cui aveva voluto dimostrare ad Aidan chi comandava, almeno per quanto riguardava la sua famiglia. Quando la lettera di Maggie era arrivata, la loro carovana era già in viaggio, anche se a passo lento, perché si erano aggiunti anche zia Cateline e i due figli di Maggie, Isla e il piccolo Dougal.

Tutti e tre, Brianna, Gwen e Tristan, si affrettarono a uscire dalla stanza per scendere le scale, e Brianna si trovò a combattere una battaglia persa in partenza per cercare di stare davanti a Gwen, che si muoveva sempre a un ritmo più veloce di quanto sembrasse possibile data la sua gravidanza. Brianna temeva che potesse inciampare sulle scale, ma Gwen si limitò ad alzare gli occhi al cielo quando si accorse della sua premura.

«Ci faremo solo male entrambe» mormorò Gwen sottovoce.

«È vero, ma io mi sono guadagnata il favore delle tue guardie» disse Brianna, indicando le sentinelle in fondo alle scale, che la guardavano e annuivano.

Quando arrivarono all'esterno, erano già tutti scesi dalla carrozza, con il bambino tra le braccia di zia Cateline. Nel momento in cui Brianna apparve sulla soglia, riconobbe subito Maggie nonostante non l'avesse mai incontrata prima. Quest'ultima corse verso di lei come se fosse un membro caro e rimpianto della famiglia, chiamandola per nome man mano che si avvicinava. La voce di Brianna si spezzò, colma di una tale emozione che la fece vacillare e poi iniziare a piangere, con il mento tremante e le lacrime che le inzuppavano le guance.

Quando Maggie la raggiunse, la avvolse con le braccia in un abbraccio esagerato, ma Brianna scoprì che non le dispiaceva affatto e si abbandonò a quel gesto accogliente e affettuoso. Quando finalmente si separarono, Maggie sorrise rapidamente a Tristan e poi alla bambina di Gwen, prima di raggiungere zia Cateline e avvolgerle tutte in un grande cerchio. Anche Gwen e Lady Madelyn si unirono a loro e ci vollero diversi minuti perché riuscissero a distaccarsi.

«Oh, ma guardati!» esclamò Maggie, afferrando le spalle di Brianna e scuotendo la testa. «Sei così bella». Le sue dita si aggrovigliarono in uno dei morbidi riccioli ondulati di Brianna, tornati al loro aspetto naturale proprio il giorno prima, quando oramai l'effetto del suo trattamento alla cheratina era svanito (Brianna aveva capito che la trasformazione era completa quando si era imbattuta in Gwen, che aveva emesso un grido di shock e di gioia e non aveva potuto fare altro che indicarla ed esclamare «I tuoi *capelli*!»).

«Guardate la nostra famiglia» disse Maggie, osservandole tutte e facendosi da parte per permettere anche a zia Cateline di avvicinarsi.

Brianna si lasciò scrutare ancora una volta. La donna più anziana la fissò negli occhi, poi allungò una mano per accarezzarle una guancia. Si meravigliò della sensazione del suo viso fra le mani (sorprendentemente morbide) della sua antenata preferita, Cateline De la Cour.

«Sai che quegli occhi provengono da mia sorella, Isabeau» disse Cateline con approvazione.

Brianna scosse la testa mentre le lacrime le riempivano di nuovo gli occhi. Non si era mai sentita così legata a un'altra persona dalla morte del nonno e non si era neanche mai sentita così appagata da quando aveva perso i genitori. Non riusciva nemmeno a parlare, tanto era commossa. Si limitò a stringersi nell'abbraccio di Cateline e rimase lì, ascoltando i balbettii della bambina, finché non riuscì a riprendersi un po'. Quando si staccò, notò che alcuni uomini, soprattutto quelli più anziani, si stavano pizzicando la punta del naso per tenere a bada le emozioni.

«Forza» disse Gwen dopo un attimo. «Andiamo dentro e sistemiamo tutti».

Brianna stava per seguire il gruppo su per i gradini, quando vide Gwen fare un cenno a Maggie, indicando il bambino. Maggie le fece un sorriso, con gli occhi pieni di un'emozione diversa, mentre lo prendeva dalle braccia di zia Cateline e lo girava in modo che Gwen potesse vederlo.

Gwen sorrise, la sua espressione si rabbuiò solo per un secondo, ma poi annuì e accarezzò delicatamente il viso e la testa del piccolo. Maggie si allontanò per un attimo e Brianna capì allora che probabilmente erano rimaste incinte nello stesso periodo, ma Gwen aveva perso il suo bambino. Colpita da un'altra ondata di emozioni del tutto diverse, Brianna si asciugò gli occhi per trattenere le lacrime. Dopo un lungo abbraccio, con il bebè ancora al centro, le due donne si staccarono e si girarono verso Brianna, afferrandola ciascuna per un braccio.

Brianna, che non aveva mai avuto amicizie intime, e men che meno un rapporto di sorellanza, si trovò improvvisamente al centro di uno di essi. Le tre donne salirono a braccetto i gradini ed entrarono, versando ancora qualche lacrima, ma anche ridendo. Dopo aver deciso chi doveva stare con chi (soprattutto i più piccoli), Brianna fece qualche giro tra la stanza di Gwen e le altre, distribuendo le bottiglie con le nuove lozioni, i saponi e gli scrub che Gwen e Lady Madelyn avevano preparato. Durante l'ultima visita, qualcosa attirò la sua attenzione all'interno di uno degli armadi aperti di Gwen, e per poco non fece cadere il vassoio che stava portando.

«Aspetta» disse Brianna, sentendo il cuore appassire. «Perché hai queste?» chiese inorridita, mentre si chinava per afferrare il mucchio di vestiti appallottolati accanto alle scarpe di Gwen. Era l'abito che aveva indossato il giorno in cui era arrivata in quell'epoca, stringendo il medaglione di Aidan. All'improvviso, qualcosa nella sua mente divenne chiaro. «È quello che ti ha dato la mattina in cui è partito, vero?»

«Oh, Brianna, mi dispiace tanto» disse Gwen scuotendo la testa. «L'ha fatto, ma non per farti arrabbiare. Voleva solo...»

Si interruppe mentre Brianna crollava di nuovo e tutte le sue vecchie paure si ripresentarono all'improvviso.

«Brianna, cosa c'è che non va?» Maggie era appena apparsa sulla soglia e si era subito precipitata al suo fianco. Brianna si lasciò guidare in un salottino, mentre l'altra la guardava con preoccupazione.

Sapendo di potersi fidare della sua nuova sorellanza, Brianna si sfogò, spiegando a Maggie ciò che le era sfuggito, con Gwen che riempiva i vuoti e traduceva per lei quando piangeva troppo forte per parlare chiaramente.

«E se significasse che devo tornare indietro?» chiese Brianna. Si sentiva davvero disperata per quella possibilità, e la consapevolezza fu una sorpresa: improvvisamente la sua casa, che aveva sempre amato e dove si era sentita più sicura per gran parte della sua vita, le sembrava spoglia e vuota. Vedersi strappare via tutto ciò che aveva trovato lì sarebbe stato crudele. «Non voglio perdere tutto questo, quello che ho qui con *tutti* voi, non solo con Aidan».

«Non capisco perché lo pensi» disse Gwen scuotendo la testa. «Ho ancora i miei vestiti da... beh, lo sapete. In effetti, con grande disappunto di mio marito» inclinò la testa di lato, «e a volte con piacere. Anna mi fa ogni sorta di indumenti, alcuni adatti all'epoca, altri... non proprio».

Brianna fece un timido sorriso. Sapeva che Gwen stava solo cercando di aiutarla, ma non era ancora convinta. Raccontò loro la teoria di Aidan sul destino e il suo corso con gli effetti su tutti loro, curiosa di vedere come avrebbero reagito Gwen e Maggie.

«Beh» disse Maggie, «suppongo che abbia ragione. Quando sono arrivata a Dunhill, Derek se n'era andato da quasi due anni. Anche Fiona. E credetemi, Callum e io *non* ci siamo guardati e innamorati all'istante, davvero. Ma avevamo molti punti in comune, che superavano facilmente quelli più distanti. Chissà cosa sarebbe successo se non avessimo mai lasciato la sicurezza della nostra bolla». Maggie fece una pausa, probabilmente per l'espressione stupita di Brianna.

«Le bolle sono fantastiche, ma non possiamo restarci per sempre» aggiunse Gwen, continuando a parlare con naturalezza; evidentemente la metafora della bolla era già in uso. «E una volta che la marea si è alzata...» Gwen fece una smorfia. «Pessima scelta di parole. E ora sto mischiando le metafore. Intendevo dire che una volta che l'amore è cresciuto e si è radicato, non c'è nulla che possa fermarlo, per quanto si cerchi di far finta di niente o si provi a ingannarlo». Gwen rise, poi disse: «Chiedilo a Maggie, lei ci ha provato».

Maggie fece una smorfia. «Pensavo che finché non avessi ammesso nulla ad alta voce, sarei stata a posto».

Brianna annuì, un piccolo barlume di speranza le balenò nel petto mentre ascoltava la storia di Maggie. Per tutti gli alti e bassi e per tutte le difficoltà che avevano superato, alla fine *erano* ancora insieme, tutti quanti.

«Le cose folli che facciamo mentre cerchiamo di superare in astuzia un destino che è già stato scelto per noi».

«Beh, almeno tu hai avuto una profezia che ti ha dato qualche indizio, *e* non dimentichiamoci che sei anche la prima della classe...» sostenne Maggie, togliendosi un cappello immaginario a favore di Gwen.

«Beh, non sono una detective» rispose Gwen con una battuta.

Maggie emise un breve suono. «Beh, questa detective è stata un fallimento epico. Il mio più grande risultato è stato sbattere i tappeti dell'abbazia. Forza Maggie» esultò in un mesto e flebile sussurro, roteando le dita a mo' di pompon e facendo una smorfia di disprezzo.

«Aspetta» Brianna scosse la testa, «è davvero così che ti senti?» Era scioccata dal fatto che quella donna che aveva idolatrato per tutta la vita si vedesse in una luce così negativa.

«Ero un'agente federale che è crollata ed è diventata una donna che fa gli inchini, una fifona, una che cerca sempre di accontentare le persone» spiegò Maggie.

Anche Gwen non era d'accordo con la dura autovalutazione di Maggie, e Brianna decise che era il suo turno di darle un po' di incoraggiamento e di rimetterla in riga.

«Maggie» disse, «è grazie a te e all'eredità che *tu* hai iniziato se sono sopravvissuta qui, oltre ad Aidan. Senza di te, non avrei imparato l'autodifesa *o* a utilizzare le armi, o almeno non come ho fatto. Se non fosse stato per i tuoi sentimenti dopo la perdita di Derek e la quasi perdita di Callum, non avresti fatto in modo che ogni donna O'Roarke per quasi un millennio (*un millennio!*), non si sentisse mai più così. *QUESTA* è un'eredità incredibile e potente. Anzi, va ben oltre».

Maggie annuì, chiaramente combattendo le lacrime per la dichiarazione di Brianna.

«È vero» disse Brianna con dolcezza. «Sei sempre stata una mia eroina». Lasciò che la frase venisse recepita per un attimo, poi aggiunse: «E poi, che c'è di male a fare l'inchino?»

Dopo un sorriso di apprezzamento da parte di Maggie e un altro abbraccio di gruppo, tutte erano emotivamente spossate e quindi, invece di cercare di portare avanti una questione, una qualsiasi, decisero di fare la necessaria pausa e di concentrare le loro energie su un *altro* (avevano sottolineato) risultato positivo. Brianna capiva la loro prospettiva, ma loro non si rendevano conto o avevano già dimenticato come l'ulteriore svantaggio della sua eredità in quanto O'Roarke, potesse far pendere l'ago della bilancia in negativo. Il timore di Brianna che potesse accadere qualcosa, strappandole il tappeto da sotto i piedi o allontanandola da quella realtà, si era solo leggermente attenuato, ma non c'era nulla che Gwen o Maggie potessero dirle per cambiare quella sensazione, e quindi era felice di lasciar perdere, almeno per il momento.

Quella sera, Gwen bussò alla porta di Brianna ed entrò. «Oggi è stata un'altra vittoria, Brianna» disse, e le afferrò le mani come per sostenerla e dirle: *Vedi, sei ancora qui.* Gwen chiuse gli occhi e mormorò un "grazie" come se fosse un amen. Quando Brianna la guardò, capì che era normale per una famiglia e per degli amici comportarsi così nei confronti gli uni degli altri. Il gesto di Gwen era davvero dolce, sentito e naturale, pur nella sua semplicità. Quel piccolo atto di gentilezza sollevò il morale di Brianna tanto da darle il coraggio di credere che l'impossibile potesse essere a portata di mano.

E così, i giorni cominciarono a passare e la settimana che seguì si trasformò in un divertente soggiorno per ragazze (beh, per ragazze più le guardie di Seagrave e Dunhill, Henry e, naturalmente, Tristan, il suo fratellino e il piccolo Dougal). Ma erano comunque le ragazze, di un'età compresa tra i due e i sessantadue anni, se Brianna aveva calcolato correttamente l'età di zia Cateline, a far vibrare la casa. La "preghiera" di ringraziamento di Gwen divenne presto una routine serale e lei, Maggie, zia Cateline, Lady Madelyn e Anna si recavano ogni sera nella camera di Brianna, dopo aver messo a letto i più piccoli, per ricordarle che era ancora lì. A volte le sembrava di sentire anche un altro coro di voci sussurrarlo, e immaginava il personale e le guardie appena fuori dalla porta, che facevano il possibile per assicurarsi che lei rimanesse tranquilla e al sicuro.

Dopo quasi dieci giorni a Seagrave, Gwen dichiarò che Brianna era completamente guarita. Si organizzarono quindi immediatamente per recarsi a Dunhill Proper, in modo che Brianna potesse finalmente vederla com'era allora... o com'era adesso... allora, adesso... Insomma, qualunque fosse la versione tecnicamente corretta, *era* Dunhill Proper *adesso*, quindi andava bene così.

Anche se per Brianna era difficile contenere l'eccitazione per il viaggio verso la sua casa ancestrale, non riusciva comunque a liberarsi dalla preoccupazione assillante che potesse accadere qualcosa. Non voleva che si spegnesse quel poco di magia insito in lei. Finora, però, aveva tenuto a bada i demoni, anche quando aveva sentito dire che padre Michael avrebbe dovuto sposare un

"Sinclair" con Judith Fitzgerald. Si perdonò per pensiero, ma non c'era da sorprendersi che avesse pensato al peggio, soprattutto quando i commenti comprendevano frasi come "non ripetere lo stesso errore" e "assicurati che sia consacrato". Era una conclusione esagerata persino per Brianna 2.0, nonostante tutta la sua crescita.

Per fortuna, venne a conoscenza della notizia poco prima che si sedessero a cena, in compagnia di molte donne sagge. Mentre si passavano pane e burro intorno al tavolo, le avevano chiarito meglio la situazione. Era un bene che si fosse abituata alla loro arguzia pungente e alla loro intelligenza pratica, perché di certo non erano persone timide o poco dirette.

«Avete ragione» decise Brianna con piglio deciso (beh, deciso al novantanove per cento). «Andrà tutto bene».

Gwen le prese la mano. «Sei davvero diventata la miglior versione di te stessa, vero?» le disse sorridendo affettuosamente.

Brianna capì allora che Gwen aveva ragione, non si era mai sentita così a suo agio nella propria pelle.

Gwen sembrò capirlo intuitivamente, perché allungò la mano per stringere la sua. «È quello che succede quando ritrovi la tua gente» disse. «La tua vera gente».

Brianna le strinse la mano a sua volta: «Beh, ai geni *piace* stare in compagnia» rispose con un tenero sorriso, facendo sorridere e scoppiare in una risata sommessa le sue nuove sorelle.

La conversazione a tavola si spostò poi sul suo matrimonio, considerato imminente da tutti. Quando Maggie le suggerì di indossare il suo abito, Brianna rimase stupita. Non sapeva nemmeno che aspetto avesse il vestito, ma non le importava. L'offerta era così significativa che si sentì per un attimo sopraffatta. Dopo essersi ripresa, cercò la mano di Maggie. «Oh, Maggie, mi piacerebbe molto indossare il tuo abito» disse. «Ma non pensi che porti sfortuna visto che Aidan l'ha già visto?»

Gwen e Maggie le lanciarono entrambe una strana occhiata e per un attimo ci fu un tale silenzio che Brianna temette di aver detto qualcosa di sbagliato. Poi, finalmente, Gwen lo interruppe e disse: «Brianna, ascoltami, tecnicamente sei già sposata». Fece una pausa, apparentemente per farle digerire la cosa, poi con un piccolo sorriso aggiunse: «Inoltre, Aidan non è venuto a quel matrimonio. È arrivato solo il giorno *dopo* le nozze. Quindi... non ha mai visto il vestito».

Era tutto troppo perfetto per rifiutare (era *destino*? si chiese per un attimo), e Brianna si sentì immediatamente più leggera.

«Oh. In questo caso, allora, sì!» esclamò. «Mi piacerebbe molto indossare il tuo vestito, Maggie».

Brianna si sentì quasi galleggiare. Era felice, per la richiesta di indossare quel vestito e per i sospiri di gioia di tutti quando cominciarono a prestare maggiore attenzione alla portata principale, che Brianna aveva preparato da sola come ringraziamento per il loro sostegno e la loro ospitalità. Riuscì persino a mantenere un'espressione seria quando Gwen girò la testa per guardarla, lanciandole un'occhiata penetrante prima di agitare la forchetta in aria.

«Questo è Coq au vin?» chiese Gwen, puntando la forchetta verso di lei.

Brianna alzò le spalle. «Forse» disse e mimò il gesto con le mani: «Solo un po'».

«E poi *sarei io* quella che dovrebbe andare all'inferno per aver preparato piatti che incasinano il continuum temporale?»

Seduti intorno al tavolo, continuarono a ridere per tutto il resto del pasto. Dopo il dessert, una specie di flambé di frutta servito con una pasta frolla, che si guadagnò l'eterna adorazione di Gwen, si diressero al piano di sopra per mettere a letto i piccoli. Era diventata un'altra routine serale: bagni, storie della buonanotte e una sfilata di abbracci e saluti. Quando anche Lady Madelyn e zia Cateline si furono ritirate, anche Brianna si immerse in un bagno caldo, desiderosa di incontrarsi poi con Gwen e Maggie nella sala grande per un tè, un altro momento della routine che Brianna adorava. Da bambina non le era mai piaciuto stare lontana da suo nonno o dalla loro casa e, di conseguenza, non aveva mai partecipato ai pigiama party a cui era stata invitata, ma sentiva che lì, con Gwen e Maggie, stava vivendo un po' di quell'esperienza.

Si pettinò i capelli nello stesso modo in cui li aveva sistemati da quando era arrivata, ma invece del fascino elegante delle ciocche lisce, ora i suoi morbidi riccioli ondulati naturali davano un nuovo significato alla sua acconciatura disordinata. Guardando allo specchio le poche ciocche indisciplinate che sfuggivano sempre fuori e le ricadevano sul viso, Brianna dovette ammettere che le donava molto di più. Quando indossò la sua camicia da notte preferita, quella ornata di pizzo che Aidan le aveva procurato ad Ayr, si rese conto di sentirsi meglio riguardo al suo futuro. Scacciando le paure rintanate in fondo alla sua mente, decise che avrebbe smesso di tergiversare: il passato era il suo presente, e lei lo avrebbe accettato. Dopo aver preso la vestaglia che Gwen le aveva regalato proprio per quelle occasioni, si guardò ancora una volta di sfuggita allo specchio e si soffermò a osservare il suo riflesso. Brianna sapeva che i cambiamenti più importanti si svolgevano all'interno, ma le piaceva quello che vedeva.

Con un sorriso, si allacciò la vestaglia e si diresse al piano di sotto per raggiungere le ragazze, aggrappandosi alla sporgenza del pianerottolo quando vide il cortile pieno di attività. Non capiva come poteva essersi persa tutto quel trambusto, ma riuscì a vedere Henry che parlava con Alan e Richard. *Doveva significare che gli uomini erano tornati.* Con il cuore a mille, si precipitò al piano di sotto, entusiasta di rivedere Aidan, ma quando entrò nella sala grande, lui non c'era. Vide Gwen e Maggie già avvolte nelle braccia dei loro mariti accanto al camino, ma Aidan non c'era. Per un attimo fu presa dal panico, colpita di nuovo dal terrore che fosse successo qualcosa, che la leggenda di famiglia si fosse riaffacciata e glielo stesse portando via, o che avesse portato sfortuna quando solo pochi istanti prima era certa che tutto sarebbe andato bene.

Brianna scosse la testa cercando di non pensare al peggio e stava quasi per cedere quando sentì un suono lontano. Si bloccò. I suoi occhi si dressero verso l'atrio e trattenne il respiro sperando che la mente non le stesse giocando brutti scherzi, ma poi lo sentì di nuovo: il suono familiare dei passi pesanti di Aidan che entrava. Si voltò verso la porta ed eccolo lì, con Tristan in braccio e intento a parlare con Henry. Vide come i suoi occhi percorrevano il corridoio, cercandola fino a quando non incontrarono i suoi. Le lacrime iniziarono immediatamente a rotolare sul viso di Brianna mentre lui scuoteva la testa, la osservava dalla testa ai piedi e metteva delicatamente a terra il bambino. Poi avanzò, accelerando il passo mentre lei correva, gettandosi contro di lui, abbandonandosi alla sua forza e al suo abbraccio che la sollevò da terra.

Aidan mormorò il suo nome, dondolando avanti e indietro mentre si abbracciavano, poi la posò a terra e le afferrò il viso, premendo le labbra sulle sue. Quando finalmente si separarono, lui la accarezzò, le toccò i capelli e scosse la testa.

«Come... cosa è successo?»

Improvvisamente consapevole del suo aspetto, Brianna allungò la mano, ma lui la coprì con la sua.

«No» disse, con gli occhi lucidi. «Sono bellissimi e ti donano. Io... non capisco».

Brianna si mise quasi a ridere, chiedendosi come avrebbe fatto a spiegarglielo, ma lui non sembrava aspettarsi una risposta, almeno non in quel momento, perché la prese di nuovo tra le braccia, coprendole di nuovo le labbra con le sue.

Si staccarono bruscamente, e Aidan la osservò con urgenza, come se si fosse improvvisamente ricordato qualcosa.

«Breea, amore?» disse, afferrandole le spalle. «Dov'è la tua borsa?»

«La mia borsa?» ripeté lei, confusa. «A cosa ti serve?»

«Breea, ti prego amore, dov'è? Sappi che è importante, altrimenti non te lo chiederei proprio ora».

«È di sopra» disse Brianna, ancora confusa su cosa gli servisse. «Avevamo iniziato a fare i bagagli per Dunhill, quindi è sulla panca accanto all'armadio».

Aidan si voltò, facendo un brusco cenno a Henry, che si rese conto aveva aspettato nell'atrio proprio per quel motivo, e si diresse rapidamente verso le scale. Pochi minuti dopo Henry era di ritorno, con la borsa tra le braccia. Aidan fece un respiro profondo, poi afferrò Brianna per mano e la portò verso la zona del salotto, facendo cenno agli altri (visto che ora tutti gli prestavano attenzione) di seguirlo. Brianna guardò Gwen e Maggie, che si limitarono a scrollare le spalle, evidentemente anche loro all'oscuro di tutto. Aidan si sedette, portandola al suo fianco e prendendole entrambe le mani tra le sue.

«Ti ricordi quando ti ho chiesto se conoscevi una tasca nascosta all'interno delle borse?» le chiese, con gli occhi verdi intensamente puntati sui suoi.

«Certo che mi ricordo» rispose Brianna, leggermente nervosa. «È successo solo un paio di settimane fa».

«*Bri*anna».

Di solito, quando Aidan pronunciava il suo nome in quel modo mentre la fissava così intensamente, significava che era frustrato, ma quella volta c'era una punta di divertimento nei suoi occhi. C'era qualcosa sotto e Brianna era curiosa di sapere cosa fosse e cosa avesse a che fare con la sua borsa.

Lui le accarezzò una guancia, sorridendo mentre la fissava profondamente negli occhi. «Per favore, ci mostreresti lo scomparto di cui mi hai parlato?» chiese, questa volta con più calma.

Brianna annuì e si inginocchiò davanti alla borsa, aprendola e tirando fuori le cose che vi aveva già inserito, mostrando loro la tasca nascosta sotto una delle pieghe laterali della borsa.

«C'è qualcosa dentro?» chiese Aidan quando lei gliela mostrò.

«Beh, sì, il medaglione è ancora lì» spiegò lei. Alla menzione del medaglione, Tristan si illuminò e cominciò a saltare per la stanza.

«Puoi prenderlo?» chiese Aidan, con voce uniforme e misurata.

«Prenderlo?» Al solo pensiero, Brianna indietreggiò. Non l'aveva più toccato da quando avevano lasciato Ayr. Quando i suoi timori di appartenere veramente a quel secolo avevano cominciato a crescere, non aveva più voluto sfidare la sorte. Il medaglione era ciò che l'aveva portata fin lì e temeva che avrebbe potuto anche portarla via, nello stesso modo in cui la spada aveva riportato Celeste al suo tempo, cogliendo tutti di sorpresa.

«Non andrai da nessuna parte» disse Aidan, con voce più dolce, leggendole nel pensiero.

Brianna si agitò. «Forse dovrebbe prenderlo Tristan» propose, pensando che sarebbe stato un buon compromesso.

Il ragazzo andò su di giri, chiaramente felicissimo alla prospettiva che il medaglione diventasse suo.

«Bene» disse Aidan, «allora rimandiamo il momento di regalare altri miei beni». C'era un accenno di sorriso nelle sue parole, un sollievo dopo l'intensità del tono degli ultimi minuti. Brianna arrossì alla sua (giusta) accusa di aver dimenticato che il medaglione apparteneva a lui. «Sei molto impertinente, cosa che adoro» disse lui, «*tuttavia*, torniamo alla tua borsa, che ne dici? Quando l'altra settimana ti ho chiesto se avevi controllato lo scomparto e sembravi sapere a cosa mi riferivo, ho pensato che fossi a conoscenza del modo in cui io e i miei confratelli lo usiamo per comunicare tra di noi».

Lei scosse la testa, continuando a non capire dove volesse arrivare. Che importanza aveva che lei sapesse o meno a cosa era servita quella tasca nascosta in passato?

Aidan spiegò che tutti usavano un segno riconoscibile per indicare un nascondiglio segreto, che fosse qualcosa integrato all'interno di un muro, un sentiero, un passaggio o, più spesso, una borsa da viaggio.

«Davvero?» chiese Brianna, la sua mente di storica completamente affascinata. «È davvero ingegnoso».

Gli uomini sembrarono molto soddisfatti delle sue lodi, ma Maggie guardava Callum con sgomento, come se avesse finalmente capito qualcosa. Callum ricambiava lo sguardo, annuendo lentamente. Brianna non ebbe molto tempo per chiedersi di cosa si trattasse, perché Aidan si inginocchiò e le tolse delicatamente la borsa dalle braccia. Guardò prima con curiosità, poi con il fiato sospeso, mentre lui spalancava la borsa e le mostrava una minuscola incisione sul fondo della borsa, appena percettibile se non si sapeva cosa si stava cercando. Doveva essere il marchio di cui le aveva parlato. Poi tirò indietro un lembo di pelle e Brianna sussultò. Non aveva mai notato quel pezzo in più.

«È di *questo* che parlavo quando te l'ho chiesto» spiegò lui, e Brianna notò un leggero tremolio nella sua voce. «Pensavo che tu lo sapessi, in base a quello che mi avevi detto. Dovrei farlo io, o vuoi occupartene tu?»

Per qualche motivo, Brianna ebbe improvvisamente paura, ma voleva essere lei a farlo. Lentamente, allungò la mano all'interno della borsa, facendo scorrere le dita lungo la cucitura che Aidan aveva rivelato, e le infilò nell'apertura. Sussultò di nuovo quando sentì qualcosa nascosto all'interno. Con gli occhi fissi su quelli di Aidan, tirò fuori non una, ma tre buste, tutte sigillate in una custodia impermeabile. Ne riconobbe una, ma non le altre.

Aidan scosse la testa, con gli occhi pieni di stupore e di emozione. «Non posso dirti cosa sono» disse. «Posso solo riferirti quello che mi è stato detto: che ciò di cui hai bisogno è lì».

Brianna tirò fuori la busta in cima e riprese fiato. «Questa è indirizzata a voi» disse, quasi non credendo che fosse possibile. «A tutti voi».

Mostrò agli uomini il testo che recitava *Ai miei confratelli*, poi mise la busta nelle mani di Aidan. Annuì, implorandolo di aprirla. Gli ci volle un attimo per rompere il sigillo senza strapparlo, ma una volta fatto, lesse ad alta voce, facendo girare un altro foglio che era stato piegato all'interno. Ora erano tutti sul pavimento in un cerchio stretto, talmente vicini da toccarsi.

Ai miei confratelli, se solo avessimo avuto più tempo,

Ci siamo tutti commossi per la presenza inaspettata di Brianna, di quanto fosse interessata ad ascoltare le nostre storie e quelle della sua famiglia. Dopo che se n'è andata in esplorazione per la mattinata, non abbiamo più pensato a quel momento. Siamo stati sciocchi, col senno di poi.

Poco dopo è arrivata una busta dal corriere di Dunhill Manor. Era da parte degli zii di Brianna, che risiedono lì in questo periodo, e conteneva un biglietto con il desiderio che la lettera inclusa fosse consegnata a Brianna al più presto. Ci siamo resi conto che il tempo era essenziale e che forse era già troppo tardi.

Purtroppo devo essere breve, perché dobbiamo andare a cercarla, ma includo un ritratto che ho abbozzato solo ieri. Sappiate che stiamo tutti bene e che ognuno di voi ci manca moltissimo.

Che Dio sia con voi,
Con affetto,
Dar e Celeste

C'erano alcune macchie dove le lacrime avevano rovinato la pagina e quando Brianna alzò lo sguardo, vide che non c'era più un solo occhio asciutto nella stanza. Tutti si passarono il disegno, che raffigurava Dar e Celeste, Lachlan e il loro bambino, Griffin. Era meraviglioso, straziante, gioioso e dolceamaro allo stesso tempo.

Le due lettere rimanenti erano indirizzate a Brianna e scritte nella familiare scrittura arrotondata del nonno. La prima l'aveva già vista: era quella che aveva letto seduta in cucina con Dar, Celeste e Lachlan. La seconda era nuova. Sfiorò la busta mentre dava a tutti qualche minuto in più per raccogliersi. Quando si accorsero di quello che stava facendo, le fecero cenno di andare avanti e Aidan disse: «Aprila».

Brianna fece un respiro profondo, poi ruppe il sigillo con attenzione. Con le mani tremanti, estrasse la lettera e fece scorrere le dita sulla carta da lettere preferita del nonno e sulla sua scrittura fluida. Quando la aprì, una pagina più piccola scivolò fuori.

Incuriosita, la guardò meglio e vide che si trattava di un vecchissimo pezzo di pergamena, conservato in un'altra custodia trasparente. Le ci volle un attimo per riconoscerlo.

«Oh!» sussultò. «È una delle pagine.... del... del nostro registro di famiglia!»

La sollevò e la guardò meglio, con il cuore che le batteva all'impazzata mentre leggeva le parole scritte a mano: *Brianna O'Roarke, figlia di Arthur e Meredith...*

Si bloccò, fissando i nomi dei suoi genitori. Non solo c'era il nome di Brianna, ma anche i nomi dei suoi genitori, mentre nessuna delle altre voci aveva mai incluso la sua parentela. Ecco come lo sapeva suo nonno. *Doveva* essere un segno distintivo.

«Aidan» disse lei con un filo di voce mentre gli porgeva la pagina. «Ci sono i nostri nomi!»

Con gli occhi lucidi, lui prese il foglio, poi la prese delicatamente per la nuca e la baciò.

«Leggi la lettera, amore, per favore» disse.

Mia carissima Brianna,

prego che questa lettera ti trovi nei momenti più felici. Ti accludo la pagina del registro della famiglia O'Roarke, quella con il tuo nome e quello del tuo futuro marito. Spero che quando la riceverai vi siate già trovati. Desidero anche raccontarti una storia che ritengo sarà molto importante per te e per i tuoi figli. È una specie di resoconto dell'estate di qualche anno fa (il numero esatto di anni, ovviamente, dipende da quando riceverai questo documento).

Mentre tu eri immersa nei tuoi studi e io svolgevo delle ricerche all'università, ho incontrato un giovane. Quando abbiamo iniziato a parlare, mi è sembrato stranamente familiare e credo che anche lui condividesse i miei sentimenti. Tuttavia, mentre scrivo questa lettera, non posso dire in coscienza che il nostro incontro sia stato casuale, visto tutto quello che è successo da allora.

Abbiamo rapidamente instaurato una buona amicizia, questo giovane uomo e io, e lui è rimasto affascinato dalla storia della nostra famiglia, ponendomi ogni sorta di domande alle quali ho risposto con piacere. Ho condiviso con lui le storie del nostro stemma e della nostra tradizione, e lui mi ha raccontato della sua famiglia, della donna che amava e della vita che condividevano. Dopo qualche tempo, mi ha chiesto se un giorno avrebbe potuto visitare la casa dei nostri antenati per vedere alcuni dei manufatti di famiglia. Se me lo avesse chiesto qualcun altro, mi sarei insospettito, ma era un brav'uomo e si capiva che il viaggio avrebbe avuto un significato per lui. E poiché avevo già in programma un anno sabbatico in Scozia, l'ho invitato subito.

La sua permanenza è stata breve, non più di un fine settimana, ma ha cambiato tutto. Se non avessi assistito con i miei occhi a ciò che è accaduto, non avrei pensato tanto alla nostra improvvisa alleanza di mesi prima, ma tutto è cambiato quando gli ho mostrato la spada. Ho aperto la custodia e, alla vista del nostro tesoro di famiglia, Derek, questo era il suo nome, è stato colpito da un'emozione talmente forte da fargli quasi cedere le ginocchia. Quando mi ha guardato, con gli occhi imploranti e la mano che gli tremava nel posarsi sulla spada, naturalmente ho acconsentito. La bellezza di un uomo che afferra l'elsa di un'arma che per la Provvidenza è sicuramente sua, è tanto indescrivibile quanto indiscutibile. Quella spada gli apparteneva, almeno in quel momento, e io non potevo in coscienza fare altro che restituirgliela giustamente, per quanto strano potesse sembrare.

Sono venuto a sapere della sua tragica morte settimane dopo e, sebbene ci fossimo conosciuti solo per un breve periodo di tempo, mi è sembrato di aver perso un amato membro della famiglia e, Brianna, in un certo senso, credo che non potrebbe essere più vero. Ricordo ancora, in modo molto vivido, di avergli chiesto di aspettare mentre scrivevo velocemente una lettera per te, che avrebbe accompagnato la spada, sapendo che un giorno saresti rimasta scioccata dalle mie azioni e avresti voluto rintracciarla. Poi ho rovistato nel mio studio fino a trovare il medaglione del Lupo: in qualche modo, sapevo che anche quello doveva andare a lui. Mentre si dirigeva verso la porta, si è fermato e mi ha guardato con un bagliore negli occhi azzurri (un azzurro che solo allora ho riconosciuto essere simile al mio) e ha indicato con decisione una delle pietre del muro. «Qualunque cosa tu stia cercando, io scommetto su quella» ha dichiarato.

Sul momento mi ha confuso: quella pietra, a tutti gli effetti, non sembrava diversa dalle altre; immagina quindi la mia sorpresa quando, più tardi, ho scavato nella malta che la circondava e ho scoperto che si staccava facilmente. Poi l'ho tirata fuori e ho scoperto, credo, il motivo per cui Pembrooke mi ha attirato, e suppongo anche te. L'ho accluso qui.

Stai tranquilla, tesoro mio, i giorni che ti aspettano saranno molto felici. Ti prego, non sprecare un solo momento del tuo diritto di nascita. Crogiolati in quel pizzico di magia degli O'Roarke sapendo che l'amore che condividi è vero.

Sarò sempre con te, mia preziosa bambina,
Tuo nonno per sempre,
Dougal O'Roarke

Brianna rilesse la lettera una seconda volta, in silenzio, con le lacrime che le scendevano sulle guance, e poi di nuovo ad alta voce su sollecitazione di tutti i presenti. Poi la passò e tutti la presero in mano, leggendo attentamente ogni parola, cercando di assimilarne il senso e comprendere il significato di ciò che era accaduto. Sia Callum che Maggie sembravano particolarmente colpiti: Maggie singhiozzava e Callum la teneva stretta a sé, con la testa china sulla sua mentre sussurravano tra loro.

Dopo che Maggie si fu un po' calmata, iniziarono a parlare di una donna che gli uomini chiamavano Esmeralda, ma che Maggie chiamava, rispettivamente, "la vecchia strega" e "la vecchia matta".

Le ci vollero alcuni minuti, ma con un sussulto Brianna capì che stavano parlando della donna che le aveva dato la borsa e ricordò la prima notte con Aidan a Seagrave, quando gliene aveva parlato. L'unica persona che rimase in silenzio fu Gwen. Sembrava perplessa per qualcosa e quando Greylen allungò una mano per chiederle cosa la preoccupasse, lei scosse la testa.

«Credo... credo che la donna di cui parlate tutti, quella che Callum e Maggie hanno incontrato alla fiera, e forse anche la "fata madrina" di Brianna, questa Esmeralda possa essere... mia zia Millicent».

«Zia Millicent, chi ti ha portato per la prima volta ad Abersoch?» chiese Greylen, con gli occhi spalancati per lo stupore. «E ti ha parlato delle pozze di marea?»

Gwen annuì. «Sì. Pensi che sia possibile? Che zia Millicent ed Esmeralda siano la stessa persona?»

Per quasi un'ora tutti cercarono di spiegare a Gwen che aspetto avesse, ma presto si resero conto che in qualche modo appariva leggermente diversa a ciascuno di loro. Persino quando erano in sua compagnia nello stesso momento.

«Che strano» disse Gwen.

«È davvero così? Oppure è una mossa astuta» osservò Greylen.

«Beh, devo dire che zia Millicent era una persona speciale» aggiunse Gwen.

Sorrisero tutti, ma dopo un attimo Brianna sospirò. «Mi chiedo se riuscirò mai a vederla, la pietra cioè» disse malinconica, ancora sdraiata sul pavimento, con la testa sulla coscia di Aidan.

«Ehi» disse Gwen, cercando di mettersi a sedere, ma barcollando finché Greylen non le diede una mano. «Avevi un piano di riserva? Voglio dire, come pensavi di "corteggiare" tua moglie se non ti fossi imbattuto in questa Esmeralda?»

«Stai parlando con Sinclair della Casa di Pembrooke, Gwendolyn. Posso assicurarti che avevo grandi piani per lei, davvero *grandi*» dichiarò Aidan con tanta foga che, mentre fissava gli occhi di Brianna, lei fu completamente presa alla sprovvista. Aveva dimenticato quanto potesse essere romantico.

«Davvero?» sussurrò lei. «Sul serio?»

Lui inclinò la testa di lato, un gesto che oramai sembrava quasi un ritorno al passato, osservandola con curiosità, quasi stupito. «Breea». Sospirò il suo nome, stringendole la nuca: «Non vedo l'ora di "corteggiarti" ogni giorno per il resto della nostra vita».

Lei si sciolse, nonostante i mugugni e gli sbuffi della platea. Aidan le stampò un bacio sulle labbra e, sempre tenendola stretta, si alzò in piedi, tenendole le mani. Quando si staccarono, Aidan la stava guardando profondamente negli occhi.

«Breea» sussurrò a voce abbastanza alta perché lei potesse sentirlo, «ce l'abbiamo fatta».

Lei aveva la sensazione che questo *non* facesse parte del suo "corteggiamento", ma che fosse il risultato della felice conclusione della loro situazione. E quando le mani di lui le passarono tra i capelli e poi la baciò di nuovo, la stanza scoppiò in un coro di grida, seguite da una pioggia di cuscini lanciati gentilmente verso di loro.

«Ehi! Forza, voi due. Risparmiatevi per dopo. Aidan, torna al lavoro».

Aidan finalmente si staccò, con aria un po' contrita. Poi la sua espressione cambiò e divenne seria. «Brianna, hai due scelte, ragazza» spiegò, e per un attimo lei fu colta di sorpresa dal suo tono *e* dal fatto che avesse detto "tu" e non "noi".

«*Io* ho due scelte? Che fine ha fatto il noi?» disse lei, facendo un passo indietro.

«Sto lottando per l'eredità» rispose lui, chiaramente esasperato. «E poiché *io* non ho mai messo in dubbio la sacralità della nostra unione, spero di mostrarti l'errore nelle tue azioni: prima lo farò, meglio sarà».

Brianna non sapeva cosa pensare. Certo, lui aveva ragione, ma all'improvviso stava prendendo tutto molto sul serio.

«Okay, allora... scelta numero uno?» chiese, ma così esitante che Aidan sospirò e la sua espressione seria svanì per un attimo.

«Breea, amore. Sto solo recitando» disse, poi ritornò nella parte.

Lei sorrise, amando il modo in cui erano tornati a condividere la loro solita intesa. Dopo aver fatto un respiro profondo per calmarsi, sorrise e ripeté con un po' più di spavalderia. «Scelta numero uno?»

«Resterai qui con me e mi permetterai di amarti come era destino che facessi per il resto dei nostri giorni».

Brianna alzò gli occhi al cielo. Ovviamente avrebbe scelto l'opzione numero uno, perché mai avrebbe dovuto andare avanti?

«Sono consapevole dei difetti di tutta la situazione, ora che non hai più bisogno di essere convinta» disse lui, «ma stai al gioco, d'accordo?»

«D'accordo, ma mi piace *molto* l'opzione numero uno» disse Brianna, poi fece un sospiro drammatico. «E la seconda?»

Aidan la guardò seriamente, fissandola profondamente negli occhi, così silenzioso, che lei cominciò a pentirsi di avergliela chiesta. Finché lui non mormorò la parola "recitazione" e lei respirò di nuovo, trasalendo quando lui esclamò: «Henry!» Questo fece saltare sul posto sia Gwen che Maggie, e Brianna trattenne addirittura il respiro, stringendo le sue mani per sostenersi, perché sentiva di aver perso improvvisamente l'equilibrio. Era difficile ricordare che si trattava di un'interpretazione, perché quando Henry girò sui tacchi, lo fece con tanto clamore da rivaleggiare con qualsiasi cambio della guardia che avesse mai visto. I suoi stivali rimbombarono fragorosamente mentre attraversava l'atrio, e per tutto il tempo Aidan si limitò a fissarla, con la bocca serrata e lo sguardo mortalmente serio. Brianna guardò le porte aprirsi proprio mentre Henry si avvicinava, come se fosse un segnale, e strinse più forte le mani di Aidan, iniziando seriamente a preoccuparsi. *Stava recitando, vero?* Ma quando alzò lo sguardo su di lui, la sua espressione era ancora illeggibile.

Sussultò quando Henry si fermò in cima ai gradini e prese la spada, agitandola nell'aria prima di alzarla al cielo. Un grido le sfuggì dalle labbra e si coprì la bocca... poi Henry gridò...

«LIBERATE I DRAGHI!»

Brianna era così stordita che rimase immobile per un attimo, poi si lasciò sfuggire una risatina mentre la tensione le usciva dal corpo. Era una scena che sarebbe potuta uscire direttamente da un film. Guardò Aidan con aria interrogativa, chiedendosi se sapesse cosa stesse facendo.

Lui si avvicinò a lei. «Non sai che ormai farei di tutto per dimostrarti che sei destinata a stare qui, con me?» le disse, prendendole il viso tra le mani.

Dio, quanto le piaceva quando lo faceva.

«È molto intelligente da parte sua, signor Sinclair» dichiarò. Voleva che fosse un'altra delle loro battute, ma quasi si sciolse per tutto l'amore che vedeva nei suoi occhi. «Mi porterai a casa, allora? Così potrò finalmente vedere Pembrooke come avevamo previsto?»

Lui sorrise da un orecchio all'altro e annuì, ma disse: «Non se ne parla, amore...»

«*Aspetta*... cosa?»

«Partiamo alle prime luci dell'alba per Dunhill, dove padre Michael ci sposerà *ufficialmente* e così il tuo opprimente tutore Callum potrà scrivere i nostri nomi nel registro di famiglia».

«Fantastico, sì, ma poi...»

E poi la baciò.

EPILOGO

Dalla sua postazione in cima alla collina, Aidan scorse Brianna nel giardino sottostante. Le fece un cenno con la mano e lei gli rivolse un sorriso, infilandosi in tasca il piccolo sacchetto che gli aveva consegnato perché lo custodisse. Quando guardò il cielo, si rese conto che metà mattina era già passata e si affrettò a raggiungere le stalle. Dopo aver permesso a Merri di rinfrescarsi in seguito al suo allenamento, le diede qualche carezza in più, poi scrutò nuovamente la proprietà alla ricerca della moglie, scorgendola con una cesta in mano mentre usciva dal giardino.

Sorrise di nuovo, notando la scia di piccoli che la seguiva. Non ce n'era *ancora* nessuno dei loro, anche se i valorosi sforzi fra i due avevano dato i loro frutti e lei era davvero in dolce attesa. Oltre ai bambini che la seguivano, Brianna era seguita anche da alcuni "animali domestici", persino da... Aidan inclinò la testa di lato per vedere meglio: sì, un'oca che era sicuro di non aver mai visto prima. Scuotendo affettuosamente la testa, osservò la ragazza che si dirigeva verso il mastio, sorridendo e annuendo a tutti coloro che incrociava, diffondendo buonumore. Non l'aveva ancora visto e Aidan la osservò fermarsi davanti alle porte e premere la mano sul simbolo. Il loro simbolo. Poi sparì all'interno e lui rimase lì, come uno sciocco, a guardare solo le porte della fortezza, completamente innamorato. Che fosse semplicemente attratto dal suo fascino, o che questo fosse un altro segno del pizzico di magia degli O'Roarke, non gli importava.

Dopo essersi lavato ed essere entrato nella fortezza, Aidan trovò solo sorrisi calorosi e un'aria di felicità che si insinuava in tutta la casa e, in verità, nell'intera tenuta di Pembrooke. Negli ultimi mesi sembrava quasi che fosse stata cosparsa di polvere di fata grazie alla loro unione, quella consacrata.

Sì, avevano effettivamente visitato Dunhill Proper, la mattina stessa dopo che lui e i suoi confratelli erano tornati a Seagrave con la rivelazione nascosta nella borsa di Brianna.

Il loro gruppo di cavalieri, decisamente numeroso, poteva quasi assomigliare a un esercito, ma era stato un viaggio pieno di risate e di gioia. La felicità di Brianna quando erano arrivati al cottage a metà strada era contagiosa e, sebbene avessero pianificato di far rimanere le donne nella piccola dimora per la notte mentre lui e i suoi confratelli avrebbero dormito sotto le stelle, le loro mogli avevano altre idee. Dopo che i bambini si erano addormentati all'interno, le donne erano sgattaiolate fuori per raggiungerli, con grande piacere di tutti. Aidan era entusiasta di poter avere vicina Brianna e tenerla stretta per tutta la notte, dormendo su un letto di fortuna come avevano fatto nei primi giorni in cui si erano conosciuti.

Il mattino seguente avevano attraversato la terra degli O'Roarke e, sebbene il confine fosse invisibile, una parte di Brianna l'aveva riconosciuto. Subito la sua espressione era cambiata, si era seduta più dritta, più vigile, e quando si era voltata a guardarlo, sembrava illuminata e sopraffatta allo stesso tempo.

«Breea?» l'aveva chiamata Aidan, momentaneamente preoccupato, ma lei aveva scosso la testa, facendo ondeggiare i suoi morbidi riccioli, e aveva sorriso.

«Li sento» disse, «tutti, Aidan: sono a casa».

Lui aveva capito, ma lei gli aveva teso la mano e l'aveva guardato con dolcezza.

«Non voglio dire che tu e Pembrooke non siate la mia casa...»

si interruppe, e lui colse l'occasione per fermarla, evitando che sentisse il bisogno di giustificarsi.

«So esattamente cosa intendi, e il fatto che tu senta e percepisca questo, è un dono».

«Posso?» chiese lei, facendo un movimento con la mano che indicava il suo desiderio di andare avanti, di restare in quella terra. Quando lui annuì, aggiunse: «Dovresti venire con me».

Sì, lo fece, e quello che era iniziato come un galoppo gioioso e costante per celebrare il suo ritorno a casa, divenne qualcosa di completamente diverso. Non riusciva a spiegarlo a parole, ma avrebbe potuto giurare di aver sentito la sua essenza intrecciarsi con la terra e radicarsi lì, e quando Merri aumentò l'andatura, il suo stallone la seguì, correndo sul prato dietro di lei al galoppo. Aidan rimase qualche passo indietro, osservando i capelli di Brianna che si attorcigliavano meravigliosamente al vento dietro di lei.

A Dunhill Proper, Brianna rifiutò subito l'offerta di Maggie e Callum di alloggiare nell'appartamento che era stato di Fergus e Isabeau e poi di Dar e Celeste, ed espresse invece il desiderio di stare nella camera accanto a zia Cateline, per starle vicino mentre erano lì. Ad Aidan non importava dove stessero, purché potesse prenderla tra le braccia la sera e svegliarsi con lei al mattino. Ancora meglio erano i pomeriggi in cui approfittavano dei pisolini dei bambini e fuggivano in camera da soli, anche se in quelle ore il sonno era fuori discussione.

Nei giorni seguenti, Brianna gli fece visitare la sua casa come la conosceva. Anche se naturalmente conosceva bene Dunhill, vederla dai suoi occhi era davvero un'esperienza unica. Non avrebbe mai dimenticato la sua gioia quando Callum e Maggie, e persino zia Cateline, mostrarono a sua moglie tesori che lei non aveva mai visto con i suoi occhi, ma di cui aveva solo letto. Quando entrò per la prima volta nella sala da pranzo "informale", accarezzando il drappeggio e ammirando le rose che decoravano il servizio da tavola, uno dei preferiti di Maggie, il suo volto fu davvero un dono.

Tuttavia, se gliel'avessero chiesto, Aidan avrebbe dovuto dire che la scoperta delle cassette delle lettere che si trovavano in cima al caminetto, dove sarebbero rimaste per secoli, era stata la più preziosa di tutte. Con gli occhi spalancati e tutta tremante, si era avvicinata per guardarle più da vicino e poi, con un sussulto, si era voltata verso di lui e aveva detto: «Posso creare un rivestimento, per aiutare a preservarle». Era corsa di nuovo verso di lui, afferrando la sua tunica: «Aidan! E se fossi *io* a conservarle, in modo che siano ancora lì in futuro per Celeste?» Aidan pensò che non avesse bisogno di una risposta, perché sembrava che la cosa si spiegasse da sé. Si limitò a sollevare un sopracciglio e a lanciarle un'occhiata incoraggiante, e lei ridacchiò. «Giusto».

Sì, giusto.

Padre Michael li sposò quella prima sera e quando Aidan si ritrovò sui gradini della cappella vestito con i suoi abiti nuziali, mentre Brianna attraversava il cortile con un abito che era già stato definito un cimelio di famiglia, l'emozione che lo attraversò fu indescrivibile. Si scambiarono le promesse e gli anelli e, sebbene il loro matrimonio fosse ora consacrato, in realtà il loro legame si era già consolidato settimane prima. Tutti i suoi confratelli erano presenti, tranne Ronan, che non avevano più sentito da quando si erano separati ad Ayr, il che non era da lui, e naturalmente Dar.

Tornati alla fortezza, si erano diretti tutti nello studio di Callum, aspettando con impazienza che l'inchiostro si asciugasse, come se stessero facendo una corsa contro il tempo per assicurarsi che la loro storia si ripetesse. Aidan non si sarebbe sorpreso se tutti avessero trattenuto il respiro mentre Callum toglieva la pietra dal muro. Era un atto che lui e i suoi confratelli avevano compiuto molte volte in passato, ma questa volta sembrava più significativo. Una volta svelato il vano interno, Aidan e Brianna vi collocarono insieme la pagina strappata dal registro di famiglia. Dopo che la pietra fu rimessa al suo posto, una serie di sospiri si levò in tutta la stanza. Si aggiunse anche qualche risatina quando Gwen suggerì che se mai c'era stato un momento per un brandy, era quello giusto, e che non vedeva l'ora di averne un po'.

Ora che si erano ambientati a Pembrooke e nella loro vita insieme, Aidan stentava a credere a tutto quello che era avevano dovuto affrontare per arrivare lì. Scosso dalle sue fantasticherie, uscì dall'ingresso e andò in salotto, dove Brianna stava sistemando dei fiori freschi in un vaso sul tavolo. Quando lei si girò e lo vide, non era sicuro di chi fosse più felice di vedere l'altro, e nemmeno gli importava. Le sue braccia si aprirono un attimo prima che lei si gettasse contro di lui con un tonfo, e poi ridacchiò, avvolgendola nel suo abbraccio, con la pancia che cresceva tra loro.

Le sue mani le passarono tra i capelli e lui le inclinò la testa per baciarla, sorridendo mentre lei mugolava. Quando si ritrasse, Brianna si sporse di nuovo in avanti. «Ancora, per favore» sussurrò, salendo in punta di piedi per sfiorargli le labbra. Lui naturalmente la accontentò e, sebbene avessero fatto l'amore, lentamente e dolcemente, solo poche ore prima, sentì che avrebbe potuto farlo di nuovo. In fretta. Poi si ricordò.

«Aspetta, amore» ridacchiò al suo broncio. «Ho qualcosa per te». Si frugò in tasca e le porse il piccolo sacchetto di seta.

«Che cos'è?» chiese lei. Quando lui non rispose subito, lei iniziò a sondare il terreno. «È fragile? Di vetro?» Lo scosse delicatamente: «Un sonaglio per bambini?»

Lui rise e la tirò tra le braccia, poi il suo sorriso si allargò ancora di più quando lei lo abbracciò con un braccio mentre con l'altro teneva il regalo.

Brianna lo guardò contrita e disse: «Scusa» poi fece per gettare il pacchetto da parte.

«No!» esclamò lui, allungando la mano.

«Oh, lo sapevo!» strillò lei allegramente, strofinandogli il petto con la mano libera. «È di porcellana? Cristallo?»

«Perché non lo apri e guardi tu stessa?»

Brianna fece una smorfia, ma vide il nastro e poi scosse con cura il contenuto del piccolo sacchetto nella sua mano.

«Oh, Aidan» sussurrò. Fece un respiro lieve guardando la statuetta da aggiungere alla sua crescente collezione, e poi i suoi occhi tornarono su di lui.

Sì. Lo sguardo che Aidan cercava di ottenere ogni giorno, eccolo lì.

«È bellissimo» disse lei, mentre l'orso di cristallo con un cucciolo di lupo cullato tra le braccia si posava sul suo palmo.

«Anche tu lo sei».

«È di zaffiro» disse del piccolo lupo dell'unico colore che ancora le mancava.

«Come i tuoi occhi».

Lo posò con cura sulla mensola insieme al resto della sua collezione di cristalli, poi si guardò indietro. «È magico».

«Come il tuo amore» disse lui, profondamente convinto delle sue parole.

Lei gli lanciò un'occhiata sognante, poi trasalì, i suoi occhi si allargarono e gli prese le mani, premendole con forza sul suo ventre. Fissando i suoi occhi in quelli di lui, aspettarono insieme, condividendo un sorriso quando il loro bambino scalciò.

Poi lui appoggiò la fronte alla sua e le sussurrò quelle parole che non avrebbe mai smesso di ripeterle: «Tu sei tutto per me».

NON È UN ADDIO

Tratto dal primo libro della serie *I fratelli Montgomery*

1774 Abersoch, Gran Bretagna

Amanda si alzò e attraversò l'ampia sala da ballo, ignorando ogni complimento che le veniva rivolto. Guardò solo Alexander, mantenendo il contatto visivo finché non si trovò davanti a lui.

«Il mio spettacolo è finito» disse con fermezza, a bassa voce e con una serietà implacabile. «Buona notte, Alexander». Poi uscì dalla stanza.

Guardando indietro, lo vide scuotersi dal suo torpore. Quando si voltò e fece per seguirla, Amanda affrettò il suo passo. Lo sentì dietro di sé, ma lui la raggiunse solo quando lei entrò nella sua stanza. Afferrandola per un braccio, la fece ruotare per metterla di fronte. La studiò attentamente, scuotendo la testa mentre le sue mani le stringevano le braccia.

«Chi sei?» sussurrò, in una domanda che sembrava allo stesso tempo un'accusa.

Amanda, pronta a risvegliarsi da quell'allucinazione, decise che era il momento di essere sincera. Non era comunque reale, per quanto sembrava che lo fosse. Tutte le sue letture ossessive sulla tenuta dei Montgomery si erano apparentemente manifestate nel suo subconscio dopo aver battuto la testa.

E poi, il fatto di trovarsi *fisicamente* nella tenuta doveva essere il motivo per cui aveva immaginato che Alexander le avesse salvato la vita, non una, ma due volte. Ringraziò la sua predilezione per gli uomini autoritari e potenti per aver evocato quel tipo di visione di un uomo squisito, elegante, virile. Forse, era anche per quel motivo che essere baciata da lui era stato l'evento più piacevole della sua vita.

E Callesandra. Amanda aveva sempre desiderato dei figli, ma non aveva mai trovato la persona giusta con cui averli. Se Callesandra fosse stata sua, l'avrebbe adorata. Una ragazza così dolce.

Se le storie che aveva letto erano vere, il fatto che entrambe fossero state trattate in malo modo da Rebecca le spezzava il cuore.

Per un attimo, Amanda sentì una forte attrazione verso quella vita, il desiderio che fosse reale, che Alexander fosse suo marito e Callesandra la sua bellissima figlia. Volendo toccarlo un'ultima volta prima che tutto questo finisse, Amanda gli sfiorò il bavero della giacca e poi gli appoggiò le mani sul petto.

«Stasera sono tua moglie, suppongo... e la madre di tua figlia. Ma non ho mai visto nessuno di voi in vita mia».

Cerca i miei libri nella tua libreria di fiducia, sulla tua piattaforma preferita o in biblioteca.

LA PROFEZIA

Estratto dal libro I della serie *Highlands: Oltre il velo del tempo*

25 aprile 1426

Greylen MacGreggor sapeva che presto sarebbe arrivata l'alba. Una consapevolezza così profonda da far quasi male. Le ombre giocavano ancora nell'ultimo sprazzo di sonno inquieto, ombre che lo avevano perseguitato per quasi tutta la vita. Era sempre negli ultimi secondi di semincoscienza che finiva per raggiungere l'oscurità. La speranza futile che qualcosa di tangibile sarebbe stato alla sua portata. Eppure, ogni giorno, ad accoglierlo al suo risveglio c'era il vuoto.

Quel giorno non era diverso.

Nel comprendere la desolata verità, si tolse le coperte e si mise a sedere sul bordo del letto. Con i piedi sul pavimento e i gomiti sulle ginocchia, appoggiò la testa sulle mani. Poi, come faceva ogni mattina, si passò bruscamente le dita tra i capelli e si alzò.

La punizione per quelle idee fantasiose.

Il dolore per alleviare lo struggimento che non se n'era mai andato.

A piedi nudi e con indosso solo i calzoni corti, uscì dalla sua cabina e raggiunse il ponte. Il cielo brulicava di stelle e la luna piena illuminava il mare nero. Il suo capitano era al timone della nave e i pochi membri dell'equipaggio che erano ancora nei paraggi lo lasciarono alla sua solitudine. Camminò fino alla prua, non sorpreso di sentire, pochi minuti dopo, il rumore dei passi dell'unico uomo che avrebbe osato avvicinarsi in quel momento.

«Greylen?» fece Gavin, il suo comandante.

«Sì?»

«Approderemo all'alba».

Greylen si voltò, inarcando un sopracciglio. «Sì, Gavin, ne sono a conoscenza».

Gavin rivolse un sorriso sbieco al suo padrone. «Sono unico, vero?»

Greylen ricambiò il sorriso, ma si rifiutò di rispondere. Guardò di nuovo verso il mare, silenzioso, come sempre nell'ora che precede l'alba.

Quello era il suo secondo posto preferito per accogliere il giorno. Il primo, la costa sotto le scogliere di Seagrave. Era l'unico momento in cui si concedeva di indulgere nei suoi sogni.

L'unico momento in cui si spingeva oltre i confini dei suoi sogni.

«Manca solo un mese» affermò piano Gavin, nella stessa posa di Greylen: gambe divaricate e braccia incrociate sul petto.

«Sei un pozzo di informazioni questa mattina» riconobbe Greylen con rassegnato sarcasmo. Sapeva esattamente a cosa si riferiva il suo comandante, ma man mano che il suo trentatreesimo compleanno si avvicinava, Greylen divenne più riservato.

«Ti lascio in pace» propose Gavin, congedandosi con lo stesso modo sommesso con cui era apparso.

Pace? L'aveva mai provata?

Greylen rifletté su quel sentimento solo per un attimo. L'aveva provata la volta in cui sua madre lo aveva convocato. Quando gli aveva detto della profezia.

Ma come avrebbe potuto affrontare il giorno che aveva tanto atteso negli ultimi dieci anni se... se poi si fosse rivelato vano?

Le immagini sarebbero sparite? Quelle immagini che arrivavano solo nell'ultima ora di quel sonno senza riposo che si concedeva.

Immagini di *lei*... che lo perseguitavano sempre.

No, non avrebbe mai potuto lasciarle andare.

Si sarebbe sempre guardato indietro.

Cerca i miei libri nella tua libreria di fiducia, sulla tua piattaforma preferita o in biblioteca.

SULL'AUTRICE

Kim Sakwa è autrice di molte storie d'amore bestseller, tra cui *La profezia*, *Il prezzo*, *Il patto*, *Non è un addio*, *Non è mai troppo tardi*, e *Non dire mai*. Quando non scrive, ama ascoltare le colonne sonore che crea per i suoi romanzi. È un'inguaribile romantica, patita del per sempre felici e contenti.

ALTRE OPERE DI KIM SAKWA

Highlands: Oltre il velo del tempo

La profezia

Il prezzo

Il patto

La promessa

*Il premio (data non ancora stabilita***)**

———

I fratelli Montgomery

Non è un addio

Non è mai troppo tardi

Non dire mai (data non ancora stabilita)

www.ingramcontent.com/pod-product-compliance
Lightning Source LLC
Chambersburg PA
CBHW031205310726
48969CB00001B/232